T0349356

LA SOCIEDAD DE LOS SIETE OJOS

LA SOCIEDAD DE LOS SIETE OJOS

DEREK MILMAN

Traducción de Bruno Álvarez

Argentina – Chile – Colombia – España
Estados Unidos – México – Perú – Uruguay

Título original: *A Darker Mischief*
Editor original: Scholastic Press, un sello de Scholastic Inc.
Traducción: Bruno Álvarez

1.ª edición: octubre 2024

Copyright © 2024 *by* Derek Milman
Publicado en virtud de un acuerdo con el autor, c/o BAROR INTERNATIONAL,
INC., Armonk, New York, U.S.A.
All rights reserved
© de la traducción 2024 *by* Bruno Álvarez
© 2024 *by* Urano World Spain, S.A.U.
Plaza de los Reyes Magos, 8, piso 1.º C y D – 28007 Madrid
www.mundopuck.com

ISBN: 978-84-10239-03-6
E-ISBN: 978-84-10365-25-4
Depósito legal: M-18.168-2024

Fotocomposición: Urano World Spain, S.A.U.

Impreso por: Rodesa, S.A. – Polígono Industrial San Miguel
Parcelas E7-E8 – 31132 Villatuerta (Navarra)

Impreso en España – *Printed in Spain*

PARA BRIAN

El amanecer de nuestras vidas extiende su bella luz
*   occidental*
Que atraviesa con vigor los prados y los arces al ondear
Con su esplendor y su gloria, alcanzamos el conocimiento
*   más elevado*
Los vientos ancestrales acarrean recuerdos que en el corazón
*   atesoramos*
Unidos para siempre por nuestro pasado en esta escuela
Honramos la belleza de la juventud antes de que se
*   desvanezca*
Cantando a través de los valles del tiempo, retumbando y
*   tronando*
Los días de Essex son días de esplendor, son días de
*   milagros*
Estas palabras atenuarán la lumbre de nuestras vidas
Cuando por fin pasen las horas y solo una silueta sobreviva

—Himno de la Academia Essex

PARTE I

EL PROCESO DE SELECCIÓN

MARZO

Tengo sangre en la camiseta. Apoyo la manga en el lavabo del cuarto de baño, abro el agua fría y froto la mancha con el pulgar. *Esta mancha de mierda no sale.* Empiezo a reírme como un loco mientras froto cada vez más fuerte. Pero no es gracioso. Me han mordido, y no puedo estar manchado de sangre. Salgo del cuarto de baño dando pisotones y sacudiendo la camiseta. Luke se ha dejado la tele encendida, y en las noticias aparece nuestro internado, como siempre últimamente. Día y noche. No consigo acostumbrarme a estos reportajes. Sigue sin haber noticias de Gretchen Cummings, la hija del vicepresidente de los Estados Unidos y alumna de segundo año de este internado, la Academia Essex, que desapareció hace varias semanas.

Me acerco a la ventana y contemplo el campus. No es muy probable que alguien aviste a un chico en lo alto de una torre, en una biblioteca que no existe. Pero, si alguien me viera, atrapado tras el cristal de esta ventana alta, un borrón blanco bajo la intensa luz del sol matinal, ¿pensaría que soy un fantasma?

Observo a los agentes del FBI y del Servicio Secreto que están peinando el campus.

—Qué horror —digo en alto, aunque no hay nadie cerca.

En la ventana, que da al campus, se refleja la imagen del mismo campus que están emitiendo en la tele y se crea una ilusión óptica extraña.

Me giro justo cuando el microondas pita.

La luz del sol abrasa los viejos volúmenes que hay en las estanterías, donados a un Departamento de Latín que nunca existió. Luke y yo no podemos salir de la torre a la vez. Se ha escabullido antes de que me despertara. Pero aún puedo oler indicios de su presencia. Un olor a limpio, a chico atlético. El aroma de la posibilidad.

Atravieso el campus, que aún está bastante en calma, sin demasiada actividad, pero tampoco desierto del todo. Solo soy otro alumno de segundo año estresado que se ha levantado temprano y acarrea una bolsa de lona.

Nadie repara en mí.

Entro en el laboratorio Bromley, al que es fácil acceder a estas horas. No hay cámaras de seguridad. La cerradura de la puerta del sótano está forzada y la puerta lleva varias semanas entreabierta. Si los agentes del FBI han registrado esta zona, debieron de concluir la búsqueda hace ya tiempo.

Nadie repara en mí.

Recorro un pasillo, abro una puerta roja de metal que hay al fondo, paso por una sala de máquinas y me adentro en los túneles de los conductos de vapor subterráneos, donde se oyen ligeros silbidos. Atravieso los pasillos húmedos. Llego al cuarto de servicio B-25 e introduzco la contraseña para abrir la puerta. Aquí dentro hace más fresco y está todo vacío, salvo por un cubo y un catre desvencijado.

—El desayuno —anuncio desde la puerta.

Gretchen Cummings se incorpora en el catre y se lleva las rodillas al pecho. Intuyo, por su tez grisácea, que lleva despierta un buen rato. Cierro la puerta tras de mí, saco de la bolsa de lona una bolsa naranja de repartidor de pizzas, que está tan caliente que quema, y la dejo sobre el suelo de hormigón. *Lo siento, lo siento mucho*, pienso mientras me acerco a ella y la señalo con un dedo a modo de advertencia.

—Ni se te ocurra morderme esta vez.

CAPÍTULO UNO

LOBOS SOLITARIOS

SEPTIEMBRE – SEIS MESES ANTES

E stoy sentado solo en el comedor Graymont. El sitio parece la típica cafetería que te encontrarías en la planta baja de cualquier museo. Mesas de madera redondas sobre un suelo de parqué y ventanas ovaladas con barrotillos flanqueadas por gruesas cortinas marrón claro. Para venir a cenar se nos exige llevar el uniforme del centro: camisa blanca, corbata, chaqueta azul y pantalón de vestir oscuro. Me aflojo la corbata; la llevo tan apretada que me está estrangulando.

Esto de estudiar en un internado no es exactamente como me lo esperaba. Cuando me enteré de que me iba a marchar del instituto público al que iba antes, me dejé llevar por todo tipo de fantasías sobre mi nueva vida. Me imaginé paseando por jardines amplios y exuberantes mientras la brisa otoñal me ondeaba la corbata, charlaba apasionadamente con compañeros de clase entusiastas sobre la poesía del siglo diecinueve y me refería a cualquier figura de autoridad que no me agradase como «esa vieja cotorra».

Me imaginaba exponiendo una presentación delante de unas vidrieras y obteniendo aplausos atronadores. Y recibiendo felicitaciones más tarde en fiestas desenfrenadas en zonas comunes elegantes, con luces de colores que giraban desde los techos abovedados con molduras mientras abrían botellas de champán.

Pero no iba muy encaminado.

Tamborileo la mesa con los dedos y miro a Ashton Jarr, Toby Darling y Lily Rankin. Están sentados en la mesa de al lado, y yo me estoy diciendo a mí mismo que no han debido reparar en mí, que no es que me estén ignorando a propósito. Han llegado al comedor juntos después de que yo ya me hubiera sentado a comer. Somos todos de segundo y vamos a la misma clase de La Mecánica de las Palabras y la Identidad, una manera pretenciosa de llamar a una clase en la que nos enseñan gramática básica y aprendemos a escribir frases completas con un estilo propio. Además, Toby y Ashton son mis compañeros de residencia.

Se podría decir que durante un tiempo fuimos un grupo de amigos, aunque no uno muy unido. El tipo de grupo que se crea durante las primeras semanas de clase y luego se separa o va sacrificando a algunos miembros. Solían invitarme a ver pelis con ellos o a ir al centro a tomar café, casi siempre nos sentábamos juntos en la cafetería a la hora de comer y nos habíamos dado los números de teléfono. Pero me he fijado en que últimamente han estado saliendo y haciendo cosas juntos sin mí (lo suben todo a las historias de Instagram), de modo que no tengo muy clara mi posición en el grupo.

La semana pasada, Ashton me preguntó si quería ir con ellos a una fiesta de los mayores. Me sentí halagado; pensaba que me habían aceptado oficialmente, y me pasé toda la semana intentando ocultar lo emocionado que estaba.

Y ahora ha llegado la noche de la fiesta, pero nadie me ha escrito ni me ha hablado del tema.

Una parte de mí quiere acercarse a ellos, dejarme de tonterías y preguntarles qué está pasando. Y la otra teme lo incómoda que será la conversación. Pero lo cierto es que me aterra la posibilidad del rechazo, y la espiral emocional en la que me podría adentrar en caso de recibirlo.

Los profesores se van turnando para vigilarnos a la hora de la cena. Hoy le toca al señor Dempsey, profesor de Lengua. Lo observo mientras va haciendo sus rondas. A veces, si un profesor te ve comiendo solo, se acerca y se pone a charlar contigo. De pronto me doy cuenta de que lo último que quiero es tener que oír al señor Dempsey soltar sus bromas de padre y preguntarme si estoy haciendo amigos por aquí mientras todos me miran.

Me levanto y me acerco a Ashton con la bandeja vacía en las manos.

—Sza estaba homenajeando a Lady Di —está diciendo Ashton—, igual que hizo Jessie Ware con la portada inspirada en la polaroid de Warhol de Bianca Jagger en Studio 54.

—Ah... —dice Toby—. ¿Y Kendrick con *Damn*?

—Eso no era ningún homenaje a nadie, tronco.

Siempre están hablando o de deportes o de la historia de las portadas de discos, intentando competir para ver quién sabe más de esa combinación extraña de cultura pop.

—Esta noche hacemos juntos los deberes de Física —le dice Lily a Ashton mientras le da unos toquecitos en la rodilla.

Ashton se gira hacia Lily.

—Te veo en la biblioteca —le dice, y al fin me ve plantado a su lado y me saluda—: Buenas.

Mientras me siento, me da unas palmadas en la espalda y Toby me da un papirotazo en la oreja.

Toby es un bufón con una vena mordaz. Dentro de veinte años seguro que es el típico hombre que se lleva a sus *golden retrievers* a antros de mala muerte. Ashton es muy pero que muy popular con las chicas, y la verdad es que lo entiendo. Es alto, atlético e irradia sensibilidad, y además tiene una buena mata de rizos castaños y unos ojos oscuros y penetrantes que no le pegan del todo. Vamos, que promete.

Siguen charlando mientras me quedo sentado a su lado, con la vista clavada en la bandeja vacía, hasta que carraspeo y Ashton me mira con las cejas enarcadas.

—Oye, quería preguntaros si sigue en pie lo de la fiesta de esta noche.

¿¡Por qué me sale la voz tan aguda, por Dios!?

Ashton y Toby intercambian una mirada. Oh, oh.

—Es que... tengo... o sea... —digo, intentando no tartamudear—. Tengo... otra gente... otros planes... Es que necesito saberlo para poder organizarme la agenda.

¿«Para poder organizarme la agenda»? Uf.

Ashton se levanta.

—Ven, vámonos yendo.

Caminamos como un metro en dirección a la salida, donde hay unos alumnos dejando sus bandejas vacías, antes de que Ashton me apoye la mano en el hombro.

—Mira, colega..., es que no ha salido bien.

Me giro para quedarnos cara a cara. Frunce el ceño y se le llena el rostro de surcos y cavidades que, juntos, parecen un antiguo mapa de vías fluviales.

—¿Cómo?

Es justo lo que me temía. Intento no agachar la cabeza como un niño al que están regañando.

—Lo de la fiesta. —Ashton se rasca la nuca; es evidente que no quiere mantener esta conversación—. A ver, eh... Es que Lily es amiga de Gemma Brassaud. Y es su fiesta de cumpleaños, en la casa Quinlan. La hermana de Lily vivía en esa misma residencia, y conocía a la hermana de Gemma. Por eso hemos...

—Ajá...

—Nos preguntaron a quién queríamos llevar, así, sin más, y te tacharon de la lista.

Noto que se me acumula el sudor sobre el labio superior.

—¿Literalmente? ¿Con un rotulador?

Ashton echa la cabeza hacia atrás y suelta una carcajada, como si dijera: «Eres de lo más entrañable, y justo por eso has sido nuestro amigo hasta ahora».

—No, hombre, verbalmente. En plan: «A él no. No lo traigáis a él».

No siento la necesidad de ponérselo fácil a Ashton.

—¿«A él no»?

—Lo... lo siento por ser tan directo.

Suspira y vuelve a poner cara de solemnidad, como si fuera un comandante del ejército que tiene que darle la trágica noticia a la mujer de un soldado que ha fallecido. Cuando me dan una mala noticia de cualquier tipo, suelo tomármelo con serenidad. Pero es como cuando te expones a la radiación; los síntomas no aparecen hasta unas horas más tarde.

Entonces Ashton suelta esa gilipollez que dice siempre la gente y que no ayuda lo más mínimo:

—No es nada personal.

Se me empieza a tambalear la bandeja vacía que aún tengo en las manos. Quiero salir de aquí.

—Ya, sí, bueno, pues que os divirtáis. No os preocupéis por mí, eh.

—¡Cal, lo siento! —oigo a mi espalda mientras suelto la bandeja y salgo de Graymont.

Este es mi primer año en el internado y, una vez que conseguí acostumbrarme al estrés de las duchas por las mañanas, me di cuenta de que las normas de Essex son tácitas, pero son como la electricidad: lo atraviesan todo. No se ven, pero son el motor del centro. Los alumnos internacionales y los externos tienden a no relacionarse con los demás, por ejemplo, y todo el mundo les hace la pelota a los externos porque tienen coche (aunque se supone que no debemos montarnos en ellos) y son los que le venden marihuana a todo el mundo. Aquí hay montones de pandillas. Ofrecen una medida de protección contra las adversidades. Pero yo no pertenezco a ninguna. Estoy solo. Soy un lobo solitario. Y nadie se fía de los lobos solitarios...

Después de la cena vuelvo a mi residencia, abatido por el rechazo de Ashton, mientras siento cómo me va invadiendo la desesperanza. *¡Pienso pasarme el resto de la tarde enfrascado en los deberes!*, me digo a mí mismo. *¡Seguro que así consigo olvidarme de esa fiesta en la que no se me quiere!*

Otra cosa importante que hay que tener en cuenta en Essex es que te pueden someter a todo tipo de bromas pesadas, y has de estar preparado mentalmente. Mientras subo las escaleras hasta mi pasillo, voy demasiado distraído como para reparar en todas las puertas entreabiertas con alumnos medio asomados. En cuanto entro en nuestra habitación, nuestra pequeña papelera de plástico, llena de agua hasta el borde y apoyada peligrosamente sobre la puerta, se da la vuelta y el agua me cae en la cabeza.

—¡Tsunami! —oigo que gritan todos en el pasillo, a mi espalda.

Me cago en todo.

El Tsunami es una broma muy habitual por aquí, sobre todo para los alumnos de primero y segundo. No quiere decir que te odien. Pero menudo mal momento han escogido para hacérmela.

El impacto del agua me tira literalmente al suelo, y en ese momento otro lobo solitario entra en la habitación y ve todo el desastre.

—Hostia puta, lo siento —dice mi compañero de cuarto, Jeffrey, y cierra la puerta tras de sí, con lo que ahoga las burlas del pasillo—. Culpa mía. Se me ha olvidado cerrar la puerta con llave.

—¿Cómo me he podido empapar tanto?

Me tiro de la ropa fría y pesada con los dedos para separármela de la piel.

—En esas papeleras cabe un montón de agua.

—Joder —digo mientras sostengo el móvil, que no se enciende.

Lo reinicio.

Nada.

—Uf —dice Jeffrey. Se dirige al baño y me lanza una toalla. Me envuelvo los hombros con ella—. Creo que puedo arreglarlo. ¡Espera!

Sale corriendo del cuarto mientras me quedo mirando la moqueta marrón característica de todo el centro, temblando y goteando.

Jeffrey Gailiwick es de Freemont, Nueva Jersey. Nos pusieron juntos en la residencia porque él también es nuevo y somos del mismo curso, y Essex debió de pensar que, si teníamos eso en común, seríamos amigos para toda la vida. Por ahora, la situación es neutral. Resulta difícil llegar a conocer a Jeffrey. No habla demasiado y a veces se queda con la mirada perdida durante un buen rato.

Con unos ojos cristalinos del color del humo de una pipa y una melena negra despeinada, tiene un aire de lo más byroniano. Se pasa gran parte del tiempo libre escuchando a Sufjan Stevens, leyendo *La fábrica de avispas* y garabateando en cuadernos de cuero negro. Compartimos una habitación doble en la casa Foxmoore, un edificio imponente y majestuoso de ladrillo cubierto de hiedra.

Jeffrey irrumpe en la habitación con un vaso medidor de cristal y un paquete de plástico de arroz en las manos.

Abre el paquete y vierte el arroz en el vaso medidor. De pronto da un brinco y se va corriendo a nuestro pequeño cuarto de baño con la energía de un cirujano de urgencias. Oigo que abre y cierra el cajón de las medicinas y el sonido de tapones de plástico al abrirse y al caer al suelo. Jeffrey vuelve y le añade al vaso medidor un puñado de esos cilindros pequeñitos de plástico que vienen en los frascos de pastillas.

—Dame el móvil.

Se lo entrego, lo introduce en el vaso y lo agita todo como si estuviera creando una poción mágica.

—No tengo mucha fe.

—Confía en mí —me dice.

Y tiene razón: tras una hora, suspiro aliviado al ver que vuelve a aparecer el logo de Apple en la pantalla agrietada. No tengo llamadas perdidas ni mensajes. No tengo notificaciones de las redes sociales. No me han etiquetado en nada. No tengo nada de nada. No ha pasado demasiado tiempo, y no sé por qué esperaba lo contrario, pero me duele darme cuenta de que nadie me estaba buscando.

CAPÍTULO DOS

FUERA DE LUGAR

E sa noche, más tarde, Jeffrey baja a la sala común para calentarse un ramen, tirarse en uno de los sofás de cuero y llamar a alguno de sus primos, como suele hacer todas las noches.

Mientras no está en el cuarto, pauso una peli británica de espías que estoy viendo en Netflix, cierro el portátil y saco mi móvil restaurado, aunque sé que es un error incluso antes de abrir Instagram de manera instintiva, sin pensar.

Ni siquiera pretendía ver la historia que ha subido Ashton. Estaba viendo una de un chico que conozco de mi antiguo instituto, pero de pronto Instagram ha dicho: «Lo siento, colega, te toca tragarte esto», y me ha puesto justo la historia de Ashton, y me pasa eso de que sabes que deberías dejar de mirar, pero no puedes porque quieres torturarte a ti mismo.

Ashton está en la fiesta con Toby, Lily y varias personas más de nuestro curso. Están todos sentados en unas tumbonas blancas, con vasos de plástico en la mano, en un patio de piedra rodeado de tiras de luces. Con ese vídeo, Ashton pretende mostrarle a todo el mundo que han ido a la fiesta, una clara cuestión de estatus. Pero de pronto otras personas que no aparecen en la imagen empiezan a preguntar dónde estoy, ya que saben que suelo salir con Toby, Lily y Ashton. Pero lo preguntan de un modo sarcástico, en plan: «¿Por qué no os lo habéis traído? Ja, ja». Y entonces escucho que unas chicas, a las que tampoco se las ve, dicen: «¿De dónde saca esa ropa, de la sección de moda del súper?», «Por las pintas que lleva, fijo que de pequeño iba en tractor al colegio», «Seguro que tiene el primer iPhone que sacaron».

Sé que debería dejar el móvil. Pero hay algo retorcido en mi interior que necesita ver esto, una vena sadomasoquista.

Parece que Ashton va borracho, pero se ríe al oír las bromas antes de que el vídeo se corte.

Sin embargo, en la historia de Toby, que es la siguiente, como una secuela despiadada y perversa, la gente se está burlando de mi acento. Me están imitando, y hasta empiezan a competir entre todos para ver quién lo hace mejor. Ahora tanto Ashton como Toby se están riendo (aunque no participen) y parecen bastante incómodos, pero tampoco es que estén haciendo nada por evitar las burlas. Ni siquiera dicen algo tipo: «Oye, cortad el rollo, que es majo».

No me puedo creer que hayan subido esta mierda a Instagram.

Sigo sin poder dejar de mirar el móvil. Pero, de repente, llega un punto en que no puedo soportarlo más. Lo apago y lo lanzo a lo lejos como si estuviera poseído.

Me siento como si me fuera a dar un ataque de pánico. No voy a poder dormir nada esta noche. Necesito salir al exterior; me parece que la habitación se está volviendo cada vez más pequeña. Antes de mudarme aquí solía salir a dar paseos largos, sobre todo por la noche. Me resultaban terapéuticos. Y ahora mismo necesito respirar. No se nos permite salir después del toque de queda, pero, para saltarme el registro, le digo a Jason Udell, el prefecto de nuestra residencia, que no me encuentro muy bien y que me tengo que quedar en la cama (te dejan saltártelo si estás malo).

Dado que en el registro va a aparecer como que estoy en la residencia, me escabullo por la puerta principal cuando no mira nadie. La oscuridad transforma el campus, iluminado tan solo por la luz de la luna, en un lugar apacible como una nana, pero la noche resulta macabra. La luz se derrama de las ventanas de las residencias y crea formas trapezoidales de color ámbar por todo el césped. Los senderos empedrados están iluminados por farolas de luz plateada. Me permito fundirme con la oscuridad. Me doy cuenta de que estoy llorando con la cara pegada al lado interno del codo, y me alegro de que la noche lo oculte.

Estoy dolido, sí. La verdad es que me siento de puta pena. No quiero, pero es la realidad. No deberían importarme esos imbéciles y sus comentarios, pero me importan. Sé que no me parezco a ellos; cuando no tienen que ponerse el uniforme académico, la mayoría de los chicos llevan mocasines de Gucci, polos de Todd Snyder, camisetas de *rugby* de Rowing Blazers y mochilas impermeables de Scandi. En comparación, debe de parecer que he comprado toda mi ropa en un *outlet* de algún polígono.

Pero ¡soy de un pueblo de Misisipi! ¿Cómo he podido pensar que me iba a ir bien aquí? ¿Acaso pensaba que iba a ganarme a todo el mundo con mi encanto natural de estrella de cine? No puedo seguir aquí; este no es mi lugar. Pero Mc-Carl tampoco lo es, ya no, de modo que tampoco puedo volver allí. De pronto me doy cuenta de eso por primera vez, de que no encajo en ningún lugar. Estoy perdido en ambos lados, denigrado, moviéndome entre la luz y la sombra de los fugitivos. Oigo el zumbido de un carrito de golf a lo lejos. Los de seguridad del internado.

No puedo volver a mi habitación, pero tampoco debería estar aquí fuera. Un tema recurrente, por lo visto.

En Essex son unos exagerados; todavía no me he logrado acostumbrar a tener que pedir permiso para hacer cualquier cosa insignificante y mundana, como salir a dar un paseo. A veces, las normas me resultan draconianas, pero dicen que es porque son nuestros responsables legales y tal. Aparte del registro en persona que hacen cada noche, apagan las luces a las diez y media entre semana y una hora más tarde los fines de semana.

Y hay incluso más normas sobre ir a visitar a otros alumnos en una residencia que no es la tuya, sobre todo si eres alumno de primero o de segundo. Hasta el semestre que viene no se nos permite ir solos a visitar a otra persona, e incluso entonces nos tendrán que dar su aprobación varios miembros del personal, y las luces del techo han de estar encendidas y la puerta tan abierta como para que quepa una silla de escritorio. Básicamente, el centro da por hecho que somos todos unos pervertidos al acecho.

Mientras paseo, veo un grupo de siluetas que emergen de entre una hilera de árboles y bajan por el inmenso césped. Oigo susurros. Me escondo detrás de un arce enorme. Hay un montón de alumnos con esmoquin, vestidos elegantes y máscaras de carnaval en tonos blancos y dorados. Al principio creo que me lo estoy imaginando, pero no. Tardo un segundo en darme cuenta del motivo por el que me he quedado tan atónito: la súbita avalancha de glamour, misterio e intriga. Es lo primero que veo en Essex que coincide con mis fantasías (sin duda disparatadas) de lo que son los internados.

Decido seguirlos. Me mantengo en las sombras, pasando de un árbol a otro.

Se dirigen al antiguo auditorio del centro, construido en el siglo XIX. Parece que van a alguna clase de fiesta. Pero no es el tipo de fiesta por la que Ashton me ha dejado tirado, en la que se sirven las bebidas en vasos de plástico rojos y que parece sacada de una fraternidad. Esto es distinto, es algo que me intriga al instante. El campus está salpicado de grupos de edificios viejos, oscuros y abandonados, en diversas fases de deterioro o de reforma, y este antiguo auditorio es uno de ellos. ¡Y estoy viendo a un montón de gente bailando un vals en su interior!

Envuelto en la noche fresca, sin nada de viento, me acerco un poco más al edificio.

Hay ventanas altas ovaladas, y decido asomarme a una. Veo globos plateados colgando y gente vestida de gala bailando con copas de champán en la mano. Todo está bañado por una luz dorada que le confiere un aire onírico, enmarcado por las cortinas escarlata que abrazan las ventanas. Me ciegan los destellos de los cristales arcoíris de una lámpara de araña. Es una ventana que da literalmente a otro mundo, totalmente ajeno al contexto académico y social de Essex. Quiero formar parte de lo que sea eso. Lo sé por mera intuición, sin que haya ningún motivo práctico ni racional. Parece un sendero dorado por el que escapar de la desolación.

Rodeo el edificio hasta llegar a la parte de atrás, donde oigo la música del interior a través de las ventanas. No es música chundachunda; no es Taylor ni Drake ni Gaga. Lo que oigo es música de salón de antes de la guerra, canciones antiguas, como cuando el hotel encantado de *El resplandor* cobra vida. Hay una puerta trasera.

Se abre en cuanto poso los ojos en ella. Cuando veo que nadie sale, sé que me han descubierto. Un triángulo de luz melosa, con destellos rojos y rosas, atraviesa la oscuridad y acaricia las ramas y las hojas de los árboles cercanos. Me adentro en el triángulo, que brota de lo que parece el ventrículo de un corazón: en la entrada, una cortina reluciente de flecos de aluminio magenta; dentro, paredes carmesí.

Una mano envuelta en un guante blanco asoma por la puerta y me hace señas. Como un idiota, durante un segundo me creo que se trata de una invitación para unirme a la fiesta, a pesar de que llevo una sudadera de Old Navy y unas Converse de corte bajo andrajosas. Pero, cuando llego a la puerta, veo que la mano me está tendiendo algo.

Me entrega una tarjeta de presentación a la antigua, en un papel grueso de cartas negro con tinta dorada.

Es la imagen de un ojo que emerge de una espiral de niebla. En cuanto agarro la tarjeta, la puerta se cierra de golpe en mis narices. La fiesta continúa al otro lado de las paredes de piedra, y la oscuridad me engulle una vez más.

CAPÍTULO TRES

LUKE

En cuanto me despierto a la mañana siguiente, me viene a la mente un recuerdo: cuando llegué a casa del instituto y me encontré la mesa de la cocina repleta de folletos y formularios. Supe al instante lo que estaba pasando.

—¿Os estáis intentando librar de mí?

—La verdad es que sí, hijo; quiero convertir tu dormitorio en un gimnasio.

—Para eso tendrías que levantar el culo del sofá alguna vez.

—Estás sacando unas notas y unas calificaciones impresionantes. Nos podrían dar una buena beca. Si quisieras marcharte...

—¿*Si quisiera*? ¿Irme de McCarl? ¿Dejar a mamá?

—¿Has oído hablar de este centro? ¿La Academia Essex?

Sonaba fantástico. Un internado privado. Y muy lejos de allí.

Más tarde, mi padre dejó caer todo su peso en el borde de mi cama al sentarse mientras yo estaba cotilleando la página web del internado.

—¿Estará bien mamá?

—Creo que la ayudaría que aprovecharas esta oportunidad. Y a ti también te vendría bien. Puedes tomártelo como la posibilidad de reinventarte. No mucha gente tiene esa suerte.

No se trataba solo de los problemas de mis padres; sino también de lo que había hecho yo. Cosas inmundas y vergonzosas que dieron lugar al incidente..., que a su vez nos llevó a esta situación. La vergüenza parecía recorrerme las entrañas como un aceite viscoso que había sustituido a la sangre. En cierto sentido, me estaban exiliando.

Decido no ir a Graymont y saltarme todas las comidas. No estoy de humor para ver a Ashton, a Lily y a Toby al otro lado de la sala. Durante todas las clases, no puedo dejar de pensar en lo que presencié anoche. Me saco la tarjeta una y otra vez y acaricio el ojo, como para asegurarme de que no es solo algo que he soñado. *¿Cómo se colaron todos esos niños en el auditorio?* En Essex, no se nos permite entrar en casi ningún sitio.

Todos tenemos unos llaveros de proximidad para entrar en nuestras residencias y los edificios del campus durante el día. Si intentamos usarlos para acceder a un edificio cerrado fuera del horario escolar, el sistema lo registra y nos podemos meter en líos. Podría hablar con Jason; a lo mejor él sabe algo. Pero, después de las clases, hay algo que tengo que hacer antes.

Me dirijo al edificio Hertzman, el pabellón deportivo donde los luchadores del equipo de competición del centro y del equipo juvenil entrenan para los Campeonatos de Secundaria de Nueva Inglaterra. Y donde nadie esperaría encontrarme. Me siento en un lateral del edificio que da a una zona boscosa, apoyo la cabeza contra la pared, saco el móvil y me lo pego a la oreja.

—Cal, creo que deberías dejar de llamarme. No me parece que vaya a ayudarnos a ninguno de los dos a...

—No puedo hablar con mis padres. —Me limpio los mocos con la manga de la sudadera—. No se pueden enterar de lo mal que me está yendo. —Alzo la mirada y veo una bandada de pájaros como un triángulo de puntos negros borrosos contra un cielo que parece un estropajo de acero—. Me enviaron aquí para... para... —Me pego el móvil a la mejilla durante un segundo—. Me están dando ataques de pánico.

—A lo mejor puedes ir a la enfermería. Para hablar con alguien, al menos.

—Se lo contarían a mis padres y se sentirían impotentes. Querrían que volviera a casa, o sea, que habría fracasado. En fin, no es que eche de menos mi casa; es que me siento... como si estuviera en territorio enemigo.

—No estás en una guerra, Cal.

—Pero es que en cierto modo sí.

—Llevas muy poco por allí. Dale algo más de tiempo, ¿no? A lo mejor cambian las cosas.

No cambiarán. A no ser que ocurra algo drástico. Varias lágrimas me caen en la mano ahuecada como si fueran gotas de lluvia.

—No estoy siendo un exagerado.

No quiero decir ni oír nada más, de modo que decido colgar. Mientras rodeo Hertzman, el atajo desierto que suelo tomar, veo algo raro: un chico pintando algo con una lata de espray en la fachada opuesta del edificio.

Se gira y nos quedamos frente a frente. Tiene una mochila abierta a los pies y una lata de pintura en cada mano, pero, aun así, tardo un rato en asimilar que me he topado con alguien que está vandalizando un edificio que es propiedad del centro. Y ha elegido bien el lugar, rodeado de hierba descuidada y bastante alejado.

El chico deja caer los brazos a los costados; ya no tiene sentido intentar esconder las latas de pintura. Se coloca justo delante del dibujo que acaba de hacer, de modo que solo puedo vislumbrar un trocito colorido antes de que el chico lo tape por completo.

—No me quedaba otra —dice sin más, como quien admite tener una adicción.

Miro el móvil, aún en mi mano. *A mí tampoco me queda otra.* Por alguna razón, su tono y su porte me relajan. En lugar de juzgarme y evaluarme, como los demás, me ha hablado con un toque de vulnerabilidad en la voz, como si fuera una confesión. Doy un paso más hacia él, entrecerrando los ojos.

—Te conozco.

—De Química —responde con una sonrisita—. Vamos juntos a Química.

Claro, es verdad, es el chico asiático mono y deportista de mi clase de química, igual de inaccesible que todos los deportistas de Essex. Solo somos quince en esa clase. Tendría que haberlo reconocido.

—No suelo hablar mucho —me dice.

—Ya —respondo, pero, vamos, que yo tampoco.

—Soy Luke Kim.

—Ah, es verdad —le digo, aunque no tenía ni idea de su nombre; no tenía ni idea de que nadie de este internado fuera así de cautivador.

—Calixte Ware. Cal.

—Estoy en la casa Garrott.

—Yo en Foxmoore —contesto, con una curiosidad cada vez mayor sobre lo que estaba tramando—. Bueno —añado, señalando la pared pintada que aún sigo sin poder ver porque Luke la está tapando—. No me importa lo que hayas hecho, de verdad.

Y es cierto, aunque vandalizar tu propia escuela me parece horrible.

—Te he visto por aquí alguna que otra vez, Cal.

Nunca se me había ocurrido pensar que me pudieran estar observando. Me quedo espantado durante un segundo.

Este chico me ha visto llorar. Señalo las latas de pintura con la cabeza.

—No se lo voy a decir a nadie, eh.

Luke frunce el ceño. Cree que creo que me está chantajeando y, aunque no se mueve ni un centímetro, sus ojos muestran su sorpresa mientras intenta corregir el rumbo de la conversación.

—O sea, quería decir que si estás bien.

Al principio su interés me resulta sospechoso, como si tuviera un precio. Pero me está mirando con unos ojos francos e inquisitivos. La confusión que siento se transforma en algo que se parece a determinación. Agacho la cabeza ligeramente, como si estuviera ante la realeza.

—Sí, estoy bien, gracias.

—Yo también he llegado este año a Essex.

—¿Me has estado observando?

—No tengas el ego tan subidito. —Me sonríe y agita las latas de pintura—. Encantado de conocerte.

Doy por hecho que es el momento de salir pitando de allí.

—Lo mismo digo. Supongo que ya te veré en clase de Química.

—Sí, nos vemos, Cal.

Sacude una de las latas y vuelve a pintar, más rápido ahora, como si se le acabara el tiempo.

Vuelvo a meterme el móvil en el bolsillo mientras me alejo y me pregunto si tendré los ojos muy rojos, si se me verán las lágrimas secas en las mejillas como dos franjas blanquecinas.

Cuando vuelvo a Foxmoore, busco a Jason.

—¿Todo bien, Cal? ¿Estabais intentando domesticar un león y la cosa se ha salido de madre y ahora voy a tener que llamar al Centro de Recuperación de Animales Silvestres?

—¿Es que eso… ha pasado… alguna vez?

—Qué va —dice entre risas.

De su cuarto emerge una ráfaga de marihuana mezclada con pachuli (los alumnos mayores siempre suelen querer ser prefectos porque así les ofrecen una habitación individual). Me pregunto cómo puede hacer unas bromas tan tontas un chico que está tan bueno. Y por qué necesitará colocarse tan a menudo. Jason está en el equipo de natación y siempre lleva el pelo (cortado a capas, rubio, veteado y más decolorado aún por el cloro) despeinado a la perfección, como si acabara de salir de la peluquería.

Me apoyo contra el marco de su puerta.

—Te quería preguntar una cosa.

—Dime.

No puedo contarle a Jason que me he escapado de la residencia. Salir al campus después del toque de queda es una «infracción de primera clase», según el manual para estudiantes. Y he tenido suerte al volver, ya que se habían dejado la puerta principal abierta. Seguro que porque alguien había salido a fumar, aunque también está prohibido. Menuda coincidencia. De modo que en vez de contarle lo que *he visto* en el viejo auditorio, le digo que es un rumor que *he oído* a la hora del almuerzo; que había varios alumnos hablando sobre fiestas de disfraces y máscaras que se celebran en el campus después de medianoche.

—Ah, sí, bueno, se supone que hay una sociedad secreta. Lo mismo se estaban refiriendo a eso.

—Pero ¿cómo va a ser secreta si tú estás al tanto? —le pregunto.

—Bueno, se cuentan historias…

—¿Sobre qué?

—Pues eso, sobre que hay una sociedad secreta en el campus. —Juguetea con los cordones de su sudadera roja—. Pero no son más que leyendas. En teoría reclutan a alumnos de primero y de segundo cada otoño y, si te seleccionan, eres miembro de esa sociedad de por vida.

Me va el corazón a mil. No sé por qué me afecta de un modo tan visceral todo esto.

—¿Y qué es lo que hacen? —le pregunto, intentando ocultar las ansias de mi voz.

Jason hace el gesto de cerrar una cremallera sobre la boca y luego se echa a reír.

—Creo que exploran cosas... Si existieran, claro. Y no lo creo; no es más que una broma. Pero, si no fuera una broma, he oído que son muy poderosos; tienen influencia en todos los ámbitos de la sociedad, y forman parte de los Illuminati.

Aunque todos esos rumores son un poco descabellados, sé que la sociedad no es ninguna broma.

—¿De verdad reclutan a alumnos de primero y de segundo todos los otoños? O sea, ¿ahora?

—En teoría, en teoría...

Las fechas cuadran. Y técnicamente tengo posibilidades de que me seleccionen, pero solo porque soy alumno de segundo. En Essex, conseguir la aceptación de los demás está resultando ser un reto constante. Y eso no va a cambiar a no ser que yo intente cambiarlo.

—¿Y cómo consigue uno que lo recluten?

—¡Es una sociedad secreta! Imagino que en estos casos te tienen que encontrar ellos.

—¿Y cómo los encuentro yo a ellos?

Aunque ya los he encontrado, ¿no? De pronto caigo en el motivo por el que todo esto me importa tanto, por qué me he despertado recordando lo que me dijo mi padre aquel día.

«La posibilidad de reinventarte».

Pienso en la ventana del auditorio, un edificio que técnicamente ya no existe. La gente en su interior. Riendo. Bailando. La música antigua. Soy un fanático de la historia, y siempre he tenido la sensación de haber nacido o demasiado pronto o demasiado tarde, como un alien que observa la humanidad. Y este internado me lo ha confirmado una y otra vez. Pero no puedo dejar de pensar en esa luz dorada que salía del interior de terciopelo rojo. Quiero formar parte de eso. Tengo que superar las trabas sociales que me estoy encontrando en Essex. Por el bien de mi familia. Y tal vez entrar en esa sociedad es la manera de hacerlo. Si es que lo consigo.

CAPÍTULO CUATRO

LOS SIETE OJOS

E s por la tarde, ya han acabado las clases y fuera hace un calor sorprendente. Esquivo los frisbis y las pelotas que parecen venir de todas las direcciones. Llevo todo el día observando la imagen del ojo de la tarjeta como un obseso. Sé que la he visto antes. Pero ¿dónde?

Recuerdo a Luke pintando algo con los aerosoles en la fachada de Hertzman. Vuelvo allí, pero han debido de lavar o tapar con más pintura lo que había pintado, fuera lo que fuera, porque ya no está. Pero entonces me doy cuenta de por qué he vuelto. Es mi subconsciente, que intenta resolver un enredo. He visto ese ojo pintado en las fachadas de varios edificios del campus.

Me preocupaba ser como un pez fuera del agua, el chico del sur que intenta encajar en el internado de la costa este, de modo que me he pasado todo el verano leyendo sobre Essex. Pero, por más que investigara, sentía como si supiera cada vez menos, como si solo me ofrecieran fragmentos de datos. Gran parte de la información histórica se contradecía, lo cual volvía el internado aún más enigmático, y yo cada vez me quedaba más fascinado ante su complejo pasado.

Essex es el centro de secundaria más antiguo del país, fundado en 1777 por Alexander Essex, un comerciante y filántropo rico. Se construyó sobre los restos de una antigua institución de educación superior de las colonias llamada Granford, que pretendía ser algo como lo que ahora es Yale o Harvard, como una universidad de la Ivy League. Pero clausuraron Granford antes de tiempo, por motivos que no me han quedado muy claros durante mi investigación. Gran parte del campus de Essex aún abarca lo que antaño era el de Granford.

Vuelvo sobre mis pasos y recorro el camino habitual hacia las clases. Y ahí está. La misma imagen del ojo que aparece en la tarjeta, pintada en el lateral de una antigua residencia abandonada para chicos de tercero llamada casa Piedmont. Según el mapa del campus de la página web, que enumera datos históricos básicos de la mayoría de los edificios, se construyó a finales del siglo xix.

El edificio, rodeado de manzanos, ya no se utiliza, y no solo tiene el ojo dibujado en la fachada, sino también una niña. Tomo una foto de ambas cosas, medio ocultas por las sombras que proyectan las ramas de los árboles. Se nota, por la pintura descolorida, que los dibujos llevan bastante tiempo ahí. Y estoy convencido de que he visto ese ojo más veces…

Dado que he visto a esa sociedad, o lo que sea, celebrar una fiesta en un auditorio abandonado y me he encontrado uno de esos ojos pintado en la fachada de un edificio abandonado, me empiezo a preguntar si será un patrón. Hallo otro ojo pintado en la fachada del comedor Dunlop, el que se utilizaba antes de Graymont; un edificio del 1908 que también está en desuso. Encima del ojo han pintado las letras Septem, «siete» en latín. Debe de haber siete ojos.

Encuentro otro ojo en la fachada de una pequeña biblioteca clausurada, construida en 1961, llamada Sala de Lectura y Consulta Larson. Aquí vuelvo a encontrar otro premio especial: sobre el ojo hay una frase en latín, con las letras despintadas: Tibi oculi aperti erunt. Me saco el móvil del bolsillo y busco la frase: «Se te abrirán los ojos». Ya no puedo parar. Siento como si tuviera una misión. La sociedad secreta ha tejido una red de acertijos y, si los resuelvo, podría aumentar las posibilidades de que...

¿De qué? ¿De que reparen en mí? ¿De que me acepten entre sus filas? No lo tengo claro, pero... a lo mejor consigo algo.

Sé que la posibilidad de conseguirlo, sea lo que sea, es remota. Soy consciente. Y tampoco quiero hacerme falsas esperanzas de nada. Pero tengo que intentarlo. Lo necesito.

Hay otro ojo pintado en un edificio industrial modernista de acero y cristal construido en 1947, el Centro Richter para el Estudio Astronómico, que tenía un observatorio en lo alto. Encima del ojo pone: ¡El tiempo es relativo!

El quinto ojo está pintado en un edificio ruinoso de ladrillo con una escultura de Gandhi en el exterior que antaño era una residencia para profesores llamada Tomison y que se construyó en 1932. Hay otra frase más sobre el ojo: Omnia ex umbris exibunt, que significa que todo saldrá de las sombras.

El sexto ojo, pintado en el antiguo Centro de Matemáticas y Ciencia Jules K. Fairbanks, construido en 1970, antes de que trasladaran el departamento al edificio Hillbrook, me ofrece la mayor recompensa que me he encontrado hasta ahora; sobre él hay una página web escrita con una pintura más reciente y colorida: curioso@sso.essex.org.

Sí, joder, sí. Desde que llegué a Essex no me había sentido así de vivo; es como si algo en lo más profundo de mi ser se hubiera despertado. El séptimo y último ojo se encuentra en un antiguo edificio administrativo construido en 1952 y cubierto por tanta hiedra que parece sacado de un cuento de hadas: el edificio Addison.

De nuevo en mi dormitorio, con el portátil en el vientre, escribo curioso@sso.essex.org y aparece una página con un fondo negro y unas letras blancas tenues. Sobre una línea gris pone SSO y, debajo de la línea, OMNIA EX UMBRIS EXI- BUNT.

En cuanto pulso una tecla, aparece mi dirección IP en la esquina superior izquierda, lo que significa que solo tengo una oportunidad de hacer esto bien, sea lo que sea; al menos en este portátil. No se me ocurre ningún otro motivo por el que me mostrarían mi dirección IP junto a un cronómetro con una cuenta regresiva, que por cierto ya se ha puesto en marcha. Tengo menos de diez minutos.

En la pantalla aparecen cuatro rayas para escribir cuatro palabras. Pienso en mi madre y siento un pinchazo en el pe- cho. Mi madre es una fanática de los rompecabezas, acertijos y demás. El Scrabble, los sudokus, el Monument Valley, los crucigramas del *New York Times*... Gracias a ella, estoy fami- liarizado con todo eso. Solíamos jugar juntos. No saben a quién se están enfrentando.

Pienso conseguirlo por ella. *Vamooooooooos.*

Me tamborileo los dientes con los dedos. En el antiguo edificio de astronomía ponía que el tiempo es relativo, lo cual es de la teoría de la relatividad de Einstein; tiene que ver con la velocidad del paso del tiempo y los marcos de referen- cia individuales. Mi marco de referencia es Essex, de modo que tal vez debería pensar en todos esos edificios en orden cronológico. En ese caso, debería empezar por Piedmont, ya que es el más antiguo. ¿Qué cuatro palabras se me podrían ocurrir al pensar en Piedmont? Piedmont y ojos... Pienso en el edificio, desolado por dentro, y luego en su exterior. El di- bujo de la niña. ¿Y si tengo que escribir expresiones con la palabra «ojo»? Cuatro palabras.

Escribo lo primero que se me viene a la cabeza: «Niña de mis ojos».

Se oye un pitido como de las consolas Nintendo antiguas y la pantalla se funde en negro antes de mostrarme otras cuatro rayas. ¡Hostia, ha funcionado! Aunque la expresión no se refiera a una niña de verdad, la pista del dibujo de la niña ha surtido efecto.

El siguiente edificio más antiguo es Dunlop, que antes era un comedor. Escribo: «Comer con los ojos».

¡Ding!

Tres rayas. Tomison. Me quedan siete minutos.

Llamaron así el edificio en honor a Andrew Tomison, soldado al que mataron en la Primera Guerra Mundial. Sin embargo, lo que más llama la atención del edificio es la escultura de Gandhi que había en el exterior; la contraposición de la guerra y la paz en un mismo lugar. ¿Y no fue Gandhi el que dijo...? Sí, fue él. Escribo: «Ojo por ojo».

¡Ding!

Me doy una palmada triunfal en la pierna. Dos rayas. El centro Richter. Astronomía, donde había un observatorio que ya no existe...

Escribo: «Ojo desnudo».

¡Ding!

Cuatro rayas. El edificio Addison le debe su nombre a una enfermera de la escuela muy querida y conocida por ser una rompecorazones en el campus, según mencionaban en uno de los libros que leí sobre el internado. Después de marcharse de Essex, se casó con un tal Jonathan K. Addison, un economista de Boston.

Escribo: «Alegría para los ojos».

¡Ding!

La Sala de Lectura y Consulta Larson le debe su nombre a Gerald W. Larson, que, según he leído, era un profesor de Historia con un interés particular por la época napoleónica de la navegación, y tenía numerosas maquetas de barcos en su clase y gruesos libros sobre la marina.

Son solo tres palabras, de modo que al momento escribo: «ojo de buey».

¡Ding!

El Centro de Matemáticas y Ciencia Jules K. Fairbanks. Fairbanks estudió aquí y fue un jugador estrella del equipo de competición de béisbol. Se dedicó al béisbol de manera profesional durante un tiempo muy breve antes de lesionarse y, con sus esperanzas frustradas, elegir el camino de las ciencias y dar clase en Essex. Cuando leí sobre él, se hacía mucho hincapié en lo corta que había sido su carrera como jugador profesional...

¿«Abrir y cerrar de ojos», quizá?

¡Ding!

La pantalla cambia. Llevaba mucho tiempo sin esbozar una sonrisa tan amplia como la que tengo ahora mismo en la cara.

CAPÍTULO CINCO

LA SOCIEDAD

Al día siguiente, en clase de Química, Luke me lanza una sonrisa encantadora, y todo él parece resplandecer bajo la luz celestial del sol que se cuela por las ventanas. Tiene la mejilla apoyada en la mano y está dándole vueltas a un lápiz. Casi parece estar orgulloso de mí, como si fuera consciente de los acertijos que he resuelto. Nunca me había prestado atención de ese modo en clase antes.

A la hora del almuerzo, Ashton pasa a mi lado y me intenta dar un golpecito amistoso en el hombro.

—¿Te has liado con alguna tía o algo? ¿Has ligado, colega? Tienes cara de enchochado.

—Ey, parece que os lo pasasteis genial en la fiesta, ¿no?

Ashton parece desconcertado durante un instante.

—Sí, vi vuestras historias de Instagram —añado, y ahora sí que parece recordar vagamente lo ocurrido—. Pero, oye, si queréis imitar mi acento, soy de Misisipi, ¿eh? Que no dabais una. A veces parecíais de Arkansas, otras de Georgia... Incluso de Florida, o algo así. La próxima vez, a ver si lo hacéis mejor.

Le hago una pequeña demostración, como si estuviera hablando con mi madre, mientras él se queda ahí plantado. Resulta divertido ver cómo se le descompone el rostro mientras me mira con espanto.

Esa noche, decido contarle a Jeffrey todo lo relacionado con la sociedad secreta. Es otro lobo solitario, como yo, y además consiguió arreglarme el móvil (y mis padres no se habrían podido permitir comprarme otro). Le muestro la captura de pantalla que tomé tras haber resuelto los acertijos.

Sábado, 20:03. Patio Noyce, junto al viejo roble.
No llegues pronto. No llegues tarde.
Ven vestido de punta en blanco.
No importa si tienes otros compromisos.
Omnia ex umbris exibunt.

—¿Quieres venir conmigo? —le pregunto, porque la verdad es que no me apetece ir solo; mientras más, mejor.

—El sábado es la noche de los clubes —me dice Jeffrey, que parece intrigado.

Tiene razón; es la Feria de Clubes de Estudiantes de Essex. O sea, que todo el mundo va a ir vestido elegante de todos modos. Los miembros de la sociedad secreta esta, sea lo que sea (SSO, según su página web), pasarán completamente desapercibidos entre la multitud.

—¿Me permitirán ir contigo? Tenían tu dirección IP...

—Solo hay una manera de averiguarlo.

—¿Tienes algún esmoquin? —me pregunta Jeffrey.

Ah, cierto: tenemos que ir vestidos «de punta en blanco». Una de esas expresiones raras, como «irse a freír espárragos», que nadie se cuestiona nunca. Lo único elegante que tengo (aparte del uniforme del internado, y evidentemente no se refieren a algo así) es el traje que llevé al funeral de mi abuelo.

—No, ¿y tú?

—Qué va. Pero sé dónde podemos conseguirlos. Me mola todo esto. Deja que te devuelva el favor.

Al día siguiente, después de las clases, salimos del campus para ir a Abel & Mystick's, una famosa tienda de segunda mano de Nueva Inglaterra. Jeffrey se compró unas botas allí hace dos semanas, y resulta que son unas Alexander Wang negras de cuero adornadas con hebillas plateadas. Valen ochocientos pavos, pero a Jeffrey se las vendieron por unos ochenta, lo cual el dueño de la tienda describe como una de las mejores ofertas de Abel & Mystick's de los últimos cinco años. Aunque lo único que puedo pensar yo es: *¿De dónde coño ha sacado Jeffrey ochenta dólares?*

Bajo la vista hacia mis deportivas desgastadas rojas. Jeffrey señala un amplio perchero con esmóquines al fondo de la tienda. Por algún milagro, después de revolver un montón de perchas y probarnos varias prendas, Jeffrey y yo encontramos esmóquines, camisas y zapatos a un precio decente.

Tengo una tarjeta de crédito que me dieron mis padres para que la usara cuando fuera necesario. Reflexiono un momento sobre si esto se consideraría una necesidad, pero, dado que he llegado a la conclusión de que entrar en la sociedad secreta podría ayudarme a sobrevivir en Essex, creo que vale la pena, lo cual contrarresta un poco el sentimiento de culpa por gastarme dinero.

Jeffrey es alto y esbelto, y el esmoquin que ha elegido le queda como un guante; menudo cabrón con suerte. El mío me queda grande. Más de una vez me han llamado «escuálido», lo cual me sienta fatal. Por suerte, hay un sastre aquí al lado. Me entregarán el esmoquin arreglado en la residencia mañana a la hora del almuerzo.

«Sábado, 20:03, junto al viejo roble. No llegues pronto. No llegues tarde».

Más tarde, decido ir hasta el viejo roble cronometrándome, y paso junto a la estatua de bronce de Abraham Cook, que fue el director del centro a principios del siglo xix y fundó la famosa galería de arte estadounidense Cook, frente a la cual se alza imponente. Hace setenta años, se produjo un robo legendario en la galería, y nunca se llegó a recuperar un cuadro de valor inestimable. Incluso hoy en día siguen hablando del tema; creo que el centro aún está un poco tenso al respecto.

Estoy haciendo todo lo posible por entrar en la sociedad secreta. Incluso me he gastado dinero.

¡Cada vez siento que tengo más posibilidades!

—Ha estado lloviendo estos días —me dice mi madre.

Su acento me reconforta y al instante me arrastra de vuelta a casa. Suena relajada, distante. Seguro que por la marihuana medicinal. Mi padre ha reducido el tiempo que se pasa al teléfono conmigo a unos maravillosos 43,6 segundos.

—¿Te vas a poner? —le grita mi madre.

—Estoy aquí —contesta mi padre—. Ha estado lloviendo.

—Eso he oído.

—¿Cómo van las clases, hijo? ¿Has hecho amigos ya? ¿Has visto ya a Gretchen Cummings?

—La he visto por ahí; parece maja.

—¿Y va con el Servicio Secreto o qué?

Le explico que a veces los reconocemos, ya que intentan hacerse pasar por profesores o personal del centro, y llevan mochilas y van en bici, pero siempre tienen auriculares. Nadie habla de ellos, sobre todo porque todo el mundo intenta fingir indiferencia al respecto.

—Vaya —dice mi padre con una carcajada—, cuesta creerlo. Resulta que su padre parece tener algunas ideas progresistas bajo la manga. Nadie se lo esperaba.

—Desde luego —convengo.

—Bueno, me alegro de hablar contigo, hijo. Trabaja mucho, ¿eh? Tengo que volver a...

Y, tras añadir algo ininteligible, cuelga.

Mi padre se siente culpable de que sus propios problemas contribuyeran a que tuviera que marcharme de McCarl. No hay mucha gente de nuestra zona de Misisipi que vaya a internados privados de Connecticut. Querían que me fuera para protegerme. El regreso del cáncer de mi madre. Las dificultades económicas por culpa de las facturas médicas. La demanda civil de mi padre, los rumores sobre negligencia criminal. El acoso que sufrí en mi antiguo instituto y que empeoró y que acabó causando el incidente.

No puedo angustiarlos más aún con mis problemas para encajar aquí. Tengo suerte de estar aquí. He de ocultar la emoción de la voz. No ha sido una situación fácil. Pero lo estoy solucionando.

—Te noto mejor —me dice mi madre con una voz cargada de melancolía.

—Si. —Me enjugo una lágrima—. ¿Y tú qué tal?

—Ah, yo bien. Cuéntame algo divertido de Essex.

Estoy más solo que la una, tanto que duele como si un clavo me atravesara la mano.

—Me he comprado un esmoquin.

—¿Vas a alguna boda?

Le cuento lo de la fiesta que vi, los ojos, los acertijos, y le noto la voz más alegre.

—¡Oye, pues suena fascinante! Con lo que te encantan esas cosas. —Mi madre siempre es capaz de percibir mi estado emocional, y ahora también—. Sé que ha sido una época dura. Tienes que ser paciente.

—Ya. Pero estoy bien, de verdad.

Mi madre siempre pone buena cara, siempre intenta parecer animada por mí, y desde luego lo ha conseguido hasta en los peores momentos, incluso haciendo bromas cuando estaba enferma; pero ahora oigo la resignación en su voz, y eso es nuevo. No solemos hablar nunca de su enfermedad abiertamente; no es algo a lo que estemos acostumbrados.

El sábado, saco el esmoquin de la funda de plástico, me visto y me planto delante del espejo del dormitorio. No es que parezca un actor arrebatador en la alfombra roja, pero me han ajustado muy bien el esmoquin. A Jeffrey le queda aún más elegante; parece como si ya hubiera llevado un esmoquin antes. El reloj de mi abuelo, una reliquia familiar, va contando los minutos.

—Hora de irnos —le digo a Jeffrey.

Se oyen voces por todas partes; hay un montón de alumnos por el campus y la energía que reina es de curiosidad y exploración. Conforme nos acercamos al árbol, me invade tanta expectación que la noche se convierte en un remolino abstracto y oscuro: figuras y sombras que giran a mi alrededor, como un caleidoscopio apuntado hacia el asfalto.

Ashton, Toby y Lily pasan a toda prisa a mi lado, entre risitas. Si consigo entrar en la sociedad secreta, ya no me importarán. Me dará igual toda esa absurdez de escalar puestos en la sociedad de Essex.

Llegamos al patio Noyce. En cuanto nos acercamos al roble, un tipo con un esmoquin negro y una máscara de carnaval en tonos crema y dorado emerge de la oscuridad. Me quedo deslumbrado, como si estuviera delante de un famoso.

—Seguidme —nos ordena.

Subimos por una colina tras él. Tardo un momento en darme cuenta de que nos están siguiendo más personas. Nuestro grupito va aumentando; más y más gente se va uniendo a nosotros como ramitas de una zarza que se nos quedan pegadas.

Veo a cinco alumnos (tres chicos con esmoquin y dos chicas con vestidos elegantes, y todos con máscaras) que doy por hecho que son mayores y que lideran cuatro grupos a través de la noche. Y de pronto caigo: seguro que ha habido varios puntos de encuentro. No querían que se formara una gran multitud.

Hago un recuento rápido.

—Cuarenta alumnos en total —le susurro a Jeffrey.

Ya hay cuarenta alumnos reclutados... Guau.

—Seguro que es cosa de familia —me contesta.

Tiene razón. Lo más probable es que muchos de ellos ya supieran lo que era la SSO, por sus padres o por sus hermanos mayores, y, si no formaban ya parte de ella, estarían esperando que les llegara el turno. Essex es una escuela competitiva; es normal que la gente compita. Debería habérmelo esperado. Aunque yo no sea uno de ellos, estoy rodeado de la élite.

—Apagad los móviles —dice el tipo de la máscara sin aminorar el paso.

Nos están llevando al laboratorio Bromley, un edificio de hace ciento tres años del estilo neogótico típico de las universidades estadounidenses en el que me dan clase de Química. Hay varias plantas de salas de conferencias antiguas, laboratorios y aulas más nuevas.

Atravesamos las verjas de hierro con el lema del centro grabado: FELIX QUI POTUIT RERUM COGNOSCERE CAUSAS. Es de Virgilio, y significa: «Dichoso aquel que puede conocer las causas de las cosas». Me parece una buena frase. La fachada de piedra del edificio, que de noche resulta aún más imponente y sólida, parece horrorizada por tener que dejarnos pasar. Las dos puertas principales pesadas de Bromley se abren y entramos en el edificio en fila de a uno. ¡Qué serio todo! Las luces están apagadas; solo se ven las señales de salida rojo sangre en las esquinas del vestíbulo principal.

—Esperad —dice el chico de la máscara al que estábamos siguiendo, con la palma de la mano en alto—. Primer *treffpunkt* —dice, señalando a una chica enmascarada que ha combinado el vestido con un collar de perlas, y la chica se adelanta con sus tropas por el pasillo y giran de pronto hacia la derecha.

¿Qué coño es un *trefpunk* de esos? Jeffrey y yo nos miramos.

Hay más chicas de lo que pensaba; más o menos un tercio de los presentes, y llevan vestidos de varios colores: rojo atrevido, champán resplandeciente y blanco marfil. Todos los chicos llevan esmoquin, como yo, y me muero de ganas de preguntarles si se los habían traído a la escuela o de dónde los han sacado.

Me preocupa que la gente piense que es la primera vez que llevo algo más formal que un peto de granjero. Me llevo la mano a la nuca, algo que suelo hacer cuando me siento cohibido. Tengo que dejar de una vez de sentirme siempre fuera de lugar. Y he de empezar a creer que yo también tengo derecho a estar aquí. Si no, estoy jodido.

—Segundo *treff* —le dice el chico de la máscara a alguien que está por detrás de mí, y conducen a otro grupo de chicos vestidos de gala al pasillo, donde giran también a la derecha.

Tras una breve pausa, añade:

—Vamos.

Y todos lo seguimos por el pasillo.

—Tercer *treff* —dice alguien por detrás de nosotros.

Giramos hacia la derecha, como todo el mundo, y seguimos al tipo de la máscara por otro pasillo paralelo.

—Los cinco *treffs* —anuncia alguien desde detrás.

Bromley no ha sido siempre un edificio del Departamento de Ciencias; cuando estuve leyendo sobre Essex, vi que mencionaban a un tal Frederick Anson Taft (antiguo alumno de Essex, 1913), un famoso ilustrador de libros infantiles, campeón de ajedrez, cazador y alcohólico. Volvió a Essex para pintar murales para el interior de un salón de actos que iba a llevar su nombre dentro de Bromley. Pero otros libros que leí decían que dicho salón de actos ya no existía, que se había demolido cuando se llevaron a cabo reformas en el edificio a principios de los noventa. Sin embargo, ahora nos están conduciendo a través de unas puertas dobles, y al entrar...

¡Estamos en el salón de actos Taft! El que se supone que no existe. Lo han conservado, y aún hay murales descoloridos en el techo con escenas de cuentos infantiles clásicos como *Jack y las habichuelas mágicas* y *Alicia en el País de las Maravillas*. La gente deja escapar gritos ahogados al entrar, porque es como adentrarse en un sueño.

El salón de actos de dos plantas tiene un telón grueso granate que oculta un escenario tras el proscenio curvado, lámparas de araña antiguas de latón y ventanas de estilo medieval que dan a uno de los jardines de Shakespeare infestados de luciérnagas del internado. Las luces de la sala están atenuadas y las luciérnagas entran a montones por las ventanas, revoloteando como hadas vacilantes y aterradas.

Los alumnos mayores enmascarados nos hacen señas para que nos sentemos en las primeras filas y, una vez que todo el mundo está ya en su sitio, las luces se apagan y se alza el telón, que levanta un vendaval de polvo. Hay cinco miembros de la sociedad sentados en unas sillas de madera de respaldo alto: una chica y cuatro chicos, todos enmascarados. Iluminados por velas, tienen un aspecto fantasmal pero festivo. Menuda combinación.

La luz de las velas titila en las paredes, delante de las cuales, en ambos lados del salón de actos, hay siluetas oscuras con capucha. No me da tiempo a reparar demasiado en ellos, ya que redirijo toda la atención hacia el escenario cuando el chico que estaba sentado en el centro se levanta y comienza a hablar:

—Soy el maestro de ceremonias de este año. Bienvenidos y bienvenidas a nuestra sesión informativa. El proceso de selección para la SSO ha comenzado oficialmente.

Se sienta, y la chica que está a su lado se levanta.

—SSO son las siglas de la Sociedad de los Siete Ojos —añade—. Estáis todos aquí porque os hemos invitado, o porque nos habéis conseguido rastrear y habéis resuelto nuestros rompecabezas. Somos una de las sociedades secretas más antiguas del país, y nos dedicamos a investigar sobre nuestro campus.

¿Tendrán más privilegios los alumnos a los que han invitado que los que los han «rastreado»? Estoy seguro de que voy a tener que esforzarme más para impresionarlos.

—En la Academia Essex hay miles de peculiaridades ancestrales, secretos históricos y anomalías únicas que, una vez descubiertas, revelan la verdad de los oscuros sacrificios de nuestros antepasados.

Hostia puta.

—Al desenterrar los secretos del campus, aprendemos la historia de nuestro internado y se la transmitimos a las generaciones futuras.

Es casi como si estuviera diciendo que, a no ser que descubramos la verdad, todos viviremos engañados para siempre.

La chica se sienta y uno de los chicos sentado en un extremo se levanta.

—Solo diez de vosotros seréis elegidos —afirma, y un grito ahogado se extiende por la sala—. Se os seleccionará en base a vuestro talento, vuestro compromiso, vuestra creatividad y vuestro valor. La suerte sonríe a los valientes. Debajo de vuestros asientos encontraréis vuestras tarjetas, pero no las miréis todavía.

Hallo una tarjeta pegada con cinta adhesiva al asiento; la despego y me la dejo en el regazo.

—Tenéis tres ubicaciones escritas en la tarjeta. Elegid solo una de ellas. Encontradla. Entrad. Escribid un informe sobre cómo lo lograsteis y respaldadlo con pruebas fotográficas.

El maestro de ceremonias vuelve a levantarse.

—Debéis ser observadores y fijaros en los detalles. Prestadle especial atención a la arquitectura y a la historia. Nos interesa vuestro conocimiento sobre Essex, pero también vuestro modo de ver las cosas. Enviad los informes a la dirección de correo electrónico que encontraréis en vuestra tarjeta.

Se levanta otro miembro de la sociedad. Tiene una voz grave, autoritaria, y lleva una máscara negra, además de un anillo con una gema morada que resplandece a la luz de las velas.

—Meteos las tarjetas en el bolsillo. Os llevarán al exterior del edificio en fila, tal y como habéis entrado. Volved a vuestras residencias. Una vez que estéis allí, podréis leer las tarjetas. No le habléis a nadie de la sociedad. Recordad estas normas: nunca dañamos nada y nunca robamos. Sed imaginativos, sed discretos. Somos la Sociedad de los Siete Ojos, y esto es a lo que nos dedicamos. Buena suerte. *Omnia ex umbris exibunt. Tibi oculi aperti erunt.*

En cuanto cae el telón, miro hacia los pasillos. Las figuras encapuchadas han desaparecido.

CAPÍTULO SEIS

LA ISLA

Una vez en nuestro dormitorio, veinte minutos después, Jeffrey y yo examinamos las tarjetas que nos han dado. Tienen un sello en la parte superior: dos llaves maestras doradas cruzadas por delante de una verja azul marino entreabierta sobre papel grueso de color crema. Y encima, ese ojo que tan familiar me resulta ya.

Debajo del sello aparecen las letras OEUE, imagino que por uno de sus lemas en latín: *Omnia ex umbris exibunt*. «Todo saldrá de las sombras». Más abajo, en letras que parecen manuscritas: La Sociedad de los Siete Ojos. Y un correo electrónico: MC@sso.essex.org. Debajo del correo: Tienes exactamente una semana, hasta la medianoche. No le hables a nadie de nosotros. Destruye esta tarjeta.

Hay cuatro estrellas y, debajo, las letras CAP. En el dorso de la tarjeta, aparecen tres ubicaciones:

Sauna @ Stephensen
Solarium @ SWG
Torre @ Ortham

Jeffrey está buscando *treffpunkt* en Google con el móvil. Al parecer, es «punto de encuentro» en alemán.

Doblo una pierna, me siento sobre ella y me reclino en la cama.

—Oye, espera, ¡nosotros hemos llegado este año al internado! ¡Puede que el resto de los alumnos de segundo año que están compitiendo para entrar en la sociedad lo intentasen ya el año pasado! Han tenido un año más para averiguarlo todo sobre esto, sobre Essex.

¿Cómo es que no había caído hasta ahora?

Jeffrey asiente.

—Ya, es como si estuviéramos al mismo nivel que los de primero.

—¿Quiénes eran las personas esas encapuchadas?

—¿Qué personas encapuchadas?

—Estaban de pie en los pasillos. Parecían adultos, no estudiantes.

—No vi nada de eso. ¿¡Había personas encapuchadas!?

Sé que no me los he imaginado.

—¿Nos intercambiamos las tarjetas…?

—Vale.

Nos las pasamos y veo que Jeffrey tiene tres ubicaciones totalmente distintas en la suya. Otra torre de difícil acceso, una biblioteca de música abandonada en algún lugar del sótano de una antigua residencia mixta de los alumnos de último curso que ahora se usa para diversos tipos de funciones escolares y, lo que me resulta más intrigante, las antiguas instalaciones del club de remo del internado; pertenecen al campus, pero está un poco lejos para ir andando. En teoría lo demolieron cuando se erigió el pabellón de remo de la familia Lasker, donde entrena ahora el equipo de remo del centro, en otra zona de la orilla del río Connecticut. Debe de haber unos veinte botes allí.

Le devuelvo la tarjeta a Jeffrey y él a mí la mía. Oficialmente, estamos compitiendo el uno contra el otro.

—No fueron muy claros respecto a un montón de asuntos… —digo.

—Y que lo digas —concuerda—. Pero parecía a propósito.

Desde luego. Hay muchos detalles sobre los que reflexionar, pero en especial hay dos en los que no puedo dejar de pensar. Uno de ellos es lo de que están interesados en lo que sabemos de Essex, pero también en nuestro *modo de ver* las cosas. A lo mejor tengo que centrarme en eso para destacar sobre el resto.

El segundo detalle es que se referían a sí mismos como «la sociedad». No me refiero solo a que fuera parte de su nombre, sino a la manera en que hablaban: «No le habléis a nadie de *la sociedad*». Como si estuvieran diciendo: «No somos un club extraescolar cualquiera; o eres uno de los nuestros o no lo eres». O lo somos o no lo somos; ellos lo sabrán.

Ahora nos toca demostrárselo. Y demostrárnoslo a nosotros mismos.

Al día siguiente, decido investigar todo lo que puedo sobre SWG (el enorme gimnasio de Essex, también conocido como Strauss o Willy) en la biblioteca principal. Estoy en una salita apartada y silenciosa con paredes revestidas de madera, sentado en un escritorio con un flexo verde.

El gimnasio Strauss Willison fue una donación de Gordon Strauss (antiguo alumno de Essex, 1923, y exsecretario del tesoro de los Estados Unidos) y abrió sus puertas en 1938. Es una torre gigante con aspecto medieval. Aquí se encuentran la mayoría de los equipos de competición de Essex. Tendría que sortear los tornos, fuera del horario escolar, para llegar a lo alto de la torre, ya que el gimnasio cierra a las seis en punto todas las tardes. Salvo si formas parte de alguno de los equipos de competición.

Oigo unas risas ahogadas detrás de mí. Me giro y veo a Lily a horcajadas sobre Ashton en otra mesa, toqueteándose.

Supongo que Lily al fin se ha decidido por Ashton en lugar de por Toby. Ashton me ve y aparta con delicadeza a Lily para que se baje de su regazo. Lily también me ve y aparta la vista, y luego desaparece en otra sala cuando Ashton empieza a arrastrar la silla hacia mí.

—Buenas.

Me quito los cascos.

—¿Qué pasa?

Durante un momento Ashton no dice nada, como si se le hubiera quedado el cerebro sin batería.

—Pues, eh... A ver, esa noche...

Sacudo la cabeza como para decirle que no me importa, que no quiero oír lo que tenga que decir.

—Solo quería pedirte perdón. Íbamos borrachísimos. Aunque no hay excusa que valga.

—Y, aun así, dejasteis las historias de Instagram en vuestro perfil durante un día entero.

—Ya... Yo no soy así.

Le ofrezco una leve sonrisa.

—Pues yo creo que eres justo así.

—Escucha, eh..., vamos a ir a ver *The Mandalorian*. ¿Quieres...?

—Ashton —lo interrumpo—, que no somos amigos.

Empieza a frotarse la zona de encima de la oreja con vigor.

—Ya, pero es que...

—Y tampoco soy tu obra de caridad. No soy uno de los vuestros.

Y ahora, de pronto, siento que eso me da cierta ventaja. Soy demasiado bueno para ellos. Yo no les hago putadas a los demás.

—Ya, pero...

—Ey, Cal, ¿te está molestando ese chico?

Levanto la mirada y me encuentro con Luke Kim. Lleva una sudadera con capucha color melocotón, pantalones de chándal Adidas y una mochila naranja colgada del hombro. Ashton lo ve y le sonríe sin demasiadas ganas. Se conocen, pero desde luego no están muy unidos.

—Ah, buenas, Luke —lo saluda Ashton.

Luke se sienta en una silla al otro lado de la mesa. Mira a Ashton.

—¿Te largas o qué?

Ashton se mete la parte de atrás de la camiseta en los vaqueros con torpeza mientras se levanta y se cuelga la mochila del hombro.

—Te veo en el entrenamiento, Luke. —Y luego me clava la mirada—. ¿Me escribirás?

—Me da a mí que no.

Ashton finge haber oído una respuesta distinta.

—Vale, guay.

Y al momento desaparece.

Luke se inclina para mirar mis apuntes con una media sonrisa torcida que revela unas líneas de expresión a los lados de la boca que le quedan aún más monas que unos hoyuelos.

—¿Qué tienes ahí?

Cierro el cuaderno de golpe y lo coloco sobre todo lo demás.

—Nada.

Luke se recuesta en el asiento.

—Conque nada, ¿eh?

Pero tiene un brillo en los ojos que me hace ver que sabe exactamente lo que estoy haciendo. Interesante. No recuerdo haberlo visto en la sesión informativa de la sociedad en el Salón de Actos Taft. Me habría dado cuenta.

—¿Conoces a Ashton?

Luke se encoge de hombros con indiferencia, como diciendo: «¿Acaso no conocemos todos a Ashton?». Carraspea para ofrecerme una respuesta de verdad:

—Del fútbol. ¿Tú qué actividad extracurricular haces?

—Bailo *jazz*. —Doy por hecho que se va a reír, pero me equivoco—. Odio los deportes interescolares.

—¿Por?

Ahora me toca a mí encogerme de hombros. Estoy raquítico; soy ágil, sí, pero no demasiado atlético. A mi cuerpo no le queda bien la ropa ni se le da bien ningún deporte. Estoy seguro de que decepcionaría a mis compañeros de equipo, ¿y quién quiere eso?

—Vi la historia de Instagram del idiota ese. Olvídalo. No vale la pena.

—Ya lo he olvidado. Y gracias, pero no hace falta que me defiendas.

—Ah, ya lo sé. —Luke apoya la palma de la mano en mi rodilla y la deja ahí durante un momento de un modo extraño e introspectivo, como si hubiera pensado con detenimiento cada acción. La lámpara de la pared le ilumina los ojos con una luz acaramelada—. A mí personalmente me encanta tu acento.

Me acaricia la rodilla con el pulgar solo una vez y retira la mano.

Trago saliva. No encuentro las palabras adecuadas para responder.

Luke se levanta y recoge su mochila.

—Tengo que irme. Tengo entrenamiento. —Hace como si le estuviera dando una patada a una pelota de fútbol y me dedica una sonrisa alegre—. Nos vemos, colega. Pórtate bien.

Cuando salgo de la biblioteca, me dirijo al edificio Croyden, que le debe su nombre a Joseph Croyden, un magnate del acero (¿o era del almidón? ¿Es eso algo de lo que se pueda ser magnate?), la tienda principal del campus. Venden artículos promocionales de Essex. Me compro todo lo que llevaría alguien del equipo de natación, cualquier prenda en la que aparezca el nombre del internado, incluida la chaqueta azul que llevan todos los del equipo.

Más tarde, logro encontrar el solárium olvidado en lo alto de Strauss. No puedo sacarme a Luke y su actitud de deportista de la cabeza mientras me pongo manos a la obra. He conseguido entrar pasando desapercibido entre los miembros del equipo de natación, he encontrado un antiguo ascensor de los que parecen una jaula en la décima planta (que es secreta) y unas escaleras ocultas, y al fin he recibido mi recompensa: estoy en una gran sala iluminada por la luz violeta del atardecer.

Las paredes góticas de ladrillo tienen tallas intrincadas y el suelo es el típico suelo de gimnasio de tablones de madera de arce, y se ha conservado bien, pero es probable que haga falta revestirlo. Por todo el techo hay claraboyas inclinadas de cristal grueso reforzado. A través de las altas ventanas de barrotillos de las paredes se ve el campus, los tejados de los edificios y gran parte de Strafton, y montones de copas de árboles, rojas, doradas, bronce, como una maqueta ferroviaria *vintage*.

Hay fotos antiguas en las paredes que deben de datar de principios del siglo xx, en blanco y negro y desgastadas por el sol. En ellas aparecen niños en fila con uniformes antiguos de Essex, con poses estoicas. Se les ve tan vivos en las fotos… Tenían esperanzas y sueños, como todos nosotros. Mientras tomo mis propias fotos para el informe, me encuentro un sobre negro que sobresale de una de las fotos. Dentro hay una tarjeta en un papel de cartas color crema que me resulta familiar:

Enhorabuena, aspirante. Si estás leyendo esto, significa que eres el primero en lograr entrar en el solárium de SWG y completar una investigación exhaustiva. Envía tu informe por correo electrónico a MC@sso.essex.org y espera nuestras instrucciones.

Me quedo mirando la tarjeta mientras se pone el sol. Me siento como si hubiera logrado algo importante.

Una vez en mi cuarto, una hora después de haber enviado el informe, recibo un correo electrónico:

ANTIGUO COBERTIZO DEL EMBARCADERO / VINGERHUOT
De: MC@sso.essex.org
Para: Calixte.ware@essex.edu

OEUE

Calixte Ware,
La s-ciedad quiere que te presentes en las antiguas instalaciones del club de remo mañana a las 11:59. Como preparación para lo que está por llegar, compartimos contigo el primer versículo del catecismo de la s-ciedad. Has de aprendértelo de memoria. No lo compartas con nadie.

En el nombre de nuestro padre, Samuel Granford, mil setecientos siete.

Creó esta institución, la Escuela Granford, mil setecientos siete.

En el pueblo de Old Hillbrook, en la colonia de Connecticut, mil setecientos siete.

Y así fue como nació, en el año de nuestro señor, mil setecientos siete.

No llegues tarde. Abrígate. No importa si tienes otros compromisos. Ven solo. Borra este correo y no le hables a nadie de él.

CAP,
EhRamBe

CNSP

Me quedo mirando el correo un buen rato. Han compartido algo conmigo. No es gran cosa; solo un versículo de un catecismo, pero para mí es algo monumental. Está claro que esta sociedad es muy hermética. ¿Será posible que cada vez esté más cerca de pertenecer a ella? ¿Será una posibilidad real que me acepten, y no solo una fantasía difusa? Nunca me había parado a pensar en serio que pudiera formar parte de la sociedad; solo había mantenido una ligera esperanza.

Esa misma noche, más tarde, le pregunto a Jeffrey, como quien no quiere la cosa, si me puede dejar su bici, y me dice que claro, que sin problema.

Me paso un buen rato con el Google Maps abierto, intentando ver cómo llegar al embarcadero, a las antiguas instalaciones del equipo de remo, ya que no aparecen en los mapas más recientes del campus. También tengo que averiguar cómo escabullirme de Foxmoore después del toque de queda. Pienso en las ventanas y en las puertas, y en todas las normas sobre salir solo a ver a otras personas. Todas las normas se deben a que en Essex son legalmente responsables de nuestra seguridad; por eso te ponen tantas trabas para visitar a cualquiera que viva en otra residencia o para salir del campus. Pero todas esas normas no solo pretenden impedir el sexo entre los alumnos.

Miro a mi alrededor y reparo en lo que *no* tenemos en las residencias. Por ejemplo, fogones y velas. Tenemos la normativa de incendios muy presente, y cada residencia tiene una salida de emergencia que ha de mantenerse accesible en todo momento.

Voy a comprobar la que tenemos en nuestra planta. Está en la parte trasera del edificio, al final del pasillo, junto al cuartito de la limpieza. Y, tal y como esperaba, ¡la ventana no está cerrada! No sé si haré demasiado ruido al salir por ahí, pero supongo que ya lo averiguaré mañana. Así es como pienso escaparme.

Casi no duermo nada por la noche y, al día siguiente, durante las clases, solo consigo mantenerme concentrado lo justo para no llamar la atención, para que nadie sepa que tengo la mente en otra parte, como, por ejemplo, qué será lo que va a ocurrir a medianoche. Además, tampoco puedo dejar de repetir mentalmente el versículo que me han enviado.

Ha estado lloviznando todo el día, pero de pronto por la tarde escampa. A las doce menos cuarto de la noche, bajo las escaleras de la salida de emergencia con cuidado. Consigo no hacer demasiado ruido. Mi plan sale a pedir de boca; la parte de atrás de Foxmoore está despejada y a oscuras. Llevo una chaqueta con capucha sobre una sudadera fina, pero al momento me doy cuenta de que no es suficiente. La noche es más fresca de lo que pensaba.

Voy en bici hasta las antiguas instalaciones del club de remo del embarcadero. Nunca llegaron a demolerlas del todo; tan solo las dejaron vacías. Esta clase de construcciones son iguales en todos los internados de ricos de la costa este: unos espacios abiertos con entramados de madera y revestimientos de caoba. Y amplias ventanas arqueadas que permiten ver el río o lago sobre el que se alza el edificio desde la zona de entrenamiento de remo para crear la ilusión de una superficie ininterrumpida de agua.

Hay partes del edificio que parecen haber sufrido daños por tormentas y no se han llegado a reparar. Las ventanas que dan al agua están todas reventadas. Parte del techo se ha venido abajo y huele a humedad y a moho. Camino por el espacio vacío y veo el lugar en el que solían estar los tanques de agua y la zona en la que estaban las máquinas de entrenamiento sobre un suelo de caucho típico de espacios deportivos, deteriorado y cubierto de limo.

Intento no pensar en el riesgo que estoy corriendo y en lo que ocurriría si me atrapara un vigilante del centro. Noto que se está despertando mi parte autodestructiva, quizá más de lo que me gustaría. Y esa parte de mí parece ser el motor que me impulsa hacia ellos cuando los veo.

Están reunidos junto a la antigua entrada de las instalaciones, bajo un armazón de vigas pesadas de madera, y el agua de fuera, iluminada por la luna, se refleja en la madera en ondas plateadas. Son cuatro chicos con esmoquin y máscaras blancas de carnaval, y están frente a una camilla de hospital. Me hacen gestos para que me suba a la camilla.

—¿De qué va todo esto? —les pregunto y, aunque hablo en un susurro entrecortado, resuena por la estancia.

Nadie se mueve ni responde.

Y tan solo me quedo allí parado un segundo más.

Al momento, me atan a la camilla y me vendan los ojos.

Oigo una voz que me habla al oído:

—Te vamos a poner unos cascos con cancelación de ruido. Durante unos quince o veinte minutos, se te privará por completo de los sentidos. Asiente si lo comprendes.

Asiento. Se me acelera el pulso. ¿Y si me da un ataque de pánico? ¿Y si…?

Me colocan los cascos. Adiós al oído. Adiós a la vista.

Aún me quedan el tacto, el olfato y el sabor. Noto que levantan la camilla y después vuelven a bajarla y a colocarla sobre una superficie plana. Percibo movimiento. Lo percibo en el oído interno. El aire me sabe y huele a sal. Noto un viento punzante. Estamos en el exterior. Puede que estemos…

Joder, puede que estemos en el agua.

Para compensar la privación total de los sentidos, mi mente no deja de lanzarme imágenes: Luke con las latas de pintura, mi madre sonriendo con una copa de Bulleit, las luciérnagas entrando por las ventanas revoloteando…

Veo aquellos ojos fríos, brillantes como una serpiente a la que han despertado en una cueva, viniendo a por mí en ese pasillo vacío, junto con sus amigos, todos acercándose despacio. Veo el paso elevado de la autopista, los lugares a los que íbamos mientras la luz del día se desvanecía y la noche nos cubría. La noche oculta cosas…

Como la vergüenza. Y ahora me empieza a escaldar, como siempre.

—No —protesto, cada vez más alterado.

Me agito para liberarme de las correas, pero entonces…

Siento que vuelven a levantar la camilla y la bajan de nuevo. Me alzan el cuerpo y me dejan sobre una superficie fría y dura. Me quitan los cascos.

—No te quites la venda hasta que suene el temporizador. Asiente si lo comprendes.

Asiento.

—No podrás hablar de esto con nadie jamás.

Vuelvo a asentir. Me cuesta respirar. Jadeo.

Oigo el sonido inconfundible del motor de un barco al alejarse.

Me lamo los labios, secos y agrietados.

Bip, bip, bip.

Me quito la venda y me incorporo. Tengo un cronómetro colgado con un cordón negro del pecho. Me lo quito también. Me han dejado una linternita y un trozo de papel sobre el vientre. Enciendo la linterna y la dirijo hacia el papel. Leo:

¡Hola, Cal! Escapa de la isla.

La sociedad.

Estoy en una isla diminuta en plena noche. A lo lejos hay un faro y su luz no deja de girar. Cada vez que me apunta, me parece como si durante un instante un ojo enorme me dirigiera una mirada abrasadora, crítica y desconfiada. Conforme se me va acostumbrando la vista, veo en el agua los destellos de la luz de la luna, que asoma entre las nubes.

—Ay, madre —repito sin parar mientras recorro la isla embarrada y apunto hacia el suelo con la linterna.

Solo hay rocas y ramitas que crujen bajo mis pies. Me pongo a temblar y me abrazo a mí mismo. Hace un frío que pela, y cada vez estoy más congelado. Me voy a morir helado aquí.

Veo huesos en el suelo. *Hostia puta, ¿son huesos de verdad?* Sí, el pequeño haz de luz de la linterna ilumina unos montoncitos de huesos y... una calavera que parece mirarme fijamente, de un blanco azulado y con aspecto de espanto bajo la luz de la luna. ¡Tiene las cuencas de los ojos vacías! Me aparto de un bote con un grito ahogado.

Es una broma. Tiene que ser una broma. No van a traer a alumnos aquí a dejarlos morir, ¿no?

Pero... ¿y si eso es justo lo que hacen? Nadie sabe dónde estoy.

Sigo caminando y, al fin, veo algo. Una barca medio oculta bajo un montón de ramas rotas. ¡Y más huesos! Dirijo la linterna hacia allí. Veo dos remos, pero están hechos polvo, hundiéndose poco a poco entre las algas de la orilla, con la madera en descomposición. Algo centellea: un collar enrollado en uno de los remos. Lo recojo. Una cadena de plata con un colgante también de plata con unas letras grabadas: Omnia ex umbris exibunt.

Tengo el móvil, pero no hay cobertura. No puedo saltar al agua e ir nadando hasta la orilla si no quiero morir. Ni siquiera sé en qué dirección debería nadar. El faro no me dice nada de nada.

Oigo un ruido. Me giro con brusquedad. Parecía algo chapoteando en el agua.

Me dirijo hacia la zona de la orilla de donde creo que provenía el ruido y apunto con la linterna hacia la neblina oscura. Nada. Pero, tras un minuto, aparece una silueta. Se acerca cada vez más. Es un bote, lo que se conoce como un cuatro en punta, la categoría en la que Essex compite en la Asociación Interescolar de Remo de Nueva Inglaterra. Sobre él van tres remeros encapuchados y con capas que se aproximan agitándose como vikingos, atravesando la noche hasta volverse tangibles.

Exhalo. Pero el suspiro que dejo escapar está cargado de decepción. Debo de haber fracasado de algún modo.

El bote llega a la orilla.

—¿Has encontrado el collar? —me pregunta uno de los encapuchados.

Comienzo a hablar, pero me castañean los dientes. Extiendo el brazo mientras agarro el collar con una mano temblorosa que no puedo mantener inmóvil.

—Lánzamelo, por favor.

Se lo lanzo a la silueta encapuchada, que la atrapa en el aire. La luz del faro cae sobre nosotros e ilumina a las tres figuras. Llevan unas capas rojo oscuro, como el vino tinto. No se les ve la cara.

—Termina la siguiente frase —comienza a decir otra de las personas. Oigo el rumor del agua contra el bote—. En el nombre de nuestro padre…

Casi no puedo hablar.

—Sam… Sam…

—Respira, Cal. Inténtalo de nuevo.

Me agacho, me apoyo las manos en las rodillas y respiro hondo. Luego me enderezo de nuevo.

—Samuel Granford.

—¡Mil setecientos siete! —gritan todos a la vez, y sus voces resuenan en la noche—. Creó esta institución…

—¡La Escuela Granford! —exclamo jadeante.

—¡Mil setecientos siete! En el pueblo de…

—¡Old Hillbrook!

—En la colonia de Connecticut, ¡mil setecientos siete! Y así fue como nació, en el año de nuestro señor…

Mi voz ronca se desliza sobre la superficie del agua, en calma e iluminada por la luna:

—Mil… setecientos… siete.

—Danos la mano y te ayudaremos a subir. Toma el cuarto remo que está apoyado en el escálamo.

—Pero ¡si no he conseguido escapar!

Todos se echan a reír.

—Nadie logra escapar —dice uno de los chicos encapuchados, como si fuera la cosa más ridícula que ha oído en su vida.

CAPÍTULO SIETE

BAJO EL MANTO DE LA NOCHE, PARTE I (LA GALA)

A pesar de que creo que tengo una hipotermia leve y un ligero trauma que poco a poco va alejándose hacia un rincón de mi cerebro, me siento más fuerte que nunca tras lo que he vivido en esa isla. Y orgulloso.

Volví en bici a casa, me duché con agua caliente durante un buen rato y luego me fui directo a la cama. Cuando me desperté al día siguiente, no sabía si lo había soñado todo. Hasta que vi el barro en las zapatillas.

Dos días más tarde, estoy todavía dándole vueltas a todo cuando me pasan una carta por debajo de la puerta. Sé de inmediato que me la envían *ellos*. Es un sobre color crema con un sello de cera con un escudo y mi nombre escrito en una letra con florituras en el anverso. Se parece a la tarjeta que nos dieron en la noche de la sesión informativa. La abro.

La Sociedad de los Siete Ojos

★★★★

Te invita cordialmente a escapar de tus estudios para pasar una velada furtiva en comunión. Solicitamos tu presencia, vestido de punta en blanco, en la gala semestral a las once de la noche, el miércoles dieciséis de septiembre, en la Madre que llora. Sé discreto. Destruye esta invitación.

★★★★

CAP

No tengo manera de saber si la gala de la que hablan es el próximo paso o algo así, si he ascendido en su misteriosa jerarquía, o si tan solo se trata de la continuación de la competición para todo el que les haya enviado un informe por correo electrónico.

La madre que llora en las cinco fases del duelo es una escultura de acero erosionado del famoso escultor estadounidense (y antiguo alumno del internado) Elias Vanderhaas. Apareció por sorpresa una mañana en la plaza Holtham en 1969, financiada en secreto por un grupo de estudiantes, como un monumento en contra de la guerra. La plaza Holtham es donde se encuentra el Salón de Actos Tanner, que alberga el Departamento de Música de la escuela. Imagino que este punto de encuentro es uno de varios *Treffpunkts*. Ya me he aprendido la jerga.

La gala es una hora después del toque de queda. Pero ahora ya sé cómo sortear esa traba.

Cuando Jeffrey me cuenta que él también ha recibido una invitación (una chica se la entregó después del almuerzo, como si fuera una citación judicial), me quedo algo decepcionado, y después me siento culpable por estar decepcionado. No tengo nada en contra de Jeffrey, pero, si a él también lo han invitado, doy por hecho que no han descartado a nadie aún.

A Jeffrey lo han citado en un punto de encuentro distinto, y no sé si eso es significativo o no, pero tiene que estar en la fuente de piedra de las máscaras de la comedia y la tragedia que está delante del teatro Ashbury, también a las once de la noche. Pero Jeffrey no sabe cómo escabullirse de Foxmoore. Se le ocurren un montón de ideas ridículas; incluso por un momento se plantea hacer rápel.

—¿Y por qué no usamos la salida de emergencia? —sugiero, haciéndome el inocente.

Jeffrey me lanza una mirada curiosa, y entonces le explico que el otro día me di cuenta de que la normativa de incendios puede beneficiarnos.

Una vez que estamos en el exterior, nos mantenemos alejados de las farolas que bordean los caminos pavimentados y avanzamos por franjas oscuras de césped mientras nos dirigimos a nuestros puntos de encuentro. Jeffrey y yo nos separamos y tan solo nos despedimos con la mano. Al llegar a la escultura, me acerco a un grupo de alumnos (quizá más pequeño que la última vez, aunque no estoy seguro) que ya están allí reunidos, y al momento, antes de que me dé tiempo de reconocer a nadie, un chico de un curso superior nos conduce en silencio a través de la noche.

Nos guían por un campus en calma hasta llegar a las columnas del pórtico del edificio Brookleven y entramos en la planta baja. Solía ser un edificio del Departamento de Ciencias, pero, conforme fueron construyendo nuevos durante los últimos diez años, se convirtió en otro edificio administrativo más. La planta baja se utiliza como una especie de salón de baile para diversos tipos de eventos de antiguos alumnos a los que no suelen invitar a los alumnos de primero y de segundo. Me quedo boquiabierto nada más entrar.

Bajo una lámpara de araña resplandeciente hay una torre de champán sobre una mesa cubierta con un mantel blanco. Hay otra mesa con tostaditas y distintos tipos de caviar, perlas brillantes rojas, verdes, amarillas y negras, con varios tipos de aderezos. No hay ninguna otra clase de comida. Quieren que nos emborrachemos. Imagino que se trata de una prueba de disciplina y autocontrol. Lo de la isla también fue una prueba.

Hay un cuarteto de cuerda tocando en un rincón. La mayoría de los alumnos están inmóviles en el centro del salón de baile, parpadeando aturdidos. La música de Pachelbel que interpreta el cuarteto resuena y le otorga al lugar un ambiente espectral.

Me acerco a la torre de champán y me hago con una copa. Le voy dando sorbitos poco a poco. Pienso evitar el caviar, porque no tengo ni idea de cómo le sentará a mi estómago. Todos se está desplazando hacia los rincones de la sala, vacilantes. Este evento es de lo más ostentoso; solo el champán y el caviar deben de haber costado al menos mil dólares.

Un alumno mayor se me acerca y me agarra del hombro. Me doy la vuelta.

—Buenas —me dice con una voz grave, firme y aterciopelada, la voz de alguien acostumbrado a afirmar cosas, no a preguntarlas—. Bienvenido a la gala.

—Hola.

Le tiendo la mano y me la sacude con firmeza. Es un chico con aspecto escandinavo y complexión de defensa de fútbol. Lleva un esmoquin azul oscuro que le queda de muerte y podría considerarse atractivo si no tuviera un cuello tan ancho.

—Pinky Lynch.

Durante un momento se me queda la lengua pegada a la boca. Lleva un anillo con una gema morada grande. Recuerdo ese anillo. Es uno de los chicos enmascarados que estaban en el escenario del Salón de Actos Taft. Al fin logro mover la lengua y contesto:

—Calixte Ware. Cal.

—Me alegro de conocerte, Cal. Diviértete, socializa, come y bebe lo que te apetezca.

Pinky me da una palmada en la espalda y se aleja demasiado rápido como para que pueda averiguar más sobre él.

Un chico negro delgado se acerca a pasos agigantados y me frota los hombros con demasiada confianza, como si nos conociéramos de hace años. Lleva unos zapatos brillantes, bien lustrados (*Hostias, ¿lo estarán los míos?*), blancos y negros, y le quedan muy elegantes con el esmoquin.

—Soy Marcus —me dice, y creo detectar un acento que me resulta familiar.

—Cal. ¿Eres del sur?

Se le ilumina la mirada.

—De Birmingham. ¿Y tú?

—De McCarl, Misisipi —contesto, y me doy cuenta de que ya me noto más calmado y sociable de lo que he estado durante todo el tiempo que llevo en Essex.

—¡Ah! —responde con los brazos extendidos, como si fuera a abrazarme.

—Somos los que ayudamos a la gente de Alabama a sentirse mejor consigo misma, ¿eh? —bromeo.

A la gente de Alabama le gusta pensar que Misisipi es mucho más pobre, más anticuado y más racista, y que tenemos peores centros educativos, pero en realidad estamos bastante igualados.

Marcus se echa a reír.

—Solo viví allí hasta los nueve años. Después nos mudamos a Chicago. Mi padre es oncólogo en el hospital Northwestern Memorial.

—Chicago, vaya, qué suerte —le digo, aunque no sé casi nada de Chicago, más allá de que es una ciudad y que no está ni en Alabama ni en Misisipi—. Pero no se te ha ido el acento.

—¡No pienso perderlo nunca! Echo de menos Birmingham. En Chicago hace un frío que pela. También echo de menos a algunos de mis amigos de Birmingham. ¿Qué te parece Nueva Inglaterra por ahora?

—Me gusta el otoño: los colores, el fresco, como si el mundo entero estuviera maduro. —Cuesta describírselo a la gente de Misisipi, donde sobre todo hay árboles de hoja perenne, magnolios y liquidámbar, donde todo es húmedo y pausado—. Me hace mucha gracia Connecticut, con todas esas ciudades y pueblos con nombres mágicos y regios. ¡Bristol! ¡Chesire! ¡Cornwall! ¡Windsor!

—¿Verdad? La verdad es que este sitio es genial, me gusta. Pero, joder, casi todo el mundo es blanco. Bueno, en Essex no; aquí hay bastante diversidad, pero me refiero a Nueva Inglaterra en general.

—¿Eres de cuarto?

—Tercero —responde—. Soy miembro de la sociedad. Y pertenezco al Consejo. —Baja la mirada hacia mi copa, casi vacía—. ¿Quieres más champán?

—No hace falta, gracias.

—Bueno, Cal, lo siguiente es la Maratón.

Lo miro fijamente, frotándome la barbilla con la mano.

—¿La Maratón?

—Es el próximo paso del proceso de selección.

Asiento con energía, como si lo hubiera estado esperando. Por supuesto que iba a haber más.

—Queremos que sigas adelante con el informe de la investigación. Como siempre, has de ser específico en cuanto a la arquitectura, la seguridad, la historia del edificio… Nos fijamos mucho en eso, y sobre todo en cómo lo enfoca cada uno, cómo estructura su informe. Pero esta vez hay un pequeño giro...

¿Me van a secuestrar y voy a tener que saltar de una avioneta con un paracaídas?

—Tendrás que elegir el lugar tú mismo. El próximo informe es todo cosa tuya. No nos entregues nada que se pueda encontrar en internet o en libros básicos sobre la escuela. Tienes que desprender una capa más. —Marcus acompaña sus palabras con un gesto de retirar un envoltorio y luego me habla al oído—. Debes arriesgarte más.

Arriesgarme más... Entiendo al instante que, si quiero que me elijan, debo hacerle caso.

Marcus dirige la vista hacia el caviar; hay varios alumnos merodeando por allí, examinándolo vacilantes.

—Prueba el caviar. No está tan malo como crees.

Vuelve a hablar con una voz ligera y despreocupada, y me frota el hombro como si tuviera una pelusa. Asiente mientras me mira y sale disparado.

Apuro la copa de champán. Un chico de mi curso, que sin duda ha bebido demasiado y le ha sentado mal, sale corriendo de la sala cubriéndose la boca con las manos. Bueno, pues uno menos, supongo. He hecho bien en tomármelo con calma.

—Seguro que lo han descalificado. —Me giro y veo a Luke Kim mirando en dirección al chico con una mueca de dolor. Se da la vuelta hacia mí con elegancia y quedamos cara a cara. Está buenísimo vestido de gala—. Ese chico va como una cuba.

—Es justo lo que estaba pensando —le digo entre risas. Me alegro mucho de verlo. Ya puedo dar por hecho que Luke también estuvo en la sesión informativa en Taft y que sencillamente no lo vi—. Hola, Luke.

—Hola, Cal.

Siempre tiene una sonrisa traviesa en la cara, aunque a la vez parece un chico transparente y abierto. Y ahora incluso más.

—Oye, por cierto, ¿de dónde eres?

Ya que parece ser la pregunta típica por aquí, por qué no formularla yo también.

—Mis padres son de Seúl. Mi padre es ingeniero, y emigraron antes de que naciera yo. Me crie en las afueras de Richmond.

—Eres *casi* del sur.

—Pfff, supongo.

—Yo soy de Misisipi.

—Tú ganas —dice Luke, y se toma un sorbo de champán de una copa que aún está llena; él también va poco a poco—. Ya me lo imaginaba por el acento.

Igual que todo el internado, por lo visto. Extiendo las manos a nuestro alrededor.

—¿Qué te parece todo esto?

Luke se encoge de hombros.

—¡Pues ni idea! Supongo que mola. Una chica me ha dicho que voy a tener que correr una maratón o algo así.

—Creo que es solo que el próximo paso se llama así, Maratón. Pero solo tenemos que enviar más informes.

—Aaaaah —dice Luke—. Pues yo creo que paso. —Se ríe con los ojos cerrados y mira hacia arriba, divertido—. ¡Que estoy de broma! Haré lo que me pidan, sea lo que sea.

Me parto con sus payasadas.

—¿Has probado el caviar?

Luke saca la lengua.

—Qué va.

Todo el mundo sigue socializando, y mola muchísimo estar en esta sala, pero empiezo a pensar que no debemos quedarnos aquí mucho tiempo. La gala es fascinante, pero los miembros de la sociedad parecen haberse escabullido. Lo más probable es que nos estén observando; la temática de la noche parece ser «resistir la tentación». Veo a Jeffrey en el otro extremo de la sala, con una copa en la mano, hablando con entusiasmo con Dahlia Evans, una chica de nuestro curso. Miro a Luke.

—Creo que ya nos han dicho lo que nos tenían que decir.

—¿Crees que deberíamos irnos?

—Creo que el momento en que decidamos marcharnos es un factor clave —contesto.

Luke me señala impresionado. Mira a su alrededor una vez, y otra, pero siempre vuelve a posar la vista en mis ojos, como si estuviera intentando descifrarme, o como retándome a descifrarlo a él. No sé. ¿Me lo estaré imaginando todo? ¿Estaremos todos un poco achispados? ¿Será eso?

—Quedarse más tiempo del necesario sería de mala educación —concluye—. Pero lo que sí voy a hacer es ponerme un poco más de champán. Si no, menudo desperdicio. —La torre, que resplandece como si fuera de oro fundido, parece casi intacta—. Una copita para el camino de vuelta a la resi. ¿Cuántas veces tenemos la oportunidad de beber champán?

Luke sale disparado. El cuarteto de cuerda sigue tocando con deportividad, como si estuvieran dándolo todo para los pasajeros de un barco que se está hundiendo, y al momento Luke regresa con esa sonrisa cálida y contagiosa y me tiende una copa. Me conduce al exterior de Brookleven y, antes de que me dé cuenta, es más de medianoche y estamos detrás del edificio Hertzman.

—Tenemos que saborearlo.

Al principio no sé a qué se refiere (¿a este momento, quizá?), pero entonces levanta la copa de champán y esboza una vez más esa sonrisilla dulce. Brindamos y los dos bebemos un sorbo.

—Tengo una sorpresa. —Se saca una servilleta que se había guardado en la chaqueta, y dentro hay una tostadita con un poco de caviar—. ¿Quieres probarlo?

—Eh…, vale —digo riéndome.

¡Espero que comer huevas de pescado cuente como un riesgo!

Luke da un mordisquito, pone cara de «no está mal» y me lo ofrece.

—Qué salado está —digo tras probarlo.

—Está pasable —contesta Luke—. Aunque tampoco me parece que sea para tanto.

—¿A lo mejor le hace falta más de esos aderezos que tenía?

Los dos nos acabamos el caviar dando mordiscos diminutos y asintiendo con agrado.

—Bueno, la cuestión es que hemos probado algo nuevo.

Luke apura el champán que le queda, y yo lo imito. Agarra las dos copas y las deja delante de un árbol. Se quedan una apoyada contra la otra, como si estuvieran enamoradas.

—Se te refleja la luz de la luna en los ojos —me dice, como quien le comenta a alguien que tiene un poco de lechuga entre los dientes. Me llevo la mano a la frente en horizontal para protegerme los ojos, como si el resplandor lunar le pudiera resultar ofensivo o doloroso de alguna manera—. ¿Qué pasaría si lloraras?

—Que brotarían lágrimas de luna.

—Anda, un poeta —dice con una risita.

Yo también me río porque nunca se ha referido nadie a mí de ese modo. Me dedica una sonrisa que atraviesa la noche.

—No sé yo —contesto.

—Hablando de llorar… —Su sonrisa se me está grabando en la mente, dulce como el caramelo y un poco torcida—. Cuando nos vimos por primera vez…

Se podría decir que, sin pretenderlo, ambos descubrimos un secreto que guardaba el otro.

—Lo he estado pasando un poco mal desde que he llegado a Essex.

—Lo entiendo. ¿Sabes qué? He estado pensando en ti. Desde ese día. Cuando nos conocimos.

Nadie me había dicho nunca nada parecido.

—¿Por qué?

—No sé. Parecías perdido. Además, murmuras para tus adentros.

Noto que me estoy sonrojando.

—Es... algo que... Ya...

—Me parece mono. —Tras una pausa, añade—: Todavía no he encontrado a mi grupo de gente en esta escuela. Antes se podría decir que era un malote.

Eso me toma por sorpresa.

—¿En qué sentido?

Le da una patada a una piedra del suelo de un modo que me recuerda al instante que juega al fútbol.

—Me juntaba con la gente que no debía en clase, en Richmond; unos *skaters punks* que empezaron a interesarse por el arte callejero, y estábamos pintando unos edificios...

—Como cuando te vi.

—Sí, justo, pero entonces nos descubrieron y, en fin, me arrestaron y todo, y estuve a punto de ir a un centro de detención de menores y... Es una larga historia. La cuestión es que al final acabé aquí. Pero tengo que portarme bien. Llevo haciendo grafitis desde los diez años. No es tan fácil parar de un día para otro —dice mientras se desata la corbata, alterado, como si el pasado lo estuviera asfixiando.

—¿Y sueles pintar algún grafiti que te identifique? ¿Como una firma?

—A ver, extiende la mano.

Obedezco, y Luke se saca un boli del bolsillo y me dibuja algo en la mano. En cuanto el boli me roza la piel y me provoca un cosquilleo frío, cierro los ojos. Luke ha trazado ese mismo dibujo un montón de veces. Cuando abro los ojos de nuevo, veo que tiene el boli entre los dientes y le está poniendo el tapón.

—Ahí lo tienes.

—¿Qué es?

A oscuras, no logro distinguirlo del todo.

—Ya lo verás. Es tarde; deberíamos volver.

Luke me tiende la mano y se la estrecho.

—Que duermas bien, Calixte Ware.

—Lo mismo digo, Luke Kim —le respondo, pero la oscuridad de la medianoche ya ha envuelto a Luke.

CAPÍTULO OCHO

ROSAS NEGRAS

A la mañana siguiente, en clase de Química, giro la palma de la mano hacia arriba y miro una vez más lo que Luke me ha dibujado. Es un bebé muerto en un vientre, con los ojos tachados con dos X, y le falta un trozo del cuello, como si le hubiera mordido un monstruo de dibujos animados. Resulta a la vez gracioso e inquietante. Se ve que Luke es un chico complejo. Es atrevido y carismático, con cierta arrogancia que me hace querer conocerlo mejor. Levanta la vista hacia mí con expresión inescrutable mientras sus ojos revolotean por la palma de mi mano y esboza una sonrisa casi imperceptible. Y entonces comienza a garabatear en su cuaderno. Cierro el puño para ocultar la marca que ha dejado en mi piel.

En Lengua, en la segunda hora, estamos estudiando a Robert Frost y su poema *La familia de la rosa* («La rosa es una rosa y siempre fue una rosa…»), y ahí estoy yo, pensando en rosas, cuando mi mirada se cruza con la de Emma Braeburn, que está sentada al otro lado de la mesa, mientras todos los alumnos vamos hablando de Frost por turnos. Estamos intentando impresionar a nuestro profesor de Lengua, el señor Bryce, con su rebeca color berenjena y sus gafas de carey de Warby Parker. Emma me sonríe y yo le devuelvo la sonrisa. Está sentada delante de las ventanas que dan al campo de deporte York. El sol se me clava en los ojos como agujas eléctricas, de modo que tengo que apartar la vista. Emma es la compañera de cuarto de Gretchen Cummings.

El vicepresidente Charles Cummings recibió críticas hace unos pocos meses a raíz de un discurso pretencioso e insensible que dio sobre los refugiados sirios. Citó un poema espantoso llamado *Rosas negras*, sobre largas caminatas a través de noches interminables, e incluso se lo atribuyó a la persona equivocada (a un hombre, en lugar de a la profesora de Lengua que, por algún motivo, no estaba lo bastante avergonzada como para no afirmar que en realidad era suyo).

La cosa no fue nada bien. Fue una pesadilla para sus relaciones públicas. De hecho, cuando me enteré de que Gretchen iba a estudiar en Essex, me sorprendió bastante, y esperaba (por su bien) que fuera más espabilada que su padre. La verdad es que no lo sé; no tengo ninguna clase con ella. Pero ahí está Emma, que me está sonriendo y…

«Debes arriesgarte más».

Sí, creo que tengo una idea. Es solo un germen de una idea, en realidad, y es tan complicada que no sé cómo voy a lograr llevarla a cabo, pero sería tan brutal que tampoco puedo olvidarme del asunto.

Más tarde, a la hora del almuerzo, encuentro a Emma mientras le está echando un vistazo a la mesa de la fruta.

—Buenas.

—Ah, hola —me dice, y al menos no parece espantada de verme.

Nunca hemos hablado fuera de clase hasta ahora. Emma vuelve a estudiar las manzanas y le señalo una Granny Smith.

—Esa, esa de ahí es la mejor de todas.

Emma agarra un plátano y me dedica una sonrisa de suficiencia.

—Pues entonces deberías comértela tú.

Bueno, ahora supongo que no tengo opción. Agarro la manzana.

—Hola, chicas —le dice Emma a dos de sus amigas que están pasando por allí, y se marcha con ellas.

Una parte de mi cerebro me está diciendo que me va a ser imposible ganarme a nadie de por aquí, que no soy uno de ellos y nunca lo seré. La otra me dice que soy mejor que todos ellos (*Mira todo lo que has hecho, por todo lo que has pasado*), y que puedo hacerlo, de modo que me acerco y me siento enfrente de Emma. No parece importarle. En la bandeja llevo una selección de lo más caótica de comidas, y Emma parece haberse dado cuenta.

—¿Estás probando distintas cocinas del mundo hoy o qué?

—Supongo —contesto entre risas—. Hoy me has sonreído en clase.

Una pausa.

—¿Y por qué no iba a sonreírte?

Pues también es verdad. Supongo que he dicho una tontería. Noto que empiezo a encorvarme, a hundirme. En la gala de la sociedad me sentía muy seguro de mí mismo, pero era como si estuviera desempeñando un papel específico. Ahora tan solo vuelvo a ser yo. ¿Cómo puedo transmitir esa misma energía aquí, en Graymont?

Emma se muerde el labio.

—Sí que te sonreí. Es que te pareces al mejor amigo de mi hermano pequeño.

Auch.

—Ah...

—Lo llamamos Picacerdo.

Auch otra vez.

—¿En serio?

—No. —Emma se cubre la boca con el antebrazo para ahogar una carcajada—. Me lo acabo de inventar, en serio. Se llama Dylan. Tengo hipoglucemia —añade, como si eso lo explicara todo, y luego vuelve a dejar escapar otra carcajada estridente, como si se hiciera gracia a sí misma—. Lo siento, es que...

Ahora parece un poco afligida.

—No me ha sentado mal, no te preocupes.

Mantén la calma, Cal. Relájate...

—Vale, menos mal.

Emma se coloca un mechón de pelo tras la oreja y ataca con el tenedor la ensalada espartana que se ha servido. Al observar a Emma, me doy cuenta de que no puedo ser el único alumno del campus que se siente cohibido y que siempre se cuestiona todo lo que hace o dice. De modo que me arriesgo más aún.

—¿Cómo es vivir con Gretchen Cummings?

Durante un momento, parece recelosa, mientras entorna los ojos con la vista aún clavada en la lechuga. Joder, es probable que la gente le pregunte lo mismo diez veces al día. He ido muy a saco.

Le da un mordisco a la lechuga, me evalúa, traga y me dice:

—Ronca un montón.

Se me curva la boca en una sonrisa.

—No jodas.

Emma se tapa la boca con el lateral de la mano mientras mastica despacio, como un brontosaurio, y me mira de reojo como diciendo: «Si tú supieras».

—Y se acuesta prontísimo. Así que se pasa la vida roncando.

Decido seguirle el rollo.

—¿Y cómo consigues dormir?

—Bebiendo litros y litros de manzanilla. Algo ayuda. Y tengo tapones. Pero, incluso así..., me cuesta. Estoy siempre agotada.

—¿Te eligieron para compartir cuarto con ella..., en plan...?

—¿Al azar? ¿Quién sabe? Investigaron a fondo todo mi pasado, pero, bueno, como a todos antes de venir a estudiar aquí. ¿De dónde eres tú?

—De Misisipi.

Emma echa la cabeza hacia atrás.

—¿En serio? Hostia.

—¿Y tú?

—De Delaware —contesta con mala cara.

—Nunca he estado en Delaware.

—Ni yo en Misisipi. Pero hay muchos escritores buenos que son del sur, ¿no?

Eso me sorprende. Emma no parece la clase de persona que se interesa por los autores famosos del sur, aunque tampoco sé qué clase de persona sería esa.

—La verdad es que hay bastantes, sí. Faulkner. Harper Lee. Carson McCullers. Tennessee Williams. Bueno, y John Grisham.

—¡Y Grisham, sí!

Emma se ríe y ahora parece más simpática, más cálida.

Mi amistad con Emma va floreciendo a pasos agigantados mientras comemos (por cierto, hoy he descubierto algo nuevo: la lasaña vegana no me va mucho), tanto que incluso me siento lo bastante cómodo como para decirle que me encantaría oír por mí mismo los espantosos ronquidos de Gretchen. En Pierson, la residencia para chicas donde viven, hay una sala común que es una pasada, según he oído. Hay una tele enorme y un futbolín.

—¿Quieres que trabajemos juntos?

Me estoy arriesgando a que me rechace, pero la verdad es que me siento bastante atrevido.

—¿Cómo?

—Para comentar las redacciones de clase.

Debemos escribir una breve redacción personal que tenemos que entregar al final de la semana, algo que esté basado en nuestra propia vida y que esté relacionado con la temática de la belleza del poema de Frost. La belleza tradicional y estereotípica de la rosa frente a nuestra propia idea individual de lo que puede ser la belleza.

El señor Bryce nos ha animado a trabajar con otros alumnos si es posible, para poder criticar el estilo del otro, pero pretendo exagerar mi soledad (el chico de Misisipi que aún se está acostumbrando a Nueva Inglaterra) hasta que me da la sensación de que Emma se siente mal por burlarse de mí y la idea la intriga. A lo mejor piensa que soy un chico guay y literario por eso de que soy del sur. No se me había ocurrido utilizar mi origen a mi favor de ese modo, pero ha funcionado, y ahora pienso aprovecharme. Tengo que utilizar todo lo que pueda de mí mismo, todas mis habilidades, cualquier cosa que pueda funcionar, para impresionar a la SSO.

Emma dice que podríamos quedar en Pierson después de la cena. Dado que estamos oficialmente en el segundo mes del primer semestre, ya se nos permite visitar a amigos en otras residencias, siempre que estemos en grupo (las normas de este sitio me siguen pareciendo un chiste). Me hace bastante ilusión que me haya invitado a su residencia. A lo mejor estoy cambiando, me estoy volviendo más seguro de mí mismo y calmándome un poco.

Emma ha sacado el móvil y me dice:

—Tengo que decirle a mi tutor que avise a los miembros del profesorado a los que les toque estar esta noche en Pierson, que avisarán al encargado de nosequé, que hace de nexo con alguien de la Oficina de Vida Estudiantil, y supongo que ellos notificarán al Servicio Secreto.

—La virgen, ¡menudo follón! Casi nada.

Emma, que ya está trasteando el teléfono, se ríe.

—Ya... Conmigo se relajan poco porque, según dicen, «ya tengo bastante que aguantar». —Levanta la vista hacia mí—. ¿Cuál es tu número de la Seguridad Social?

No sé si está de broma.

—Es broma. Ya te lo he dicho: han investigado el pasado de todos a fondo.

Yo aún no tengo ningún pasado, pienso.

Ahora que ya me han invitado oficialmente a Pierson, mi plan, que estaba a medio formar, para redactar un informe arriesgado para la SSO se pone en marcha de golpe. La primera parada es la floristería del centro.

Le explico a la florista lo que pretendo hacer y le pregunto de qué color sería mejor que comprara las rosas.

—¿Que quieres pintarlas? Pero así se van a morir al momento...

Me habla en un tono triste pero también algo cortante.

Joder, ni que fueran cachorritos.

—Pero ¿mejor rosas blancas o rojas...?

—Blancas.

—Es para un trabajo de clase —añado a la defensiva.

La florista, una mujer de mediana edad con un corte de pelo a lo paje y unas gafas que le dan un aspecto de profesora estricta, tensa los labios, resignada, y comienza a envolver en plástico el ramo de rosas.

La ferretería está una manzana más abajo.

—¿Cuántos años tienes? —me pregunta el dependiente, un hombre con el pelo plateado a lo *rockabilly*.

—¿Qué?

Ni que fuera a comprar fentanilo.

—Es que no vendemos espráis de pintura a menores —contesta mientras le da unos toquecitos a la lata.

No había caído en eso. Me cago en todo. Es la única ferretería del pueblo a la que puedo ir andando.

—Bah —dice mientras agita la mano en el aire; a juzgar por el color amarillento casi marrón de sus dientes, lo más probable es que se muera de ganas de un descanso para fumar—. Pareces un buen chico.

Le dejo un billete de veinte en el mostrador mientras el hombre sacude una bolsa de papel para abrirla.

Encuentro un callejón ideal para lo que tengo en mente, desierto y adoquinado. Tiro un periódico en el suelo y coloco las rosas encima. Pinto los pétalos de las rosas con la lata de espray, con cuidado de no rociar los tallos. Me quedo mirándolas mientras soplo con delicadeza los pétalos. Parecen auténticas. Mientras vuelvo al campus caminando, me saco el teléfono del bolsillo.

—Si odias que te llame tanto, dejo de hacerlo. Te lo juro.

—Joder, Cal, sabes que no es verdad.

Me muerdo el labio.

—Puede que sí.

Agarro el teléfono con fuerza mientras me lo pego a la oreja.

—Sabes que no. Además, estoy solo aquí. Como tú.

—Ya no estoy tan solo como antes. He conocido a alguien.

—¿Qué significa eso?

—Ya sabes lo que significa. ¿Estás celoso?

—No. ¿Querías que lo estuviera?

—Hay algo más.

Le cuento todo lo de la sociedad.

—¿Y por qué los necesitas?

—Porque aquí no logro conectar con nadie. Soy como un cable suelto, un circuito fundido. La gente se aparta cuando me siento en la cafetería, en serio.

—Ah, ¿sí? ¿Y cuánto de eso es real y cuánto te lo estás imaginando?

Dejo de caminar.

—¿Lo que me estás preguntando es cómo de paranoico estoy siendo?

—No...

—O sea, ¿cómo de paranoico soy por tu culpa? ¿Cómo de jodido me dejaste?

—Cálmate. Eres un alumno nuevo de segundo año que ha llegado de un pueblo perdido de Misisipi. Ya sabes la clase de gente que va a esas escuelas pretenciosas del este. Estaba claro que no ibas a encajar con facilidad.

—Ya, pero es que me echaron de mi propio grupo de amigos, así que no estoy loco.

—¡Mira a quién acabas de llamar!

—Ahí tienes razón.

—Y ahora dices que tienes que arriesgarte más. Y poner en peligro la beca.

—Ya, estoy intentando averiguar si solo soy ambicioso o más bien autodestructivo.

—Siempre has sido ambas cosas, en cierto modo. Y un poco reservado. Podrías esforzarte bastante más para permitir que los demás se acerquen a ti. Bueno, ¿y cuál es tu plan?

Se lo explico.

—O sea, que vas a invadir la intimidad de una persona y explotarla para tu propio beneficio.

—Pero nadie va a salir herido.

—¿Es eso lo que te dices a ti mismo? ¡Es la hija del vicepresidente!

—Es una buena idea. Ingeniosa, original y creativa. Y, por ahora, está saliendo bien...

—¿Te vale la pena tener que renunciar a tus valores?

—No creo que vaya a tener que renunciar a ellos. Y, para serte sincero, macho, a veces pienso... que le den por culo a todo el mundo.

—Claro que sí, Cal, muy bien. Quieres ver el mundo arder... ¿Crees que eres esa clase de persona?

—A lo mejor sí. ¿Te has parado a pensarlo alguna vez?

Me encanta que Emma lleve una sudadera de Gudetama y unas mallas a juego.

Abro la cremallera de mi mochila y me cuelgo dos tazas del internado en el dedo índice.

—¿Has comprado tazas de Essex?

Emma deja escapar una risa estridente y nasal mientras se hace con las tazas. Por la noche, en su tiempo libre, habla con una voz más ronca y parece haber adoptado una actitud más dura. Y lleva gafas en lugar de lentillas.

—Y manzanilla.

Me cuelgo dos bolsitas de manzanilla en el dedo y las meneo.

—Parecen otra cosa —bromea Emma.

Emma ha invitado a un grupo de gente «a estudiar» en su residencia. La sala común de la casa Pierson es un salón con varios sofás, un futbolín (confirmado), un televisor enorme (confirmado) y una cocina con los armarios prácticamente vacíos (salvo por el ramen; siempre hay montones de ramen en las residencias de Essex) donde podemos calentar agua en el microondas. Hay un retrato descolorido de Harold Pierson, un «genio de la publicidad» y un antiguo alumno de Essex, sobre la chimenea tapiada con ladrillos.

No conozco a las compañeras de residencia de Emma: Cara Tarbino, Lydia Yin y Tarsha Mangold. Las cuatro parecen muy unidas. También han venido Samantha Parrish, Alanna Gary y Julia Higgins, que van con nosotros a la clase de Lengua. El único otro chico que ha venido esta noche, Grayson Andrews, también va a nuestra clase de Lengua. Es gay, escandaloso y un fanático de los musicales. En los grupitos de chicos gais de Essex es incluso más difícil hacerse un hueco, aunque no es que lo haya intentado. Tienes que saberlo *literalmente todo* de Shawn Mendes. Grayson es muy amigo de Alanna; en Essex, algunas amistades se forjan muy rápido, y la gente se vuelve inseparable. Pero a mí no me ha pasado.

Todos me caen bien, pero nadie parece accesible. Si estuviéramos destinados a ser amigos, ¿no habría sucedido ya? No me siento muy seguro de mí mismo cuando estoy con gente nueva; más bien siento que todo el mundo se me va a quedar mirando durante tanto tiempo que voy a bajar la mirada y me voy a dar cuenta de que resulta que soy un alienígena y la capa exterior de piel se me ha desprendido y ha revelado un cuerpo verde amarillento y escamoso.

A todo el mundo se le ve relajado, charlando sobre Gretchen, sobre los compañeros de cuarto de los demás, sobre varios profesores…, y me cuesta encontrar la manera de meterme en la conversación. Pienso demasiado cada respuesta que quiero dar, de modo que acabo sin decir nada. Siempre me pasa lo mismo. Y entonces la sensación de soledad se extiende por todo mi interior como un lago que se va congelando poco a poco, y lo único que siento es una desesperación inexorable mientras me clavo las uñas en la palma de la mano y pienso que no merezco que nadie pierda su tiempo en mí, que no me merezco la amistad ni el amor de nadie. Soy demasiado diferente.

Tengo demasiadas taras.

Pero entonces Alanna se dirige directamente a mí y me abre una puerta para adentrarme en la conversación. Me está preguntando por Jeffrey; quiere saber si «se mete de todo» y si «da miedito compartir cuarto con él», y le respondo que no, que es un buen chico.

—Está para comérselo —dice Cara—. Y le quedan genial las botas que lleva. Pero me da miedo que sea un drogadicto.

—No lo es —le aseguro antes de darle un sorbo a la infusión.

Lo que toma Jeffrey son antidepresivos y pastillas para la ansiedad; he buscado en Google sus recetas.

—Tampoco está tan bueno… —dice Lydia.

—¡Ay, venga ya! —exclama Cara—. ¿Le has visto esos ojos misteriosos que tiene?

Todo el mundo se echa a reír. Grayson se oculta la cara con un cojín y dice:

—Es mono.

Todo el mundo me mira.

—¿Qué pasa? —pregunto mientras me pego el borde de la taza a la boca.

—Bueno —dice Emma—, o sea…, ¿qué opinas tú? Ya que vives con él.

—¿Qué opino sobre qué?

Se produce un silencio incómodo. Me enrollo el hilo de la bolsita de manzanilla en el dedo.

—¿No eres…? —me pregunta Cara mientras se mete y se saca de la boca el protector bucal que se tiene que poner por las noches.

La miro.

—¿No soy qué?

—Ay, venga ya —dice Emma y deja la taza en la mesa—. ¿No eres gay?

En McCarl no se suele hacer esa pregunta. En Essex, donde casi nadie se conoce del todo aún, la gente no tiene tantas ideas preconcebidas de los demás, algo que no es posible cuando te crías en un pueblo pequeñito y todo el mundo te conoce desde que naciste.

—No sé lo que soy —contesto, y me parece una respuesta válida para una pregunta que nunca me habían hecho hasta ahora.

No sabía que mi orientación sexual fuera tan evidente. ¿Y por qué tengo que salir del armario con ellas?

—Qué auténtico eres, Cal. Era Cal, ¿no? —me pregunta Grayson, entornando los ojos.

Tiene el pelo teñido de un tono platino tan claro que, bajo la luz, casi parece azul.

—Sí, Cal. De Calixte.

—Ah, *slay*.

Mientras sigo asintiendo innecesariamente, todo el mundo gira la cabeza y aparta la mirada de mí.

Gretchen Cummings ha entrado en la sala.

—Buenas —la saluda Emma llevándose los dedos a la sien.

—Hola —contesta Gretchen en voz baja, casi como si fuera una disculpa, y añade un saludo tímido con la mano.

—¿Qué tal en la biblio? —le pregunta Emma.

—He estado leyendo con una amiga.

—¿Te vas ya a la cama?

Gretchen bosteza y se estira.

—Estoy reventada.

Es una chica mona, pero tampoco nada del otro mundo; tiene el aspecto típico de una chica estadounidense normalita. Es muy menuda, y viste una chaqueta con capucha, unos vaqueros y un jersey fucsia extragrande. Lleva el pelo, rubio oscuro, recogido con un coletero. No lleva maquillaje. No veo a sus guardaespaldas por ningún lado. Se les da de maravilla no llamar la atención. Gretchen pasa tan desapercibida que nadie se daría cuenta jamás de que es alguien importante. Es como si intentara ser aburrida a propósito. O a lo mejor es que lo es. Pero me han dado permiso para entrar en su residencia, de modo que ya saben perfectamente quién está aquí. Quizá eso es lo único que necesitan.

—Cal.

Me pongo en pie y le tiendo la mano. A Gretchen parece sorprenderle mi formalidad y me estrecha la mano sin fuerza. Mantiene el rostro inexpresivo, pero de pronto se le iluminan ligeramente los ojos ante mi cortesía y mis modales, mi pequeño gesto de amabilidad para incluirla en el grupo.

—Hola —me saluda con un hilo de voz casi inexistente.

—Me alegro un montón de conocerte —le digo, y exagero todo lo que puedo el acento sureño.

Gretchen mantiene una conversación trivial con el resto de las chicas, pero al momento resulta evidente que no son amigas de verdad y tampoco tiene nadie intención de serlo.

Me da lástima Gretchen. Nadie puede sentirse identificado con su experiencia en esta escuela. Sin que ella lo haya pedido, todo el mundo la observa, la juzga y cotillea sobre ella. Su presencia incomoda a algunos alumnos y docentes, y los más progresistas la odian por algunas de las posturas retrógradas de la administración de su padre, y eso que es posible que Gretchen ni siquiera las comparta.

Gretchen vuelve a agitar la mano, pero nadie la mira mientras se marcha. Al instante, todos comienzan a charlar, animados, sobre quién cree Grayson que es gay, y yo noto que me vuelvo invisible, a pesar de que Emma me dirige una mirada de tanto en tanto. Me cuesta seguirle el ritmo a la gente cuando se pone a bromear de un modo cruel sobre los demás, cotilleando y formando jaleo.

El profesor encargado de vigilarnos se pasa por la sala dos veces para echarnos un ojo, y también atraviesan la estancia varias alumnas, entre las que se incluye una chica mayor, tal vez una prefecta; pero aún no es la hora del toque de queda.

—¿Eres del sur? —me pregunta Grayson de pronto, y me inclino hacia él.

—Sí, de Misisipi.

—Yo soy de Nueva York, del Upper East Side —me dice, y asiento—. No tengo ni idea de cómo es el sur.

—Bastante tranquilo.

—Pero... —Grayson mira al techo y luego vuelve a posar la vista en mí—, en plan, ¿la gente se pasa el día cazando y espantada por el aborto o qué?

No puedo evitar esbozar una sonrisa ante su sutil desprecio darwiniano. Estudio aquí gracias a una beca. No soy de Nueva York. No tengo ropa de Gucci ni el iPhone más nuevo.

No soy uno de ellos. Y lo perciben al instante.

Miro mi reloj. Ya han pasado unos veinte minutos desde que Gretchen se ha ido a la cama. La sociedad quiere que seamos creativos, que nos arriesguemos, que nos colemos en lugares de difícil acceso. Y sé cómo aprovecharme de esta situación para avanzar en mi plan. Agarro mi mochila y me levanto. Es hora de pasar a la acción.

Emma también se levanta con las manos juntas a la espalda.

—Me voy a ir yendo ya —le digo en voz baja mientras me aparto del grupo.

Emma me sigue.

—Ah, vale. Bueno, gracias por las infusiones.

—Eso ha sido un poco cruel —le digo al oído.

—Ah... lo siento.

—¡Hablando de heroína, Kate Moss tiene cincuenta años! —anuncia Grayson de fondo.

—Es que todavía no he salido del armario —le digo a Emma.

—Hostias —suelta Emma—. No pretendía... O sea... Bueno, ¿a quién le importa, no?

—Pues a mí. Es decisión mía...

—Claro. —Emma agita la mano—. Tienes razón.

—Me levanté una mañana y fue en plan: ¡AL FIN LO ENTIENDO! ¡Adoro a Nicole Kidman! —exclama Grayson.

—Ha sido una gilipollez por mi parte —admite Emma—. Entiendo que quieras ocultar tu orientación.

—Tampoco he dicho eso. Pero, por curiosidad…, ¿qué es lo que me ha delatado?

—Supongo que la manera en que miras a otros chicos.

—Ah…

Todo ese asunto sigue avergonzándome. Tengo que luchar contra mi propio cerebro y encontrar una nueva fuente de estímulo rápidamente cada vez que me recuerdo arrodillado sobre aquel asfalto, con los coches pasando a toda velocidad bajo aquel paso elevado cubierto de maleza. *No lo entiendes, no tienes ni idea*, quiero gritar.

—Te fijas mucho en ellos —continúa Emma—. Pero lo siento; me he portado fatal contigo esta noche.

Seguro que es porque no he intentado ligar con ella. Algo se endurece en mi interior. Estoy empezando a encontrar la manera de dejar atrás eso de ser una víctima, la manera de reescribir la historia para ser yo quien ostente el poder, quien sostenga la espada.

Eso es. Que arda el mundo. Sí que eres esa clase de persona. Tienes la posibilidad de reinventarte.

—Nah —respondo—. Tampoco te has portado tan mal. Pero a lo mejor puedes compensármelo.

Veo cierto brillo en su mirada.

—Ah, ¿sí? ¿Cómo?

Tanto en Essex como en la SSO impera la ley del más fuerte. Si consigo entrar en una sociedad secreta, lo más probable es que llegue a lo alto de la jerarquía de la escuela, de modo que decido plantearle un reto a Emma. En Essex, a todo el mundo le gustan los retos, a todo el mundo le gusta demostrar su valía, de un modo u otro.

—No me creo que Gretchen ronque tanto. Demuéstrame que no eres una mentirosa.

El pasillo está sumido en el silencio.

Corren todo tipo de rumores sobre Gretchen: que su dormitorio tiene ventanas con cristales antibalas, que hay agentes femeninas que se alojan en los cuartos contiguos; que Gretchen puede llamar a su padre cada vez que quiera que los escoltas la dejen tranquila si está agobiada. Pero aquí no hay nadie. Está todo casi *demasiado* en calma. Y, aunque se oigan algunas voces y música tras las paredes del pasillo, las puertas de los cuartos están todas cerradas menos una (aunque solo esté entreabierta), y pasamos por delante de ella a toda prisa para que no me vean, para que nadie sepa que un chico se ha colado en la residencia de chicas por la noche. La dirección de la escuela pone el grito en el cielo con este tipo de cosas.

Emma abre la puerta de su dormitorio deprisa, entra y enciende una lámpara. Me hace gestos para que entre.

—¿No hay cámaras? —susurro mientras señalo hacia el pasillo.

—Gretchen se quejó y las quitaron. Venga, entra ya, por Dios —me pide Emma.

Me adentro en la habitación y Emma cierra la puerta tras nosotros. Como esperábamos, Gretchen está dormida. Parece una comadrona medieval o algo así: tumbada de espaldas, tapada con la manta hasta el cuello y con las manos cruzadas, como si estuviera rezando, sobre el pecho. No me puedo creer que haya llegado tan lejos.

Tiene un antifaz de terciopelo negro puesto y sí que está roncando, sí, aunque son unos ronquidos muy femeninos; unos resuellos agudos en lugar de unos resoplidos graves y nasales. Si tuviera que escuchar sus ronquidos toda la noche, a lo mejor yo también me volvería loco, pero me cuesta creerme que no sirvan de *nada* los tapones. Supongo que es solo que a Emma no le cae bien.

—¿Ves? —me dice Emma mientras señala a Gretchen, irritada.

La miro como para decirle: «Muy bien, tienes razón».

—Buf, si nos ven aquí juntos… —dice Emma preocupada—. A veces llaman a la puerta y comprueban que todo vaya bien.

Me da un vuelco el corazón.

—¿Cómo? ¿Quién?

—¿El Servicio Secreto? Qué se yo.

—No me habías dicho nada de eso.

Emma se encoge de hombros y bosteza; se ve que tiene demasiado sueño como para preocuparse mucho por la intimidad de su compañera de cuarto.

Giro la cabeza en dirección al baño, donde ya está la luz encendida.

—Me meo mogollón. Debe de ser por la infusión. ¿Puedo usar vuestro baño? No puedo más, de verdad.

—Sí, claro —contesta Emma sin inmutarse.

Me muerdo el labio superior.

—Pero… es que me pongo nervioso al hacer pis. —Me río—. Si te quedas ahí seguro que no me sale. De verdad.

—No me hagas reír ahora —me susurra y agita la mano por delante de la boca.

—Va en serio. ¿Puedes esperar fuera?

Emma mira a la pobre de Gretchen, que sigue roncando.

—No irás a matarla, ¿no?

—Oye, en serio, que voy a mearme encima y voy a empaparos la moqueta —insisto mientras hago un bailecito—. ¡Por favor!

Emma pone los ojos en blanco.

—Vale, vale. Pero date prisa.

Cierra la puerta.

Segundo uno: me agacho y abro la mochila.

Segundo dos: cambio de sitio la lámpara del escritorio para que ilumine mejor a Gretchen. Como tiene el antifaz puesto, ni siquiera reacciona.

Segundos tres y cuatro: le coloco tres rosas negras en las manos entrelazadas para que parezca que las está sosteniendo. Hostia puta, incluso van a juego con el antifaz.

Segundos cinco y seis: la enfoco con el móvil y le hago una foto. ¡Joder, no tengo el móvil en silencio y ha sonado el obturador! La puerta sigue cerrada. No me ha oído nadie. Pongo el móvil en silencio.

Segundo siete: tomo una serie de fotos.

Segundo ocho: caigo en la cuenta de que me podrían expulsar por esto; podría tirar mi futuro a la basura en un abrir y cerrar de ojos. Puede que no me haya esforzado lo suficiente para conectar con los demás alumnos y, cuando al fin logro conectar con Emma, tan solo ha sido porque he fingido querer ser su amigo para poder entrar en su cuarto.

Bueno tampoco es que Emma se estuviera muriendo por ser amiga mía, para ser sinceros.

Segundo nueve: vuelvo a poner la lámpara en su sitio.

Segundo diez: le quito las rosas negras a Gretchen y me las vuelvo a guardar en la mochila.

Segundo once: Gretchen se ha bajado el antifaz y tiene los ojos abiertos como platos.

¡Me está mirando fijamente!

Hostia puta, hostia puta. Me quedo allí plantado con la mochila, de la que asoman los tallos de las rosas. Gretchen tiene los ojos vidriosos y no parpadea. No deja de observarme. Se le ha quedado una mancha de pintura negra en el dorso de la mano; se la ve, se lame el pulgar y se frota la mancha.

¿Qué cojones está pasando? ¿Está despierta o no?

Gretchen vuelve a bajarse el antifaz, se encoge y se gira hacia la pared. Vuelve a roncar. Exhalo. *Ay, madre mía de mi vida, menudo susto.* Aunque la verdad es que me lo merecía. Y tanto que me lo merecía.

Segundo doce: cierro la cremallera de la mochila y voy al baño para tirar de la cadena.

Mi conciencia me está gritando que borre las fotos antes de tener ocasión de usarlas. Pero el plan es demasiado intricado, y ha funcionado demasiado bien hasta ahora.

«La suerte sonríe a los valientes».

Segundo trece: abro la puerta.

CAPÍTULO NUEVE

GEMELOS EVANESCENTES

Lo descubrí con Brent Cubitt.

Estábamos en una fiesta de cumpleaños en la que había un tablero de Ouija por ahí tirado, niños aburridos bebiendo Fanta de naranja, soltando eructos exagerados y frotándose globos contar el pelo, y nos pusimos a jugar a siete minutos en el paraíso. Acabé en un armario con un chico con el pelo rubio rojizo y los ojos del color del agua en las Bahamas, o al menos como se ve el agua de las Bahamas en la tele. Se suponía que era todo de broma, pero entonces el chico me agarró la barbilla y yo mantuve los ojos cerrados todo el tiempo. Igual que cuando Luke me dibujó su grafiti en la mano.

Todavía recuerdo el olor a ropa húmeda y a maletas antiguas de aquel armario. Después de ese día volví a ver a Brent por el instituto, de aquí para allá con sus amigos, chicos intercambiables con polos y caquis, religiosos y fanáticos del deporte, pero nunca nos saludamos ni volvimos a hablar.

Bueno, al menos en el instituto no.

Al día siguiente redacto el correo electrónico. Describo la serie de acontecimientos que me han llevado hasta la habitación de

Gretchen. La sociedad valora la información histórica, de modo que incluyo algo de historia de Pierson (antes era una enfermería y debe su nombre a Harold Pierson, cuya hija financió su creación). Adjunto la foto que mejor se ve, en la que queda claro que se trata de Gretchen, con las rosas sobre el pecho. La foto es bastante siniestra, lo cual me gusta. Esta misión requería valor; no ha sido fácil llevarla a cabo. Pero sigo teniendo sentimientos encontrados. Estoy coqueteando con el lado oscuro.

Tal vez a la sociedad le gusten más las misiones a lo James Bond: saltar de una azotea a otra, cortar un agujero circular en un cristal, *hackear* cámaras, descender por cuerdas… Las posibilidades son infinitas, y no tengo ni idea de qué estarán haciendo los demás aspirantes. No sé qué es lo que quiere la sociedad. Han sido tan poco precisos que ni siquiera tengo claro que lo sepan ellos.

Frunzo los labios y envío el correo electrónico.

Al día siguiente, cuando estoy volviendo a Foxmoore, veo a Luke sentado en los escalones del exterior de la biblioteca atándose las botas de fútbol. Me siento a su lado y dejo la mochila a los pies. Extiendo la mano; todavía no se me ha borrado del todo el dibujo.

—Oye, no me llegaste a explicar qué era esto.

—Ey, *bro*. —Luke me ofrece una sonrisa de oreja a oreja y luego se queda mirando con expresión introspectiva el cielo vespertino, salpicado de nubes naranjas—. Soy una quimera.

—¿Una qué?

—Quimera. El síndrome del gemelo evanescente. Iba a tener un gemelo, pero me lo comí en el útero. Mi gemelo murió antes de nacer, y cuando aún era un feto lo absorbí. Tengo dos tipos de ADN. Dos grupos sanguíneos. Cuando me portaba mal, mi madre me gritaba: «¡Eres el gemelo malvado! ¡Te comiste al hermano bueno y ahora solo quedas tú, caníbal asqueroso!».

Parpadeo.

—Joder, qué turbio.

—Mis padres se volvieron cristianos renacidos. Y luego mi madre murió en un accidente de coche.

Me desconcierta lo despreocupado que se le ve. Es como oír una canción *pop* animada con una letra triste.

—Lo siento.

—Y entonces fue cuando empecé a despertarme y verlo en la puerta.

Tras un momento, le pregunto:

—¿A quién?

—A mí. Pero no era del todo yo. Era mi gemelo. Pálido, con el pelo alborotado. Y con algo, partículas o yo qué sé, flotando alrededor de la cara, como si estuviera atrapado en un acuario. Me miraba como acusándome, como si le hubiera arrebatado la oportunidad de vivir. Le faltaba un trozo de carne del cuello. —Luke se lleva la mano al lateral del cuello—. Justo aquí. Como si se lo hubiera arrancado yo.

Me quedo mirando al bebé que tengo en la piel y que poco a poco se ha ido desvaneciendo.

—Ah....

—Por eso lo creé. Lo llamé Pete y, cuando lo dibujaba, dejaba de aparecer, al menos durante un tiempo. Me volví adicto a pintarlo por todas partes: cada boca de incendios, cada pared, como si estuviera rompiendo una maldición. Se me metió en la cabeza la idea de que, cuanto más lo dibujara, más lo alejaría. Y funcionó.

Luke me toma de la mano y acaricia el bebé con el pulgar. No tengo claro si el gesto es para mí o para el fantasma del gemelo que, sin saberlo, aniquiló y nunca llegó a tener. Poso la otra mano sobre su pulgar; un movimiento involuntario. Nos quedamos así durante un momento, sin darle demasiadas vueltas.

—¿Qué es lo que te atormenta? —me pregunta.

No me esperaba esa pregunta.

—Muchas cosas, supongo.

—Es una, sobre todo. Se te nota. Por eso los dos…

—¿Por eso los dos qué?

Luke se aparta como si nada, como el chico ocupado que es, y se ata más fuerte los cordones de las botas.

Me intento adaptar a su cambio repentino de actitud.

—¿Qué tal va el fútbol?

—Revelador —responde mientras se levanta y se sube la cremallera de un chaleco polar color pizarra; por primera vez parece uno de los chicos atléticos de la escuela, como si fuera uno de ellos, un chico tan versátil que sabe cómo encajar en cualquier parte.

Siento envidia, entre otras emociones punzantes. Luke me revuelve el pelo.

—¿Por qué llevas el pelo tan corto? ¿Estás en el ejército o qué?

Le aparto las manos.

—¿Me enseñas tus dibujos algún día?

—A lo mejor. No se los enseño a cualquiera. —Me lanza una sonrisa con los ojos—. Nos vemos, Cal.

Veo un avión atravesar el cielo blanco. Me sorprende sentir el tacto de su mano en mi rostro, acariciándome la barbilla con la yema de un dedo. Pero ahora está recorriendo despacio el pasillo, avanzando hacia mí junto a sus amigos, con unos ojos rojos que brillan de un modo sobrenatural.

—¿Cal?

Me incorporo con un grito ahogado.

Jeffrey está plantado delante de mí.

—Estabas… murmurando algo.

Me froto la cara.

—Debo de haberme quedado frito.

Tengo un montoncito de libros sobre el vientre. Se caen al suelo conforme me enderezo.

—Te has perdido la cena.

Jeffrey tiene una mancha roja en la mejilla. Al principio me creo que es sangre y tengo que contener el impulso de lamerme el pulgar, estirar el brazo y limpiarle la cara, pero entonces me percato de que es una marca tenue de pintalabios.

Jeffrey parecía estar ligando con Dahlia en la gala de la sociedad y, desde entonces, lo he visto mandando más mensajes de lo normal con una sonrisa pícara en la cara. Me enderezo más aún.

—¿Has estado con Dahlia?

Jeffrey se sonroja, aparta la mirada y deja escapar una risita. Tiene el ordenador encendido en el escritorio, reproduciendo *Succession* más rápido de lo normal. Jeffrey usa una extensión de Chrome para que los vídeos se reproduzcan el doble de rápido para «no perder tiempo». Hemos intentado ver alguna que otra peli juntos, pero pasa a cámara rápida cualquier escena de la naturaleza o del entorno y me vuelve loco.

—Me alegro por ti —le digo con una sonrisa.

—Dahlia no va a intentar formar parte de la sociedad.

—¿Y eso? —le pregunto con la voz aún ronca por la siestecita inesperada que me he echado.

—Tiene dos hermanos mayores que estudiaron aquí; no eran miembros de la sociedad, pero la conocían. Tampoco es que sea *tan* secreta. Dahlia ha oído que hacen cosas un tanto cuestionables.

Tardo un momento en asimilar sus palabras.

—¿Como cuáles?

—Me ha dicho que aceptan a los alumnos según su aspecto. Prefieren un tipo de persona en concreto.

No me hace falta preguntarle qué tipo de persona. Recuerdo a los miembros de la sociedad que llegaron remando a la isla para sacarme de allí: eran chicos musculosos, fornidos, probablemente del equipo de remo de competición. Y yo soy un enclenque. Una vez más, no encajo.

—¿Y tú vas a seguir con el proceso de selección?

Joder, si puede que hasta Jeffrey tenga más posibilidades que yo. Recuerdo que una actriz dijo una vez que los actores no deben llevar nunca a amigos más guapos que ellos a las audiciones.

Jeffrey se piensa la respuesta.

—Me gustaría intentarlo hasta el final. Me parece interesante, y le da vidilla a mi vida en el internado.

Logro esbozar una sonrisa.

—Y te has echado novia por el camino.

Jeffrey vuelve a sonrojarse.

—No, no, no somos pareja. —Se gira hacia su escritorio y escribe algo en un trozo de papel—. Oye, quería compartir esto contigo. Dahlia sabe un poco más sobre el proceso de selección.

Me tiende el papel y veo lo que ha escrito: instalaciones. essex.edu.

—¿Qué es esto?

—Dahlia dice que muchos de los aspirantes utilizan este recurso para sus informes. Hay mapas y planos de los edificios del campus. La gente también suele incluir imágenes de Google Earth, por lo visto. Y hay que saberlo absolutamente todo; todos los detalles históricos de cada edificio son relevantes.

Abro los ojos de par en par.

—¿Has estado haciendo este tipo de cosas? ¿A este nivel?

—¡No! Qué va, para nada.

Trago saliva mientras se me cae el alma a los pies, e incluso más abajo, más de lo que creía posible; hasta llegar al núcleo incandescente de la tierra.

Puede que haya superado la misión de la isla tras lograr mantener la calma y encontrar el collar, pero tal vez no importe; tal vez haya perdido el resto del juego. Dijeron que teníamos que ser creativos e intrépidos. Yo he hecho algo poco convencional, pero lo que quieren en realidad es algo de lo más convencional. Algo que encaje a la perfección en su molde. Y alguien que tenga el mismo aspecto que ellos. Joder. *Joder.* Pero no quiero rendirme. Haberme enterado de todo esto me hace querer esforzarme más por conseguirlo. Porque, si me aceptan, será como si me hubieran admitido en la élite; nunca más tendré que preocuparme por encajar. Pero lo más probable es que solo tenga una oportunidad más de lograrlo. Y me estoy quedando sin tiempo.

—Dahlia no ha sido muy precisa, pero…, eh…, el internado tiene un pasado un poco extraño que podría estar relacionado de algún modo con la sociedad.

Ojalá no estuviera tan adormilado; me cuesta asimilar toda la información que Dahlia le ha proporcionado a Jeffrey y que él me está soltando de golpe.

—¿Qué? ¿A qué te refieres con eso de que «podría estar relacionado»?

—Por lo visto unos niños desaparecieron o algo así.

Frunzo el ceño.

—¿Qué niños? ¿Hace poco?

—No. Lo más probable es que sean solo conjeturas, la verdad.

—Ya.

Al igual que cuando Jason me dijo que la sociedad estaba relacionada con los Illuminati, decido creer que todo esto no son más que tonterías sensacionalistas. Soy consciente de que decido ignorarlo porque es lo que más me conviene. Pero, además, tampoco suena muy creíble.

—Ah —añade Jeffrey mientras aparta la silla—. He averiguado lo que significa CAP. Ya sabes, lo que escriben al final de cada…

—Sí, sí. —Le ofrezco una sonrisa tensa, molesto por ver que Jeffrey está descubriendo tantas cosas por su cuenta—. ¿Qué significa?

—Son las siglas de «con amor y picardía».

Eso me hace enamorarme de la sociedad más aún. Joder, me encanta cómo suena. Pero, a pesar de ese tono jocoso, a estas alturas estoy seguro de que la sociedad es más oscura de lo que parece.

CAPÍTULO DIEZ

LOS TÚNELES

El lunes, sigo sin haber recibido respuesta sobre el informe que envié a la sociedad sobre Gretchen, y la ansiedad empieza a anidar en la parte inferior de mi pecho. Me cuestiono todo lo que ya he hecho mientras me vuelvo loco pensando qué investigar a continuación y voy descartando algunas ideas. También me estoy comenzando a preocupar por si estoy gastando toda mi capacidad mental en la sociedad y no estoy reservando nada para las clases, los deberes y todo lo demás.

Mientras vuelvo a toda prisa de clase de *jazz* a la residencia para cambiarme de ropa para la cena, una mano me golpea el codo con fuerza: es Luke, que acaba de terminar de entrenar y se está comiendo una barrita energética. Me alegro tanto de verlo que mi cerebro cortocircuita y lo regaño como si fuera su madre:

—¿Qué haces comiendo ahora, antes de la cena?

Luke me mira con consternación.

—¡Tenía hambre! —exclama.

Me río mientras se mete el resto de la barrita en la boca y mastica con exageración, desafiándome.

—Tengo que perder grasa y ganar más músculo para poder patear la pelota como es debido, así que paso de la cena —me dice mientras traga, y luego se me queda mirando y le devuelvo la mirada—. ¿Cómo va el proceso de selección?

Me paso una mano por la mejilla.

—No sé. No creo que...

—¿No crees que qué? Te acaba de cambiar la cara.

—Que sea... lo que buscan.

—¿Por qué dices eso, *bro*? No puedes saberlo.

—No pienso rendirme. Ni de broma. Es solo que necesito repensármelo todo, reevaluar la situación, yo qué sé.

Luke le da vueltas al asunto durante un momento.

—¿Quieres que te ayude a colarte en Garrott? Has oído hablar de Garidome, ¿no?

Se refiere a la media cancha de baloncesto que hay en el sótano de Garrott, que en teoría es secreta, pero todo el mundo la conoce.

—Sí.

—Bueno —continúa diciendo mientras se frota las manos en los pantalones de chándal Adidas negros y se mete el envoltorio de papel de aluminio plateado en el bolsillo—, pues los que vivimos en Garrott tenemos acceso a la cancha, y podemos entrar con la llave de nuestro cuarto.

—¿Quieres ir a jugar un rato o qué?

—Está en el sótano de Garrott, *bro*. Piensa un poco.

—¿Lo dices porque desde ahí se accede a los túneles de los conductos de vapor?

Luke asiente.

—Sí, señor.

—No han dicho que podamos trabajar juntos.

—Tampoco han dicho que *no* podamos. El sótano de Garrott es uno de los puntos de acceso principales a toda la red subterránea del campus, pero no todo el mundo lo sabe ni cuenta con la ventaja de vivir en Garrott. Aunque sabía que tú lo sabrías. —No se equivocaba—. Seguro que hay un montón de chicos intentando colarse por las alcantarillas. ¡Menudos bobos! —grita Luke mirando hacia el cielo.

No pensaba que mucha gente se fuera a atrever a entrar a los túneles. Parece algo bastante agobiante, por no hablar del peligro que puede conllevar. Pero…, bueno, supongo que hay que arriesgarse.

La mayoría de los libros que leí en verano hablaban de la red subterránea de túneles que se extiende como una telaraña desde la central eléctrica, en el extremo oeste del campus. Uno de los libros que encontré, escrito en 1974, hablaba justo de eso y se centraba en la conexión entre Granford (la universidad que no llegó a abrir sus puertas) y Essex, el internado de élite que es ahora. En teoría, los túneles se construyeron en 1920 para proporcionar calefacción a las residencias mediante conductos de vapor. Luego, durante la Guerra Fría, se convirtieron en refugios nucleares.

Tal vez llevar a cabo un informe sobre los túneles pueda resultar más convencional, pero es posible que colaborar con alguien le quite mérito. Luke no tiene tanto que perder; diría que, en general, es más fácil que lo elijan a él para formar parte de la sociedad. Pero él quiere compartir esto conmigo. Me está ofreciendo su ayuda, y hay algo en mi interior que no quiere rechazarla. Me da la sensación de que no permite que mucha gente vea todo lo que me ha mostrado a mí de sí mismo hasta ahora.

La sociedad secreta nos ha unido; me ha permitido forjar mi primera amistad auténtica en el internado. Y a lo mejor para él no se trata solo de investigar juntos. *Quiere ayudarme.* ¿Acaso estoy en posición de rechazarlo?

Hay varios chicos jugando al baloncesto cuando bajamos a Garidome. Luke los conoce y los saluda a todos alegremente. Por todo el sótano resuenan sus voces, el chirrido de sus zapatillas y los golpes de la pelota al rebotar.

—El sótano de Garrott es enorme —dice Luke mientras me conduce por una puerta con la mochila Timbuk2 negra colgada del hombro. Cuando entramos en un pasillo, Luke señala una puerta roja—. Mira, toca el tirador.

—Quema —protesto mientras retiro la mano.

Luke me hace un gesto para que le saque una foto a la puerta, en la que pone A-23. Obedezco.

Luke abre la puerta rápido, que da a una sala de máquinas con un suelo de cemento y focos de obra en la que hay recipientes a presión, tuberías y demás aparatos que traquetean tras una alambrada. Luke enciende una linterna pequeña pero potente para poder guiarnos. Mientras voy sacando fotos, noto que me sonrojo por el calor de la adrenalina. Estoy en los túneles secretos, rodeado de posibilidades. Y, además, estoy a solas con Luke.

—¿Cuántas veces has estado aquí abajo?

—En alguna parte de los túneles... quizá unas cuatro o cinco veces. Siempre llevo a cabo alguna que otra misión de investigación previa antes de la final, con la que completo el informe. Suelo trabajar por las noches, hasta bastante tarde. Nunca he enviado un informe de un sitio en el que solo haya estado una vez.

Me abanico con la camiseta, respirando con dificultad.

—¿Cuántos informes has enviado por ahora?

—Mmmm. Unos seis, creo.

La virgen. Tengo que recordarme a mí mismo que Luke cuenta con ciertas ventajas con las que yo no cuento. Como vivir en Garrott.

Luke abre la cremallera de la mochila y saca dos papeles, se coloca debajo de uno de los focos y desliza los dedos sobre los papeles con una concentración absoluta.

Tengo el labio superior cubierto de gotas de sudor.

—¿Qué es eso?

—He robado un mapa de un plan de actuación en caso de incendio y otro de los servicios del campus. He estado estudiándolos y trazando rutas. En el mapa de los servicios del campus aparecen las salas de máquinas; por lo visto hay distintas vías de acceso por todo el campus, de modo que puede que haya túneles de conductos de vapor más antiguos que ya no conecten con este, aunque en el pasado sí.

Luke también ha tenido otras oportunidades. Hay chicos que saben cómo usar los planes de actuación ante incendios y ese tipo de cosas porque tienen más amigos. Practican algún deporte. Son más sociales.

—Capas de cosas sobre capas de cosas más antiguas que el tiempo ha dejado enterradas y ocultadas —comento mientras miro a mi alrededor.

—Justo. Qué poético —dice Luke mientras me apoya la mano en la parte baja de la espalda, húmeda por el sudor, y me hace avanzar por el pasillo abrasador.

Siento como si me quisiera decir algo con el modo en que me toca, con firmeza y ternura a la vez.

—Cuidado con las fugas de vapor —me advierte.

El vapor sisea por las paredes mientras avanzamos y atravesamos más salas de máquinas y demás estancias oscuras. Hay válvulas oxidadas que dejan escapar gotas de agua como lágrimas hirviendo y crean manchas oscuras y humeantes en el suelo de cemento. Estoy nervioso, pero también me siento seguro; cada vez veo más a Luke como una figura protectora.

Tras doblar una esquina, miro el móvil. No tengo ninguna barra de cobertura. Luke señala hacia arriba.

—Según el mapa, deberíamos estar debajo de Kirson. Mira… —Señala a mi derecha y veo que hay una puerta pintada de rojo en la que pone B-76—. Tengo la teoría de que, a través de los túneles, no sé si estos en concreto u otro sistema distinto, se puede llegar a cualquier sitio. A la galería Cook. A la Biblioteca Hawthorne.

—No puede ser tan fácil.

—A ver, tronco, fácil tampoco es —contesta mientras seguimos avanzando—. Estamos bajo la esquina sureste del patio de Quinlan ahora mismo.

Suspiro. Nada de esto es mérito mío. Es todo cosa de Luke.

—Estamos juntos en esto —añade Luke, que parece que me ha leído la mente.

Me froto la boca y la nariz con la manga de la camiseta.

—Ya, pero todo esto lo has conseguido tú...

—Quiero que te quedes tú con este informe. Yo vivo en Garrott. Para mí es fácil acceder a este sitio. Resulta más impresionante y arriesgado si les mandas tú el informe. —Se saca el móvil—. Voy a enviártelo todo por correo, el mapa de servicios del campus y demás.

¿Por qué estará tan empeñado en ayudarme?

Pero luego oigo otra voz en mi cabeza: *¿Por qué no puedes dejar que alguien se preocupe por ti por una vez, joder?*

—Luke.

Alza la vista del móvil y me mira.

—¿Por qué te hace falta a ti esto? Entrar en la sociedad.

Se ríe un poco.

—Es una manera de centrarme en otra cosa, para olvidarme un poco de los grafitis. Tengo que intentar no meterme en líos, ya te lo dije.

—¿Y todo esto... no son más líos todavía?

Se encoge de hombros.

—Supongo que para mí no. —Señala hacia delante—. Vamos a seguir.

Sigo haciendo fotos del laberinto de tuberías de vapor mientras avanzamos. Recorremos túneles que dan a otros túneles, montones de bifurcaciones que nos obligan a elegir un camino u otro. Luke ilumina un pasillo oscuro con la linterna y vemos montones de platos, bandejas, vasos cubiertos de suciedad y cubiertos tirados por el suelo.

—Este es el sótano del servicio de lo que antes era el comedor de Pierson —me informa Luke—. Esa vajilla es de antes de que tuviéramos un comedor para todo el campus, antes de Graymont. Hay una cabeza de toro grabada en la cubertería; un diseño copiado del de las cucharas del gobernador.

Hostia puta, no se le pasa nada. Me siento como si estuviera en un submarino explorando los restos de un barco hundido, pero sin el agua. Intento tomar una foto.

—¿Y por qué sigue todo aquí todavía?

—Se ha quedado aquí olvidado.

Luke toma otro túnel. Es evidente que lleva mucho tiempo estudiando los mapas de toda la red de túneles. Lo sigo hasta que llegamos a una pendiente ascendente y comenzamos a subir.

—Muchos de estos túneles no tienen salida, o se vuelven demasiado estrechos como para recorrerlos de pie. —Luke señala a nuestra izquierda, donde hay un pasadizo muy estrecho, un agujero cortado en la malla metálica, más señales de peligro y muerte inminente y cuadros eléctricos que hacen mucho ruido—. Tú eres más bajito. Puedes meterte ahí gateando.

Luke me lanza una sonrisa cómplice.

«Aceptan a los alumnos según su aspecto. Prefieren un tipo de persona en concreto».

Ahora mismo Luke me está demostrando cómo puedo resultarle útil a la sociedad. Le devuelvo la sonrisa y me cuelo por el agujero de la malla metálica.

—Mírate, qué rápido y qué ágil. No toques ninguno de los interruptores de la pared. —Ni siquiera los había visto—. Bueno, no toques nada. Estás rodeado de electricidad de alta tensión. Toma.

Se mete la mano en el bolsillo, me pasa un par de alicates por el agujero y los agarro. El suelo está mojado, aunque el agua no está caliente; debe de haber una fuga por alguna parte. Se me han empapado las zapatillas.

—Tengo que juntar varios mapas —me dice Luke desde atrás con la voz ahogada por el vapor mientras corto la malla para hacer el agujero más ancho—. Es un rompecabezas.

—Vale. Dame la mano, y ten cuidado. El suelo está mojado.

—Llevo botas.

Pues claro, cómo no. Ayudo a Luke a atravesar el agujero que he cortado en la malla metálica. Me encanta ese momento; notar su mano en la mía, agarrándome con fuerza y firmeza.

Seguimos avanzando, pisando el suelo encharcado, hasta que el aire se enfría de repente y llegamos a una escalera de mano frente a otra puerta roja en la que se lee B-61 y algo más escrito debajo del número.

—Mierda —digo, observando la puerta.

Luke se tapa los ojos con la mano.

—Seguro que sé decirte lo que pone. He estado intentando recrear todo el sistema de túneles mentalmente... ¿Pone...?

—Auditorio Sargent.

Luke levanta una rodilla y agita un puño en el aire.

—¡Justo! —exclama mientras me da unas palmaditas en los hombros, entusiasmado.

Joder, es tan atractivo...

Señalo la puerta.

—¿Entramos o qué?

—Bueno, desde luego no pienso volver por esos túneles. Pero espera.

Luke deja caer la mochila a sus pies, la abre y entonces, de pronto, saca dos latas de pintura.

Me aparto para darle más espacio y saco una foto de la puerta que da al auditorio mientras Luke traza su dibujo característico (de color verde amarillento con un contorno rojo

116

sangre) en la pared, junto a un montón de máquinas con luces rojas parpadeantes. Lo dibuja con disimulo, con destreza, lo que hace que me vuelva aún más loco por él. Aunque de pronto me pregunto cómo de cierto es eso de que los informes de la sociedad le están impidiendo pintar.

—¿Habías venido aquí a pintar antes?

—Hay que dejar migajas de pan —responde—. Abre la puerta.

Por suerte no está cerrada con llave.

Subimos por unas escaleras que dan a la zona de decorados. Caminamos a paso ligero y llegamos hasta los bastidores y después al escenario de Sargent, el auditorio principal del teatro Ashbury (uno de los teatros escolares más modernos del país, o eso dicen los folletos del centro). Luke se quita la camiseta. Delante de nosotros tenemos tres filas de asientos acolchados vacíos y paneles acústicos de madera inclinados.

Luke finge apoyarse contra el trípode de la luz fantasma, como si estuviera en un viejo musical de Hollywood. Veo los riachuelos de sudor que le descienden por la piel y resplandecen bajo la luz. Esta noche he inhalado un montón de polvo y estoy muerto de calor.

—¿Por qué no te quitas la camiseta tú también, para refrescarte un poco? —me dice.

Y por qué no, pienso. Me quito la chaqueta y las demás capas de ropa, incluso la camiseta. Al igual que él, estoy empapado de sudor.

—Puedes mirarme, si quieres —me dice Luke, con una actitud más arrogante que retadora, tras sorprenderme en el acto.

Observo su espalda musculosa y entonces, un poco sobrepasado, me tumbo y me quedo bocarriba, contemplando la tramoya, perdiéndome en sus profundidades. Luke se acerca, deja sus cosas en el suelo y se tumba a mi lado con la cabeza apoyada en su mochila. Nos quedamos ahí tumbados durante un rato, con el pecho agitado, ascendiendo y descendiendo como acordeones neuróticos.

Extiendo los brazos y Luke me imita. Nuestros dedos se rozan, se tocan ligeramente y, al final, se entrelazan. Estamos dándonos la mano. Nos quedamos así un rato.

Me tumbo de lado, de cara a Luke, y apoyo la cabeza en la mano. Luke se gira hacia mí.

—¿Qué pasa? —me pregunta mientras se acerca y me da un beso rápido en los labios.

Me esperaba que me besara y, a la vez, no me lo esperaba.

Tiene unos labios suaves, y le tiemblan ligeramente. Le huele el aliento a menta y a fresa.

Luke me acerca la cara a la suya. Nuestras lenguas se encuentran, se retuercen y se enredan. Nos pegamos el uno al otro. Luke frota la punta de la nariz contra la mía. Y, justo estoy pensando que es un gesto de lo más dulce, me da un mordisco debajo de la barbilla.

Me aparto.

—¡Ay! —Me froto la barbilla—. ¿A qué viene eso? Qué dientes más afilados tienes, so zorra.

—Pues como tienen que ser. Cazo vírgenes por las noches.

—¿¡QUÉ!?

Luke se ríe.

—Siempre ha de haber dolor. Para que sepamos cómo pueden acabar las cosas.

Pero las cosas no han comenzado siquiera todavía.

Siento un cosquilleo en todo el cuerpo. Me arde la cara. Me parece como si ese beso hubiera estado buscándome a través del tiempo y el espacio durante eones, abriéndose paso por dimensiones alternativas hasta encontrarme por fin. No parece estar limitado al presente. Parece algo predestinado, escrito en el cosmos, tan necesario e incuestionable como el próximo latido de mi corazón.

—Todo irá bien, Corazón Solitario.

—Gracias, pichoncito —digo en tono burlón.

Se me llenan los ojos de lágrimas. Como si fuera alérgico a las cosas perfectas.

—¿Pichoncito? —me pregunta Luke.

—¿Corazón Solitario? —respondo.

Los dos nos echamos a reír y nos encogemos de hombros.

Luke me mira con unos ojos apasionados, ardientes. Vuelve a besarme con más delicadeza, más concentrado, y se incorpora y se apoya las manos en las rodillas. Le pongo una mano en la espalda húmeda y mis dedos se topan con el relieve de unas cicatrices en la piel que no le había visto hasta ese momento. Brillan bajo la luz como sanguijuelas plateadas que le chupan la sangre.

—No te he llegado a contar el lío en el que me metí antes de venir a Essex —me dice—. Apuñalé a un chico.

—¿Que lo apuñalaste?

Luke parece un poco malote; es el chico más macarra y mono a la vez que he conocido jamás. Me atrae mucho y estoy empezando a sentir algo por él. Pero no me parece un chico violento.

Aunque, a decir verdad, todavía no lo conozco en absoluto.

—Un chico con el que me juntaba me robó las latas de pintura. Eso no se hace.

No me lo puedo creer.

—¿Y por eso... lo apuñalaste?

—Le clavé una pluma en el hombro. Tampoco fue para tanto. Tuvo que ponerse la vacuna del tétanos, lo que me pareció una exageración. —Luke me mira como si no hubiera planeado revelarme tanto sobre sí mismo tan pronto, y parece aterrado por si no me gusta lo que me está mostrando—. Eso es lo peor que he hecho nunca.

—¿Y lo mejor?

—Conocer a un chico. Uno que a veces llora por detrás de Hertzman.

Noto que se me enciende toda la cara.

—Quieres saber si tengo mal genio; sé lo que estás pensando. Mis padres no querían saber nada de mí. Mi padre me daba palizas. Una vez estuvo a punto de dejarme ciego con el cinturón. Soy todo lo que temían.

—¿Por qué lo dices?

—Pues porque me acuesto con chicos. Porque quiero ser artista. Porque rechacé sus valores y su estúpido Dios. Porque el gemelo equivocado fue el que murió. Soy el hijo malo; no soy el que mi padre quería. Estoy convencido de que por eso no dejaba de verlo. A Pete, ¿sabes? Por eso necesitaba exorcizarlo.

Luke me fascina y me aterra a la vez.

—Ya...

—Para mí, mi casa no era un sitio seguro. He vivido en la calle un tiempo, y puede ser bastante duro. No tengo derechos; tengo dieciséis años, de modo que sigo envuelto en los tentáculos de mi padre. Él fue quien me sacó del reformatorio gracias a sus contactos y... —se le descompone el rostro, cargado de aversión— es quien paga mis estudios aquí, en Essex. Estoy en deuda, y necesito liberarme de esa deuda.

—¿Cómo?

Luke se queda callado de un modo que me hace pensar que no debería presionarlo, que no debería intentar sonsacarle lo que está pensando. Le acaricio la mejilla con la esperanza de templar la ira ardiente que lo está invadiendo. Me revuelve el pelo, como suele hacer.

—Yo también tengo dieciséis años —le digo—. Siempre he sido muy maduro para mi edad, aunque físicamente no aparente los años que tengo. Mis padres me hicieron empezar el colegio un año tarde. Creían que no estaba... preparado físicamente o yo qué sé.

Suelto una risita, pero justo por esa decisión siempre he sentido que iba por detrás de los demás, como si nunca fuera a alcanzarlos.

—Ya. Yo también perdí un año —me dice Luke—. Por cosas de mi madre. Problemas legales.

—Todos tenemos nuestros propios demonios —le digo.

—¿Cuáles son los tuyos?

—Nunca me he enamorado. Aunque me habría encantado. Había un chico en el instituto...

—¿Un novio?

—Yo no lo llamaría así. —Suelto una carcajada, pero suena áspera, tosca, como si estuviera intentando expulsar un cúmulo de ácido que se me ha atragantado—. Si él me hubiera oído llamarlo así alguna vez...

Luke me mira con los ojos como platos y la boca entreabierta. Tiene una burbuja diminuta de saliva en el labio inferior, el que le he magullado un poco al besarlo, que refleja la luz.

—A quién le importa lo que piense.

—No fue nada delicado, nada tierno. Solo se la comí. Nada más.

—Ah —contesta Luke.

—Junto a un paso elevado de la autopista. Dios, doy tanto asco.

—No, para nada.

—Y luego se acabó. Y hubo un incidente...

Tendría que haber sabido que el recuerdo me abrumaría, que yo mismo me estaba metiendo en la boca del lobo. Justo por eso intento siempre contarlo de un modo poético...

«Aquellos ojos brillantes como una serpiente a la que han despertado en una cueva».

Así fue como se lo relaté a la policía y al juez. Es curioso que Luke haya visto ese lado mío, un lado poético que ni siquiera sabía que tenía. Y su origen es justo ese, esa experiencia tan horrorosa...

Luke me pega la boca a la oreja y me dice que no hace falta que sigamos hablando del tema. Y me alivia muchísimo oírlo porque ni siquiera sé si podría.

Mientras volvemos por el campus, Luke va examinando el sistema de alcantarillas que se extiende de norte a sur. Extiende la mano sobre una de las rejillas y se le ilumina la cara.

—¿Qué pasa?

—El aire que sale es frío. Estos túneles van hacia otro lado. —Se rasca la cabeza—. Creo que tenía razón desde el principio: no hay ningún punto de unión entre los otros túneles y estos. O al menos nosotros no lo hemos encontrado. Este es un sistema distinto. —Luke desdobla un trozo de papel y anota algo—. No voy a ir a cenar —me dice—. Pero tú deberías, que no has comido nada.

Ninguno de los dos esperaba lo intenso que se volvería todo tan rápido. Ambos nos hemos abierto por completo. Flota cierto temor en el aire, como una niebla verde, baja y vampírica.

—Todo irá bien, Corazón Solitario —me dice Luke para tranquilizarme, y una vez más me ha debido leer la mente, algo que al parecer se le da bastante bien—. Estoy aquí. Ahora siempre voy a estar aquí.

Nos quedamos callados mientras la oscuridad nos va envolviendo, como si estuviéramos atrapados en una alucinación, y al final la corriente del crepúsculo nos separa.

CAPÍTULO ONCE

BAJO EL MANTO DE LA NOCHE, PARTE II (DELIBERACIÓN)

Estoy tan agotado que el cansancio me produce el efecto contrario y ni siquiera puedo dormir, y me paso toda la noche escribiendo el informe sobre los túneles. Al final lo envío a las cinco menos cuarto de la madrugada y consigo dormir sin soñar nada.

Por la mañana, mientras me preparo para ir a desayunar, me percato de que la cama de Jeffrey está hecha. No recuerdo la última vez que lo vi, y me da la sensación de que algo va mal. Anoche estuve tan concentrado en redactar el informe que ni siquiera vi si Jeffrey estaba o no durmiendo en su cama. ¿Estaría con Dahlia? Al momento doy por hecho que estoy siendo paranoico y pensando cosas raras por el cansancio.

No veo a Jeffrey en todo el día, y tampoco a Luke. No me concentro en ninguna clase porque me paso el rato sacando el móvil y comprobando el correo como un obseso. No tengo noticias de la sociedad.

Por la tarde vuelvo a Foxmoore. Una vez más, ni rastro de Jeffrey. En lugar de ir a la biblioteca a hacer deberes, los hago en mi escritorio, comprobando el correo electrónico una y otra vez.

Necesito saber dónde se ha metido Jeffrey, porque tengo un mal presentimiento...

Al anochecer, miro por la ventana de mi cuarto y veo a Dahlia Evans pasar por allí. Pero está charlando con Katie Rubens, otra chica de nuestro curso. Llega la hora del toque de queda y sigue sin aparecer Jeffrey.

El mal presentimiento va empeorando. Me quedo sentado al borde de la cama, inmóvil, con la mirada fija en la puerta.

Pero en algún momento he debido quedarme dormido.

Una mujer emerge de las aguas oscuras de un lago arrastrando un vestido empapado. Cuando la luz del faro la alcanza y la ilumina, veo que lleva una máscara de carnaval. «Tienes demasiadas taras para nosotros», me dice mientras me entrega una tarjeta con la imagen de un ojo partido por la mitad.

Me despierto con un brinco cuando la puerta de la habitación se abre y se cierra.

El reloj digital estilo retro que tiene Jeffrey en el escritorio marca las 4:57 de la madrugada.

Nunca me he despejado tan rápido nada más despertarme. Me estiro para encender el flexo que tengo en la mesilla de noche y, sin querer, lo giro hacia él, de modo que Jeffrey se queda atrapado en un círculo de luz, como si estuviéramos en una película antigua de mafiosos y Jeffrey fuera un ladrón de bancos al que la Policía ha acorralado. Odio verlo así, atrapado, con el pelo revuelto y los ojos inyectados en sangre.

—Llevas dos noches sin dormir aquí, ¿verdad?

Se apoya contra la puerta y sacude la cabeza.

—Es que...

—Es por la sociedad, ¿no?

—Anoche terminé un informe, pero tuve que pasarme la noche entera por ahí.

Se le ha contagiado mi obsesión con la sociedad.

—¿Dónde?

—En Barry. Subí a lo alto.

La Torre Conmemorativa Barry, un campanario en el patio interior del campus, es uno de los principales monumentos de Essex. Aparece en la página de inicio de la web del internado y en la portada de todas las publicaciones del centro; se podría decir que es el símbolo de Essex. Barry se terminó de construir en 1921 y en su interior hay un carillón de campanas que repican a cada hora (al principio solo había diez, pero más tarde los benefactores donaron más campanas; o sea, que un grupo de petroleros ricos que estaban bebiendo *whisky* en una habitación llena de humo dijeron algo así como: «¿Sabes lo que le hace falta a Essex? ¡MÁS CAMPANAS, JODER!).

—¿De verdad has subido arriba del todo?

Pues sí que le pone empeño Jeffrey. Essex da por hecho que los alumnos no van a pasarse toda la noche por ahí fuera, de modo que hacerlo supone una manera fácil (aunque sancionable) de esquivar a los monitores de las residencias.

—¿De quién ha sido la idea? —le pregunto, y no me importa si suena insultante; estoy convencido de que no se le ha podido ocurrir a él solito.

—De Dahlia. Le parecía que podía salir un informe muy bueno de ahí.

Asiento mientras me muerdo el labio superior.

—Creía que Dahlia pensaba que la sociedad era perversa.

Jeffrey encoge un único hombro, agotado.

—Pero me ha estado dando consejos.

—¿Y qué ha pasado esta noche?

Sueno superacelerado, pero me da igual.

—Es que no sé si…

—Cuéntamelo ya, Jeffrey.

—Las llaman Sesiones de Deliberación.

Me levanto de la cama como si una fuerza externa hubiera tomado el control de mi cuerpo.

—¡¿Qué!?

—Pues eso, en plan…, han convocado a varios de nosotros para que defendiéramos nuestros informes.

—A mí no me han dicho nada —digo, como si no fuera evidente. A mi cabeza le cuesta asimilar esta realidad invertida. Han elegido a Jeffrey antes que a mí—. ¿Significa eso que… me he quedado fuera del proceso de selección?

Quiero que me lo diga, quiero recibir todo el dolor sin anestesia, como un golpe mortal, para así no poder sentir más dolor después.

—No lo sé. Son siempre tan… crípticos. Pero sí que dijeron… Sí que dijeron que…

—¿Qué? ¡¿Qué?!

—Que hay un paso más.

¡Joder!

—¿Dónde se ha celebrado la reunión? ¿Quién estaba?

Me muero por saber más detalles. Lo necesito.

—En el sótano de Cranwich.

—Ah…

El edificio Cranwich, con su exterior de ladrillo rojo y su campanario blanco en lo alto, alberga el Departamento de Historia. Se supone que todas las mesas del edificio están hechas con la madera de los robles que talaron para la última ampliación que llevaron a cabo, pero a quién le importa todo eso.

—Estaban Ursula Albright, Lars MacAvoy, Anna Chen y James Kirnow allí conmigo.

Asiento con tensión cada vez que Jeffrey dice un nombre. Todos son alumnos superinteligentes, atractivos y atléticos. Ursula va a mi clase de Química. Lars vive en nuestra residencia; es un *bro* de manual y viene de una familia que ha estudiado en Essex durante generaciones, al igual que James, con quien voy a clase de Mates. Anna, a quien todo el mundo conoce por su pelo magenta cortado al estilo *garçon*, también da Química conmigo y forma parte del equipo de *hockey*.

—También había alumnos de primero.

—¿Y estaba Luke? —le pregunto.

—¿Luke Kim? No, a él no lo he visto.

No tiene ningún sentido. A no ser que haya sido culpa mía. Luke quiso ayudarme con mi último informe y yo acepté. ¿Y si no se nos permite colaborar? ¿Y si la sociedad se ha dado cuenta? ¿Por qué es todo tan confuso? ¿Qué coño está pasando?

—Ya han seleccionado a la gente que quieren de verdad —añade Jeffrey mientras se aparta del círculo de luz y queda medio oculto en la oscuridad—. La sesión de anoche era para los aspirantes sobre los que aún tenían dudas.

—¡¿Lo dijeron así, tal cual?!

En ese caso, puede que Luke esté a salvo.

—Sí. Fueron bastante francos sobre ciertos aspectos. Pero...

Jeffrey se aprieta cada ojo con un dedo índice y empieza a dar vueltas por el cuarto. Hasta ese momento no me había dado cuenta de lo alterado que está; claro, lleva dos días sin dormir. Me pongo a dar vueltas a su alrededor, como dos boxeadores a punto de combatir en el cuadrilátero más pequeño de la historia del boxeo.

—No logré defender mi primer informe bien. Me criticaron por el punto de acceso que elegí. Me dijeron que me podrían haber visto desde Franklin; esas ventanas dan al oeste.

—¿Por dónde entraste?

—Por un pasadizo escondido desde el patio de Quinlan. Me colé por una entrada que estaba tapiada casi entera con ladrillos. Dahlia fue la que me contó que existía esa entrada.

ODIO A ESA CHICA.

—Dijeron que les decepcionó que no supiera que el reloj funcionaba con cuarzo. Y que llegara a lo alto, pero no encontrara la sala de las campanas. —Jeffrey se cubre la cara con las manos y deja escapar un grito ahogado—. Hay cincuenta cables de acero conectados a los martillos *que golpean las putas campanas*. —Jeffrey le da puñetazos al aire para darles énfasis a sus últimas cinco palabras—. Entré por una escalera trasera para evitar los lectores de identificación, de modo que solo pude documentar la parte trasera de Barry. No llegué a ver las pasarelas entrecruzadas que atraviesan la sala de arriba y la escalera de caracol, así que no encontré los pasillos abovedados que por lo visto conectan Barry con Quinlan.

Me llevo las manos a la cabeza por impulso.

—¡Hostia puta!

—El… campanario —empieza a decir Jeffrey, jadeante— lo diseñó Bernard Rafton Holt; fue el primer campanario de estilo gótico perpendicular inglés construido en la era moderna. Está inspirado en una puta parroquia del siglo xv de Canterbury. No sabía cuál.

—¡¿CUÁL?!

—¡Saint Peters! Y al parecer tuvo una gran influencia en una iglesia católica romana de Ontario que ahora es una basílica menor. Tampoco supe decirles cuál… Y tampoco…, joder, tampoco les conté nada sobre las vigas IPE de acero que fijan las campanas del carillón al marco de detrás de la esfera del reloj. No les dije nada de los remates de piedra, ni de ninguna otra escultura ni adorno, ni de las gárgolas que representan los alumnos en guerra… —añade Jeffrey, que se está quedando sin aliento.

Me aprieto la cabeza con los puños y digo:

—¿Cómo esperan que sepamos...?

Jeffrey se desploma en el suelo y hunde la cabeza entre las rodillas.

—Ya te dije que esta gente va en serio; tienes que saberlo todo, joder. —Alza la vista y levanta un dedo—. Aunque mi segundo informe les gustó más. Lo cual es curioso, porque era mucho más simple.

Me quedo mirándolo.

—¿Sobre qué era?

—Me colé en el Centro de Tecnología de la Imagen Furnazi-Gold.

Es el edificio en el que se enseña diseño gráfico y demás.

—Hostia. ¿Cómo lo conseguiste?

—Entré en Furnazi a través de Eckford.

—¿La residencia de las chicas de primero?

—Sí. Los dos tejados están casi pegados y, gracias a las normas contra incendios, la escalera que da al tejado de la residencia no estaba cerrada. Lo único que tuve que hacer fue saltar de un tejado al otro.

¡Aprovecharse del protocolo de incendios fue idea mía! ¡Eso se lo enseñé yo!

Me quedo ahí plantado, en el centro del cuarto, mudo.

—Tengo que dormir, Cal —anuncia Jeffrey y, antes de que pueda asimilar que no sigue sentado en el suelo, veo que ya está tumbado en la cama, roncando.

No he visto a nadie tan cansado en toda mi vida.

Me vuelvo a tumbar en la cama y me acurruco. Me siento la lengua entumecida. Sé que es un síntoma de haber sufrido un trauma; me recuerda a lo que ocurrió antes de venir a Essex. Tras el incidente, me sentía la cara y las extremidades igual de adormecidas. Y me dijeron eso, que era por el trauma.

Lo que me parece más patético de todo es que estaba orgulloso de mis informes. Nunca había estado orgulloso de nada, o al menos no tanto. Pero siempre he tenido las de perder. ¿Será que estoy adoptando la mala costumbre de querer cosas que nunca voy a conseguir?

Me encantaba dejarme llevar por la esperanza. Sentir que tal vez, solo tal vez, un grupo de la élite de Essex me pudiera elegir para ser uno de ellos. Y completar los informes era muy jodido, pero por primera vez desde que llegué a Essex sentía que mi desolación se esfumaba al tener que concentrarme en otra cosa, en algo para lo que debía estar activo, algo que me importaba de verdad.

Y Luke... Pues claro que lo han elegido ya. Lo ha hecho igual de bien que esos otros chicos. ¿Qué pasará cuando sea parte de la sociedad y yo no? Su vida girará en torno a la sociedad, mientras que yo... volveré a mi vida insulsa de siempre.

No puedo dormir. Estoy demasiado triste, abatido y agobiado. Observo la luz de antes del amanecer colarse por la ventana del cuarto y formar figuras geométricas azules en las paredes. Conforme la luz cambia a un tono blanco amarillento, me doy cuenta de que ya no tiene sentido seguir tumbado en la cama, de modo que me aseo, me visto y salgo de la residencia para enfrentarme a lo que sea que me depare el día.

Al igual que Jeffrey, yo también estoy agotadísimo. ¡Yo tampoco he dormido casi nada estos dos últimos días! La luz del sol lo salpica todo y parece que esté atrapado en un cuadro impresionista de lo más agresivo. A pesar de que lo esté pasando mal, hace una mañana preciosa. A algunos alumnos les gusta salir a correr por la mañana temprano, antes de que comiencen las clases, y veo a Cecily Campbell y a Charli Brighton corriendo hacia mí con ropa de deporte de colores tropicales muy a la moda. Las dos pertenecen a lo que todo el mundo llama las Cinco de la 5 C.

Viven en la casa Reiss-Orson, una residencia para chicas bastante reciente, y su habitación es la 5 C, también conocida como el Palacio de las Princesas, que parece la *suite* de unas estrellas del *rock*. Llevan tres años aferrándose a esa habitación y no piensan soltarla. En total son cinco chicas, lo cual resulta bastante armónico. Todas son guapísimas, miden alrededor de 1,80 y, según se rumorea por el campus, Charli, la líder de las chicas, irrumpió en el despacho del decano y exigió quedarse con la habitación 5 C para siempre. Su padre es un productor musical muy importante, así que me lo creo.

Son famosas en el campus, y las saludo sin pensar. Están enfrascadas en una conversación mientras corren en paralelo. Cuando Charli me ve, resopla irritada, como si hubiera echado a perder el buen rollo que tenían mientras corrían, y me ignora. Tal vez sea porque aún estoy sumido en un estado hipnagógico, pero me lo tomo como otro recordatorio de que las personas como Charlie perciben por instinto que no soy uno de ellos.

Hay otra chica que está corriendo hacia mí, pero no la distingo bien por el resplandor del sol; solo le veo la coleta rebotando. Aparto la mirada con la esperanza de evitar otro encuentro incómodo con alguien arrogante, pero de pronto me llama. Me protejo los ojos con las manos y, cuando al fin la distingo, no me puedo creer quién es.

—Te llamabas Cal, ¿no? —me dice Gretchen Cummings mientras se lleva el talón de la zapatilla de deporte al culo para estirar el cuádriceps.

Los dos agentes del Servicio Secreto que la siguen con sudaderas con capucha negras y pantalones cortos de deporte se quedan atrás. Noto de inmediato, gracias a su sonrisa franca, que no recuerda en absoluto haberme tenido de pie a su lado mientras dormía.

CAPÍTULO DOCE

BAJO EL MANTO DE LA NOCHE, PARTE III (EN EL PUNTO DE MIRA)

Me sorprende que Gretchen se acuerde de cómo me llamo, pero entonces me lo explica:

—Es que fuiste muy educado. —Lo dice de un modo que me entristece, como si la gente no se hubiera portado muy bien con ella—. Mi madre es de Savannah, así que me recuerdas a mi hogar, a mi familia materna.

Cierto. Se me había olvidado que su madre es de Georgia. Gretchen se crio en Nueva York; su padre es de Syracuse, pero conoció a su madre en Swarthmore.

—Tengo un poco de morriña últimamente —le confieso, aunque una vez más pienso que no es la mejor manera de describir lo que siento.

Gretchen y yo echamos a andar juntos.

—¿Te ha costado adaptarte a este sitio? —me pregunta.

—Sí, supongo que sí. He llegado nuevo este año, así que…

—Es algo que lleva su tiempo. No seas demasiado duro contigo mismo. Se te ve cansado.

Me siento culpable por todo lo que nos ha conectado. En ese instante decido hacerme amigo de Gretchen, si es que quiere, claro, y así intentar enmendar mis errores. Seguimos paseando y charlando sobre el internado durante un rato hasta que Gretchen me dice que me tome las cosas con calma, se despide con un gesto amistoso y continúa corriendo.

Me sorprende lo agradable que me ha resultado encontrarme con ella; me ha transmitido una calidez inesperada, algo que he echado mucho de menos en Essex. Compensa parte de la culpa que siento, aunque no toda.

No logro sacarme la sociedad de la cabeza. Ser tan enclenque, algo que siempre había visto como un defecto, ha resultado ser útil durante una de las misiones de investigación. Fue Luke el que me hizo darme cuenta, y ahora no puedo dejar de pensar en ello. Ojalá la sociedad lo hubiera valorado también. Pero ¿cómo iban a valorarlo?

Hoy no tengo clase de Química, de modo que no veo a Luke.

Después de la clase de Matemáticas, la señora Wilmers me lleva a un rincón para preguntarme si estoy bien. Me he pasado toda la hora encorvado, con un dolor de barriga espantoso.

En Francés Avanzado, me sale de pena un examen para el que había estudiado. *Je ne peux pas le croire !* Me resulta casi imposible concentrarme. Qué estúpido he sido por haberme desvivido por formar parte de la sociedad.

Me pone enfermo pensar en lo que le he hecho a Gretchen. ¿De verdad estoy tan desesperado por la aprobación de los demás, por encajar en este internado de ricachones, como para hacer lo que he hecho?

Por la noche, me salto la cena (no tengo nada de hambre), vuelvo a la residencia y me pongo a hacer los deberes. Esta vez Jeffrey sí que está en nuestro cuarto, en lugar de por ahí, en algún sitio clandestino y glamuroso.

Me voy a dormir superpronto, pero de repente abro los ojos de par en par.

He oído un ruido.

Es mi móvil, que está vibrando. Jeffrey está dormido, aunque se ha dejado la lámpara del escritorio encendida. El reloj que tiene sobre su escritorio marca la una y doce de la madrugada. Me llevo el teléfono a la oreja.

—Eh…, ¿sí?

—Te tenemos en el punto de mira —me dice una voz firme.

Estoy sumido en un estado que describiría como un té aguado, ligeramente marrón y amargo, pero en cuanto oigo esas palabras sé que no estoy soñando.

—¿Qué?

—¿Cuánto tardarías en llegar a Cranwich?

Cranwich… ¿Por qué es relevante ese edificio? Lo ha mencionado alguien hace poco, ¿no? Y entonces caigo. Ahí es donde estuvo Jeffrey anoche. Ahí es donde… Ay, Dios, ¡¿me está llamando alguien de la sociedad?!

—Eh…, creo que andando tardo unos diez minutos…

—Nos vemos allí en siete minutos —dice antes de colgar.

Lo único que sé es que de repente parece que aún tengo una posibilidad.

—¡Hostias!

Salgo volando de la cama y poco después estoy atravesando la noche como una bala.

Una chica con una máscara y un vestido de gala, que me estaba esperando frente a Cranwich, me lleva al sótano y nos adentramos en una de las salas multimedia más grandes y nuevas.

Me manda sentarme en una silla en el pequeño escenario, junto a una lámpara de pie que está inclinada hacia mí. Hay un público formado por unos veinte miembros de la sociedad con portátiles delante y cajas de pizza en los asientos vacíos. Hay varios chicos esparcidos por los pasillos, sentados en el suelo, con el rostro iluminado por la luz de las pantallas de los portátiles. Cada varios segundos, se oye el ruido metálico de latas de refresco al rodar.

Alguien que está sentado en la tercera fila me cuenta, sin explicarme por qué no me invitaron anoche, que las Sesiones de Deliberación son para las personas a las que quieren hacerles más preguntas, y que lo que llaman el Punto de Mira (y, dado el escenario y la luz, sí que me siento en el punto de mira de todo el mundo) es el proceso mediante el cual la sociedad resuelve una controversia sobre un aspirante en particular.

Es el último paso antes de que acepten oficialmente a alguien.

—Cal Ware, el chico de las rosas negras —dice alguien por el fondo, y se oyen unas risitas por toda la sala.

—Tu informe me ha parecido un tanto ofensivo —dice un miembro de la sociedad que está sentado en la primera fila—. ¿Te has colado a hurtadillas en la habitación de una chica indefensa mientras estaba dormida y le has hecho fotos sin su consentimiento?

—Es cierto que quizá no ha respetado su intimidad, pero me pareció que era ingenioso, creativo y atrevido, y que demostraba muchas de las habilidades que valora la sociedad —dice una chica bajita del público, eclipsada por el portátil que tiene delante—. Engatusar a las personas adecuadas, ganarse su confianza y su favor para adentrarse en un lugar desconocido... Cal ha demostrado un uso experto de sus habilidades sociales para salirse con la suya. Y también hay que mencionar que el informe era minucioso y muy bien planificado, con sus diversas fases.

—Pero gran parte de la misión dependía de la suerte, y no de sus habilidades —protesta el miembro de la sociedad irritado de antes.

—El informe estaba cargado de humor e imaginación —contesta la chica bajita, y de pronto me doy cuenta de que por alguna razón me está defendiendo—. Y, además, Cal ha demostrado otras habilidades distintas en los demás informes.

Se produce una pausa en la que se oye a la gente teclear y, de pronto, una voz firme por el fondo:

—Cal, ¿cómo has sido capaz de cartografiar tú solo el sistema de túneles de conductos de vapor B-12 de un modo tan minucioso en tan poco tiempo?

—Con la ayuda de un amigo. Otro… aspirante. Luke Kim. Él ya había trazado algunos mapas previamente y, juntos, exploramos los túneles.

—Y, entonces, ¿cuál es tu contribución personal al informe de la investigación?

—Yo fui el que tomó todas las fotografías. Y, como soy bastante menudo, pude colarme por al menos uno de los espacios más estrechos para seguir explorando y cortar una alambrada. Y las descripciones también son mías.

No puedo evitar sonreír por tener la oportunidad de contarles todo esto.

—Sí, las descripciones son casi poéticas —dice la voz—. «En un submarino sin agua». Al principio no me agradaba demasiado el estilo; no es a lo que estamos acostumbrados, pero luego empecé a valorarlo.

—¿Nos puedes contar un chiste, Cal? —me pregunta alguien.

Me cago en todo. No me sé ningún chiste. ¿Quién coño cuenta chistes? Bueno, mi padre sí que me contaba algunos, pero eran muy antiguos y muy malos y...

Ay, Dios, se me está escapando uno de la boca como si tuviera vida propia; sin querer, estoy contándoles uno de los chistes estúpidos de mi padre.

—Toc, toc.

—¿Quién es? —pregunta alguien que está sentado por el fondo.

—Amy Fisher.

—¿Amy Fish...?

—¡Bang!

No lo van a entender. Nadie sabe quién es Amy Fisher. Desde luego, yo no tenía ni idea. Pero todos tienen portátiles. Se oyen montones de dedos tecleando y, tras uno, dos, tres segundos, una oleada de risa se extiende por la sala.

—Un chiste..., eh..., interesante —comenta alguien.

—Y... una lección de historia, en cierto modo —añade otra persona.

—Gracias —respondo entre risas.

—Si tu vida fuera una novela —empieza a decir una chica—, ¿cómo se titularía?

—*El paraíso inalcanzable.*

—¿Por qué elegirías ese título?

—Eh..., creo que estaba intentando expresar la sensación de no encajar nunca en ninguna parte..., de no poder alcanzar ningún tipo de..., eso, de paraíso. El saber que nunca podremos tener ese paraíso, sino que tan solo podemos intentar acercarnos todo lo posible... a cualquier tipo de felicidad duradera.

Estoy lanzando ideas sin ton ni son.

—De todos los lugares a los que has viajado en tu vida, ¿cuál es tu favorito?

—Soy de un pueblecito de Misisipi, mis padres no tienen mucho dinero y tengo dieciséis años. Solo he salido de mi pueblo para venir aquí.

—No pasa nada, Cal. Ha sido una pregunta un poco tonta por nuestra parte, de todos modos.

Siguen interrogándome, haciéndome preguntas abstractas y peculiares con las que pretenden indagar sobre mí de diferentes maneras. Y de pronto pasa algo interesante: comienzo a relajarme.

Me muero de ganas de formar parte de la sociedad (puede que nunca haya querido nada con tantas ansias en toda mi vida), pero sé que es algo que no está en mis manos, y puede que nunca lo haya estado. Tampoco es que sea cuestión de vida o muerte. Esa nueva perspectiva se refleja en mi estado emocional y empiezo a ganar algo de confianza al restarle importancia al resultado y disfrutar del hecho de haber llegado hasta aquí, lo cual es algo que no me esperaba. Al menos no me han rechazado desde el principio; no soy un despojo humano del todo.

La misma voz segura e inquisitiva de antes me formula una última pregunta:

—Cal, ¿cuál dirías que es tu mayor virtud? Responde sin darle demasiadas vueltas.

—Creo que soy buena persona. Diría que soy compasivo.

—¿Te mostraste compasivo con Gretchen Cummings? —pregunta alguien.

Tomo aire.

—No tanto como debería. Ha sido un error por mi parte, y me arrepiento. Me considero una persona franca, y os estoy siendo sincero respecto a esto. Y, aunque no siempre he querido ser así…, también soy bastante sensible.

Al día siguiente recibo la llamada.

—Junto al viejo roble —me dice una voz con brusquedad—, a las siete en punto de la tarde.

Me paso un día más obsesionado con la sociedad. Y tampoco veo a Luke en todo el día, de modo que siento que todo se ha paralizado. Llevo sin ver a Luke desde la noche que bajamos a los túneles.

Por la tarde, me dirijo al viejo roble a solas. Nada más llegar, aparece una chica con un vestido negro y una máscara blanca de detrás de un árbol y me tiende un sobre.

Al abrirlo, me topo con el papel color crema típico de la sociedad, con el sello en la parte superior.

———————— Omnia ex umbris exibunt ————————

Lamentamos informarte de que no podemos ofrecerte un puesto en la SSO en estos momentos.
Gracias por tu esfuerzo durante el proceso de selección.
Esperamos que sigas explorando la riqueza histórica del campus de Essex.
Con amor y picardía,
La sociedad

Joder… Menuda mierda.

¿Tanto jaleo para nada?

Me flaquean las rodillas y me desplomo. No es que pretenda ser dramático, pero saber que su decisión es definitiva resulta demoledor. Y que no sea Jeffrey quien me lo haya dicho, sino ellos mismos… Vuelvo a sentir que no encajo, que no tengo amigos. Me aterra contárselo a mis padres y volver a preocuparme por…

Dilo, me espeta la voz de mi cabeza. *Di todo lo malo que te preocupa.*

El cáncer de mi madre. Los problemas legales de mi padre. Brent Cubitt en el pasillo con esos ojos inertes y cubiertos de escarcha, como unos cubitos de hielo que se han dejado en la cubitera durante demasiado tiempo. Las lágrimas caen en la carta, la cual había dejado en la hierba, rasposa y negra en la oscuridad de la noche.

Y entonces me percato de que la hoja de papel está microperforada por la mitad.

Justo encima de la perforación, hay otro sello. En una letra diminuta, se lee:

Te hemos entregado una carta de rechazo falsa por si la necesitas para protegerte. Ve con cuidado.

Espera, ¿qué?

Debajo de la perforación hay un mensaje completamente distinto, y otro sello:

──────────── OMNIA EX UMBRIS EXIBUNT ────────────

★★★★

Enhorabuena, neófito, y bienvenido a la sociedad.
Te hemos enviado un correo electrónico
con información sobre el rito de iniciación.
Con amor y picardía,
La sociedad

★★★★

Me levanto a toda prisa. Se me había olvidado que hay una chica a mi lado, y me está señalando.

—Lo siento. Joder.

Tiro de las dos mitades el papel y se separan por hilera de pequeños agujeros.

—¿Aceptas?

—Sí.

Oigo el *clic* de un mechero al encenderse.

—Sostén la carta sobre la llama —me ordena mientras el fuego danza en su puño.

Obedezco, y al instante se reduce a cenizas. Tan solo queda la carta de rechazo.

—Pronto recibirás un correo electrónico sobre el rito de iniciación. Enhorabuena.

Ay, madre mía…

Cuando vuelvo a la residencia, sintiéndome como si estuviera en un sueño, veo a Jeffrey en su escritorio, mirando la pantalla del ordenador.

—Buenas —me saluda con una voz apagada—. Me han llamado. Me he reunido con una chica en el exterior de Kirson y me ha dado un sobre. Me ha dicho que lo leyera cuando estuviera solo. —Me pasa la carta—. No me han aceptado.

Su carta de rechazo está escrita en un papel más pesado, y no hay ningún indicio de que estuviera perforada.

Sin embargo, el mensaje es el mismo. Saco mi carta.

—A mí tampoco.

En el nombre de nuestro padre, Samuel Granford, mil setecientos siete. Creó esta institución, la Escuela Granford, mil setecientos siete. En el pueblo de Old Hillbrook, en la colonia de Connecticut, mil setecientos siete. Y así fue como nació, en el año de nuestro señor, mil setecientos siete.

Strafton, antes conocido como Rippowam, cedió seis hectáreas para la enseñanza a Essex. Con sus donaciones, Alexander Cornelius, nuestro benefactor, fundó Essex. Él puso la libra esterlina y a cambio tomamos su nombre, Essex. Ahora somos la gran Academia, *felix qui potuit rerum cognoscere causas*, Essex.

Brookleven, Barnfather, Strauss Willison y Cook son los edificios de Essex. Croyden, Turner, Barry y Bromley son los edificios de Essex. Hawthorne, Cranwich y las dieciséis residencias son los edificios de Essex. Nuestra sociedad se creó y se desarrolló entre estas paredes, los edificios de Essex.

Los secretos de Ellsworth y Hunt, los Kalumets, saldrán a la luz. Los misterios que se llevaron los Arquitectos a la tumba saldrán a la luz. Los secretos de nuestros hermanos, hermanas y amigos, los lazos de lealtad y confianza, saldrán a la luz. Los secretos de nuestra querida escuela, de su pasado, de su presente y de su futuro, saldrán a la luz.

(Omnia ex umbris exibunt, coniunctio nobis semper perstat).
(Omnia ex umbris exibunt, coniunctio nobis semper perstat).

—Catecismo de la SSO

PARTE II

NEÓFITOS

CAPÍTULO TRECE

EL BESO BAJO EL PTERODÁCTILO (EL RITO DE INICIACIÓN. PARTE I)

Luke y yo hemos empezado a enviarnos mensajes. Primero me preguntó si me habían aceptado en la sociedad y le respondí que sí, a lo que Luke contestó con muchos signos de exclamación. Me dijo que a él también, y le respondí: «Vaya, qué sorpresa, pichoncito». Ansiaba ese nuevo grado de intimidad. En lugar de estar destrozado por saber que a él lo habían aceptado y a mí no, ahora ya podía celebrar que los dos formábamos parte de la sociedad, y que podía ser algo que nos uniera en lugar de separarnos. En cierto modo, sin que me diera cuenta, eso se había convertido en uno de los motivos por los que me parecía que era vital que me reclutaran.

Luke me preguntó si había escuchado alguna vez a Hiver, un cantante *indie* de *rock* que «le flipaba» y a quien describió como «un prodigio que hace música *glo-fi* en el estudio de su casa». Le dije que no me sonaba de nada.

Siempre acompaña la música con imágenes que mezclan arte callejero, anime, glitch art, imágenes digitales en 3D... Es una puta pasada.

Me mandó un enlace de Spotify, y al principio me parecía que sonaba distorsionado, como si estuviera debajo del agua, pero poco a poco las melodías me fueron gustando más y más. Le dije a Luke que tenía razón, que era como si entrases en trance al escucharlo.

Luke me mandó imágenes de artistas callejeros a los que adora: ROA, Invader, SpY, Tristan Eaton... Le dije que me parecían muy guais, lo cual era cierto.

Luke: *A QUE SÍ??? Qué música te gusta a ti?*

Yo: *Mi madre solía poner Patsy Cline, Robert Johnson, Nina Simone... Me gusta la música que suena como si se hubiera grabado cerca de unas vías de tren antiguas.*

Luke reaccionó a mi mensaje con un corazón.

Yo: *Desde que cumplí los doce años, mis padres me dejaban tomarme dos deditos de Bulleit cada noche antes de la cena. Asocio esa música con esa época, cuando me emborrachaba un poquito con ellos. Y además mi madre era bastante generosa con su marihuana medicinal.*

Luke: *Tu madre parece la puta ama. Tienes ganas del rito de iniciación?*

Sonreí para mis adentros, pero no contesté; quería hacerme el interesante. Pero en realidad lo único en lo que podía pensar era en el beso que nos habíamos dado en Sargent, con el sudor recorriéndole la espalda, iluminados por la luz fantasma, y cada vez que pensaba en ello me ardía tanto la cara que me sentía como si tuviera fiebre.

El correo electrónico que recibí de la sociedad era, como siempre, de lo más misterioso:

No hagas planes para esta noche.

Debes venir vestido de punta en blanco, pero has de poder correr con esa ropa. Solo podrás llevar tu carné de estudiante de Essex y tu móvil. Has de ser puntual.

Te enviaremos más información en cuatro horas.

No hables de esto con nadie. Borra este correo.

Enhorabuena, neófito.

Con amor y picardía…

La noche siguiente, para que Jeffrey no me vea, me visto en el cuarto de baño de la sala común de la residencia, un aseo con baldosas rayadas y fluorescentes demasiado potentes. Estoy eufórico, pero hay una parte de mí que aún se pregunta si todo esto será una broma. Que aún no se puede creer del todo que sea real. Nunca me ha pasado nada parecido; no encaja en ninguno de los patrones de mi vida a los que estoy acostumbrado. Y Luke tampoco.

No dejo de sentir unos cosquilleos en los brazos mientras pienso en todo lo que está por llegar, con la esperanza de encajar en la SSO y de que todo el mundo me acepte. Después de todo, ya sentí una mezcla parecida de emociones y nervios antes de llegar a Essex, y mira cómo ha salido eso… Pero me propuse ascender puestos en la jerarquía social del internado, y puede que lo haya conseguido. Me he esforzado mucho para lograrlo, de modo que no puedo dejar que mis inseguridades me hundan.

Me quedo un buen rato mirando el móvil. Y luego me lo llevo a la oreja.

—Me han aceptado.

—Ya decía yo que llevaba un tiempo sin saber de ti.

—Ya, he estado ocupado.

—Pues qué bien. Me alegro mucho por ti.

Miro el reflejo que me devuelve el espejo repleto de manchas blancas.

—Ya, claro. En realidad, te la suda.

—A lo mejor no.

—A lo mejor ya no me importas tanto como antes.

—Siempre voy a ser importante para ti, Cal. Siempre me recordarás. No puedes librarte de mí.

Sacudo la cabeza y cuelgo.

No. Sí que puedo. Sí que puedo.

Necesito tener claro lo que es esto: un nuevo comienzo.

Mientras me dirijo a Brookleven con el esmoquin puesto (¡con unas zapatillas de deporte blancas relucientes! ¡Como BTS!), con ganas de que llegue la fiesta, pero nervioso a la vez, sin tener ni idea de qué esperar, me paro en seco.

Hay una limusina negra aparcada en la calle, enfrente del edificio.

Una de las puertas está abierta y deja escapar la luz del interior, como si estuviera derramando algo muy valioso. Hay gente sentada dentro y una persona de pie, al lado del coche, casi invisible entre las sombras, con un brazo apoyado en la puerta abierta.

Y entonces me sobreviene esa sensación insólita de ser consciente de que un momento se está convirtiendo en cenizas conforme ocurre; que, en tiempo real, se transforma en el humo de un recuerdo. Luke se mece sobre los talones y, mientras me aprieta el antebrazo y enrosca los dedos en mis músculos, me dice:

—Enhorabuena.

Está tan guapo que no puedo evitar tambalearme.

—Igualmente.

—Tenemos que ponérnoslas —me dice mientras mete el brazo en el coche y me tiende una máscara de carnaval blanca y roja. Me la pongo a la vez que él. ¡Ya soy uno de ellos!—. Toma, había una tarjeta en el asiento.

Me la entrega y veo que se trata de una cartulina de lino color crema con un sello de color en la parte superior y, en su fuente habitual con aspecto de letra manuscrita, se lee:

Enhorabuena, neófitos, y bienvenidos a la sociedad.
Por favor, poneos las máscaras. Disfrutad del
champán.
Con amor y picardía,
La sociedad.

Levanto la vista hacia Luke, intentando contener mi entusiasmo.

—¿Hay champán?

Luke arquea las cejas.

—Por supuesto.

Luke le ha dado un toque ingenioso a su atuendo: lleva una camisa de esmoquin, chaqueta, corbata y unos pantalones de chándal Adidas con unas zapatillas Nike Air Force 1 negras.

Luke y yo nos subimos a la limusina, nos sentamos frente a dos personas enmascaradas y nos presentamos. El chico es Daniel Duncan, un alumno de primero rubio, con la cara llena de pecas y muy delgado, con aspecto de formar parte de un grupo de música. Tiene unos ojos verdes inquisitivos como piedras preciosas que se oscurecen cuando los centra en algo. La chica de al lado es Isabella Flores, de segundo año, como nosotros, y, según nos cuenta, es del Bronx. Lleva el pelo recogido en un moño, lo cual le deja el rostro al descubierto y, cuando sonríe, se le ven los aparatos que lleva en los dientes, unidos por unas gomas. Se muerde el labio inferior al hablar y tiene un acento marcado de Nueva York.

Siempre me pongo nervioso al conocer a gente nueva, sobre todo si son personas que creo que van a ser importantes en mi vida. Pero, cuando siento que me empiezan a sudar las palmas de las manos, me recuerdo que he conseguido ser lo bastante encantador como para que me aceptaran en la sociedad, y que ahora tengo más confianza.

Decido no ocultar mis raíces del sur, exagerar el acento (no demasiado), relajarme y mostrarles la parte de mí mismo con la que me gané a Emma Braeburn y a Gretchen Cummings, incluso cuando jamás se me habría ocurrido pensar que pudiera caerles bien. Sonrío a todo el mundo y muestro con sinceridad lo mucho que me alegro de conocerlos.

—Hay otras dos limusinas —me dice Luke—. Nos están siguiendo.

Miro por la ventana trasera y veo las dos siluetas alargadas y relucientes que reflejan los destellos de las farolas.

Dentro de nuestra limusina hay una hielera y una botella verde oscuro de champán Perrier-Jouët. Luke sirve un poco en una copa y me la pasa. Al momento, tras beber solo unos sorbitos, me siento un poco achispado y como si me hubieran extraído el torrente de inseguridades con una jeringuilla.

Los cuatro mantenemos una conversación trivial y ligera, estudiándonos mientras intentamos adivinar lo que está por llegar. Nadie habla demasiado, nadie pretende dominar la conversación. Todos nos mostramos algo reservados; no queremos causar una mala primera impresión. Y entonces me sorprende ver que llegamos a la hilera de torres de ladrillo rojo interconectadas que conforman el museo de historia natural Strafton-Van-Wyke.

El museo está en el extremo este del campus. Técnicamente se encuentra dentro de los límites del campus de Essex, pero ya no es una propiedad oficial del internado; ahora pertenece a una universidad pública. Es conocido por su área dedicada a los dinosaurios y sus colecciones de ornitología y paleontología, además de las reliquias mayas y otros tesoros hallados en cuevas y templos.

Las limusinas, como una lenta procesión nocturna, se detienen frente al museo. Los chóferes, con sus gorras y su indumentaria típica de conductores, nos abren las puertas y subimos los escalones con las copas de champán en la mano. El interior del museo está a oscuras y seguimos la luz de unas velas por las escaleras que nos llevan al piso de arriba, donde nos esparcimos por la sala. Estamos en una estancia con una pared de cristal rectangular.

En la parte inferior de la pared, las ventanas dan al Jardín Jarrett, un parque histórico que se extiende por delante del museo. Los arces del azúcar se mecen al viento nocturno. La parte superior de la pared es un acuario, y la luz verde del agua tiñe toda la sala. Hay peces nadando y una raya.

Hay dos chicos trajeados y dos chicas con vestidos de noche delante del acuario, con unos sobres en las manos. También hay más miembros de la sociedad esparcidos por los rincones de la sala. Y los siete que acabamos de llegar nos quedamos delante de ellos. Mientras observo los sobres, recuerdo el correo que recibí antes del que me informaba de mi punto de encuentro y de la hora de llegada.

Para el rito de iniciación de esta noche, y para el resto de los acontecimientos venideros, es necesario aprenderse DE MEMORIA el cat-cismo de la s-ciedad. Lo enviamos adjunto en PDF.
     Si alguien no se lo aprende, estaremos muy decepcionados. Una vez aprendido, este correo deberá eliminarse. Pronto enviaremos más información.

Llevo todo el día repasando mentalmente el texto. Por supuesto, el primer versículo ya me lo sabía de memoria. ¿Se lo sabrían también los demás?

Un miembro de la sociedad enmascarado da un paso adelante.

—Tenemos un sobre para cada uno de vosotros. Abridlo.

En el interior hay una vieja llave de latón con el sello de la sociedad grabado.

—Meteos la llave en el bolsillo. No la perdáis. La necesitaréis más adelante.

Se acerca otro miembro de la sociedad y se lleva todos los sobres vacíos.

—Podéis disfrutar del museo y del champán durante los próximos treinta minutos. Después, volved afuera y quedaos junto a vuestra limusina. No os quitéis las máscaras. No lleguéis tarde.

Entre la luz tenue y la emoción de todo el mundo por estar en el interior del museo cuando está cerrado, no tardo en perder de vista a Luke. Bajo unas escaleras con velas en las paredes cuya luz se refleja en los suelos de mármol. Recorro un pasillo con dioramas de hábitats, con las figuras de animales taxidermizados inmóviles en su interior, atravieso una entrada arqueada y paso junto a un cartel chapado en la pared que no consigo leer.

Estoy solo en una sala repleta de dinosaurios. Hay un fósil de un pterodáctilo colgado del techo cuyo pico afilado me está apuntando. Si se rompieran las cuerdas y se cayera, me ensartaría; sería la primera muerte causada por un dinosaurio en varios millones de años.

Hay más fósiles (un brontosaurio, un estegosaurio y un tiranosaurio con pinta de estar muerto de hambre) por todos los rincones de la sala, acechando con su majestuosidad jurásica.

Alguien me agarra del hombro. Es Luke. Su máscara resplandece bajo la luz. Apura el champán que le queda en la copa.

—¿Has hecho algún amigo por aquí?

—No son muy sociables.

Luke ríe por la nariz mientras observa el pterodáctilo.

—¿Qué crees que será lo siguiente?

—¿A qué te refieres?

—Bueno, las limusinas nos tendrán que llevar a algún sitio...

Pues también es verdad.

—Ni idea.

Luke me acerca a él y, en cuanto pega la boca a la mía, siento estallidos en mi interior de todas las emociones posibles: miedo, felicidad, incredulidad... En lugar de pensamientos, mi mente solo me lanza destellos de colores primarios y figuras arbitrarias, como si fuera un puñetero vídeo educativo.

—¿A quién más han traído?

Como si estuvieran esperando la pregunta, entran tres neófitos en la sala: los chicos de la otra limusina. Reconozco a Anna Chen al instante por su pelo magenta.

—Hostias —dice en cuanto ve los dinosaurios.

La siguen dos chicos de primero, Ryan Randolph y Kip Spicer. Luke se aparta un poco de mí y nos presentamos.

Como ya intuía, no me parezco a los demás aspirantes. Son atléticos y musculosos. Ryan es un chico negro muy atractivo; amable, lo cual hace que me caiga bien desde el primer momento; y cortés, lo cual admiro. Kip es un chico blanco paliducho con unos ojos grises plomizos; no es tan alto ni tan elegante como Ryan, pero tiene un pecho musculoso, una perilla incipiente y un pelo alborotado color miel.

No sé si estaban todos pasando el rato juntos, y si Luke y yo nos habíamos aislado sin habérnoslo propuesto. No sé si sabrán que acabamos de liarnos, pero, tras dar una vuelta por la sala y admirar los dinosaurios, todo el mundo se marcha de nuevo y Ryan se despide con un «nos vemos luego» que me parece a la vez una advertencia y un regalo: ahora Luke y yo podemos volver a sumirnos en nuestro mundo particular. Y puede que eso sea lo que siempre he deseado, pero también podría resultar peligroso. Luke se acerca a mí, me toma de la mano y me frota el pulgar con el suyo.

—Siempre recordarás nuestro beso bajo el pterodáctilo —me dice.

Sé que tiene razón. Lo abrazo con fuerza y, cuando Luke apoya el cuello en el mío, siento el ligero escozor de su barba. Poso una mano en su coronilla y, con la otra, le acaricio la columna, bajando cada vez más hasta que me detengo, para provocarlo, justo encima del culo.

—Me gusta cómo me tocas —me susurra.

Lo aparto de un empujón juguetón y Luke finge tropezarse. Juguetea con la copa vacía, dándole vueltas en la mano.

—¿Crees que deberíamos hablar de lo que... está pasando entre nosotros? —le pregunto.

Luke baja la mirada al suelo y, de pronto, parece inquieto.

—Si quieres, vale.

—Bueno, ¿y qué está pasando entre nosotros? —insisto con una risita nerviosa.

—Que, en cierto modo, los dos tenemos problemas.

—Yo tengo más de los que te imaginas.

Luke asiente.

—Y, como los dos lo entendemos, a veces todo se vuelve fácil.

Nos miramos a través de las máscaras.

Pienso en todo lo que no voy a decir, como que he soñado en ahogarme en charcos de lluvia poco profundos mientras veo cómo resplandece mi reflejo y se desvanece en la espuma gris del agua, en la mierda del mundo, y todo lo que he sido queda borrado en el agua acumulada en los cráteres de la tierra. Me he sentido así muchas tardes.

—¿A qué le temes? —me pregunta, alzando la barbilla—. Dime lo que más miedo te da.

—La gente que se convierte en algo que no era. Algo que me ha ocultado desde el principio.

Una sombra atraviesa el rostro de Luke, pero al momento vuelve a adoptar una expresión normal.

—Tal vez, de alguna manera, los dos juntos podamos formar un todo. —Una sonrisa confiada estalla en su rostro—. Eso es lo que más me enamora de ti.

Lo que más le enamora… Sus palabras me retumban en el pecho.

—¿A qué te refieres?

—A que, en cierto modo, tú también ves tu propio fantasma. Como yo.

En parte, tiene razón.

—Yo veo el mundo por la mitad, pichoncito.

CAPÍTULO CATORCE

ALL ALONG THE WATCHTOWER (EL RITO DE INICIACIÓN, PARTE II)

En el asiento de la limusina me encuentro otra tarjeta. Debajo del sello de la sociedad, pone:

Ahora vais a salir del campus.
Respirad y disfrutad de la noche. Ya habéis llegado
hasta aquí.
Podéis quitaros las máscaras.

—Vamos en un coche con un conductor al que no conocemos de nada y no tenemos ni idea de adónde nos está llevando —dice Isabella con una risa ronca mientras mira por la ventana, tras la que solo se ve el borrón de luces naranjas de la autopista.

Mantenemos una conversación intermitente, salpicada de risitas nerviosas; todos estamos inquietos y cohibidos.

Cuando la limusina aminora la velocidad, Luke mira por la ventana y dice:

—Estamos en el Soldado Dormido.

¡El Parque Estatal del Soldado Dormido es una puñetera montaña! Con rutas de senderismo y todo. Aparece en el

Registro Nacional de Lugares Históricos. La montaña recuerda a un soldado tumbado bocarriba, durmiendo, con un morral al lado.

Las limusinas se detienen en el extremo de un aparcamiento. En el silencio de la noche, el ruido de las puertas al cerrarse parece más fuerte aún.

Tras nuestra limusina llegan las otras dos y los miembros de la sociedad, aún con las máscaras puestas, se bajan. Todos llevan farolillos de *camping* que proyectan haces circulares, la única luz con la que contamos, aparte de los faros de los coches. Los miembros de la sociedad nos rodean por ambos lados y nos juntan para que formemos una fila.

Es como si nos dirigiéramos a un juicio por brujería.

Dejamos atrás las limusinas, atravesamos el aparcamiento desierto, cruzamos una zona de pícnic arbolada y llegamos a la entrada de un sendero oscuro.

—¡Recitad el catecismo! —nos ordena alguien.

Obedecemos mientras subimos por un camino de tierra empinado. Es lo bastante ancho como para que los miembros de la sociedad formen una fila a cada lado de nosotros mientras nos guían con los farolillos. Conforme recitamos los versículos, vamos ganando más y más altura. La oscuridad se extiende bajo nosotros como si se derramara de una cuchara.

Nuestras voces unidas enaltecen el lenguaje, y el cántico parece un hechizo. Siento como si estuviera viviendo una experiencia extracorpórea; la persona que siempre he sido dejará de existir tras esta noche.

Nos están llevando a la famosa atalaya del Soldado Dormido, que se alza sobre nosotros. Debemos de estar subiendo por el Sendero de la Torre, hecho de rocas trituradas extraídas de una cantera de basalto que queda cerca de aquí. Leí sobre este parque estatal en los libros sobre Essex y sobre Strafton.

La atalaya de piedra se construyó durante la Gran Depresión como un proyecto de la Works Progress Administration, y se utilizó para detectar a los aviones enemigos durante la Segunda Guerra Mundial. Haber leído e investigado tanto está empezando a dar sus frutos. No me siento perdido, ni física ni mentalmente. Al igual que a mi padre, a mí siempre me ha encantado la historia. Si sabes de dónde vienen las cosas, no te sientes tan perdido con respecto a lo que está por llegar. Es algo lineal.

Cuando llegamos a la torre, tenemos que subir por unas rampas empinadas hasta lo alto, desde donde se supone que hay vistas panorámicas de todo Connecticut.

—Ya podéis dejar de recitar —nos dicen cuando estamos arriba.

Nos encontramos en la terraza, temblando y sin aliento, donde ya hay un círculo de personas a nuestro alrededor. Las vistas son increíbles: una red de luces titilantes, el parque y los senderos que se extienden por debajo de nosotros, el Soldado Dormido cubierto de hierba, majestuoso e imperturbable, y el cielo nocturno cubierto de cirros.

Los miembros de la sociedad que nos rodean se acercan meciendo los farolillos y nos obligan a formar un círculo cerrado. Suena el chasquido de un mechero y, en el centro del círculo, en el suelo de piedra, se enciende una circunferencia de fuego. Las llamas son de un verde intenso, monstruosas. Seguro que han usado ácido bórico.

Hay otro círculo más de siluetas por todo el perímetro exterior de la terraza: personas encapuchadas y envueltas en capas que observan el acto en silencio. Son las mismas siluetas que vi aquella noche en Taft.

Las llamas verdes parpadeantes nos iluminan los rostros. Dos miembros de la sociedad enmascarados, un chico y una chica, dan un paso adelante.

—Os vamos a entregar un cáliz —dice el chico—. Cada uno debéis beber un sorbo y pasarlo.

Se acerca otro chico enmascarado que lleva un esmoquin de terciopelo verde. En cuanto habla, reconozco su voz de barítono y su tono paciente. Oí esa misma voz la noche del Punto de Mira.

—Soy el presidente de la sociedad y el jefe del Consejo. El proceso de selección ha terminado. Ya sois oficialmente neófitos. Os someteréis a una formación que durará la mayor parte del año y, después, podréis ser miembros de pleno derecho, o *veteres*. Veteranos.

Entiendo. O sea, que todavía no nos han aceptado del todo. Puede que nunca tengamos que dejar de demostrarle nuestra valía a la sociedad.

Uno de los adultos encapuchados, que lleva una máscara plateada y sujeta un bastón con una mano, emerge de las tinieblas y avanza hacia nosotros.

—Ahora formáis parte de una tradición de doscientos diez años: la investigación creativa y minuciosa de la riqueza histórica de Essex —anuncia el hombre—. La sociedad se fundó en torno a la idea de la fraternidad, de colaborar y crear vínculos que den lugar a amistades para toda la vida mientras se descubren los secretos del campus.

Me pasan el cáliz y durante un instante dejo de prestarle atención al hombre enmascarado, cuya voz es como carbón quemado. Doy un sorbo; está dulce y sabe como a medicina. Le paso el cáliz al siguiente neófito.

—Durante las próximas semanas, os animamos a que conozcáis mejor a vuestros compañeros de la sociedad y trabajéis juntos —continúa diciendo el hombre—. Poco a poco los conoceréis tan a fondo como a vuestra familia.

—Debéis apoyaros los unos en los otros —añade el hombre del esmoquin de terciopelo verde, el presidente—. Somos las distintas piezas que conforman un todo.

Una mujer se va acercando a nosotros, uno a uno, con un libro encuadernado en cuero, y otro miembro de la sociedad la sigue con una pluma.

—Firmad vuestro nombre en el libro de registro para formalizar vuestra admisión.

Cuando llega mi turno y me entregan la pluma, firmo justo debajo del nombre de Luke, en una línea en blanco. La tinta es oscura y húmeda; el papel, blando como la vitela.

Ese espacio en blanco lleva toda mi vida esperando mi firma.

—Quitaos las chaquetas y las camisas —nos ordena otro miembro—. Las mujeres, por favor, bajaos los tirantes del vestido.

—Sostened las llaves sobre la llama.

Todos nos sacamos las llaves y las colocamos sobre las llamas verdes hasta que las puntas refulgen.

Siento un cosquilleo cuando alguien me habla al oído:

—Tienes diez segundos para decidir. ¿Eres un auténtico miembro de la sociedad?

—Sí.

—En ese caso, debemos marcarte. ¿Nos das tu consentimiento?

¿¡Marcarme!? Ay, Dios, que quieren marcarme...

Segundo uno: pienso en lo mucho que he deseado este momento.

Segundo dos: pienso en mi madre y en mi padre.

Segundo tres: pienso en reinventarme.

Segundo cuatro: recuerdo a las Cinco de la 5 C™ mirándome como si no valiera nada.

Segundo cinco: pienso en el dolor, en que el dolor siempre está presente; sin sacrificio no hay beneficio.

Segundo siete: será una cicatriz pequeña.

No tengo ningún argumento en contra, de modo que le digo que cuenta con mi consentimiento.

Unas tenazas emergen de la oscuridad, me arrebatan la llave de la mano y, antes de que me dé cuenta, me pegan la punta al rojo vivo de la llave en la piel desnuda del hombro.

El dolor que siento es tan intenso que se convierte en un color: la negrura de la noche se desborda de mis ojos y la sustituye un blanco cegador. La llave cae a mis pies. *Clanc.*

Miro a Luke a los ojos y me devuelve la mirada. Tiene el rostro paralizado por el dolor, con una especie de máscara de determinación. Sus ojos son como dos cohetes fríos y muertos caídos del cielo. Parece estar acostumbrándose poco a poco al dolor.

—Volved a poneros la camisa y la chaqueta —nos ordenan—. En un minuto, cuando se enfríen, recoged las llaves y metéoslas en el bolsillo. No las perdáis.

—Disfrutad del champán —nos dice un miembro de la sociedad, que se aleja con las tenazas, y se oye un *clic* cuando las cierra.

Arrastran una mesa hasta dejarla frente a nosotros, con botellas de Perrier-Jouët y varias copas.

El dolor es liberador, como si nos hubiéramos desprendido de nuestras antiguas identidades del modo en que las serpientes dejan atrás su vieja piel escamosa. Voy a tener la marca de la sociedad en el cuerpo para siempre. Y eso me hace sentir que soy uno de ellos, pase lo que pase. Aunque, además de liberador, es tan cruel que también resulta aterrador.

Los miembros de la sociedad se quitan las máscaras y de pronto da comienzo una gala en lo alto de la atalaya.

Alguien me agarra y me dice:

—¡Enhorabuena!

La reconozco; es la chica que me estaba defendiendo durante el interrogatorio del Punto de Mira.

—¡Hola! ¡Gracias!

—Me llamo Nisha Patil. Soy alumna de último año. Pasé por el proceso de selección de la sociedad en primero, y ahora formo parte de los *veteres*. ¡Me muero de ganas de ver qué aportas a la sociedad!

—¿Quiénes son...? —le pregunto mientras señalo hacia donde antes estaban las siluetas encapuchadas y con capas, pero han desaparecido.

—Los Arqui —responde—. Muy pronto sabrás más sobre ellos.

Se despide con la mano mientras otro miembro se la lleva.

Alguien me da un puñetazo leve en el brazo. El dedo del chico emite un destello morado. Es el presidente de la sociedad.

—Pinky Lynch —le digo.

Es un nombre imposible de olvidar. Por no hablar del esmoquin de terciopelo verde que lleva. Balancea la máscara que llevaba antes en el pulgar de la otra mano.

—Cal Ware —contesta—. Quería darte la enhorabuena personalmente. Disfruta de esta noche. Durante las próximas semanas podremos conocernos mejor.

Pinky Lynch desaparece y Marcus, el otro miembro que conocí en la gala, sureño como yo, me toma de la mano y me la aprieta.

—¡Me alegro de volver a verte, Cal!

—Gracias —respondo con una voz firme y segura—. Me hace mucha ilusión formar parte de todo esto.

Logro mantener la calma una vez más gracias a ese sustrato voluble de confianza que fluye por mi interior como un río subterráneo, cuyo caudal aumentó durante el Punto de Mira y sobre el que desearía tener más control.

Marcus, que parecía estar a punto de darme la enhorabuena con alguna frase típica, se percata y me dice en voz baja:

—Tengo muchas ganas de poder conocerte mejor.

Cuando se aparta, revela a Luke tras él.

Está balanceándose ligeramente, como si se meciera al ritmo de una canción que solo puede oír él.

—¿Te parece bonito todo esto?

Señala con la cabeza hacia los demás, que están disfrutando de la fiesta; hacia el cielo, que ahora está despejado, sin una sola nube; hacia las estrellas que han quedado a la vista, puntitos que arden en lo alto y brillan sobre nuestras cabezas.

—Sí —le respondo con una risita—. Es... objetivamente precioso.

—Pues a mí no me lo parece. Nada de esto me parece bonito. Nunca logro verle la belleza al cielo, ni a las estrellas, ni al puto mundo entero.

—¿Y qué ves?

—No se trata de lo que veo, sino de lo que siento.

—Bueno, ¿y qué sientes?

Se pasa la muñeca por la mejilla mientras aferra la copa como si fuera la cuerda de apertura de un paracaídas.

—Terror.

—¿Terror?

—La inmensidad y el misterio y lo desconocido y todas las posibilidades de que pasen cosas horribles... Lo odio. Lo odio todo. Da mucho miedo. —Se abraza a sí mismo—. Joder, qué frío.

—Oye, oye, shhh.

Le agarro la muñeca, le aprieto el punto de presión con dos dedos y le acaricio la arteria radial mientras siento su pulso. Luke relaja la expresión; parece más calmado.

—Que nos va a ver la gente —me dice con una media sonrisa burlona—. Van a saber lo que somos.

—¿Y qué somos?

Luke se pega a mí.

—Unos bribones.

Los dos nos echamos a reír. Me gusta quién soy con él.

—No *todo* da miedo —le aseguro.

Luke me revuelve el pelo.

—Supongo que no, si estás con la persona adecuada.

Lo miro a los ojos.

—Exacto.

—Cuando caía la noche y estábamos en casa, mi madre solía ir corriendo de aquí para allá, cerrando las cortinas y las persianas como una loca. «Que no entre la noche», solía decir. Pero no sé si lo consiguió alguna vez. ¿Tú cómo logras evitar la noche, Corazón Solitario?

Yo tampoco sé si lo he conseguido alguna vez, pero Luke no me da la oportunidad de responder; se señala la copa vacía de champán, se aleja, contemplando el cielo con inquietud, y desaparece entre el jaleo de la multitud.

CAPÍTULO QUINCE

CARTAS Y ARCHIVOS

A la mañana siguiente, me planto delante del espejo de cuerpo entero que tenemos colgado de la puerta del dormitorio, resplandeciente bajo un haz cónico de luz matutina. Me tomo un poco más de tiempo de lo normal para enderezarme la corbata y alisarme la chaqueta. Sonrío. No soy un alumno de segundo cualquiera. Formo parte de una sociedad secreta. No conozco a ese tal Cal que llegó a Essex hace unas cuantas semanas. Estaba tan triste, tan perdido…

Hace bastante calor para la época en la que estamos, y hay grupos de alumnos por aquí y por allá en el césped. Mientras camino, disfrutando de la luz del sol, noto que la gente se gira hacia mí. Nadie sabe que me han aceptado en una de las sociedades secretas más exclusivas del país. Mi apariencia no ha cambiado; por fuera, todo sigue igual. Pero hay algo diferente. Lo noto.

—Qué bien te veo, Cal —me dice Gretchen, que pasa a mi lado corriendo, mientras gira la cara hacia mí con una amplia sonrisa.

La saludo con la mano. Incluso uno de los agentes del Servicio Secreto que corren en grupo unos metros por detrás de ella me sonríe.

Un frisbi verde lima me golpea en el pecho. Lo recojo, se lo devuelvo al grupo de alumnos que estaba lanzándoselo y, de pronto, todos nos ponemos a jugar al frisbi antes de ir a desayunar. Cuando me lo lanzan y doy un brinco para atraparlo, el disco pasa a mi lado rozándome y me hace un rasguño en la sien derecha. Voy corriendo a recogerlo.

—Ey, ¿estás bien? —me dice uno de los chicos, que se acerca a mí corriendo—. ¿Te ha dado en toda la cara?

Le devuelvo el frisbi.

—Es que por ese ojo no veo.

El chico se queda boquiabierto.

—Ah, hostia, no me había dado cuenta.

—¿Ni siquiera cuando me he comido el frisbi?

Los dos nos echamos a reír, pero son unas risas amistosas.

Desde donde estamos, veo el comedor Dunlop y la palabra SEPTEM sobre el ojo que hay pintado en la pared. ¿Cuánta gente lo verá cada día?

Me despido con la mano de los chicos del césped y me marcho.

Por la noche, me pongo con el portátil para hacer un trabajo de Lengua que he dejado para última hora. Hemos dejado atrás la poesía y nos estamos centrando en los relatos de varios autores estadounidenses. El trabajo consiste en escribir un relato inspirado en el estilo de alguno de los autores que hemos leído, pero esta vez, en lugar de basarnos en la belleza como tema principal, el relato ha de ser autobiográfico; debemos revelar algo sobre nosotros mismos. He decidido inspirarme en *Sophistication*, de Sherwood Anderson, porque escribió muy bien sobre el aislamiento.

—Últimamente casi no te veo —me dice Jeffrey mientras me mira desde la silla de su escritorio.

—Pues aquí estoy —le contesto sin dejar de escribir ni levantar la mirada.

Una vez que me concentro, tecleo a toda velocidad.

—Estás como… resplandeciente.

He intentado no contarle a nadie que me han admitido en la sociedad, y por ahora no ha pasado nada nuevo, aparte del rito épico de iniciación, pero me da la impresión de que Jeffrey ya sospecha algo.

—Será la luz del portátil —le digo, y Jeffrey se ríe. Me giro hacia él—. Lo siento, es que estoy estresado con este trabajo. —Lo he dejado todo para el último momento por lo distraído que he estado con Luke y todo lo de la sociedad—. No me sale nada; estoy bloqueado. Y necesito desbloquearme pero ya.

Jeffrey se va al cuarto de baño y vuelve con una botella de agua y una pastilla rosa en la palma de la mano. No le pregunto qué es; tan solo me la trago con un sorbo de agua.

—¿Has conocido a alguien? —me pregunta Jeffrey.

—¿Por qué lo dices?

—Porque te noto distinto.

—Más o menos. ¿Qué tal va todo con Dahlia?

—Bien, bien —me responde sin protestar por haber redirigido la atención hacia él—. Intentando averiguar lo que somos y tal.

—Si quieres hablar, aquí estoy —le digo mientras me vuelvo a girar hacia el portátil y me pongo a teclear de nuevo.

Al día siguiente, la sociedad nos envía un correo electrónico para decirnos que se celebrará una sesión informativa en la biblioteca antes de la cena. Los miembros de la sociedad merodean con disimulo por la sala de lectura principal. Cuando me ven, me llevan a un ascensor secreto que está por el fondo de la sala; lo llaman con una pequeña llave de latón y subimos hasta la legendaria Sala de Cartas y Archivos, a la que no pueden acceder los alumnos (los normales, al menos).

Resulta imposible no soltar un gritito ahogado cuando atraviesas la entrada y contemplas el techo abovedado y las luces que cuelgan de cadenas. La chimenea de piedra y las pilas de libros, iluminados desde atrás con focos, tras cristales gruesos; el entrepiso con una barandilla de hierro forjado y con vistas a la sala de lectura; las vidrieras que permiten que entre la luz de colores y tiña la estancia.

La sala parece sacada de algún libro de Dan Brown en el que, durante su investigación, el héroe tiene una epifanía mientras charla con un profesor veterano que «ya no hace ese tipo de cosas». Es una especie de puente entre la biblioteca principal del campus y las antigüedades que alberga Hawthorne. Aquí se guardan colecciones de archivos que documentan la historia cultural del país.

Todos nos quedamos de pie detrás de unas mesas, de cara a la chimenea, delante de la cual hay diez miembros de la sociedad. Luke está dos mesas más allá, acariciando la madera pulida con la mano. Nos miramos a los ojos, pero mantiene una expresión inescrutable. Solo ha pasado un día y medio, de modo que no sé si tengo derecho a estar molesto por no haber sabido nada de él desde la noche de la atalaya. Todo es muy nuevo entre nosotros.

—Tenemos que hablar de ciertos aspectos logísticos —anuncia Pinky—. Debéis comprobar el correo electrónico a menudo. Todas las semanas habrá reuniones de formación, excursiones y visitas guiadas. Es recomendable asistir a todas las reuniones, sobre todo si os interesa formar parte del Consejo cuando estéis en los últimos años. Al final, a los neófitos os daremos acceso a la base de datos de la sociedad, lo cual es nuestro mayor tesoro. Podréis encontrar recopilaciones minuciosas de artículos e informes de investigaciones anteriores sobre todos los edificios del campus, con sus correspondientes planos de todo tipo: de seguridad, de planta, de prevención ante incendios...

Joder, qué ganas de ver esa base de datos.

Pinky nos observa de uno en uno.

—¿Alguien ha visto ya las cámaras de seguridad que hay en esta sala? Siempre suele haber dos enfrentadas, para que no quede ningún punto ciego. ¿En qué ángulo están?

—A cuarenta y cinco grados —responde Luke.

—Y están colocadas de ese modo sobre todo... ¿en qué partes de los edificios?

—En la entrada y el vestíbulo —contesta de nuevo Luke.

Pinky asiente mientras le dirige una sonrisa orgullosa. Tomo nota de la interacción con curiosidad.

—Ya entraremos en detalles respecto a todo eso. Por si no lo sabíais, soy Pinky Lynch, el presidente de la sociedad. Dirijo los debates, planifico los eventos y delego trabajo en los demás miembros del Consejo.

Nos presentan al jefe de personal, Hamish, un chico de cuarto que nos explica que está a cargo de las actividades sociales: galas, cenas, retiros...

Después nos presentan al encargado de información, Marcus, a quien ya conozco. Él se ocupa de planificar las visitas guiadas y organizar los ciclos de conferencias. Marcus nos presenta al encargado de rituales, un tal Tath, un chico asiático corpulento y musculoso que será nuestro entrenador para mejorar nuestras «habilidades físicas de exploración».

—Os enseñaré a forzar cerraduras con ganzúas, con navajas y demás... —nos explica Tath con total naturalidad mientras todos nos quedamos mirándolo—. Y después pasaremos a lo que llamamos la ingeniería social.

Tath nos cuenta que se encarga de los rituales y las celebraciones de la sociedad.

En el Consejo hay una única mujer, una alumna de último año; se llama Candace y tiene el pelo oscuro, corto y con flequillo. Por su actitud, parece una persona gélida. Nos explica que es la encargada del tesoro de la sociedad.

—Superviso la financiación de la sociedad —nos informa—. Soy la encargada del fideicomiso. Y llevo las campañas de recaudación de fondos de los antiguos alumnos y de las donaciones. Soy la única que tiene acceso a nuestras cuentas bancarias.

—Tenemos que hablar de las *panlists* y del protocolo del correo electrónico —añade Pinky mientras abre una presentación de PowerPoint.

Las *panlists* son listas de distribución de correo masivas, y suelen utilizarlas los clubes escolares. Pinky nos explica cómo mandar un correo a una dirección falsa mientras se envía a la vez a la lista de correo correspondiente como CCO, es decir, copia de carbón oculta. *Omnes* («todos»), para dirigirse a todo el mundo; *vox* («la voz del pueblo»), para el Consejo; *neophyti* («neófitos»), para nosotros; *veteres* («veteranos»), para los miembros oficiales de la sociedad; *archaei* («antiguo»), para los antiguos alumnos.

—No os hará falta enviar ningún correo a los Arqui a no ser que os lo mande expresamente algún miembro del Consejo —añade Pinky.

De modo que esos son los Arqui: antiguos miembros de la sociedad. Deben de ser los peces gordos del país, como los llamaría mi madre. Solía decírmelo mucho cuando me aceptaron en Essex: «Ahora vas a ser uno de los peces gordos». Me resulta extraño que algunos de ellos tuvieran tiempo de asistir al rito de iniciación.

Pinky pasa a explicarnos los protocolos de comunicación y el formato correcto para los correos electrónicos.

Todos los de la sociedad tenemos que tener una firma propia, una especie de nombre en clave. Lo creamos en ese mismo instante y la registramos en el mismo cuaderno de cuero de la otra noche, junto a nuestras firmas. A partir de ese momento, me convierto en CxtaW.

Al final de cada correo, debemos escribir CNSP, las siglas de la frase en latín: *Coniunctio nobis semper perstat* («Nuestra unión es para siempre»).

—Pronto volveremos a reunirnos. Mientras tanto, algunos de nosotros os enviaremos correos introductorios. Si os esforzáis y seguís los protocolos de la sociedad, llegaréis a ser *veteres*. Ah, y tenéis que mantener una nota media de sobresaliente.

Y, tras ese discurso, nos dejan marcharnos.

Cuando salimos del edificio, tengo la cabeza como un bombo y necesito detenerme un momento en los escalones que dan a los terrenos exuberantes, desde los que se ve esa última línea recta de luz en el horizonte que anuncia que el día está llegando a su fin; tan solo queda una pizca de luz en el cielo, como un cine cuando se oscurece antes del primer tráiler.

—Hola. —Luke me está esperando, apoyado contra el tablón de anuncios acristalado y repleto de folletos que hay delante de la biblioteca—. ¿Qué tal? —me dice sin demasiado entusiasmo.

Me acerco a él.

—Bien.

—Oye, perdona, es que voy todavía un poco puesto de Adderall —me dice y enarco las cejas. Eso sí que es nuevo—. Lo siento por haber desaparecido.

Suelta un rudito que parece una protesta y da unos brincos, como si le hubiera picado algo. Se descuelga la mochila y rebusca en su interior, distraído.

—No pasa nada; solo han pasado dos días. —Decido quitarle importancia, aunque lo del Adderall es preocupante—. ¿Cómo sabías lo de las cámaras?

—¿Qué?

—Lo de que están colocadas a cuarenta y cinco grados. Eso no lo sabe todo el mundo así porque sí.

—Casi todas las cámaras se colocan así. Las más modernas, al menos.

—Ah. —Frunzo el ceño—. ¿Conoces mucho a Pinky?

173

—Pues lo mismo que tú.

Me ha dado la impresión de que se miraban como si se conocieran.

—¿Me estás mintiendo?

—¿Que si te estoy mintiendo? —Se incorpora y vuelve a colgarse la mochila de un hombro—. ¿Es que no confías en mí?

—Casi no te conozco —le digo, lo cual es algo que siempre se me olvida.

—Lo mismo digo. —Luke asiente y añade—: Deberíamos ponerle solución a eso. Vernos más a menudo. Aunque ahora mismo no puedo. He quedado con unos amigos en Gelson... justo ahora.

Por supuesto. Un recordatorio cortante de que Luke forma parte de otros círculos. Es uno de los deportistas. Y estamos en una escuela que le da mucha importancia al deporte; el Departamento de Educación Física y Deporte es el que corta el bacalao. Les gusta decir que todo es importante (¡el teatro!, ¡la música!, ¡el club de debate!), pero en realidad el dinero va siempre al deporte.

Hay cuatro gárgolas de piedra sobre la entrada de la biblioteca que representan los cuatro tipos de alumnos: los de la clase alta, los eruditos, los atletas y los artistas. La gárgola que representa a los atletas es la única que está sonriendo.

Luke me acaricia por debajo de la barbilla con un dedo.

—Quiero conocerlo todo de ti, Corazón Solitario.

—Y yo a ti. Quiero conocerte... —Suspiro al sentir su tacto—... entero.

—Pues ya nos encargaremos de hacerlo realidad. Me tengo que ir corriendo.

Me acaricia la oreja, sale volando por los escalones y atraviesa los árboles, alejándose de las luces que iluminan el camino sinuoso.

CAPÍTULO DIECISÉIS

LAS ESTRELLAS DEL ATLETISMO

Cuando llego al comedor a la hora del desayuno, veo que Ashton, Toby y Lily levantan la vista de pronto y dejan de reírse. Me siguen con la mirada por toda la sala y se quedan perplejos cuando me siento en una mesa con Anna Chen, Daniel Duncan, Isabella Flores, Candace y Pinky, que me ha llamado con un gesto para que me una a ellos. En Graymont, la gente no suele sentarse con alumnos de cursos que no sean el suyo. Nuestro grupo resulta desconcertante. Y, sin las máscaras, nadie sabe quiénes somos en realidad.

Miro a Ashton, Toby y Lily y los saludo con la cabeza de un modo distante, como si nunca me hubiera juntado con ellos, lo cual me divierte y me llena de satisfacción. Y de gratitud, por no tener que preocuparme más por ellos. Ni que comer solo.

Pinky posa una mano pesada sobre la mía con una carcajada gutural.

—Siempre nos sentamos juntos en el comedor. Somos todos hermanos.

Candace carraspea mientras corta una salchicha vegetariana.

—Y hermanas, por supuesto —me dice Pinky en voz más baja mientras pone los ojos en blanco.

Durante un momento flota en el aire el tufillo a la misoginia típica de los alumnos masculinos que provienen de familias prominentes, como el aroma a almizcle que invade un vagón de tren abarrotado en hora punta.

—Quería hablar contigo, Cal —añade Pinky.

Ataco los huevos revueltos con el tenedor y me lo llevo a la boca.

—¿Conmigo?

Pinky toma el último trozo grasiento de beicon que le queda en el plato con los dedos y lo devora de un mordisco. Se limpia la boca con una servilleta blanca de tela.

—En privado.

Trago saliva.

—¿En privado?

¿Qué puede querer Pinky de mí tan pronto?

—En algún lugar con la puerta cerrada y el pestillo echado, como se planean todos los asesinatos —contesta con un gruñido divertido.

—¿De qué quieres…?

Y de pronto recibo una notificación en el móvil. Cuando Isabella me ve la cara, me pregunta:

—Eh…, ¿ha muerto alguien?

—El director quiere verme —respondo con el ceño fruncido mientras leo el correo electrónico—. De inmediato.

—¿El Papa? —dice Daniel, sorprendido—. ¿Qué has hecho?

—¡Nada!

—Parece que el asesinato que está ya planeado es el tuyo —comenta Pinky, y se inclina sobre la mesa hacia mí—. Hay que llevar dos abrigos cuando se va a ver al Papa.

—¿Dos abrigos?

—Dos capas.

—¡¿Qué?!

Le da un codazo a Candace.

—¿Quién era… ese personaje histórico… a quien iban a decapitar un día de invierno…?

—¿Personaje histórico? —le pregunta Candace.

—Sí, mujer. Cuando lo mandaron a la horca decidió llevar dos abrigos para que, si se echaba a temblar, la multitud no creyera que era por cobardía.

—No tengo ni idea de lo que estás hablando —dice Candace mientras mastica la salchicha.

—Fue Carlos I, y claro que lo sabías, so zorra.

Candace sacude la cabeza.

—¡Fue Carlos I de Inglaterra! —brama Pinky.

Agarra el bombín negro que tiene en el regazo y se lo coloca en la cabeza a Candace. Candace se lo quita y se lo pone a Pinky, que se recuesta en la silla, se cruza de brazos y dice:

—Bueno, Cal, será mejor que te vayas. No tiembles aunque haga frío.

Nadie sabe por qué todo el mundo llama el Papa a Melvin D. Scheffling, el director de Essex y antiguo alumno de la academia de la promoción del 69, que estudió también en Harvard (promoción del 73) y en Yale (promoción del 76). Supongo que es solo por su aspecto: un viejo imponente que *podría* ser el Papa. Pero la gente se toma tan en serio ese apodo que hasta llaman a su despacho, que está en el edificio Brookleven, el cónclave papal.

Su secretaria, una mujer con pintas de abuela pero con cierto toque de glamur, como una antigua estrella de cine, me observa.

—¿No deberías estar en clase, jovencito?

—Me ha dicho que venga lo antes posible.

—Ah, eres Calixte.

Y, sin perder un instante, me conduce a un despacho poco iluminado.

—No me resulta agradable la luz de última hora de la mañana. —Las persianas están bajadas y varias franjas cegadoras de luz atraviesan la sala, desafiando al Papa, que está de pie frente a ellas como una sombra rechoncha—. Esta época del año es muy... reveladora. Todos somos herejes a nuestra manera, supongo. —Ya voy entendiendo por qué lo llaman el Papa—. Cuanta menos luz haya, menos cruel es el tiempo. Menos frenético. Conforme envejeces, te das cuenta de que lo que más añoras no son los lugares, sino los momentos, otros tiempos.

—¿Otros tiempos?

—Hubo un tiempo en que tuve una madre, un padre, una hermana... Y ya no están aquí. Hubo un tiempo en que fui alumno de este internado, y tenía toda la vida por delante. Ahora ya no me queda tanto *tiempo*. En fin. El tiempo... Y los correos electrónicos —suspira—. Demasiados correos electrónicos... Demasiada luz...

—¿Me puedo sentar?

Se me está formando un nudo en la garganta, y quiero desafiar al director; señalo el sofá que tengo detrás, pero, en cuanto me giro hacia él, veo que Christopher Richards, el decano, está ahí sentado con las piernas cruzadas. No es que sea la persona más simpática del mundo, y cuando aparece siempre es para encargarse de algún problema o alguna infracción. Me ofrece un saludo abúlico con la mano.

—Calixte —dice Richards, cortante, y se me tensa la mandíbula.

¿Por qué me han llamado? Vuelvo a mirar al Papa, que se sienta tras su escritorio de un modo imponente y, joder, con cada segundo que pasa, más me parece que se está ganando a pulso el apodo, con todo este numerito. Lleva un traje azul con un chaleco y una pajarita roja. Tiene una carpeta de aspecto oficial delante y va pasando las páginas que contiene como quien hojea la guía telefónica en busca del número de un fontanero.

—Calixte Waaaaarrrre —dice como ronroneando—. *Las estrellas del atletismo*. Háblame de eso.

—¿Qué?

Me va la cabeza de un lado a otro, pero esas palabras no significan nada para mí.

El director me clava la mirada.

—El relato que escribiste.

—¿El relato que escribí? —repito.

El director pone cara de impaciencia y sacude la papada.

—Para la clase del señor Bryce.

Se recuesta en la silla. Y entonces caigo: ¡el relato autobiográfico!

Me estaba costando escribirlo y Jeffrey me dio la pastilla aquella. El título está inspirado en una canción que oí una vez cuya melodía no recuerdo. Me devano los sesos tratando de recordar de qué hablaba el relato, las polémicas que hayan podido dar lugar a esta reunión.

Ay, señor, espero no haber plagiado nada.

De pronto el Papa se pone en pie y carraspea. Con todas las franjas de luces y sombras de la sala, no sé si me está fulminando con la mirada, sonriendo amablemente o ninguna de las dos cosas.

—Por favor, perdóname —dice con brusquedad, como si no estuviera acostumbrado a pedir perdón y tampoco le resultara demasiado agradable—, pero he hecho algo un tanto… inapropiado.

—¿El qué?

—Verás, al chiflado de Bryce le pareció que el relato tenía cierto mérito, me lo envió, ¡y le tuve que dar la razón! De modo que lo mandé a *Bombast*. Este semestre no iban precisamente sobrados de historias buenas y pensé que les vendría bien algo con un poco de chispa.

Me cuesta asimilar todo lo que me está contando.

—¿Que ha enviado mi relato a *Bombast*?

—Sí, y la cuestión es que lo han aceptado.

Bombast es la revista literaria del internado; la dirigen los propios alumnos y se considera una de las mejores del país. Nunca aceptan propuestas de los alumnos de primero y segundo. Lo rechazan todo sin piedad.

—Total —continúa diciendo el Papa—, que necesito tu permiso, claro, y espero que me lo concedas. Y también queríamos asegurarnos de que estuvieras bien, jovencito, de que te estés adaptando a nuestro centro sin problemas.

Empiezo a recordar algunas partes del relato. Escribí sobre intentar encajar aquí. Sobre lo que estoy empezando a sentir por Luke (de ahí el título), aunque sin mencionarlo. Sobre mi padre. Pensaba que solo lo leería Bryce. ¡No me puedo creer que se lo hayan estado pasando de unos a otros! No mencionaría... Ay, Dios, espero no haber mencionado... el incidente.

—Con todos mis respetos, señor, lo que escribí es algo muy personal.

—¡Justo por eso es tan especial! —exclama el Papa—. Uno no se topa todos los días con esa capacidad para plasmar las emociones en la página de un modo tan honesto. ¡Y *Bombast* coincide conmigo! ¿Sabes que un porcentaje considerable de los alumnos que han publicado en *Bombast* han tenido después carreras literarias muy importantes, jovencito? No sabría decirte el número exacto, pero... —mira al decano para que le ayude con la cifra—... es una cantidad notable, ¿no es cierto?

—¿Conoces a Ethan Jay Farley? —me pregunta Richards.

No sé si debería sonarme ese nombre, pero mi expresión debe de revelarle al instante que no tengo ni la más remota idea de quién es. Richards asiente con aire sombrío, como si tampoco hubiera tenido demasiadas esperanzas (no sé si sentirme mal por mí mismo o por Ethan Jay Farley).

—Colabora a menudo con *The New Yorker* —me aclara el Papa—. Pero eso no viene al caso. ¿Te estás adaptando bien, entonces?

Supongo que debí de plasmar en el relato mi sensación de aislamiento. ¿Será ese el motivo por el que el Papa me ha soltado todo ese discursito filosófico sobre la naturaleza de la nostalgia?

—Sí.

—Estar lejos de casa puede ser duro —dice Richards—. Pero, si necesitas hablar con alguien, contamos con muchos recursos en el centro.

Me encanta que ni siquiera intente ser preciso.

—Bueno...

El Papa junta las manos mientras me mira expectante. Y, claro, con toda esa presión, y sabiendo que claramente están deseando que les confirme que he encontrado mi lugar aquí, ¿qué coño se supone que debo hacer? ¿Decir que no?

Mientras vuelvo a toda prisa a Foxmoore, me intercepta un silbido. Me giro y veo a una persona con un bombín apoyada contra un árbol. Pinky se echa el bombín hacia atrás y me revela una sonrisa hedonística. Le gusta llevar camisas de vestir blancas, planchadas como en el ejército, con tirantes blancos a juego. Se acerca y me pregunta:

—Bueno, ¿qué quería el Papa?

Le cuento todo lo que ha ocurrido, vacilante.

Pinky se tira de los tirantes y los suelta, y me estremezco ante el restallido.

—¡*Bombast*! —exclama Pinky, que vuelve a estirarse los tirantes con dos dedos—. Interesante... ¿Y qué tiene que ver el Papa con todo eso?

—Necesitaba mi aprobación. Para seguir adelante con la publicación.

Pinky sonríe ante mi rima.

—¡Vaya! ¿Y sobre qué escribiste?

Tengo que ir a por mi portátil pero ya.

—Eh...

—¿Sobre Luke? —me pregunta Pinky, y pronuncia su nombre en un tono burlón.

Miro el móvil por instinto.

—Creo... que sí.

—¿Te ha escrito?

Bajo el móvil.

—Eh..., no.

—Bueno, tampoco pongas esa cara de mariquita decepcionado. Seguro que te escribe. ¿Y sobre qué más hablabas?

¿Cómo está al tanto Pinky de lo mío con Luke?

—¿Sobre algún problema familiar? —añade, y la pregunta me sorprende; está claro que está hablando sobre mi padre.

—Eh...

—Lo sabemos todo, Cal. Investigamos el pasado de todos los neófitos —me aclara Pinky, agitando la mano ante mi mirada inquisitiva—. Seguro que a estas alturas no te sorprende. Y justo de eso quería hablar contigo. Quería ofrecerte mi apoyo. Muy pronto te contaré cómo podemos hacer que todo desaparezca.

Frunzo el ceño.

—¿Qué? ¿Qué quieres decir?

—Justo lo que he dicho. La sociedad puede ayudarte. Podemos hacer cualquier cosa.

Por algún motivo, esta conversación me está poniendo nervioso.

—¿Qué es lo que pretende la sociedad?

—Ya sabes la respuesta. Investigar. Sacar a la luz los secretos del campus.

¿Los secretos del campus... o de los alumnos?

Pinky se acerca más aún, hasta quedarse a meros centímetros de mi cara. Le huele el aliento a algo metálico, a sangre, como si estuviera sangrando.

—Apuesto a que, cuando viste los ojos de la sociedad, significó algo para ti —me dice, y me quedo inmóvil, con los brazos flácidos en los costados—. ¿No es cierto? Así fue como nos encontraste.

—No exactamente. Bueno, al menos al principio no.

—Pero luego los ojos… Nuestro símbolo. Los siete ojos. Seis más de los que tienes.

—Bueno, ya vale —le digo, pasando el peso de mi cuerpo de un pie a otro.

¿A qué estamos jugando? Sé que estamos jugando a algo, pero no sé a qué.

—Tu secreto está a salvo conmigo. Todos tus secretos. Los secretos son fundamentales en la sociedad. Y sabemos guardarlos. ¿Por qué les has dado permiso para publicar tu escrito? Podrías haberte negado.

—Supongo que en teoría sí.

—Pero querías que todo el mundo supiera que te está yendo bien por aquí. Necesitabas esa validación. Y, oye, supongo que es mejor que te conozcan en el campus que ser invisible. —Se pone un par de guantes negros y, por algún motivo, me lo imagino estrangulando un ciervo en la linde de un bosque yermo—. Tenlo en cuenta.

Pinky se saca un palillo que tenía bajo la lengua, me dedica una sonrisa tensa y afectada a la vez y se marcha.

¿Qué coño ha sido… eso?

Más tarde, cuando regreso a mi cuarto, releo *Las estrellas del atletismo* en el portátil a una velocidad supersónica. Jesús, pues sí que me debí de quedar a gusto escribiendo todo eso… ¡Si casi parece el primer borrador de unas memorias! Pero tampoco entré en detalles tanto como temía. Podría haber sido peor…

Luke: *He oído que te ha bendecido el Papa.*

La notificación del móvil me hace dar un brinco mientras veo el mensaje aparecer en la pantalla. Se ve que aquí las noticias vuelan. Me quedo mirando las palabras de Luke. Está escribiéndome algo más.

Luke: *Va todo bien?*

Yo: *Sí.*

Luke: *Estoy delante de tu residencia. Ponte guapa, nena.*

Cuando salgo de la residencia, Luke está mirando el móvil, y cuando me ve se le iluminan los ojos, lo cual me anima al instante. Se quita un auricular del oído.

—¿Qué tal, Corazón Solitario?

—Pues aquí estamos, pichoncito. ¿No tienes entrenamiento o qué?

—¿Y tú no tienes chaqueta, tontaco?

Luke lleva varias capas de lo que solo puedo describir como ropa deportiva estilo *hip-hop*: una sudadera con capucha Adidas con rayas rosas y blancas y la cremallera abierta y, debajo, una camiseta de deporte transpirable blanca. Rebusca en la mochila y me lanza una chaqueta deportiva negra. Me queda un poco grande, como era de esperar, pero es cómoda.

Echamos a andar, como si se quisiera alejar de la residencia antes de hablar, y yo no puedo dejar de pensar en la conversación con Pinky. Luke me pregunta qué quería el Papa; le explico lo del relato, que lo han enviado a *Bombast* y que me lo van a publicar.

Luke se para en seco y casi me choco con él. Estamos en una acera bordeada de arces rojos, en frente del salón de actos Tanner, y a través de las ventanas abiertas se oye a alguien que practica el violín.

—Hala, qué pasada —me dice—. Es un notición, ¿no? ¡Si rechazan a todo el mundo! Casi siempre publican solo a alumnos de último curso que escriben tostones sobre algún abuelo que está a punto de palmarla o sobre marcharse de la escuela, todo plagado siempre de metáforas tontas sobre el cambio de las estaciones.

Parece ser que alguien ha estado leyendo la revista del internado.

—El Papa fue quien les envió el relato. De modo que tenían que aceptarlo.

Luke reflexiona sobre el tema.

—Bueno, puede. Aunque, si alguien decidiera exhibir mis dibujos en alguna galería sin decírmelo, aunque fuera en Nueva York o en Berlín, me cabrearía. ¿De qué trata?

—¿El relato? De mí.

—Ah, pues entonces quiero leerlo. Antes de que lo publiquen. Un avance exclusivo. ¿Puedo?

Tarde o temprano lo va a acabar leyendo, pero sé que, una vez que lo haga, Luke sabrá demasiado sobre mí y me sentiré más desnudo emocionalmente que nunca. No tengo escapatoria.

—Si quieres…

—Genial. —Luke se mira el reloj—. Tengo que irme, que he quedado con unos amigos.

Con sus amigos del fútbol. De pronto me da el bajón. Me encanta estar con él; es como una droga.

—Quédate la chaqueta, que hace frío. ¿Quieres venirte luego? Así me leo el relato y te enseño algunos de mis dibujos. ¿Te parece?

No me esperaba que Luke consiguiera hacerme sentir en igualdad de condiciones con tanta facilidad. Intento mantener la calma y no dejarle ver mi emoción.

CAPÍTULO DIECISIETE

MUÑECAS RUSAS

L uke comparte habitación con un chico que se llama Vlad Vasquez. Juega al *hockey* sobre hierba, y la gente que juega al *hockey* sobre hierba nunca está su cuarto. Es como una norma.

—Hala, si tenéis nevera —observo.

—Vlad le dijo a Haas que tiene acné.

El señor Haas es el supervisor de Garrott. Aunque en teoría no se permite tener neveras en los dormitorios, a algunos alumnos sí les dejan si les han recetado alguna crema cara que se tenga que mantener refrigerada (en las neveras de las salas comunes siempre roban cosas, incluso aunque escribas el nombre del supervisor en la comida, que es algo que intenta hacer todo el mundo).

Su cuarto no es demasiado distinto del que comparto con Jeffrey; las ventanas son más modernas y Luke y Vlad son algo más desordenados que Jeffrey y yo, pero poco más. Sostengo en alto un abridor de botellas con curiosidad. Luke me guiña un ojo y abre la nevera. Está llena de botellines de cerveza.

—Vlad juega al *hockey* sobre hierba.

Esa es la única explicación que me da y, a decir verdad, puede que sea la única que necesito.

El zumbido de la nevera me relaja, un sonido familiar. Luke abre dos botellines de Red Stripe y brinda conmigo mientras me fijo en otros cuantos detalles interesantes: cómics envueltos en plástico escondidos en un rincón del suelo, junto al escritorio de Luke; tazas de cerámica con lápices de colores y bolígrafos; un montoncito de Moleskines... Nunca me he parado a fijarme bien en el collar plateado que lleva Luke, que se balancea mientras se inclina sobre mí para recoger uno de los blocs. Examino el colgante.

—San Judas Tadeo —me dice mientras acaricio con el dedo el diseño grabado—. Patrón de las causas perdidas.

El collar se me escapa de las manos cuando Luke se aleja y abre el portátil sobre el escritorio, y empieza a sonar un grupo *dream-pop* por un altavoz que debe de tener en algún lugar del cuarto, bien colocado. Los dos nos quedamos sentados en la cama, uno al lado del otro. Luke me apoya una mano en la rodilla, le da un trago a la cerveza, se estremece y me pide el portátil.

Tras beber un poco de Red Stripe con la esperanza de que me calme los nervios, saco el portátil de la mochila, abro el documento de Word y se lo tiendo a Luke. Se recuesta en la cama con la botella de cerveza entre las piernas.

Yo dejo la mía en el suelo y abro su Moleskine; luego miro hacia la puerta y después hacia la botella de cerveza de Luke.

—No va a venir nadie. Estamos solos —me dice con un brillo plateado y lobuno en los ojos que le otorga la luz de la pantalla de mi ordenador—. Relax, Corazón Solitario.

Lleva una camiseta blanca lisa y me fijo en la cicatriz de la sociedad que tiene en el brazo. La cicatriz que compartimos, ambas curándose a la vez.

Los dibujos de Luke son una pasada. Su firma personal, el bebé con el mordisco en el cuello, aparece cada dos por tres. El propio Luke también está en muchos de los dibujos; sale de espaldas (apoyado contra la pared de un callejón, caminando a través de un aparcamiento desierto...), pero se nota que es él. En todos los dibujos tiene el número 25 escrito en la espalda, como si fuera el número de una camiseta de fútbol.

Otro de los dibujos que se repiten es un *pitbull* atigrado con una TEC-9 colgada del cuello con una cadena. Luke dibuja con colores intensos, explosivos, pero de pronto a veces escoge tonos más oscuros, como los colores de un moratón. Sus dibujos dejan ver sus cambios de ánimo. Hay muchas formas y siluetas medio ocultas, nubes sobre un cielo nocturno, la luna envuelta en una niebla turbulenta.

Muchos de sus dibujos parecen representar escenas de después de una guerra: edificios quemados, figuras misteriosas, submarinos grises recorriendo ríos, naves espaciales azules que invaden zonas urbanas con haces de luz en espiral; globos oculares sueltos con venas sangrientas.

También hay retratos de chicos, bustos bajo los cuales hay un montón de rayas alocadas, zarcillos impacientes, como si lo hubieran interrumpido mientras dibujaba y no los hubiera llegado a acabar. Hay bocetos de cada uno de los dibujos que van progresando página a página, cada vez más detallados, hasta llegar al dibujo final. Al ver todos esos bocetos me acuerdo de lo obsesivo que parecía Luke planeando los informes y estudiando los mapas de los túneles.

Hay un dibujo de mí. No veo ningún boceto, solo el propio dibujo acabado, como si siempre hubiera existido, casi terminado, en la mente de Luke. Las líneas y los trazos de los demás retratos tienen un toque alocado muy específico, pero este parece más delicado, vacilante. Me fijo en la intensidad de mi mirada, que casi me hace parecer asustado. Me quedo fascinado mirándolo.

—¿Me pasas otro bloc?

Luke está pegado a la pantalla.

—Dios, Cal, esto está de puta madre.

Luke podría ser famoso. Los trazos desenfrenados, la vulnerabilidad que plasma en las páginas... Lo podría ver en museos y galerías.

—Esos son los que me guardé —me dice, señalando los blocs.

—¿Los que te guardaste?

—Mi padre tiró un montón. Se puso a revisar todas mis cosas cuando me metí en líos y no le gustaba el simbolismo de mis dibujos, bla, bla, bla. Le parecía que era una pérdida de tiempo y que me estaba yendo por el mal camino.

—¿Y ese perro?

—Es Gino. Tuvimos que sacrificarlo.

—¿Por qué?

—Porque mordió a un imbécil. Bueno, ¡¿me dejas terminar de leer o qué?!

—¿Por qué es tan importante el número veinticinco?

Luke le da un sorbo a la cerveza sin mirarme. Al principio creo que ni siquiera me va a responder.

—Porque me lo susurró Pete... una de las veces que se me apareció.

—¿Te habló?

—Solo una vez. Me susurró ese número. Antes pensaba que era una fecha, pero no sé... Debe de ser mi cabeza haciendo de las suyas.

Me fijo en una hilera de frascos de pastillas colocados en lo alto de una estantería desvencijada en la que hay libros de clase y poco más. Madre mía, pues sí que se la suda que le registren el cuarto.

Luke cierra el portátil de pronto y lo deja a un lado.

—El relato es buenísimo. Es muy sincero. Lo que ocurrió con tu padre, esa casa encantada... —Se frota los ojos—. Cuéntame más sobre eso. ¿Qué fue lo que hizo?

—Es que..., para serte sincero, no me gusta hablar de ese tema.

—Lo respeto. Pero lo de asustar a la gente con la casa encantada me parece una pasada. Me he quedado impresionado. Y siento lo de tu madre... Estoy seguro de que se pondrá bien.

—Gracias, Luke.

—Y te entiendo a la perfección con eso de sentirse aislado. Aquí nos pasa a todos, en distinta medida. —Luke me toma de la mano y entrelaza los dedos con los míos—. Oye, en el relato sales del armario... Espero que estés seguro de eso, porque, una vez que te publique la revista, será parte de tu identidad en el internado.

Me encojo de hombros. Hay gente como Emma Braeburn y Grayson que ya lo sabían sin que se lo dijera, así que ya qué más da.

—¿Y cuál dirías que es tu identidad?

—Va fluyendo, supongo. No me gustan las etiquetas.

—¿Quién fue el primer... chico con el que estuviste?

—Un amigo con el que me juntaba, Nick Rydell. Era un chalado; estaba como una cabra. Estuve con él durante un tiempo. —Luke se tapa la boca con la mano como si intentara no reírse—. Fue el primer chico con el que estuve. Desde luego, aprendí un montón de cosas con él.

—¿Fue el chico al que apuñalaste?

Luke se queda inmóvil.

—¡Oye, que no lo apuñalé! Más bien lo... —Luke sacude la cabeza—. Pero no, no fue Nick —añade con una carcajada alta, riéndose para sí mismo, recordando algo intenso.

Se oye música, algunos alumnos en el pasillo, voces al otro lado de la pared.

—Tus dibujos son increíbles.

Luke pone una pierna encima de la mía. Con esta luz, se le ve el ojo izquierdo de un tono casi celedón. Luke se percata de que lo estoy mirando y entierra el rostro en mi pecho.

—Soy una quimera, ¿recuerdas? De ahí que tenga un tono de piel distinto en el lado izquierdo, el color del ojo...

La luz me ha revelado otra parte de Luke que no había visto hasta ahora. La idea de una persona que no existe atrapada dentro de él, absorbida por él, me resulta excitante y aterradora a la vez. Me recuerda a las muñecas rusas.

Es el momento, es el momento, es el momento...

Le agarro un dedo a Luke, me lo acerco a la cara y lo aprieto contra mi ojo derecho. Lo dejo ahí hasta que estoy seguro de que ha sentido la textura. La expresión de Luke no cambia; tan solo deja escapar un suspiro cargado de olor a cerveza mientras mantiene el dedo sobre mi ojo, sin apartarlo. Le miro el cuello y le veo la nuez ascendiendo y descendiendo.

—Ves el mundo por la mitad —susurra.

—Sí.

—¿Es de cristal?

—Acrílico.

—Ah —dice asombrado—. Vi que... O sea, me di cuenta de que... había algo raro... Perdona, perdona, quería decir diferente. Algo que no era capaz de...

—Sí, aún tengo algunas cicatrices alrededor del ojo. Pero no es más que una prótesis ocular. Sigo siendo yo.

—Pues claro. —Me da un beso en la mejilla, me posa una mano en la nuca y me susurra al oído—: ¿Qué te hicieron, Corazón Solitario?

—Me echaron ácido.

Me agarra con más fuerza.

—¿Qué...?

—Fue por lo de mi padre. Cuando la gente de un pueblo pequeño del sur se pone en tu contra, no se andan con chiquitas. Y, si ya me acosaban en clase, lo único que hizo fue empeorar...

—De eso no hablabas en el relato de *Bombast*.

Gracias a Dios.

—¡Es lo único que he omitido!

Me agarra la cara con las dos manos.

—A mí me parece que es la polla. Tu ojo. —Sonríe; no me está sonriendo a mí en concreto, sino en general, con esos surcos tan monos que se le forman a los lados de la boca y con cara de haber resuelto un rompecabezas importante—. Así que por eso...

—¿Por eso qué?

Vuelve a mirarme con esos ojos de neón.

—Me alegro de que me lo hayas contado. De que confíes en mí. Esto no cambia nada. No cambia nada entre nosotros.

Todavía no me siento aliviado del todo, aunque revelarle todo esto era inevitable. Lo que me importa no es su reacción inmediata, sino cómo se comportará conmigo mañana y al día siguiente...

—¿Lo sabe tu compañero de cuarto?

Niego con la cabeza.

—No lo sabe nadie.

Aunque eso no es del todo cierto, claro.

—Sigo pensando que eres precioso. Entero.

Nunca nadie me había dicho eso. No quiero preguntarle qué le parece precioso de mí, no quiero que dude o que lo retire; quiero aceptarlo, creer que es verdad, pero me cuesta, de modo que tan solo digo:

—Me has dibujado.

Nos quedamos mirando el bloc. La energía de la habitación parece agitarse y se crea un ambiente de expectación.

—No consigo dejar de pensar en ti, Corazón Solitario. Y siempre dibujo lo que no me puedo sacar de la cabeza.

Pero el mío me parece muy distinto al resto de sus dibujos. Vuelvo a agarrar el colgante de Luke.

—Me gusta que tengas a san Judas para ayudarte, pero no eres una causa perdida. Eres el mejor amigo que tengo aquí.

—Qué va, somos más que eso. ¿No?

Bajo la vista hacia mis zapatillas.

—Sí… —¿Por qué me aterra tanto todo esto?—. ¿Qué relación tienes con Pinky? —le pregunto una vez más, ya que no me puedo sacar ese tema de la cabeza, mientras vuelvo a mirarlo.

Luke me está contemplando con tanta intensidad que sus ojos son como un estanque que se desborda y se adentra en mí.

—Shhh.

Nos dejamos caer hacia atrás en la cama y nos abrazamos con fuerza. Nos besamos durante un buen rato. Su boca me parece perfecta, como si estuviera hecha para besarme.

—Oye, ¿y puedes llorar?

—Puedo llorar por los dos ojos. Te juro que sigo siendo humano en ese lado también.

—Lágrimas de luna… —me susurra, y me besa los dos párpados.

Es como si la oscuridad la hubiera liberado de sus profundidades.

Mientras atravieso el campus de vuelta a Foxmoore, ruborizado y alterado tras haber estado con Luke, me topo con Gretchen, que está volviendo de la biblioteca. Me doy cuenta de que los agentes del Servicio Secreto se están moviendo por entre los árboles que nos rodean, como espectros. Me ofrezco a llevarle algunos de sus libros, como si estuviéramos en una peli de Hallmark, pero se ríe y rechaza mi ayuda.

—Te veo algo más animado que la última vez.

—Vengo de estar con un amigo.

—¿Con un amigo o… algo más?

Sí que es perceptiva. Me encanta.

—¿Qué tal te va todo?

—Me gusta estudiar aquí, pero tengo que aceptar que mi experiencia en el internado no va a ser normal.

—¿Y te molesta?

Se encoge de hombros.

—Creo que…, bueno, sé que mi presencia hace que algunas de las chicas se sientan amenazadas.

He oído que en la escuela muchas veces las chicas se tratan fatal entre ellas, mucho peor que los chicos, pero había dado por hecho que la gente iría detrás de Gretchen, dado su estatus.

—Si te consuela, mi vida tampoco es normal. Para nada, vaya.

Estamos en frente de Reiss-Orson, donde viven las Cinco de la 5 C™. Gretchen me sorprende al sentarse en los escalones de entrada y deja la pila de libros en el suelo, delante de ella.

—¿Y eso?

Me siento a su lado.

—Mi madre tiene linfoma. Y mi padre es perito de seguros, pero se aburre a morir en el pueblo, de modo que está metido en el mundillo de las casas encantadas. Las diseña. Es miembro de un grupo de gente que se hace llamar la Comunidad del Miedo. Son, sobre todo, exmilitares, y son supercompetitivos. Y el otoño pasado decidió llevar sus diseños al siguiente nivel y se pasó tres pueblos. Un miembro de la comunidad a quien todos tenían mucho cariño sufrió un infarto en el interior de la casa encantada mientras se lo llevaban al hospital. Mi padre no le había hecho firmar ningún documento de exención de responsabilidad ni nada. Ha recibido una demanda civil y estoy rezando para que no lo declaren culpable de homicidio involuntario, lo cual es una posibilidad.

Gretchen asiente y se muestra comprensiva.

—Vaya… De modo que decidieron sacarte de allí.

Me exiliaron.

No sé por qué le he soltado todo este rollo a Gretchen; son cosas que ni siquiera le he querido contar a Luke. O que aún no he podido contarle. Pero tiene razón. Y resulta muy distinto cuando lo dice otra persona, como lo ha dicho ella, alguien que lo ve desde fuera. Sin ser consciente siquiera, lo estoy neutralizando todo. No quiero que Pinky sea el único que sabe todos mis secretos, aunque en realidad no los sepa *todos*, por más que crea que sí. Pero al soltarme todos esos detalles de mi intimidad…, casi me sentí como si me estuviera (y odio pensar en esa palabra, pero es cierto) *chantajeando*.

Sí, eso es justo lo que me pareció: un puto chantaje.

CAPÍTULO DIECIOCHO

SECRETOS Y ALMAS GEMELAS

« **M**uy pronto te contaré cómo podemos hacer que todo desaparezca».

A pesar de todo lo que Luke y yo nos contamos anoche, todas esas intimidades que me causan inseguridades, y de haber compartido aún más detalles de mi vida con Gretchen (lo cual, teniendo en cuenta quién es, es casi como confiar en todo el país), me despierto pensando en Pinky. Siento el pecho agitado por la ansiedad. Hay mucho más en juego de lo que pensaba en un principio. Si de verdad pueden ayudar a mi familia…

Pero tengo que seguir impresionando a la sociedad. Cada detalle y cada momento cuenta.

A la mañana siguiente me llega un correo electrónico. Tenemos una reunión a las nueve en Turner. Es el edificio contiguo al laboratorio Bromley, un vestigio de Granford de hace siglos, cuando decidió desviarse de sus objetivos iniciales y se convirtió en Essex. Es uno de esos edificios que quedaron olvidados en la transición, aunque, con toda la celosía putrefacta que lo rodea, parece que llevan un tiempo pensando en renovarlo.

Esta parte del campus, que se conoce como el Sector de Ciencia Ficción y que se solapa con algunos edificios que antes utilizaba del Departamento de Inglés, está formada por edificios de estilo moderno de mediados de siglo y que hoy en día están en desuso, y es conocida por su nefasta planificación y su incoherencia arquitectónica, lo cual supone un gran contraste con el resto de Essex. Cuando llegamos, las puertas del edificio ya están abiertas.

Turner tiene un techo normal, pero hay una torre de ladrillo en un lateral, como un dedo pulgar que sobresale. Un miembro de la sociedad trajeado nos lleva por unas escaleras hasta lo alto, donde nos espera un círculo de personas enmascaradas. Nos ordenan que apaguemos los móviles y que formemos un círculo nosotros también.

Uno de los miembros da un paso adelante y enciende un anillo de velas negras colocadas en el suelo, dentro de nuestra formación.

—Cuando digamos vuestro nombre, dad un paso adelante.

Nos entregan unos sobres negros con una fuente plateada cursiva en el anverso.

—En el sobre que habéis recibido está plasmado por escrito el secreto más profundo y oscuro del miembro de la sociedad veterano cuyo nombre veréis escrito en sobre. Para poneros a prueba, debéis proteger esos secretos. Estáis todos aquí porque habéis demostrado poseer las habilidades que la sociedad más valora. Con esta prueba queremos asegurarnos de que seáis de fiar. La confianza es la base de la sociedad.

Pinky no bromeaba; es cierto que los secretos son lo que mantiene la sociedad unida.

—Los sobres están cerrados. Si por alguna debilidad interna sentís la necesidad de echarle un vistazo a lo que contienen, no solo pondréis en peligro al miembro de la sociedad cuyo secreto tenéis en vuestras manos, sino también nuestra confianza en vosotros. En una semana, tendréis que devolvernos los sobres. Si el sobre está abierto, dañado, perdido o se ha visto afectado de algún modo, vuestro futuro en la sociedad quedará marcado para siempre. No fracaséis. La semana que viene nos vemos a la misma hora en el mismo lugar, solo que deberéis encontrar la manera de entrar en Turner por vuestra cuenta.

Ay, Dios, ya sé lo que va a ocurrir ahora…

Lo sé antes de que nos entreguen unas hojas de papel negro y unos bolígrafos.

—Ahora debéis escribir vuestros propios secretos más oscuros y entregárselos al mismo miembro de la sociedad cuyo secreto custodiáis.

Se me forma un nudo en la garganta en cuanto veo el nombre que hay escrito en mi sobre.

Ni más ni menos que Pinky Lynch.

—¿Le confiaréis vuestros secretos más profundos al miembro de la sociedad que se os ha asignado?

Luke me mira a los ojos. La oscuridad le envuelve el rostro entero, salvo esa boca tan exquisita, liberada en la noche eléctrica, y las velas negras titilan en sus ojos como velas en el interior de una calabaza.

Desvío la mirada hacia Pinky, que me dedica un saludo militar.

—¿Os atreveréis a escribir vuestro secreto más profundo y oscuro en una hoja de papel? ¿Confiáis en nosotros?

¿Será un truco? ¿Lo leerán para comprobar si he escrito algo escabroso de verdad?

¿O irán en serio?

Me agacho, escribo dos párrafos breves en una tinta plateada resplandeciente, lo introduzco en el sobre que me han entregado y lo cierro. Escribo mi nombre en el anverso. Me dirijo hacia Pinky y le dejo el sobre en la palma de la mano que me tiende.

No ha sido casualidad que me haya tocado él. Estoy convencido.

Nos marchamos todos en fila de a uno y vamos bajando por las escaleras estrechas y sinuosas. Pierdo de vista a Luke y, una vez fuera, nos dispersamos, todos aferrando nuestros sobres.

Veo a Pinky junto a un árbol. Ambos llevamos el sobre del otro en la mano; los dos negros, casi invisibles en la espesura de la noche, salvo por mi nombre, escrito en el anverso, que refleja las farolas de la acera y parece la sonrisa de disculpa de un goblin.

Lo más probable es que la historia de mi agresión apareciese en el *McCarl Inquirer*, el periódico de mi pueblo, y quizá incluso en más medios. Seguro que me han investigado. Pinky levanta el sobre por encima de la cabeza, mirándolo con los ojos entornados.

—¿Por qué me habéis reclutado? —le pregunto.

Pinky esboza una sonrisa amplia, mostrándome los dientes.

—¿Te está dando el síndrome del impostor?

—Has estado al tanto de mi discapacidad desde el principio.

—Puede que demostraras tu valía. Puede que viera algo en ti.

—¿Qué fue lo que viste?

Pinky se abanica con el sobre con delicadeza, como si fuera una señora del sur en la iglesia.

—Haces buenas preguntas. Me gusta eso de ti.

—¿Me elegiste porque te daba la impresión de que sería fácil de manipular?

Pinky alza las cejas.

—¿Lo eres?

—Si pudieras ayudarme a mí y a mi familia, a lo mejor haría lo que fuera…

Pinky me mira boquiabierto, como si mis palabras lo hubieran sorprendido.

—¿Lo harías? ¿Harías *lo que fuera*? Bastante egoísta por tu parte, Cal, la verdad. A lo mejor me gusta tu manera de ver el mundo. A lo mejor pude percibir lo mucho que necesitas ver el mundo en cuatro dimensiones. A lo mejor necesito un poco de pureza en mi entorno. ¿Lo sabe Luke, por cierto?

Se da unos toquecitos al lado del ojo derecho.

—Sí.

Se acerca a mí, tanto como para rozarme el cuello con el sobre en el que guarda mi secreto.

—Espero de verdad que os vaya bien. La sinceridad debería ser la base de todas las relaciones románticas.

—No sé si lo que tenemos es…

—Llevas su chaqueta.

Es cierto.

—Bueno…

—¿O… es que es algo… solo… sexual? —dice, mirándome de arriba abajo.

Lo que no es, desde luego, es asunto suyo.

—No hemos…

—¿Qué? ¿Consumado vuestro amor? —me pregunta, alargando la palabra «consumado»—. Ya lo haréis.

Se aleja silbando una melodía que suena como un canto fúnebre.

Sigo entusiasmado con todo lo que está por llegar. Pero ahora está todo impregnado de algo nuevo: empiezo a percibir el peligro. Aunque no me asusta lo suficiente como para ahuyentarme. Me pasa lo mismo con Luke, es evidente que posee algo oscuro y amenazante en su interior, pero tampoco me ahuyenta. A saber por qué.

Tal vez porque no solo he venido a Essex para reinventarme. Veía el internado como un lugar en el que ya nadie podría hacerme daño. Y, si sigo afrontándolo todo sin vacilar, quizá sea cierto, quizá nada pueda hacerme daño. Al permitir que la sociedad me envuelva en su manto, me he construido un muro que me protege.

Estoy dándole vueltas a eso mientras nos dan una lección nocturna sobre la historia general del campus y la disposición de la mayoría de sus edificios más importantes. Más adelante también nos hablarán de lo que la sociedad llama «la parte invisible de Essex»: edificios que o bien se quedaron a medio construir o se acabaron demoliendo. Es decir, que aprenderemos mucho sobre historia e inmuebles. Dos cosas que me encantan.

Estamos todos sentados en el suelo frío y duro del sótano de una antigua residencia para chicos de primero, y nos han entregado a cada uno un juego de catorce herramientas para abrir cerraduras, con candados transparentes para entrenar.

—Ya os explicaré cómo funcionan todos los tipos de ganzúas, ya sean de gancho o de serreta; tienen todas unas empuñaduras reforzadas y están hechas de acero inoxidable —nos explica Tath mientras se pasea por la sala—. También tenéis tres tipos distintos de tensores. Os toparéis con varios tipos de cerraduras y sistemas de seguridad por el campus.

—Moooola —dice Kip Spicer mientras abre su estuche como si contuviera el Arca de la Alianza.

—Aprenderéis las habilidades necesarias para desentrañar la historia del internado. Nuestro objetivo es experimentar el mundo, o al menos el mundo de Essex, en…

—¿En cuatro dimensiones? —interrumpo.

Por una vez, Tath me sonríe.

—Exacto, Cal.

Tan solo un día después, Jeffrey irrumpe en el cuarto mientras estoy practicando.

Estoy sentado en el suelo como un idiota, con la espalda apoyada contra la cama y con el kit de herramientas esparcido por delante. Jeffrey se queda mirando las ganzúas. Ni siquiera intento esconderlo todo; ya es demasiado tarde. Su horario se ha vuelto tan impredecible que iba a ser imposible evitar que ocurriera esto. Jeffrey deja la mochila en la silla de su escritorio.

—Para estar en una sociedad secreta, no se te da muy bien guardar secretos, ¿no?

Recojo cada una de las piezas metódicamente y las vuelvo a meter en el estuche de cuero.

Durante un segundo percibo una expresión extraña en el rostro de Jeffrey; no es exactamente repulsión, sino más bien como si no se pudiera creer que me hayan aceptado a mí antes que a él. Pero al momento se desvanece.

—Siempre crees que estoy dormido cuando sales a escondidas de la residencia. Pero suelo estar meditando.

—Ah… —le digo en voz baja—. No lo sabía.

—Últimamente me mola el budismo.

—Pensaba que lo que único que te molaba era jugar al *Overwatch* haciendo *streaming* en Twitch.

—Escucha, no quería decirte nada. Me da mucha envidia que hayas conseguido entrar en la sociedad. Pero… —suspira y dirige la mirada hacia el suelo—… si vas por ahí forzando cerraduras, podrías meterte en un buen lío. ¿Acaso no te preocupa la beca?

—Eh… Para empezar, eso es cosa mía. Y, por otra parte, esto es algo más grande que…

—¿Estás seguro? Dahlia me ha contado varias cosas más cuando le he insistido.

Ya estamos otra vez con Dahlia.

—¿Qué tipo de cosas? ¿Otra vez te ha hablado sobre gente que desaparece?

—Ya sé que son sobre todo rumores, pero a veces hay parte de verdad. Ha oído que roban cosas espeluznantes. Como partes del cuerpo. El cráneo de Alexander Essex…

—Menuda ridiculez. ¿Ahora resulta que son saqueadores de tumbas?

—Y eso no es lo peor. —Jeffrey se sienta en la silla de su escritorio y me mira durante un buen rato—. En teoría, cada año eligen a un chivo expiatorio. Alguien a quien aceptan en la sociedad para que sea su póliza de seguros. Si la cosa se descontrola, le echan toda la culpa a esa persona y desaparecen durante una temporada. Suele ser alguien a quien reclutan hacia el final del proceso. Alguien que ya estuviera envuelto en alguna polémica.

De pronto me entra mucho calor. Me quito la sudadera y bajo la vista hacia el regazo durante un buen rato antes de hablar.

—¿Crees que soy yo?

—Yo no he dicho eso. Pero que sean capaces de hacer algo así... Es espantoso, colega.

—Bueno, no sabemos si es cierto. Y, además, como tú mismo has dicho, todo eso son rumores...

—Sí, pero, si entras en la sociedad, toda tu experiencia en Essex gira en torno a ella. La sociedad se vuelve tu todo. ¿Es eso lo que quieres?

En eso no se equivoca.

—Antes de esto, ni siquiera estaba viviendo ninguna «experiencia» en Essex, así que...

—Lo entiendo, de verdad.

¿Por eso me eligieron? ¿De eso va todo esto? ¿Solo soy un peón? Porque una sociedad secreta que solo quiere a la élite nunca aceptaría a alguien como yo...

—Alexander Essex está enterrado en Inglaterra, por cierto —balbuceo.

—Se supone que la lápida es falsa. Y la sociedad tiene la auténtica. Si la encuentras algún día, junto con su cráneo, en una sala con paredes azules, sabrás que todos los rumores y conspiraciones eran ciertos.

No sé qué me ha ocurrido después de mantener esa conversación con Jeffrey, pero creo que me estoy volviendo paranoico. No me saco a Jeffrey de la cabeza. Ni a Pinky. Ni a Luke. No dejo de pensar en todo el mundo, joder. El rollo ese del chivo expiatorio es información nueva para mí, y es lo único que parece lo bastante real como para no tratarse de especulaciones descabelladas.

Pero menudo horror.

Me saco el teléfono del bolsillo.

—¿Qué pasa, Cal?

Le explico todo lo que está ocurriendo.

—De modo que no va todo tan bien por el paraíso, ¿eh?

—¿Y si me la están jugando?

—Pues tendrás que devolvérsela.

—¿Cómo? Son mucho más poderosos que yo.

—Conoces sus secretos. Tú también tienes tu propio as en la manga. No lo olvides.

—¡¿Qué as?!

—Al parecer, Pinky te necesita. Ahí hay algo, aunque aún no esté claro el qué. Escucha, no sabes si es cierto, ni tampoco si ese chivo expiatorio eres tú. Y, en caso de que no sea así, a lo mejor te pueden ayudar de verdad.

—Eso no lo dudo. ¿Y si la respuesta está en el sobre que no debo abrir?

—No lo abras, Cal. Ni se te ocurra. Intenta averiguar lo que puedas por tu cuenta; investígalo todo, cada rincón, cada grieta. Pero no dejes que tus inseguridades sean tu perdición.

—Que justo tú digas eso… Manda huevos, joder.

—Haz todo lo posible para que te necesiten. Has de ser imprescindible para ellos. Y guárdate las pruebas de todo.

Una semana más tarde, los siete llegamos a la entrada de Turner al mismo tiempo. No puedo fingir que no me sigue rondando la cabeza todo lo que me ha contado Jeffrey, pero he decidido no dejarme llevar por el pánico por ahora, seguir adelante y mantener la calma en la medida de lo posible.

Han colocado un candado básico en la puerta para poner a prueba nuestras habilidades con las ganzúas. Todos los neófitos nos agrupamos y, uno a uno, vamos intentando abrirlo. Luke es el que lo consigue primero, con tan solo unos pocos giros, e Isabella deja escapar un gritito ahogado al verlo. Dios, qué sexi es incluso haciendo cosas insignificantes.

En lo alto de la torre de Turner nos espera un gran grupo formado por miembros de la sociedad vestidos «de punta en blanco», al igual que nosotros. Nos colocamos alrededor del círculo de velas un día más y, cuando nos van llamando por nuestro nombre, damos un paso adelante y entregamos el sobre, que inspeccionan varios miembros de la sociedad para asegurarse de que siga intacto; después sujetan cada sobre sobre las llamas de las velas con un par de tenazas hasta que, entre chisporroteos, se reduce a cenizas grises. Y luego hacen lo mismo con el sobre que les entregamos a los miembros de la sociedad con nuestros propios secretos. Cuando me toca a mí, Pinky se toma más tiempo de lo normal estudiando mi sobre, palpando las esquinas y sosteniéndolo en alto mientras lo analiza minuciosamente y me lanza una sonrisa lobuna. Al fin, quema ambos sobres y el fuego hace desaparecer nuestros secretos.

—Bien hecho, neófitos —nos dice Pinky Lynch con una amplia sonrisa—. Bien hecho.

Cuando nos marchamos, veo a Luke esperándome junto a la puerta de Turner. Nos damos un abrazo y siento como si hubiera pasado una eternidad. Los dos hemos estado ocupadísimos con las clases, los deberes, el deporte y la sociedad.

—¿Cuál era tu secreto, Corazón Solitario?

—Dime el tuyo primero.

—Era sobre ese chico del que te hablé.

—¿Quién? ¿Nick?

—Sí, Nick. Sufrió una sobredosis.

Observo el rostro de Luke a la espera de más información.

—Pero ¿está bien…?

—Ahora sí. Ya no hablamos. Pero fue culpa mía. Debería haber intentado buscarle ayuda antes. No sabía qué hacer. Me daba miedo estar solo.

—No es culpa tuya. Y yo desde luego sé lo que es estar solo.

—No, sí que fue culpa mía… ¡Mierda, agáchate!

Luke me agarra para tirarnos al césped justo cuando un carrito de golf pasa por allí y vemos al guardia de seguridad, con la típica gorra azul marino, recostado en el asiento, diligente pero muerto de sueño.

—Hostia, puta, qué poco ha faltado.

Luke me ayuda a levantarme y a sacudirme la hierba de la ropa.

¿Qué habría ocurrido si nos hubiera visto? ¿Tendríamos que haber salido corriendo?

—La sociedad no nos ha dicho cómo evitar…

—Debemos dispersarnos de inmediato. —Luke tira de mí para ocultarnos tras un árbol enorme—. ¿Qué fue lo que escribiste?

—¿Por qué tienes tantas ganas de saberlo?

Parece ansioso por descubrirlo, como si lo necesitara.

—Ya te lo dije: quiero saberlo todo sobre ti.

Me dejo caer al suelo con la espalda pegada contra el árbol y apoyo las manos en las rodillas. Luke me imita, y poso la cabeza sobre su hombro. Luke me acaricia el pelo con los dedos, esta vez con delicadeza, en lugar de para despeinarme.

—Soy de un pueblo pequeño y conservador. Y mi padre cabreó a mucha gente. Nos llamaban satánicos. —No puedo evitar soltar una risita; justo eso me parece hasta gracioso—. Recibimos amenazas de muerte. Y además…

Luke me aprieta la rodilla con la mano; debe de notar que me cuesta respirar y que no me resulta fácil hablar del tema, pero no me detiene como la última vez.

—Estoy deformado por el chico ese del instituto que…

—Ey, ey, Cal, no estás deformado. No vuelvas a decir eso. No me gusta, y no es cierto.

—Era el chico con el que…

Todas esas tardes y noches con el rugido de los camiones de fondo y el olor acre de los tubos de escape, rodeados de malas hierbas y dientes de león aplastados… Todo había comenzado con un beso en un armario (¡ja!), pero con el paso del tiempo se había vuelto algo animal e imparable. Era el único tipo de relación íntima que conocía, de modo que, como un tonto, la ansiaba.

Y entonces, un día, Brent me acarició la mandíbula con la mano, me miró a los ojos y murmuró algo como «mmm», y de pronto vi un destello de cariño, quizá de algo más. Era consciente de que le aterraba sentir algo por mí, y al instante supe que todo se había acabado. Pero no supe ver, o al menos no en ese momento, que podía ser peligroso.

—Se puso como un loco por todo lo que habíamos estado haciendo. Y, junto con sus amigos…, me arrinconaron al salir de clase, me sujetaron y me dieron una paliza. Era el hijo del paria del pueblo. Conseguí perder solo un ojo porque, cuando me echaron desatascador de tuberías en la cara, pude girar la cabeza y pegarla contra el suelo.

—Joder, Cal, lo…

—Y hay más. —Respiro tan hondo que me tiemblan los pulmones—. Sigo hablando con él.

—¡¿Que qué?! ¿Cómo que sigues hablando con él?

Oigo algo a lo lejos que parece el aullido de un animal, quizá de un lobo o de un coyote.

Me pongo en pie y me sacudo la ropa.

—Por ahora, no quiero hablar más del tema.

Luke se levanta también. No tengo ninguna duda sobre lo que siente por mí; se le ve en esa cara de asombro con la que me mira. No le importa una mierda lo de mi ojo. No sé por qué pensaba que le importaría. En todo caso, nos ha unido más, y no creo que sea por pena. Le doy un beso en la mejilla. Me siento liberado, pero también aterrado. Lo que tengo claro es que, por ahora, ya es suficiente.

—Buenas noches, pichoncito.

Mientras me marcho, oigo un susurro a mi espalda, por encima del rumor de las hojas de los árboles:

—Buenas noches, Cal.

A la mañana siguiente, me paro en Hertzman de camino al comedor para desayunar. Saco el teléfono y, tras una larga pausa, me lo llevo a la oreja.

—Se lo he contado a Luke.

—¡Eres imbécil!

—Sabías que tarde o temprano iba a tener que contárselo a alguien.

—Va a pensar que...

—¿Qué va a pensar, eh? ¿Que me agrediste y que esta es la única manera que tiene mi cerebro de procesarlo para no perder la puta cabeza? ¡¿Eh?!

—¿Pensabas que así lograrías que desapareciera? Porque sigues llamándome imbécil.

Le cuelgo y, con el rostro aún tenso, llamo a mi casa.

—Hola, cariño —me saluda mi madre. Suena bastante débil—. Qué temprano llamas.

—Hola, hijo —me dice mi padre, que también suena agotadísimo.

—Hola. ¿Estáis bien?

—Sí, sí, perfectamente. Háblanos de la escuela. ¿Tienes tiempo? Nos encanta que nos cuentes cosas de Essex.

No puedo hablarles de la sociedad (de lo poético que puede resultar forzar cerraduras, introducir el tensor y la ganzúa por el bombín para ir palpando los diferentes pistones, elevarlos hasta alinearlos y girar hasta que se abra), de modo que parloteo sobre las clases, y se me forma un nudo en la garganta por lo mucho que los echo de menos. Oír sus voces siempre lo empeora. Cuando ya no me queda nada más que contarles, mi madre me dice que me quiere y es la primera en colgar. Le pregunto a mi padre si todo va bien de verdad.

—Acción de Gracias está a la vuelta de la esquina. Ya te veremos entonces.

He estado contando los días, pero sé que algo no va bien.

—Mamá suena regular —le digo.

Los dos suenan más distantes cada vez que hablo con ellos, como si se estuvieran mudando en secreto al otro lado del mundo, a un glaciar lejano.

—Ya sabes que el tratamiento la deja agotada. Es solo eso, hijo.

—Ya. Entiendo.

Mi padre se niega a hablar del tema una vez más.

—Hablamos pronto, hijo.

Odio este tipo de conversaciones desoladoras con mis padres. Sigo dándole vueltas al tema, preocupado, cuando me llega un correo electrónico de la sociedad. Nos dicen que podemos elegir a cualquiera de nuestros compañeros neófitos para que sea nuestra Alma Gemela, un cómplice, alguien en quien podamos confiar, mientras seguimos con el proceso de formación. Nuestra próxima tarea consiste en salir a cenar con nuestra Alma Gemela, conocerla bien y planear una misión de investigación juntos para enviar nuestro primer informe oficial como neófitos.

«¿Qué pasa, Alma Gemela?», me dice Luke en un mensaje ese mismo día, más tarde, y me siento como si alguien me hubiera inyectado té calentito en las venas.

CAPÍTULO DIECINUEVE

THE LEAGUE

OCTUBRE

C on varios pensamientos preocupantes rondándome aún la cabeza (*¿Tendrá la sociedad un lado oscuro? ¿Por qué se están comportando de un modo tan extraño mis padres?*), me propongo hacer todo lo posible para impresionar a la sociedad, así, en caso de que puedan ayudar a mi familia, podré recurrir a ellos y tenerlos como un colchón. También me centro en mantener mi nota media estable, para que, si todo acaba saliendo mal, al menos Essex pueda ver que soy un buen estudiante.

Mientras tanto, mi estatus en el campus vuelve a cambiar cuando se publica el nuevo número de *Bombast*. Es una situación similar a la que viví cuando me aceptaron en la sociedad; sé que la gente nota algo distinto en mí, pero esta vez, el cambio parece mayor. Siento que me mira todo el mundo. Emma Braeburn atraviesa un vestíbulo para decirme que soy «muy valiente». Jeffrey me da unas palmaditas en la espalda al pasar a mi lado y me dice: «Qué buen relato, colega». Ashton se me acerca y me dice que escribo «de puta madre». No sabía que tantos alumnos leyeran *Bombast*. Tampoco es que me hayan invitado a ninguna fiesta nocturna de las que organizan las Cinco del 5 C™ en Reiss-Orson, pero sí que me siento menos invisible. Creo que a Pinky también le complace todo esto, aunque no es que me haya dicho nada al respecto; es solo una sensación. Pero luego me irrito conmigo mismo por preocuparme por lo que piense Pinky.

Luke me dice que ha reservado mesa para nosotros en The League. Me derrito tanto por lo romántico que suena (¡una cita de verdad!) que se me olvida que es uno de esos restaurantes a los que los padres ricos llevan a sus hijos, vestidos con ropa formal, cuando vienen de visita, y hablan en susurros de las vacaciones de esquí que tienen planeadas, de viajes de verano y de casas en Naples, Florida. También se me olvida mirar los puñeteros precios.

—Ah, sí, hola —le dice Luke desde detrás de la carta encuadernada en cuero, hablando con un acento afectado, al camarero que nos está atendiendo con su uniforme impoluto—. Ya pido yo por mi media naranja —añade, y me cuesta no partirme de la risa—. Nos gustaría empezar con la *soupe automnale* para él y el *poulpe grillé* para mí. Y también te vamos a pedir las *moules dijonnaise*.

El camarero lo anota todo y Luke, que acaba de fardar de su perfecta pronunciación en francés, se recuesta en la silla, apoya la barbilla en el puño y, mientras sigue estudiando la carta, dice:

—Mmm. ¿Recomiendas el *poulet basquaise* o el *cassoulet*?

El camarero comienza a responder, pero Luke lo interrumpe:

—¿Sabes qué? Creo que he cambiado de opinión... Aunque, espera... —Luke me dirige una mirada inquisitiva por encima de la carta—. ¿Qué te apetece a ti, Corazón Solitario?

Carraspeo antes de contestar con un hilo de voz:

—Creo que quiero… el pollo asado —le digo al camarero en voz baja, casi demasiado baja, y él se acerca con elegancia durante un segundo, como si no me hubiera oído, pero luego asiente y apunta también mi pedido.

—¡Ah! —Luke me señala como si acabara de inspirarlo—. El *homard safrané* para mí! —anuncia—. Y un *risotto* también.

Aunque este no es el tipo de restaurante que muestra los precios en la carta (al menos, eso he visto en mi zona), en esta sí que aparecen, y tras unos cálculos rápidos llego a la conclusión de que Luke ya ha pedido más de doscientos dólares en comida. Me incorporo en la silla acolchada, lo más recto que puedo, y le poso una mano en la muñeca a Luke, pero me ignora.

—Creo que también vamos a pedir la *fricassée* de setas de la zona como guarnición. Que llegue con los entrantes.

El camarero asiente con rigidez.

Luke me sonríe.

—¿Quieres la bandeja de mariscos crudos?

Niego con la cabeza al instante mientras susurro:

—Es demasiado.

Y entonces Luke nos pide dos martinis. Como si ya estuviera acostumbrado a que los niños mimados de Essex intenten salirse con la suya con la bebida, el camarero nos pide los carnés con educación. Al segundo, Luke le dice que mejor nos traiga dos *ginger-ales*. El camarero hace una especie de reverencia y se marcha.

Me apoyo sobre la mesa y le pregunto:

—¿Qué estás haciendo?

—Nos vamos a poner las botas. ¡Que estamos en un sitio clásico de Strafton!

—Pero ¿por qué has querido venir aquí?

—¡Porque la sociedad ha dicho que teníamos que salir a cenar!

—Yo no puedo permitírmelo, Luke.

Empiezo a sentirme incómodo; noto la sangre caliente recorriéndome las venas y tengo la cara encendida. Mis padres no podrían permitirse traerme aquí.

—¿Puedes disfrutar de una comida de primera clase conmigo, por favor? Yo invito.

—Sabes que puedo estudiar aquí gracias a una beca, ¿no?

—Te preocupas demasiado. Me apetece invitarte.

Sé que no pretende hacerme sentir inferior; no siempre trata con delicadeza el hecho de que vengamos de dos mundos distintos, pero ahora mismo se está comportando como un niñato. Observo la sala: los manteles planchados a juego con las servilletas, dobladas a la perfección; las pesadas cortinas violetas con lazos dorados bordados que flanquean las grandes ventanas con barrotillos y las paredes de madera oscura.

Llegan las bebidas en vasos altos y delgados con hielo picado, y Luke se pasa el líquido de un lado a otro en la boca.

—No está mal —concluye—. Se puede apreciar el toque de jengibre.

El camarero desaparece y Luke me mira.

—Tenemos que planear el informe.

—Ojalá nos dieran acceso a la base de datos.

—Eso no va a pasar hasta que no seamos *veteres*.

—¿Cómo lo sabes?

—Creo que lo hacen por fases. Oye, ¿conoces el río subterráneo que atraviesa Strafton? —me pregunta Luke moviendo las cejas hacia arriba y hacia abajo.

Escojo las palabras con cuidado. El siguiente informe es importante. Todo lo relacionado con la sociedad es importante, si quiero llegar a ser veterano y asegurarme de que no soy el chivo expiatorio de nadie.

—He leído algo al respecto. ¿Atraviesa el campus?

—Técnicamente es un afluente. Aún hay una parte que va sobre la superficie. Lo construyeron los colonos. Fábricas.

Molinos. Viviendas. Se llamaba el río Grande; y su afluente, el río Pequeño. El Cuerpo de Ingenieros del Ejército decidió llevarlo bajo tierra en la década de los cuarenta, creo, como parte de un proyecto de obras públicas, para evitar inundaciones y escorrentías. Hubo dos grandes inundaciones en los años treinta, y los daños fueron tremendos.

—Ya.

—Y un montón más antes, claro, que destruyeron lo que antaño era Granford, supongo. Ahora el afluente es subterráneo y desemboca en el río Connecticut a través de un conducto. —A los dos nos encanta la historia—. He oído que el río pasa por debajo del jardín Jarrett y el museo Strafton-Van-Wyke. ¿Crees que podríamos entrar ahí?

Miro mi reflejo alargado en el cuchillo.

—Tal vez. Pero suena… complicado.

—¿Has oído hablar de la biblioteca que hay en lo alto de Faber?

Parece que le hayan dado cuerda.

—Me suena…

—A lo mejor nos viene un poco grande a estas alturas, pero…, mmm, no sé, podría estar bien.

—¿Has tomado Adderall?

Tamborilea la mesa con los dedos mientras mira a todas partes y a ningún sitio en concreto.

—La verdad es que la sociedad no nos ha aclarado qué es lo que quiere para el próximo informe.

—Pero se puede deducir, más o menos, a partir del plazo que nos han dado —dice—. O sea, es que solo nos han dado setenta y dos horas. Más adelante ya tendremos tiempo de llevar a cabo informes más detallados. Pero este lo quieren en poco tiempo, de modo que tiene que ser algo bastante sencillo. ¿Y si nos centramos en el Sector de Ciencia Ficción?

—¿Los laboratorios abandonados esos?

—Exacto. No tengo claro que la historia que conocemos de Essex sea exacta del todo. —Junta el pulgar y el dedo índice y añade—: Ni auténtica.

—¿A qué te refieres?

—A que puede que Essex fuera Granford durante mucho más tiempo del que dicen.

—Es imposible que puedan fingir que Essex se fundó en 1700 si, en realidad, se fundó en los años cuarenta o por ahí. Ni de broma.

—No estoy diciendo eso exactamente, pero la historia se puede reescribir. Y, como todos sabemos, quienes la reescriben son los ganadores.

—Ya, claro, puede que durante el Imperio romano sí, pero ahora hay registros y archivos públicos y...

—Ya, pero ¿cómo podemos saber si alguien ha decidido alguna vez cambiar un nombre, falsificar esto o lo otro, sobornar...? El mundo es un lugar turbio y, cuando la gente necesita dinero, comete todo tipo de actos desesperados.

—He leído muchos libros sobre este lugar. Libros de historia.

—No siempre está todo en los libros.

Si me paro a pensar en todos los edificios abandonados del campus, es curioso. Las reformas detenidas, el paso misterioso y turbio de Granford a Essex...

Y, joder, este chico me tiene obsesionado.

Luke lleva el pelo repeinado hacia atrás, una americana azul y una camisa blanca con el primer botón abierto. Cuando se estaba acercando a nuestra mesa, vi que llevaba unos pantalones pitillo *beige*, ajustados a la perfección por el tobillo, dejando una franja de piel a la vista, y unos náuticos azules. La ropa le queda tan bien, y se mueve de una manera que... Sentirse atraído por una persona que, a la vez, te da envidia es un asunto complicado. Luke es apuesto y encantador; resulta fácil encariñarte de él y te hace querer ganártelo.

Es una de esas personas de las que cuesta hacerte amigo y, a la vez, es lo que más deseas...

Yo me he tomado las reseñas de este lugar demasiado en serio; llevo una chaqueta con las mangas demasiado cortas, una camisa amarilla, del tono del maíz, una corbata barata y pantalones grises holgados. Me siento desaliñado; nada pega con nada. Pero a Luke no parece importarle. Me mira con la cabeza inclinada hacia mí y con unos ojos vacilantes e inquisitivos. Me acerca la pierna y nuestras rodillas se rozan.

—Eres un romántico, Corazón Solitario. Me gusta.

—¿Por qué lo dices?

—Por cómo reaccionas ante el mundo. Por tu relato, el de *Bombast*. ¡Está todo el mundo hablando de él! La gente se siente identificada con lo que has escrito, y eso es un don.

Un grupito de camareros uniformados se acerca a nosotros, lo cual me da un poco de rabia porque estábamos teniendo un momento especial. Pero la comida tiene una pinta impresionante. Luke abre los ojos de par en par.

—Hala, menuda pinta —dice mientras agarra el tenedor y ataca la comida. Lo imito, pero Luke me mira con el ceño fruncido—. ¿Y a ti qué te pasa? Te noto un poco... distraído.

—Es por mis padres. Creo que algo no va bien.

—¿En qué sentido?

Dejo los cubiertos en la mesa.

—¿Esto es una cita de verdad? ¿Qué es lo que estamos haciendo?

Me mira con unos ojos fríos como una losa.

—¿Qué crees tú que es?

Me encojo de hombros.

—No seas bobo, Corazón Solitario.

Extiende el brazo por debajo de la mesa y me agarra la entrepierna. Le aparto la mano.

—¿Alguna vez tienes dudas sobre la sociedad?

—¿Qué tipo de dudas?

—Como con eso de forzar cerraduras, por ejemplo. Nos van a hacer saltarnos las normas.

—Ahí está la diversión. Es parte de la tradición.

—Estamos aprendiendo habilidades complejas.

—Pues esa es la cuestión. ¿Por qué estás tan rayado?

Supongo que no pasa nada por contárselo, ya que no puedo dejar de pensar en ello. Aunque no sé cuánto sabrá Luke al respecto.

—Jeffrey me dijo que a veces… aceptan a alumnos para que sean sus chivos expiatorios.

—¿Y qué coño sabrá Jeffrey?

—Se lo dijo Dahlia Evans. Sus… hermanos estudiaron en Essex.

—Menudas estupideces. O sea, que Jeffrey sabe que has entrado en la sociedad, ¿no?

—¿Conoces bien a Pinky? Sabe que tú y yo tenemos… algo.

Luke pone los ojos en blanco.

—Es el presidente de la sociedad. Diría que podemos dar por hecho que es…, en plan, omnisciente. Deja ya de preocuparte por cualquier tontería.

—Tengo cosas importantes de las que preocuparme, Luke.

—Pero también tienes que divertirte un poco, vivir la vida. —Pega la rodilla contra la mía, con más fuerza esta vez—. Además…, podríamos pasar más tiempo juntos… en mi habitación…, si quieres.

Le doy vueltas a lo que me dice.

—Estás intentando seducirme en lugar de responder a mis preguntas.

Me guiña el ojo.

—¿Y está funcionando? —Juguetea con la servilleta que tiene en el regazo—. A lo mejor no tengo respuestas para lo que te preocupa. Para esas putas preguntas que no dejas de repetirme.

—¿Y si vuelve Vlad y...?

—No te rayes; es un buen tío. Además, esa gente se pasa la noche en el campo de *hockey*, bebiéndose un Red Bull tras otro, en serio... Solo tenemos que avisarle primero y ya está. Además, sería algo temporal. Por eso mencionaba Faber.

Llega más comida. Mejillones, *risotto*, pollo, langosta (¿cuándo coño hemos pedido langosta?) y un montón de variedades distintas de setas con especias, aceitosas y brillantes. Luke sonríe como un niño pequeño cada vez que llega un plato nuevo y se sirve cantidades generosas en el suyo. Yo me sirvo unas porciones más moderadas, pero todo está muy bueno, buenísimo, en realidad.

Luke extiende el brazo con el tenedor en la mano por encima de la mesa para que pruebe un poco de langosta; se ha debido de dar cuenta de que la estaba evitando. El marisco caro me pone nervioso. Engullo el trozo blanco y rosáceo que me ofrece y veo que una de las parejas de personas mayores me mira. Me siento cohibido.

—No te preocupes por ellos —me dice Luke, que no aparta los ojos de los míos.

—No me estaba preocupando, pero es que estás llamando la atención.

—Aquí son todos unos payasos. Seguro que tienen nombres ridículos de blanquitos repipis. «Hola, soy Lazenby Huckleford. Soy abogado fiscal. Bebo ginebra de una petaca todos los días en el tren a Westchester. Nos vemos en el club el sábado».

Me echo a reír.

—Está rica, ¿eh? —me dice Luke, señalando la langosta, intentando animarme por todos los medios. Posa la mano sobre la mía—. Va a ir todo bien. De verdad. Todo lo que te atormenta mejorará.

—No es que me atormente nada...

—Ah, ¿no? Me cuesta entender cuándo estás atormentado y cuándo no, eh.

—A mí también me cuesta entenderte, y sé que vas colocado o algo.

De pronto suena un estallido en el exterior del restaurante. Las luces parpadean mientras la luz de los relámpagos se cuela por las ventanas. Los camareros uniformados se acercan a las ventanas a toda prisa para cerrarlas mientras las cortinas ondean al viento. Fuera, veo la lluvia abundante contra la luz de las farolas. En el interior, se atenúan las luces.

—Menuda tormenta.

—Y que lo digas —me contesta Luke—. ¿Qué quieres de postre?

Hay una selección vertiginosa de dulces: muses, tartaletas, peras escalfadas, *soufflé*, *crème brûlée*, *pot de crème* y varios quesos selectos. Luke enumera todas las opciones de la carta y dejo que pida lo que quiera. Nos tomamos unos capuchinos entre risitas hasta que el camarero, sin que nadie se lo haya pedido, nos deja la cuenta sobre la mesa. Luke le tiende la tarjeta de crédito y el hombre se marcha.

—Ahora ya somos oficialmente Almas Gemelas —me dice Luke—. Así lo decreta la sociedad. De modo que vas a tener que confiar en mí de aquí en adelante, ¿vale?

Dejo la taza sobre la mesa.

—Sí que confío en ti…

—Mmm…

Luke gira la cabeza hacia un lado y hacia el otro mientras ronronea, incrédulo.

—¡De verdad que sí! —protesto.

—En este mundo uno tiene que ir a por lo que quiere —me dice Luke—. Agarrarlo sin dudar.

El camarero vuelve, y esta vez viene acompañado del metre y de un hombre fornido del personal de cocina, y los dos tienen cara de pocos amigos. El camarero deja la cuenta sobre la mesa, delante de Luke.

—Me temo que su tarjeta de crédito ha sido rechazada, señor.

Me recuesto en la silla. Ya no siento el acolchado; solo la madera que se me clava en la parte baja de la columna. La expresión de Luke no cambia.

—Ah, ya. —Se mete la mano en el bolsillo, saca la cartera y cambia la tarjeta de crédito por otra sin vacilar—. Te he dado la tarjeta equivocada. Aquí tenéis la American Express. Siento mucho la confusión.

Se llevan la cuenta y los tres hombres desaparecen.

Más relámpagos. Las luces del restaurante vuelven a parpadear. Otra ráfaga fuerte de viento impacta contra las paredes del viejo edificio y todo tiembla. Casi no me doy cuenta de que Luke se levanta, tira la servilleta y se inclina sobre la mesa para hablarme, aún de pie delante de su silla, como si fuera a hacer un brindis.

—Venga, levanta.

Le hago caso sin pensar y sin pronunciar palabra. Atravesamos el restaurante casi flotando, como fantasmas. La moqueta está blandita y limpia. No hay nadie en el mostrador del metre.

En un abrir y cerrar de ojos salimos del restaurante y nos adentramos en un mundo ahogado.

Los truenos retumban con fuerza y los relámpagos van acercándose y nos ofrecen destellos de paraguas rotos, abandonados y volcados por el suelo, como pájaros caídos del cielo, y agua que brota de las alcantarillas. No hay nadie en las calles ni en las aceras, ni tampoco en las ventanas, que no son más que cuadrados de luz difuminados y empañados por la lluvia. Todo está oscuro, vacío, empapado. Cuando conseguimos volver al campus, estoy tan calado que incluso me cuesta moverme.

Luke, que no es más que una figura mojada en la oscuridad de la noche, se dirige hacia el Sector de Ciencia Ficción.

Lo llamo a gritos y levanta una mano para mandarme callar mientras el cielo se ilumina y recorta su silueta.

Parece estar yendo hacia Pencey, el laboratorio de Química, un edificio de estilo neogótico que se construyó en los años veinte, que lleva años clausurado y al que está prohibido entrar.

Luke me lleva hasta una entrada lateral. Me pide que lo ilumine con la linterna del iPhone, apoya una mano en la puerta, empuja y, al ver que no cede, se mete la mano en el bolsillo trasero y rebusca entre el juego de ganzúas que nos han dado. Vislumbro sus destellos metálicos en la oscuridad.

—¿Las llevas siempre encima? —le grito a través de la noche embravecida, porque se supone que no deberíamos llevarlas.

Luke se encorva mientras se afana en abrir la puerta, y un segundo después da un paso atrás y me levanta un pulgar. La puerta se abre con un crujido y nos revela un rectángulo de oscuridad y telarañas. Luke entra, lo sigo y nos encontramos en un pasillo húmedo. La puerta se cierra a nuestra espalda. Huele a productos químicos, a edificio viejo y abandonado.

Subimos unas escaleras que están cerca de la entrada y nos topamos con unas puertas cerradas que o bien se abren con un código o con unas llaves especiales. Luke intenta forzar una de las puertas, la primera que encontramos que tiene una cerradura tradicional, y entramos en un laboratorio vacío. Los relámpagos iluminan unas vitrinas vacías. Luke se sienta en una de las mesas de trabajo y, mirándome desde arriba, me quita la chaqueta y empieza a desabrocharme la camisa.

—No es seguro. Podría venir alguien. Algún guardia de seguridad.

—Sácate el ojo falso y déjatelo en la palma de la mano. Con los relámpagos...

—Ni que fuera esto *El laberinto del fauno*.

Echa la cabeza hacia atrás y se ríe. Me agarra la cara y me masajea la mandíbula.

—Me dijiste que me ibas a invitar a cenar, pero en realidad me has engañado.

—No te hagas el ofendidito. Ya te he dicho que, en este mundo, uno tiene que ir a por lo que quiere.

Nos quitamos el resto de la ropa y le paso la mano por el pelo mojado. Me da la sensación de que siempre me veo atrapado en la estela agitada que Luke deja a su paso, y no sé si eso es bueno. Acerco un taburete de metal para que estemos a la misma altura y nos besamos.

Tras unos minutos, cambiamos de posición; tengo a Luke delante de mí, besándome el cuello, mientras los relámpagos plateados nos iluminan. Nunca he visto a ningún chico desnudo. No así. No puedo poseerlo por completo; se le ve tan frágil que da la sensación de que se rompería. Todas sus partes parecen quebradizas. No sé cómo moderarme; todo esto es demasiado. Mi cuerpo lo quiere entero, cada una de sus células, pero me preocupa tener el corazón demasiado herido como para soportar todos los sentimientos que acompañan nuestros actos.

—Ya volveremos mañana e investigaremos bien este sitio.

Me toma con las manos y me estremezco ante su tacto.

—Qué manos más frías —le susurro, acariciándole el cuello, mientras él se arrodilla y yo cierro los ojos.

Me despierto en mi cama horas más tarde, medio inconsciente. No recuerdo cómo volví a mi residencia. He dormido profundamente, de modo que solo tengo el ligero recuerdo de haber atravesado el campus corriendo cuando la tormenta parecía haber amainado, con el cielo revuelto y todo empapado, gorgoteando. Recuerdo el olor a lluvia, a electricidad, y recuerdo haberme dado una ducha caliente.

La luz que entra por las ventanas me indica que está amaneciendo, y alguien me ha enviado un mensaje.

Es de Luke. Aún lo huelo en mi piel. Aún puedo saborearlo.

Me ha enviado una foto de un coche de Policía aparcado delante de su residencia.

La poli! Vienen a por mí!

CAPÍTULO VEINTE

UNA VERSIÓN ENCANTADA Y ABANDONADA DEL PRESENTE

Voy hasta Garrott como si tuviera un petardo en el culo y, cuando llego, veo que el coche de Policía sigue aparcado fuera. No veo a nadie, lo cual imagino que es buena señal: no parece que estén arrestando a Luke. Y entonces dos agentes salen por la puerta. Le escribo un mensaje a Luke para preguntarle qué está pasando, pero no me responde.

Los agentes se quedan delante del coche y un Maserati negro se detiene justo detrás. Lo conduce un chico joven, pero no lo distingo bien. Me oculto tras un árbol y me asomo para echar un vistazo.

La puerta del conductor se abre y se baja un chico rubio y corpulento con un chándal rojo. Se acerca a los agentes con el pelo todo alborotado, como si se acabase de despertar. Tiene la cara colorada y anda con pesadez pero con cierta convicción, como si tuviera una misión que llevar a cabo. Y entonces veo el anillo, y no me puedo creer que me haya costado tanto reconocer a Pinky. Nunca lo he visto vestido con ropa tan informal. Pinky se aproxima a los agentes y comienzan a charlar con calma, como si hubieran planeado encontrarse allí. Se dan la mano y los agentes se suben al coche. Pinky vuelve a su Maserati y todos se marchan.

Qué locura. ¿Un alumno del internado que ni siquiera estaba implicado directamente en el incidente (y sin ningún miembro del profesorado que lo acompañase) ha podido hablar con la Policía y, en un minuto, se ha solucionado todo?

Bajo la vista. Me estoy hundiendo en la hierba mojada. Me aparto y veo que tengo las zapatillas empapadas y que he dejado dos huellas en el césped.

Luke me envía un mensaje para decirme que está todo bien, que no me preocupe.

Yo: *Qué ha pasado?*
Luke: *coniunctio nobis semper perstat.*

Deben de haberle dicho que pase desapercibido un tiempo, porque mi amigo el del simpa no aparece por clase de Química.

Más tarde, sentado a la mesa ovalada de la clase de Historia Universal (al profesor le gusta seguir el método Harkness), saco el móvil por debajo de la mesa. Luke se muestra evasivo; intenta esquivar todas mis preguntas, y me resulta irritante, pero tampoco es la primera vez.

Me dice que quedemos por la noche para terminar oficialmente el informe conjunto en el laboratorio Pencey.

—¿Va todo bien, Ware?

Parpadeo mientras miro al señor Rafferty. Le respondo algo sobre que me alteran las conversaciones sobre los imperios otomano, safávida y mogol, y el profesor me lanza una mirada escéptica.

La sociedad nos ha enviado otro correo sobre el formato que debemos seguir a la hora de llevar a cabo los informes, además de un enlace a la base de datos de Imágenes Digitales de Cartas y Archivos (IDCA). Podemos entrar con el correo y la contraseña que nos ha asignado el internado. La base de datos proporciona información sobre la historia de muchos de los edificios del campus y ofrece planos de cada una de las plantas. Me descargo toda la información que puedo sobre Pencey.

Más tarde, esa misma noche, me reúno con Luke. Me está esperando en la misma entrada de anoche con una sudadera negra y la capucha puesta, a lo *Assassin's Creed*. Me dice que intente forzar la cerradura utilizando la ganzúa de gancho mientras me coloca uno de sus auriculares en la oreja y oigo una voz grave de hombre con muchísima reverberación. Me lleva mucho más tiempo del que le llevó a Luke la última vez, pero, cuando consigo forzar la cerradura y la puerta se abre con un *clic*, dejo escapar un suspiro de alivio y orgullo. Chocamos los puños y sigo a Luke al interior. La puerta se cierra tras nosotros. Mientras Luke recorre el pasillo, le tiro de una de las correas de la mochila.

—Oye, tú, espera. ¿Qué ha pasado con Pinky y la poli?

—Ya está todo solucionado. No pasa nada. ¿A quién le importa?

—¡Pues a mí! Me involucraste a mí también.

—No hay nada más que hablar.

—¿Qué os traéis Pinky y tú?

—Y dale… Uf. Que no hay nada entre…

—Parece como si estuvieras poniéndolo a prueba. ¿Era eso, una prueba?

—¿Una prueba de qué?

—Tú me dirás.

Estoy convencido de que pasa algo.

«¿Alguien ha visto ya las cámaras de seguridad que hay en esta sala? Siempre suele haber dos enfrentadas, para que no quede ningún punto ciego. ¿En qué ángulo están?».

«A cuarenta y cinco grados».

Recuerdo que Pinky asintió mientras miraba a Luke como un mentor orgulloso.

«No hemos...».

«¿Qué? ¿Consumado vuestro amor? Ya lo haréis».

El tono con el que dijo esa palabra... Como molesto, resentido.

—¿Le gustas a Pinky?

—¿Por qué me preguntas todo esto? —murmura Luke mientras saca algo de la mochila y lo sostiene en alto. Es su Moleskine, y me está mostrando el dibujo que ha hecho de mí. Pero lo veo distinto; tiene más textura, más profundidad, más color—. Quería enseñarte lo que estoy dibujando.

Observo el dibujo bajo la luz rojiza. Parece más elaborado que el resto de sus retratos. Aunque me fastidie, es más poderoso. Y extremadamente hermoso.

—¿Cómo que *estás* dibujando?

—Es que aún no está acabado.

—¿Y cuándo lo estará?

—Cuando lo esté. Cuando estés todo tú ahí dentro. Me gusta tenerte cerca.

—A mí también me gusta tenerte cerca. —Tomo aire—. Pero ahora mismo no te siento cerca.

Le quito el bloc de las manos y estudio el dibujo más de cerca. Esperaba que hubiera dibujado mi ojo derecho de algún modo extraño, que hubiera revelado cómo me ve él de verdad, como un monstruo, pero me ha dibujado los dos ojos normales.

Luke quería que supiera que él no se fija en eso, que mi prótesis le resulta invisible, que no tiene importancia. Pero está haciendo como si no existiera, cuando sí que existe. Y tanto que existe. Es una cicatriz que es parte de mí; Luke no puede borrarla y convertirme en alguien normal. Le devuelvo el cuaderno de mala gana.

—Muy bonito, gracias.

Luke sacude la cabeza mientras vuelve a meterse el bloc en la mochila.

—¿Se puede saber qué te pasa?

—¿Estás colocado ahora mismo?

—Me he bajado varios documentos sobre Pencey de la base de datos y...

—Yo también, pero no me has contestado. ¿Estás colocado o no?

—Puede.

—¿Estabas colocado en el restaurante?

—Puede.

—¿Tienes un problema?

—Todos tenemos problemas.

—Luke...

Se cruza de brazos.

—Me las receta el médico. Me tomo esas pastillas porque tengo TDAH. ¿Vas a...?

—¿Tomas más de las que deberías? Porque...

De pronto me sorprende al darse puñetazos a los lados de la cabeza mientras suelta un gruñido.

—¡¿Sabes que estás empezando a sonar como mi puto padre?!

Me cae algo de saliva en el ojo mientras doy un paso atrás por acto reflejo.

—Lo siento —me dice mientras agacha la cabeza hacia el suelo mugriento y me recuerda, aunque no sea el momento, lo perfecta que es su mandíbula.

Me limpio el párpado con el dedo. Vaya, pues sí que tiene mal genio.

—Necesito poder confiar en ti. Y lo del restaurante fue... demasiado, la verdad.

—Sabes que yo no soy él, ¿no? Espero que lo sepas.

—¿Quién?

—El chico que te agredió. El chico ese con el que sigues hablando... Me da la sensación de que crees que voy a atacarte en cualquier momento.

—¿Atacarme?

—Hacerte daño.

—¿Eso es lo que crees? ¿De dónde te has sacado eso?

—Pues de que no confías en mí. —Luke acerca la cara a la mía—. ¿Por qué sigues hablando con él?

—¿Por qué te molesta eso?

—Porque no tiene sentido.

—No todo tiene siempre sentido.

—Pero todo sobre ti lo tiene. Salvo eso.

—Ah, ¿sí?

—Te hizo daño. Y ahora me tienes a mí.

—¿Te tengo?

Se le curva la boca y me mira con unos ojos que queman como dos brasas salvajes. Nunca hemos tenido ninguna pelea como tal hasta ahora. Este momento me resulta demasiado descarnado y escabroso; el enfado de Luke me parece algo ajeno, como si hubiera un cable mal conectado. No estaba al tanto de los temores de Luke respecto a lo que somos, en lo que nos estamos convirtiendo; solo era consciente de los míos.

—Habla conmigo. No con él.

—Eso es lo que estoy intentando, joder. Estoy aquí gracias a una beca.

—¿Otra vez me vienes con eso?

Resoplo.

—Sí, otra vez. Porque hay límites, ¿vale? No me puedo meter en líos con la Poli porque te apetezca tomarte unas cuantas anfetaminas y hacerte el extravagante.

—Ya. Lo siento. Pero me he asegurado de no involucrarte. Yo tampoco debería saltarme las normas.

—Por el reformatorio, ¿no? Lo que me contaste. En esos sitios hay mucha violencia, Luke. Incluso apuñalan a la gente.

Se le contrae el labio superior.

—¿Y cómo sabes tú eso?

—Sé más de lo que crees. Más vale que empieces a andarte con cuidado.

—Todo lo que hacemos es arriesgado. Mira dónde estamos ahora mismo. Estamos corriendo peligro.

—Pues habrá que minimizar los riesgos.

Luke abre la cremallera de la mochila y me lanza un par de guantes de goma.

—Tienes razón.

No hablamos mucho más; durante las horas siguientes recorremos todo Pencey en modo profesional e investigamos minuciosamente las instalaciones.

—¿Qué enfoque quieres que usemos? —me pregunta Luke mientras nos marchamos y nos quitamos los guantes con unos chasquidos que resuenan en la noche.

—¿Cómo que «enfoque»?

—Necesitamos una postura, una perspectiva. Como una especie de hipótesis sobre Pencey. Para el informe.

La verdad es que el sitio tiene un aire a Chernóbil, como si el tiempo se hubiera detenido ahí dentro.

—Al estar ahí dentro me sentía como si hubiera viajado en el tiempo.

—¿Adónde?

—A una versión encantada y abandonada del presente.

—Hostias, me flipa.

Más tarde, Luke me envía unos dibujos de Pencey. La mayoría de las fotos las tomé yo, de modo que debe de haberlos hecho de memoria.

Luke: *Ahí van unos dibujos del Presente Encantado y Abandonado*

Yo: *Luke, menuda pasada!*

Luke: *Los incluimos en el informe?*

Yo: *Obvio!*

Después de enviar juntos el correo, me quedo frito y sueño que estoy en Pencey con Luke, flotando por su interior. Campanas extractoras llenas de telarañas, congeladores viejos, pasillos con duchas de emergencia mohosas, plataformas de cemento con bordes de hierro para protegerlas de las fugas de productos químicos, máquinas metálicas con tuberías conectadas a medidores de temperatura. Atravesamos salas inundadas de humo denso que me cubre hasta el cuello, con luces titilantes de alarmas de incendios como una galaxia envenenada llena de estrellas moribundas mientras los viejos fluorescentes blancos y rosáceos parpadean en el techo y le confieren a la estancia un ambiente de película de terror. El estado de ánimo de Luke es una tormenta de arena inminente. Nuestro vínculo se tensa, pero no llega a romperse. Luke arremete contra mí.

El dibujo que está haciendo Luke de mí cada vez está más completo, pero el que estoy haciendo yo de él mentalmente se está volviendo cada vez más como una silueta de tiza en la escena de un crimen.

Brent Cubitt aparece por un pasillo lleno de humo.

«Por supuesto que necesitas la sociedad. Necesitas ver el mundo en cuatro dimensiones para dejar de verlo por la mitad».

Me despierto al oír una voz que reconozco.

Jeffrey está sentado en el borde de su cama, oyendo las noticias a todo volumen. Cuando ve que me incorporo, me dice:

—Mierda, lo siento, quería conectar los AirPods.

Jeffrey suele ponerse las noticias nada más despertarse; es una de sus costumbres. Intenta no hacer ruido cuando estoy durmiendo, pero a veces le falla el Bluetooth y las voces autoritarias de los locutores invaden mis sueños.

—No, no, espera. ¿Qué es eso? —le digo mientras me froto la cara—. Ponlo en alto.

Jeffrey me obedece. Alguien está atacando al padre de Gretchen, el vicepresidente Cummings.

«No se puede juzgar una sociedad solo por la desigualdad de la riqueza; no se me ocurre un punto de vista más erróneo. En cuanto privas a los ricos de su riqueza, sus prioridades cambian. ¿Cómo vas a hacer crecer y expandir tu negocio, o a crear puestos de trabajo, si te quitan el capital? La solución está en el IVA. No se puede castigar a la gente por querer vivir el sueño americano…».

El vicepresidente Cummings sale cada dos por tres en las noticias últimamente; de hecho, cada vez sale más.

Se ha mostrado a favor de aprobar un impuesto sobre el patrimonio considerable y de «acabar con la laguna fiscal de los impuestos de los ricos». Lo cual ha hecho que los más ricos del país se hayan sentido traicionados. El padre de Gretchen se va a encargar de supervisar la elaboración del impuesto sobre el patrimonio, que el presidente promulgará. El Congreso ya ha mostrado su apoyo.

—¿Qué es lo que tienes puesto, la CNBC? —le pregunto.

—Sí.

Me enderezo en la cama.

—¿Quién era el que estaba hablando?

—Ni más ni menos que Clayton Cartwright, el exalumno de Essex. Los imbéciles como él siempre están en contra de la redistribución de la riqueza.

—Uf…

Los Cartwright son los dueños billonarios de Oneid Pharma, el gigante farmacéutico que desempeñó un papel importantísimo en la epidemia de opioides al tratar de imponer el uso de OxyContin en la comunidad médica mientras les restaban importancia a sus propiedades adictivas.

Han recibido una cantidad de multas y demandas sin precedentes. Muchas instituciones artísticas han renunciado a sus donaciones y han puesto fin a cualquier asociación pública con los Cartwright como respuesta a las protestas de los grupos de interés. Pero ¿habrá hecho lo mismo Essex? Clayton Cartwright estudió aquí, al igual que su padre, Brandt, y su abuelo, Morton. Fijo que le han dado al internado un montonazo de dinero a lo largo de los años, pero no hay ningún edificio que lleve su nombre ni ninguna clase de monumento dedicado a ellos, de modo que no hay manera de saberlo con seguridad.

Clayton incluso se ha distanciado del negocio farmacéutico de su familia; es un inversor de capital riesgo que ha amasado millones y al que le gusta fingir que se ha «hecho a sí mismo», pero eso es una idiotez; es evidente que, sin la fortuna de su familia, habría estado perdido. Una vez oí a alguien del internado decir: «Lo que más odian los viejos ricos reservados son los nuevos ricos escandalosos».

No habría podido saberlo si no hubiera oído su voz en ese umbral en el que los sueños se encuentran con los recuerdos justo antes de despertarte y recuperar por completo la consciencia.

No habría podido saberlo de no ser por mi visión monocular, lo cual me aguza el oído y mejora mi capacidad de recordar voces.

«Ahora formáis parte de una tradición de doscientos diez años: la investigación creativa y minuciosa de la riqueza histórica de Essex...».

El miembro encapuchado de los Arqui que llevaba una máscara plateada y un bastón en la noche del rito de iniciación... era Clayton Cartwright.

CAPÍTULO VEINTIUNO

SIETE ALIENTOS

Al día siguiente, mientras vuelvo a Foxmoore después de mi última clase, me topo con Gretchen.

—Me ha encantado tu relato —me dice—. Ya me hablaste un poco sobre tu padre…, pero esa manera tan sincera de expresarlo en el relato requiere una gran habilidad y valentía.

Significa mucho para mí que me diga eso y, como me siento halagado y me da un poco de vergüenza, mi primer instinto es desviar la conversación hacia otro tema.

—Últimamente tu padre sale mucho en las noticias.

—Sí —contesta Gretchen—. En realidad tiene buen corazón. Como el tuyo.

—Lo que no sé es si lo tengo yo.

—Bueno, desde luego sabes cómo hablar desde él. —Deja de caminar y añade—: Aquí hay tanta gente a la que solo le importan las modas y los grupitos… Pero tú eres auténtico, Cal.

¿De verdad lo soy?

—Gracias.

—No hace falta que todos encajemos en todas partes; venimos de lugares diferentes y tenemos pasados distintos. Lo que debemos hacer es mostrar más humanidad. Mi padre está liándola, como siempre, pero en parte es porque yo le he estado diciendo que debe enfrentarse a las adversidades y lograr cambios auténticos para la gente que los necesite.

—O sea, que tú eres el motivo por el que tu padre…

Gretchen alza las manos.

—Yo no he dicho eso. Ni confirmo ni desmiento. —Me ofrece una sonrisa cálida—. En fin. He quedado con una amiga, pero me alegro de verte, Cal —me dice antes de irse corriendo.

Veo a Pinky apoyado contra un árbol, comiéndose una hamburguesa, y se acerca al verme.

—Buenas.

Se me tensa el cuerpo; nunca sé cómo reaccionar cuando hablo con él.

—¿Qué tal?

—Pues aquí estoy, comiéndome esta hamburguesa de pescado tan triste. —Tira lo que le queda de hamburguesa por encima del hombro—. Hala, para los gusanos.

Me coloca una mano en la parte baja de la espalda y otra en el pecho y me reajusta la postura. Luego se aparta y me mira de arriba abajo.

—Mejor. No te encorves.

Ya que me he quedado tan erguido, aprovecho para preguntarle:

—¿Qué te traes con Luke?

—¿A qué te refieres?

—A vuestro pasado, a vuestra relación.

—Lo que me interesa a mí es saber qué te traes tú con Gretchen.

—Somos…

—Mira, Cal, Luke y tú habéis hecho un trabajo fantástico en Pencey. —Ya está cambiando de tema… Me sorprende que Pinky ya haya revisado nuestro informe—. Es importante para mí, personalmente —añade—, pero también para la sociedad.

Eso me ha tomado por sorpresa. No debería sentir esa oleada de orgullo ante sus halagos; es ridículo lo mucho que me importa su aprobación. Pero me importa. Por muchos motivos.

—¿El qué es importante?

—Formar una alianza sólida y que combine las habilidades adecuadas. Esa magia, esa química. He visto informes sobre Pencey en el pasado que eran un muermo espantoso, pero vosotros lo habéis clavado.

—¿El qué hemos clavado?

—Eso del «presente encantado y abandonado». Tu descripción. Sus dibujos. El alma de ese lugar. La manera que tenéis de ver las cosas cuando estáis juntos. Es especial, visceral. Y eso me gusta. ¡El pintor y el poeta! Me encanta. —Pinky se lleva un dedo a los dientes para limpiarse los restos de comida—. Tú y yo... vamos a mantener otra de nuestras conversaciones —añade mientras me mira a los ojos—, para charlar sobre el peso del agua. O sobre demonología. O tal vez... sobre nuestro futuro.

Desconcertado, respondo:

—¿Qué?

Se limpia la boca con la muñeca.

—Ya lo verás —me dice mientras se despide con un gesto vago de la mano y se aleja—. Pórtate bien. Y sigue así.

No tengo ni idea de a qué se refería Pinky (¿acaso lo sé alguna vez?), pero sus palabras sonaban proféticas, irritantemente premonitorias. Cuando vuelvo a la residencia, veo que tengo un mensaje de voz misterioso de mis padres: «Llámanos». A saber qué ha pasado.

Los dos contestan a la vez.

—¿Va todo bien? —les pregunto con una voz trémula.

—Lo siento, Cal —me dice mi padre—, pero no vamos a poder comprarte el billete de avión para que vengas a casa en Acción de Gracias.

Al principio me creo que es una broma, pero nadie se ríe.

—¿Qué...?

—Solo te dan tres días de vacaciones...

—No, todo el mundo se va el martes y vuelve el domingo. Es casi una semana.

—Pero las Navidades no son ni un mes después. Podemos esperar hasta diciembre.

—Esto es McCarl —añade mi madre—, un pueblo perdido al que no hay vuelos directos, lo cual encarece los precios. No podemos permitirnos pagar dos viajes tan cerca uno del otro.

—No me habíais dicho nada hasta ahora.

—No nos habíamos parado a pensarlo —dice mi madre—, pero hemos hablado con el internado. Organizan una cena fantástica para los alumnos que no vayan a casa en Acción de Gracias. Y dejan las residencias abiertas. Mucha gente se queda en Essex durante las vacaciones, ya que son tan cortitas. Suena bastante divertido.

Lo que suena es depresivo de la hostia. La idea de tener que esperar un puto mes más, sabiendo que podría haber pasado casi una semana entera en casa y que todo el mundo se va con sus familias y yo no porque somos pobres me resulta... insoportable.

—Sabéis que Acción de Gracias son mis vacaciones favoritas.

—Ya... —dice mi madre, y suena afectada.

Intento mantener la calma.

—No vamos a poder ver *Fantástico sr. Fox* juntos.

—Bueno, ¿cómo van las clases? —me pregunta mi padre con su típico tonito a lo «madura y compórtate como un adulto», lo cual me da muchísima rabia.

Mi padre prefiere pasar a otra cosa como si nada cuando quiere evitar las emociones de los demás, o cuando la ha cagado de alguna manera y no quiere discutir sobre el tema.

—Quiero saber qué está pasando.

—No pasa nada —me dice mi madre tratando de sonar convincente—. Todo va...

—Bueno, tengo que irme —la interrumpe mi padre—. Tengo que...

Añade algo que no se oye porque ya se ha alejado del teléfono y cuelga.

—Todo esto también es nuevo para nosotros —continúa diciendo mi madre—. Lo de que estés lejos. Hemos tardado demasiado en empezar a mirar vuelos y nos hemos dado cuenta ahora de lo caros que son.

—Si lo hubiera sabido, podría haber conseguido un trabajo por aquí. Con turno de tarde. Pero...

—No, no; queremos que te centres en las clases...

—¡Podríais habérmelo dicho antes! Siempre lo planeáis todo con tiempo. Si incluso hacéis presupuestos para todo...

—Lo siento. No sé qué más decir.

Yo tampoco. No me lo puedo creer. No quiero perder los papeles por completo y hacer que se sientan peor. Lanzo el teléfono al suelo, rebota sobre la moqueta y aterriza con un estrépito al otro lado de la habitación.

Varios miembros de la sociedad nos han estado mandando correos electrónicos para presentarse. Todos son bastante divertidos, cucos y, para mi sorpresa, muy personales. También he recibido un correo dirigido tan solo a mí de parte de Nisha Patil, la chica que parecía estar defendiéndome en el Punto de Mira. No sé cuánta influencia habrá tenido en la decisión de la sociedad, pero es posible que me hayan reclutado en parte gracias a ella. Quiere quedar conmigo en Café Bianco, un lugar de encuentro muy popular en el pueblo.

Cuando llego, la veo sentada en una mesa que hace esquina frente a una ventana, y su sonrisa amistosa me relaja. Dejo el café con leche en la mesa y retiro la silla.

—¿Te gustan las *escape rooms*? —le pregunto, ya que fue una de las cosas que mencionó en su correo de presentación—. A mí también.

—¡Es mi *hobby* favorito! ¿Quieres ir a una conmigo algún día?

—Me encantaría —respondo.

—Cerca de aquí hay dos. Un día vamos a alguna. —Le da un sorbo a lo que parece café solo—. Bueno, el objetivo de esta reunión es para contarte que... ¡me han nombrado tu *chronus*! A todos los neófitos se os asigna un miembro de la sociedad de tercero o de cuarto para que sea vuestro confidente, vuestro mentor, alguien con quien podáis hablar sobre vuestra experiencia como neófitos. Yo te defendí en el Punto de Mira, de modo que tiene sentido que nos hayan puesto juntos. También tendremos que hacer un informe juntos, pero eso será más adelante. En fin, al grano: me crie en Bethesda, Maryland, y quiero enviar una solicitud anticipada para estudiar en la Universidad de Chicago. Creo que quiero estudiar Economía Cuantitativa. De ti ya lo sé todo.

Recorro el borde de la taza con el dedo.

—¿Y por qué me defendiste?

—¡Porque me parecía que eras uno de los aspirantes más versátiles! Y estoy harta de que la sociedad solo se fije en los chicos fornidos que parecen jugadores de *rugby*. —Suelta una risita que me parece encantadora—. Eres ágil, se te da bien escalar, te puedes colar por sitios estrechos y tus primeros informes tenían un toque interesante; plasmabas tu humor y tus emociones en ellos. Me gustaron mucho.

—Gracias.

—Bueno, pues eso, que esto es una reunión formal para presentarme. En un contexto informal. Y, si tienes cualquier pregunta, estaré...

—Sí. —Decido aprovechar la oportunidad—. ¿La sociedad recluta a alumnos para usarlos como chivos expiatorios?

—Yo también he oído esos rumores, pero llevo formando parte de la sociedad desde primero y nunca he visto ninguna prueba de ello. Aunque, claro, es posible que yo no esté al tanto, ya que no estoy en el Consejo. Pero yo no me preocuparía por eso, Cal. Confía en mí; tú no eres un chivo expiatorio.

Los dos nos reímos, aunque mi risa suena más nerviosa. No lo preguntaba solo por si el chivo expiatorio era yo; no quiero que *nadie* lo sea. No me haría ninguna gracia.

—La gente sabe que existimos —añade Nisha—. Es imposible mantenernos totalmente en secreto. Pero no sabe a lo que nos dedicamos. De modo que corren muchos bulos con respecto a la sociedad.

Ni siquiera yo sé del todo a qué se dedican. Me lancé a ciegas a este grupo proteiforme con un pasado tan extenso. Su tradición y sus privilegios hacen que me sienta más valiente. Essex tiene muchos secretos, de modo que tiene sentido que exista una sociedad dedicada a desenterrarlos y a investigarlos, pero sigue habiendo tanto que no sé...

—¿Qué papel tienen los Arqui?

—Eso solo lo saben los miembros del Consejo.

—Pero ¿sabéis quiénes son?

Nisha niega con la cabeza.

—Es un secreto muy bien guardado.

—¿Qué pasa cuando llegamos a ser *veteres*?

—Una vez que tengáis acceso total a la base de datos, tendréis que investigar a fondo lugares a los que nadie ha accedido aún. Pero es muy competitivo. Como las Olimpiadas, vamos. Y podréis presentaros como candidatos al Consejo, lo cual os dará más poder aún para tener más influencia en la sociedad y en la selección de los futuros miembros. ¿A qué más le estás dando vueltas? —Le da un sorbo al café y me observa—. Se te ve un poco desanimado.

—Me voy tener que quedar en Essex durante Acción de Gracias.

—¡Yo también! Mi prima se casa y mis padres tienen que ir a Bombay, y me han dicho que no hace falta que vaya a la boda. Tengo que preparar las solicitudes para la uni, de modo que tiene más sentido que me quede aquí. Pero tampoco está tan mal. Organizan una cena bastante guay para los huérfanos.

—¡Para los huérfanos! Bueno, está bien saberlo.

—Sí, podemos quedar esos días. ¡Para eso estoy aquí!

Me encanta la presencia repentina de Nisha en mi vida. Me ha calmado un poco (solo un poco) con respecto a lo del chivo expiatorio, pero la verdad es que me atormenta saber que Clayton Cartwright es uno de los Arqui y que pueda estar moviendo hilos en la sociedad. Estar relacionado con los Cartwright es espantoso, pero, si son parte de la sociedad, son parte de Essex, y todos estamos relacionados con ellos de un modo u otro. Es imposible que jamás le hayan donado nada al centro.

Me paso el resto de la tarde dándole vueltas a eso, tumbado en la cama con el portátil por delante, cuando se abre la puerta.

—Buenas —digo sin levantar la vista.

—Hola —contesta una voz que no es la de Jeffrey.

Bajo la tapa del portátil de golpe y me incorporo al instante.

—Descanse, soldado —me dice Pinky.

Lleva un chaquetón azul marino y sostiene en alto un maletín de cuero maltrecho. Señala la cama de Jeffrey. Asiento y Pinky se sienta en ella.

—No sé cuándo volverá…

Pinky me mira como si me quisiera decir que sabe exactamente dónde está Jeffrey y que no hay peligro de que nos sorprenda.

—¿Vas a casa por Acción de Gracias?

Vacilo.

—¿Te lo ha contado Nisha?

—No, no, era solo un presentimiento. Pero no te preocupes, que aquí te darán bien de comer. Quiero decir, no vas a reventar a base de codillo de cerdo y berza; estamos en Essex, aquí los macarrones con queso no se consideran una verdura, como en tu zona.

Le ofrezco una sonrisa débil.

—No está tan mal pasar Acción de Gracias aquí. O eso he oído. Yo siempre voy a casa. Mis padres me quieren allí. —Me sonríe—. Pero creo que la transparencia siempre es importante.

—¿La transparencia?

—Mmm —murmura Pinky mientras rebusca en el maletín. Saca un periódico y lo extiende sobre el regazo—. Tengo una afición un poco extraña. Colecciono periódicos de pueblos.

Por eso me ha reclutado. Tenía razón.

—¿De qué pueblos? ¿Periódicos que conciernen a quién?

—A las personas que más me interesan.

—¿Y por qué te intereso tanto yo?

—Otra buena pregunta. Imagino que no estás suscrito al periódico de tu pueblo, ¿verdad? —Esboza una sonrisa paciente al ver mi cara de perdido—. No te interesa mucho tu pueblo, ¿eh? Te estoy hablando del *McCarl Inquirer*. —Me lo lanza—. Échale un vistazo a ese titular.

El periódico es de hace diez días, y el titular de la portada es sobre mi padre.

El fiscal acusa a mi padre de homicidio involuntario.

—Quiero dejarte unas cuantas cosas claras. He hablado con mi padre. Tiene un abogado excelente. Han estudiado el caso y, sí, parece bastante probable que tu padre vaya a la cárcel.

Se me revuelve el estómago.

—¿Qué?

—Al fin y al cabo, ha muerto un hombre y, aunque haya sido de manera involuntaria, tu padre está implicado. Tu madre está muy enferma, ¿verdad?

Asiento despacio. ¿A dónde coño quiere llegar?

—Si tu familia se quedase sin seguro de salud por lo de tu padre, podría ser… catastrófico. ¿No te parece?

Me quedo mirando el periódico. ¿Por qué no me han dicho nada?

—Los gastos médicos se irán acumulando, además de los honorarios de los abogados… Aunque el dinero es el menor de sus problemas; tu madre podría empeorar por el estrés. Por cualquier tipo de obstáculo que pueda interponerse en su tratamiento. La sociedad es una fraternidad. Cuidamos los unos de los otros. Quería informarte sobre la situación de tu familia. Me atrevería a apostar a que no te han contado nada. No se lo tengas en cuenta; solo querían protegerte. Pero, oye, también tengo buenas noticias.

Paso la mirada de un lado a otro hasta que la centro en sus ojos. Me da rabia que todo esto me avergüence tanto.

—Recuerda lo que te dije: la sociedad puede hacer que cualquier cosa desaparezca. Por ejemplo, puede hacer que retiren los cargos. No quiero que te preocupes lo más mínimo por nada de esto.

—A lo mejor mis padres no querían que supiera nada de lo que está ocurriendo para que no me preocupara.

Odio que se haya entrometido en sus vidas de esa manera. No está bien.

Pinky se pone en pie.

—Como decía, la transparencia es importante.

—¿Y qué pasa con todo eso de guardar secretos?

—¿Acaso era esto un secreto, Cal? ¡Si sale en las noticias!

Me levanto yo también, temblando, mareado.

—¿Qué tengo que hacer?

Pinky me acuna la mejilla en la palma de la mano, un gesto con el que pretende tranquilizarme pero tras el que intuyo que hay algo más.

—Sigue brillando —me dice, baja la mano hasta el culo y aprieta—. ¿Cuánto necesitas escalar puestos en la sociedad… ahora que eres consciente de la situación?

Me quedo paralizado, conmocionado; me cuesta respirar.

—¿Te atreverías a apartarme la mano?

Pinky aprieta aún más.

Durante un segundo me quedo inmóvil. Pero entonces logro pensar con claridad y, por instinto, me acerco a él y le digo al oído:

—Quítame la puta mano de encima.

Pinky se aparta con las manos en alto, como alejándose de un equipo SWAT.

—Eso es —me dice, casi orgulloso, mientras me señala—, ese es el Cal que quiero ver más, por favor. —Nos quedamos mirándonos durante un momento—. Tienes que conseguir formar parte de los *veteres*. Así todo será más fácil.

—Lo conseguiré —digo casi sin mover la boca.

—Vamos a tener una relación muy especial. Pero voy a pedirte que no hables de esta conversación con nadie. Ni con Luke ni con Nisha. Deja que tus padres crean que no tienes ni idea de nada hasta que decidan informarte ellos mismos. Y conseguirás lo que quieres. Bueno, todos lo conseguiremos. Solo hay que seguir el juego. Mi padre me regaló un ejemplar encuadernado en cuero de *Hagakure: El camino del samurái* para mi sexto cumpleaños. Una de mis citas favoritas es: «Uno debe tomar decisiones en menos de lo que se tarda en tomar aliento siete veces». ¿Has tomado ya tu decisión?

—¿Qué se supone que tengo que decidir?

—Esa es la primera pregunta tonta que me haces. —Pinky mira a nuestro alrededor como si estuviera estudiando la disposición de la habitación y luego vuelve a mirarme a mí—. Sí que la has tomado. Lo sé. Hablaremos pronto. No quiero que te preocupes —me repite.

Tras soltar un «mmm», cierra el maletín y se marcha de la habitación, y yo me quedo mirando el titular del periódico.

Más tarde, Luke me manda un mensaje: «Estoy fuera, Lágrimas de Luna».

Me pongo la chaqueta y bajo para encontrarme con él.

—Vamos a dar una vuelta.

Siempre me dice eso cuando quiere estar conmigo un rato, pero tiene otros planes.

—¿Estás bien? —me pregunta—. Te noto alterado.

—Sí, estoy bien —respondo mientras araño el fondo de los bolsillos con las uñas.

—¿Quién es tu *chronus*?

—Tath.

Paseamos hacia el patio desde el que se alza la Torre Conmemorativa Barry.

—¿Sabías que Clayton Cartwright es uno de los Arqui? Estaba en el rito de iniciación.

—No. Pero ¿quiénes creías que iban a ser los Arqui? Son antiguos alumnos ricos. Así es Essex.

Por eso sé que la sociedad es tan poderosa como afirma Pinky.

—Han hecho cosas turbias.

—Fue su familia, ¿no? Él parece ir por su cuenta. ¿Recuerdas que mencioné Faber cuando salimos a cenar?

—Sí.

—Tenemos que ir a investigar. He estado explorando un poco. Estamos aprendiendo muchas habilidades nuevas. Podría ser una manera de pasar más tiempo juntos. En privado.

Siento un cosquilleo en el estómago.

—Me encantaría no tener que chupártela en un laboratorio de química viejo que da un cague tremendo —añade—. Es cierto que normalmente me vale con follar sin más, sin ataduras, pero contigo es distinto.

Me llevo la mano al pecho.

—¡Joder, qué romántico! Ten cuidado, a ver si te van a acusar de plagio descarado a Louisa May Alcott.

Luke se ríe.

—Estás de bajón, ¿verdad? —me dice.

—Es que tengo que quedarme aquí en Acción de Gracias.

Eso, y que mi padre podría ir a la cárcel.

—Mis padres no se pueden permitir el vuelo —añado.

—Espero que sepas hablar ruso. Te vas a quedar con todos los alumnos rusos locos.

—¿Cómo lo sabes?

—Eso es lo que he oído. Pero será genial. Seguro que alguno de ellos tiene un vodka de, yo qué sé, noventa grados. Y una navaja. *Peredat' klyukvennyy sous, ili ya tebya porezhu.*

Me siento culpable por reírme, pero no lo puedo evitar.

—¿Que qué?

—«Pásame la salsa de arándanos o te rajo».

Me echo a reír.

—¿Cómo es que hablas ruso?

—Lo aprendí cuando pasé un tiempo en un gulag espantoso.

—¡Anda ya!

Luke me pone una mano en la espalda.

—Lo siento. Sé que tenías muchas ganas de ver a tu familia.

—¿Qué vas a hacer tú por Acción de Gracias?

—Voy con mi padre —me dice con frialdad—. Ojalá pudiera llevarte conmigo.

Luke me pega a él hasta quedar frente con frente y me besa. Nuestro primer beso en público.

Las Cinco de la 5 C™ pasan por nuestro lado charlando.

—¡Reinaaaaaas! —les grita Luke.

Charli se baja las gafas de sol y, para mi sorpresa, le sonríe.

—Cuando se juntan son siempre superescandalosas —me dice Luke al oído—. ¡EEEEY, ESTOY CON MI NOVIO!

Charli le levanta el pulgar.

—¿Es eso lo que somos? —le pregunto.

Luke nunca había empleado esa palabra antes.

—Eh. Lo de las etiquetas... ¿Por qué tiene que estar todo...?

Luke se descuelga la mochila, abre un bolsillo delantero, saca un colirio y se echa unas gotitas en los ojos con vigor mientras parpadea mirando hacia arriba. Después seguimos caminando.

—Ahí está Faber.

Luke siempre logra distraerme. Tanto que no me había dado ni cuenta de que nos estábamos dirigiendo hacia allí.

—Supongo que estoy pensando a largo plazo. ¿Ves la torre de lo alto?

—Sí.

—Es una biblioteca abandonada; seguro que es imposible acceder a ella. Pero nada es imposible, ¿verdad? ¿No es eso lo que estamos aprendiendo? Tendremos que mirar los planos, trazar mapas y colarnos en el momento justo. Seguro que hay algún ascensor en alguna parte. Imagino que tendremos que entrar por el sótano.

—Faber es una residencia mixta, ¿no?

—Sí. Allí vive Alina Cocaína.

Pobre Alina Klain, una alumna popular del último curso. Cuenta la leyenda que una mañana volvió del baño a clase de Historia Europea Avanzada con polvo blanco por todas las fosas nasales. Ese apodo la perseguirá hasta el fin de sus días.

—Una chica judía decente de familia decente —añade Luke, y de pronto se mira el Apple Watch—. Me tengo que ir, que he quedado.

Justo como me esperaba.

—Ya.

—Tengo entrenamiento. Pero pronto nos pondremos a investigar, y a lo mejor podemos colarnos y echar un vistazo.

—Guay.

La verdad es que me encantaría tener un sitio donde poder estar juntos.

—¿Quieres que te compre un billete de avión para que vayas a casa en Acción de Gracias?

Al principio creo que no lo he oído bien.

—¿Qué?

—Si quieres, te lo compro. No es nada. No le des importancia, Corazón Solitario.

—A mis padres no les haría ninguna gracia.

Se mueren de vergüenza con cualquier gesto que pueda parecerse lo más mínimo a una limosna.

—¿Quieres venir a mi resi luego?

—Vale.

Necesito evadirme de la realidad como sea.

—Vlad estará por ahí. ¿Follamos?

Jugueteo con la cremallera de la chaqueta. Qué directo es, joder.

—Es que... Nunca he...

—Ya, entiendo. Bueno, ya veremos cómo va la cosa. Sin presión. Luego te escribo.

CAPÍTULO VEINTIDÓS

LOS PERGAMINOS, LAS CALAVERAS, LOS CÓDIGOS, LAS LLAVES

L uke cierra la puerta de su cuarto de una patada; le importa un bledo que alguien se entere de que estamos aquí solos. Después apaga las luces del techo (otra norma que se salta) y enciende una lámpara de lava azul que tiene en la mesita de noche y que proyecta formas elásticas por las paredes. Hay un montoncito de hojas impresas con información y mapas que se ha descargado de la base de datos IDCA sobre el escritorio, y algunas hojas se han caído al suelo. Son todos documentos relacionados con Faber: esquemas que ha hecho Luke, apuntes, dibujos, planos…

—Llevo un tiempo trabajando en esto —me dice cuando me ve mirándolo todo.

—Ya lo veo, ya.

Se quita los zapatos, cuelga la chaqueta del gancho de la puerta y desaparece en el baño. Oigo el lavabo mientras me quedo plantado junto a su escritorio, hojeando los apuntes que ha escrito a lápiz. Hay flechas que señalan hacia todas las direcciones, dimensiones, medidas, bocetos de alteraciones estructurales que ha encontrado en planos antiguos y documentos del seguro contra incendios. En el otro extremo de la habitación veo las zapatillas de Vlad en varias combinaciones de colores fluorescentes alineadas a la perfección, pero su lado del cuarto queda oculto entre las sombras, como si Luke viviera con un amigo imaginario deportista. Luke regresa con una camiseta, unos pantalones de yoga y el pelo mojado. Me siento en la cama y él se sienta a mi lado mientras se seca el pelo frotándoselo con la mano con vigor.

—¿Qué has hecho? ¿Te has colado por el váter?

—Me he lavado la cara y los dientes —contesta.

Me apoya una mano en la pierna y yo poso la mano sobre la suya. Se acerca y me da un beso en la mejilla. Nos dejamos caer en la cama. Luke se quita la camiseta y yo lo imito. Me inclino hacia delante y me quito los calcetines. Luke se levanta de un brinco, saca una bolsa de plástico de un rincón del cuarto y va sacando un objeto tras otro como si fuera parte de un rito.

Una caja azul claro de condones.

Un frasco negro… que al momento veo que es lubricante.

Y abro los ojos como platos en cuanto veo que saca un tarro de mantequilla de cacahuete Skippy.

Y luego uno de mermelada de uva.

—Espera, ¿qué…?

Luke me ve la cara y se echa a reír dejando caer la cabeza hacia delante, con lo que un mechón de pelo le cubre el ojo. Abre la nevera y veo una bolsa de pan de molde.

—¡Es para hacernos sándwiches de mantequilla y mermelada! —exclama—. ¿Creías que era algo sexual?

Me tapo la cara con las manos.

—Ay, Dios mío.

—Te voy a cubrir enterito de crema de cacahuetes.

—Calla.

—Te voy a untar mermelada por todas partes.

Debo de tener la cara de mil tonos de rojo distintos.

—¿No deberíamos negociar…?

—Ah, sí, ahora llamo a mi equipo de abogados…

—Me refiero a quién va a hacer qué.

—La verdad es que no soy versátil, Corazón Solitario. —Me ofrece una sonrisa de diablillo con un ojo entornado que debería patentar—. Pero no tenemos por qué hacer nada que no quieras.

—Vale. Bueno. No, no pasa nada. Lo que quiero es poder mirarte.

—Ya me aseguro yo de eso. Así puedo besarte.

Me reconcomen todo tipo de preocupaciones exacerbadas: mi padre, la cárcel, todo lo que me ha contado Pinky hoy. Trato de apartar todos esos pensamientos para poder centrarme en Luke, lo cual tan solo me hace sentir más culpable. Se tumba a mi lado y me atrae hacia él, pecho desnudo contra pecho desnudo, latidos contra latidos. Su barba incipiente me raspa la barbilla. Me acaricia el pelo rapado de la nuca. Lo envuelvo entre mis brazos. Es tan esbelto y musculoso… Y yo solo soy un flacucho que se pierde en su abrazo férreo.

—Luke… Esto es un paso importante para mí…

—¡Ya lo sé, tontaco! No hace falta que digas a gritos que eres virgen.

Entierro el rostro en su pecho.

—No me hagas reír ahora, que es un momento muy bonito.

—Mira, Cal, si me escuchas, va a ser más fácil. —Cambiamos de postura; Luke se sienta a horcajadas sobre mí para soltarme su sermón, y no puedo evitar dejarme cautivar por sus piernas de futbolista—. Voy a ir despacio, te lo prometo, pero, aun así, la primera vez te va a doler un montón. Todos los chicos que vayan a hacerlo con otro chico por primera vez, deberían hacerlo con alguien que ya lo haya hecho antes. Para que salga bien, depende de muchas variables; la física, la fontanería, el cableado, la mecánica, la planificación… Nunca va a ser el momento perfecto.

—Yo no he dicho…

—Ya, pero eres un romántico. Y ya te digo yo que no todo va a ser siempre perfecto.

—No creo que sea…

—¡Acabas de decir que es un paso importante para ti! ¡Eso es romántico! Estoy intentando ser realista para que no te montes una fantasía y te creas que vas a estar flotando en el plano astral, ¿sabes?

Asiento. Le agradezco que esté intentando ayudarme en un momento como este. Nunca antes había sentido con tanta claridad que estaba en el lugar y el momento correcto con una persona. Protegido de todo lo demás. Del estrés y de lo desgarrador que puede ser el mundo.

Luke me pregunta qué es lo que me hace más feliz, y le digo que mi familia, Essex y él, por supuesto. Y la sociedad. Y, cuando me pregunta qué es lo que me hace feliz de la sociedad, mis dudas se evaporan y le digo que es la camaradería. La sensación de formar parte de algo secreto, valioso, delicado; una parte de la historia y de la tradición; los retos, aprender nuevas habilidades; el prestigio. Algo que puede hacer que todo lo espantoso desaparezca.

Y, como me da vueltas la cabeza, suelto un montón de palabras al azar que describen enigmáticamente lo que significa para mí la sociedad, el lugar que ocupa en mi mente.

—Los pergaminos, las calaveras, los códigos, las llaves…

Las palabras poseen cierto toque poético (ahí está una vez más), con un simbolismo y una atmósfera vívidos. Luke me pide que se las repita, y obedezco.

——Los pergaminos, las calaveras, los códigos, las llaves.

Cada vez que las pronuncio, me relajo un poco más.

Luke me pide que no deje de repetirlas y, mientras las pronuncio, susurrándolas como si se tratara de un conjuro, se pone manos a la obra y me desviste con las manos y con la lengua, preguntándome cada dos por tres si estoy bien.

Me toma de la mano mientras me dice que relaje los músculos y respire, y nos unimos de un modo que me hace pensar que tal vez nos hayamos fundido y convertido en algo nuevo, y que quizá no podamos volver a dividirnos. Y entonces me viene a la cabeza otro Cummings; no el vicepresidente, sino E. E.; visualizo las palabras del poeta escritas en un papel y la tinta corriéndose por la página mientras mi cuerpo hace lo propio.

> *uno no es la mitad de dos. Es dos que son mitades de uno:*
> *reintegrando esas mitades, no resultará la muerte*
> *o alguna cantidad; sino algo verdadero y mayor*
> *que las máximas cifras numerables**

Cuando me despierto, Luke me está abrazando. Nunca me he quedado dormido al lado de nadie. Siento una conexión inquebrantable con él y con su mente dormida, donde se ocultan sus miedos, sus esperanzas y sus terribles verdades. Noto la respiración de Luke contra mi espalda, como si sus pulmones llenaran los míos.

El móvil de Luke vibra sobre su escritorio. Debe de ser alguno de sus amigos deportistas. Me separo de él con cuidado de no despertarlo, aunque me gustaría quedarme así para siempre. Me incorporo con los párpados pesados y parpadeando para protegerme de la luz granular. Mientras me visto, intento recordar si dejé la ventana del pasillo de mi residencia abierta. Me he saltado el registro.

La pantalla del móvil de Luke vuelve a encenderse y aparece el mensaje de antes. Solo lo veo porque estoy al lado

---

* «Poema XXV», de E. E. Cummings. *XLIX Poemas*, Ed. Centro Editor de América Latina, Buenos Aires, 1988.

del escritorio en este cuarto diminuto, dando brincos mientras intento ponerme los calcetines.

El mensaje reza: «Vale, dime cuando hayas acabado. Tenemos que hablar cuanto antes».

Recuerdo que le pregunté a Luke quién era su *chronus*, y me dijo que era Tath.

Pero, entonces, ¿por qué le está enviando Pinky Lynch un mensaje a las cuatro de la madrugada?

CAPÍTULO VEINTITRÉS

LA VERDAD DE LAS MENTIRAS

A l día siguiente, no paro de repetir mentalmente cada detalle de la noche anterior. Ni puedo dejar de pensar en que nos hemos acostado, en que estoy muy relajado al respecto, como si Luke hubiera sido capaz de hacer desaparecer todos mis nervios, y, aun así..., no puedo evitar sentir que algo va mal. Vivo rodeado de secretos ajenos. Sin embargo, no quiero preguntarle a Luke por qué le estaba mandando mensajes Pinky. No quiero crear ninguna división entre nosotros; no quiero que Luke piense que no confío en él... Porque ya me ha hecho ver que le sienta mal.

Al final logré volver a entrar en Foxmoore; sí que había dejado la ventana abierta, así que nadie me vio colarme. Llevo todo el día sin ver a Luke, pero, a las cinco, me manda un mensaje.

Luke: *Voy a entrenar. Qué tal estás?*

Yo: *Bien. Sigo sintiéndote.*

No sé si tendría que haberle dicho eso. ¿Es demasiado? ¿Es asqueroso?

Luke: *Yo también. No dejo de pensar en ti, Corazón Solitario.*

El resto de octubre pasa volando. Gretchen y yo empezamos a quedar de vez en cuando. Hacemos los deberes en la biblioteca juntos. Conforme su padre va apareciendo más y más en las noticias y provoca un cisma en su partido, me doy cuenta de que hay más miembros del Servicio Secreto rondando, cosa que a ella no le encanta.

Seguimos teniendo lecciones semanales de la sociedad sobre los edificios del campus y su historia. Tath lleva al siguiente nivel el entrenamiento de las «habilidades físicas de exploración» en las reuniones nocturnas.

Estoy aprendiendo a ver las puertas y sus cerraduras como si las estudiara con un microscopio; como si cualquiera de los mecanismos que me impiden pasar al otro lado no fuera más que un pequeño obstáculo que se puede superar.

También estamos aprendiendo a sortear varios tipos de alarmas y a evitar los detectores de movimiento.

Los sitios importantes del campus (Hawthorne, Cook, la Sala de Cartas y Archivos) tienen su propio sistema de seguridad; aquí es donde entra en escena lo que llaman Rafiki. Es posible duplicar la tarjeta de identificación de un guardia de seguridad de manera remota. Llevan unas etiquetas de radiofrecuencia, y algunas de las cerraduras electrónicas de las puertas de los sitios importantes se abren solo si están expuestas a la radiofrecuencia adecuada. Es el mismo sistema que usan para programar nuestros llaveros de proximidad.

Sobre los túneles de conductos de vapor, Tath nos dijo:

—Estos pasillos transportan vapor a alta temperatura desde la planta industrial de Essex a todos los edificios del campus. En las partes abandonadas del sistema de túneles puede haber fugas de vapor que son invisibles y potencialmente mortales si no se tiene cuidado.

También nos ha enseñado a llevar un trozo de cartón por delante como medida de seguridad ante fugas de alta presión.

Del entrenamiento físico pasamos a la «ingeniería social». Seguimos reuniéndonos en edificios clausurados (muchos de los cuales hemos estudiado en las lecciones), en sótanos, trasteros ocultos o aulas vacías, repletas de pececillos de plata, motas de polvo y trampas para ratas.

—Mentir es una habilidad —nos informa Tath en el salón de baile de Brookleven—, y requiere práctica. Si os topáis con un guardia de seguridad o un vigilante mientras lleváis a cabo una investigación, si os atrapan, dicha habilidad puede ser la única manera de evitar la CCD. —La CCD es la Comisión de Convivencia y Disciplina de Essex—. Las mejores mentiras poseen algo de verdad. Debéis lograr que la persona que os esté interrogando se ponga a la defensiva. Aprovechad vuestros puntos fuertes. ¿Sois capaces de fingir que lloráis? Pues hacedlo. ¿Podéis hacer como que derrocháis seguridad en vosotros mismos? Comportaos como si no estuvierais en un lugar prohibido. Y no establezcáis demasiado contacto visual. Cuando miráis a la izquierda, estáis mintiendo; cuando miráis a la derecha, estáis recordando algo. —Tath señala con el dedo hacia la izquierda y hacia la derecha para enfatizar sus palabras—. Tenéis que desconcertarlos. Quien os sorprenda no va a mostrarse demasiado agresivo; sois niños, de modo que el objetivo principal es asegurarse de que estáis bien. Tened siempre una mentira preparada. Tenéis que saber por qué estáis donde estáis. Debéis incomodar al vigilante o al guardia.

Pienso en la verdad y en las mentiras. Y en mis padres, con quienes no he hablado desde que les colgué. Me han llamado varias veces desde entonces. La rabia que siento por ellos parece estar convirtiéndose en miedo. Pero prefiero la rabia.

—Nunca sabéis cómo vais a reaccionar hasta que llega el momento de mentir bajo presión. Os invadirá la adrenalina, os costará respirar y hablar... De modo que vamos a practicar. Vuestros *chroni* os van a poner en situaciones hipotéticas. Vais a tener que crear la mentira perfecta para cada una. Y luego, más o menos una semana después, se os asignará un edificio con un nivel bajo de seguridad al que tendréis que entrar con vuestra Alma Gemela. Y tendréis que esperar a que lleguen los guardias. Y, entonces, les mentiréis.

Hostias...

—Para pasar esta prueba, tendréis que evitar que os manden a la CCD.

Al día siguiente, de camino a reunirme con Nisha, veo a Luke frente a Garrott, dándole una bolsa de plástico a otro chico de nuestro curso. A Luke se le ilumina la cara al verme.

—¿Qué tal?

—¿Qué era eso?

Luke me hace un gesto para que siga caminando con él, le obedezco y Luke se acerca a mí, me da un beso en la mejilla y me susurra al oído:

—Tengo que deshacerme de parte del Adderall, así que se podría decir que tengo un pequeño negocio.

Me paro en seco.

—¡¿Un qué?! ¿Estás vendiendo drogas en el campus?

—Ey, habla más bajo, *bro*.

—¿Por qué lo haces?

—¿Tú qué crees? Por la pasta.

—Si lo haces a plena luz del día, y yo te he podido ver, cualquier profesor podría verte también. ¿Estás intentando conseguir que te echen o qué? Además, ¿por qué necesitas «pasta»?

—Calma, Cal, que no me van a expulsar.

Sigo caminando, algo más rápido ahora, y Luke tiene que trotar un poco para no quedarse atrás.

—¿Estás enfadado?

—¿Es que no entiendes que... —agito las manos en el aire— que... que estoy enamorado de ti?

Luke se queda inmóvil. Abre la boca para decir algo, pero luego se lo piensa mejor.

Joder. No he podido evitar que se me escaparan las palabras.

—Tienes que proteger lo que tenemos... lo que somos... y no hacer la primera locura que se te pase por la cabeza. Ya no se trata solo de ti, sino de nosotros. No quiero perderte.

—Ya. Te agradezco que me digas todo esto. No pretendo mandarlo todo a la mierda.

Lo miro, incrédulo.

—¿Qué soy yo para ti? ¿Qué somos?

—Ya se lo grité al mundo, ¿recuerdas?

—Quiero que me lo digas a mí.

Luke me pone una mano en la espalda y me susurra al oído:

—Me muero de ganas de estar dentro de ti de nuevo.

Me retuerzo para apartarlo.

—No se trata solo de sexo...

—Para mí tampoco.

—Pues cúrratelo.

—Joder, Cal... —dice, enfatizando las palabras con las manos—, se te da genial hacerme sentir que te decepciono.

—¿Tiene esto algo que ver con Pinky?

Luke me mira con unos ojos criosféricos.

—¿El qué?

—Lo de vender Adderall.

—¿Por qué iba a tener eso algo que ver con Pinky?

—Porque es raro. Y porque no parece cosa tuya.

—A lo mejor no me conoces tanto como…

—Ya, eso está claro.

Me alejo de Luke, y la verdad es que me duele mucho tener que dejarlo ahí tirado sin haber solucionado las cosas, pero estoy furioso.

—Te ha visto un profesor en el sótano de Cranwich fuera del horario escolar. ¿Qué estás haciendo ahí? —me pregunta Nisha, como si me estuviera interrogando.

Me sorprende darme cuenta de que me brotan lágrimas de los ojos. Nisha se recuesta en la silla, impresionada, mientras le suelto la mentira que tenía preparada. Me estudia el rostro y va tomando notas conforme hablo.

—¡No está mal! —me dice una vez que he terminado.

Yo también me recuesto mientras vuelvo a oír el ruido normal de Café Bianco: la gente charlando, las teclas de los ordenadores, la música de Cherry Glazerr por los altavoces.

Nisha le da unos golpecitos al cuaderno amarillo con el boli.

—A veces tienes que valerte de tu encanto para colarte en algún lado, y a veces para escaparte de algún lado. Has mostrado respeto, lo cual es positivo. Y has usado ciertos elementos verídicos, como que habías quedado allí con Luke, que la puerta estaba abierta…

—Bueno, porque la he forzado yo —me río.

—Ya, pero en parte es verdad, ¿no? Eso sí, ten cuidado con los ojos. Has establecido demasiado contacto visual. Pero ¡el llanto te ha quedado genial! Como te han dicho, hay que incomodar a la figura de autoridad y lograr que se ponga a la defensiva.

Me froto los ojos.

—Ya, ni siquiera yo me esperaba las lágrimas.

—Has estado de maravilla. Pero ¿va todo bien?

Me vibra el móvil; tengo un mensaje nuevo:

«Yo también te quiero. TE QUIERO, Corazón Solitario. No te lo dije antes porque me daba miedo».

Tras una breve pausa, me manda otro mensaje:

«Tontaco».

Tengo que cerrar los ojos durante un segundo por todos los sentimientos que se acumulan en mi interior.

—Sí, todo va bien.

Dejo escapar una risita. Estoy contento. Y asustado. Luke no es el único al que le asusta todo esto.

—Cuando te envié el mensaje para decirte que nos íbamos a centrar en Cranwich, ¿tenías ya la mentira preparada?

—Sí.

—Eso pensaba. Venga, va, dime qué te pasa.

Le doy un sorbo al café con leche.

—Luke significa mucho para mí. Pero le gusta demasiado el riesgo. Y no quiero pasarlo mal.

Ahora sí que rompo a llorar a moco tendido. Me enjugo las lágrimas. Dios, soy un manojo de sentimientos; no sé qué me pasa. Bueno, sí que lo sé, que una persona que no es ni mi madre ni mi padre me ha dicho que me quiere. Eso es nuevo para mí. Y algo que, a decir verdad, no creía que fuera posible.

—Se nota a leguas lo que siente por ti, Cal. ¿Tu familia cómo está?

Intento que no se me descomponga el rostro. Siento que todo lo que hago con la Sociedad es por ayudar a mis padres, y eso es una carga muy grande con la que lidiar.

—Están bien. Me echan de menos. ¿Y los tuyos?

—Bien, bien. Tengo ganas de Acción de Gracias. ¿Quieres que vayamos a una *escape room*?

Asiento mientras me llevo las palmas de las manos a los ojos. Joder, sigo llorando, qué vergüenza.

—Miénteme —me dice Nisha y se cruza de brazos—. ¿Estás enamorado de Luke Kim?

Abro los ojos, pero no la miro a ella, sino que desvío la mirada hacia la derecha.

—No conozco a Luke Kim.

CAPÍTULO VEINTICUATRO

ALARMAS SILENCIOSAS

E s miércoles y todos los alumnos de Essex nos encontramos en Woodbridge, el salón de actos de tres pisos que hay en la planta baja del pabellón conmemorativo Dallow, para la reunión semanal con todo el profesorado.

Nos sentamos por cursos y cantamos el himno de Essex mientras la luz se cuela por las vidrieras. En las paredes de piedra hay fotos viejas de antiguos alumnos de Essex, desde los años 30, reunidos aquí, en este mismo edificio.

Algún día, dentro de cien años, un niño que estará cantando estas mismas palabras verá una foto antigua de mí cantando en Dallow y se preguntará qué opinaría yo del mundo en el que viven.

Nuestras voces se alzan en un coro angelical que celebra la juventud y la vitalidad.

Recibo un mensaje de Luke, que está de pie, unas cuantas filas por delante, escribiendo a escondidas con una mano mientras canta más alto de lo normal para no levantar sospechas.

Luke: *Mira el correo, Corazón Solitario. Ya nos han dicho dónde tenemos que colarnos.*

Luke y yo revisamos todos los documentos necesarios que encontramos antes de ponernos manos a la obra. El salón de actos Hoyt se construyó en 1911 y se incendió en 1918; en 1921 lo reconstruyeron y añadieron una gárgola en la entrada, un ave fénix, para simbolizar el «resurgir de las cenizas». En 2009, renovaron el edificio una segunda vez. Para ciertas funciones escolares dividen al alumnado, y los chicos de tercero y cuarto utilizan Hoyt, que es más pequeño que Woodbridge. Dado que es más nuevo, el sistema de seguridad será más moderno. Decidimos ir allí más o menos a las siete, dos horas después de que cierren el edificio.

Los últimos rayos de luz se desvanecen del cielo conforme llegamos a la entrada principal a escondidas. No paro de repetirme las palabras de Jeffrey: «Si vas por ahí forzando cerraduras, podrías meterte en un buen lío». Y las de Pinky: «Tienes que conseguir formar parte de los *veteres*. Así todo será más fácil».

Tengo sentimientos encontrados, pero lo único que sé con seguridad es que la sociedad me está llevando por un camino en concreto, y tengo que seguirlo. A pesar de los riesgos que pueda suponer para mi expediente académico, e incluso aunque puedan expulsarme, no podría perdonármelo si tuviera la posibilidad de ayudar a mis padres y dejara pasar la oportunidad. No obstante, ahora mismo estoy cagado perdido.

Hoyt está casi pegado a Telfare, una residencia para chicos de tercero. Tenemos que asegurarnos de que no nos vean. La luz roja de los lectores de identificación electrónicos que hay junto a las puertas principales de cristal están parpadeando, lo cual significa que no se puede acceder al edificio. Dentro, las luces están atenuadas.

—No podemos forzar estas puertas.

—No tienen cerraduras tradicionales —concuerda Luke—. Además, están los lectores.

Exploramos el exterior del edificio. La parte de atrás, que da a una zona boscosa, no es tan moderna. Hay una luz encendida sobre una puerta ornamentada de madera al final de unos escalones de piedra que supongo que dan a un sótano. Empiezo a caminar hacia ella, pero Luke me agarra y me pone una mano en el pecho, envuelta en un guante Nike de fútbol negro.

—¿Habrá una cámara sobre la puerta?

—Aquí atrás se supone que no hay.

—Hay que comprobarlo siempre, de todos modos. Si nos ven por las cámaras, nos quedamos sin tapadera —me dice Luke mientras se adelanta y abre la mochila.

Lo imito y nos acercamos a la puerta. Está cerrada. No hay ningún lector. Tampoco hay ninguna cámara sobre la puerta. Es una cerradura fácil de forzar (una cerradura de seguridad básica), de modo que nos ponemos manos a la obra y en dos minutos hemos conseguido entrar. Luke señala unos cables que se extienden por el interior de la puerta; suponemos que será una alarma de algún tipo, pero no se oye nada.

Estamos en un sótano estrecho y frío con paredes de piedra y mica resplandeciente. Encontramos unas escaleras que nos llevan al vestíbulo principal. Las luces son automáticas y se activan con el movimiento, de manera que, en cuanto pasamos por debajo, se encienden. Las puertas del salón de actos están al otro lado de la entrada principal del edificio. Luke agarra una papelera, abre las puertas de entrada (que desde dentro no están cerradas) con cuidado de no salir del edificio y las mantiene abiertas con la papelera.

Salvo por los lugares de máxima seguridad, no hay cámaras en el interior de ningún edificio del campus, y tampoco en las residencias. Tienen en cuenta la privacidad de los alumnos y la confianza de la comunidad de Essex. De hecho, las cámaras exteriores las instalaron tan solo hace cinco años (y solo hay unas veinte), en algunos de los edificios más importantes, después de que robaran unas bicicletas. En cualquier caso, gracias a Tath sabemos cuáles son los edificios que cuentan con cámaras exteriores, y se supone que en Hoyt no hay ninguna. Pero es posible que eso haya cambiado, y desde luego el centro no nos informaría al respecto, de modo que toda precaución es poca.

—Mira —me dice Luke mientras tira de las puertas pesadas que dan al salón de actos.

—¿Está cerrada?

Luke examina la puerta.

—Tampoco es una cerradura tradicional.

—¿Es magnética?

—¿Ves la placa de inducido? Venga, a por ella.

Me enorgullece ser uno de los neófitos a los que no se le da de pena el truquito de tirar y empujar para abrir las cerraduras electromagnéticas. Consigo abrirla al tercer intento. Hay que tirar, empujar, tirar y acabar con un tirón fuerte y seco hacia arriba. Ese último movimiento enérgico es el truco secreto para engañar el mecanismo.

De pronto, una luz se cuela a través de las puertas de cristal que tenemos detrás.

—Uy, hola —dice Luke mientras dos guardias de seguridad aparcan sus carritos de golf frente a la entrada. Luke se mira el reloj—. Vaya, han tardado menos de lo que esperaba. Parece ser que no se estaban echando una siestecita.

—¿Habrá una alarma silenciosa?

—Las hay en algunos de los edificios más nuevos. Eso o tal vez haya visto alguien la puerta abierta. Más vale que encendamos las luces a toda leche o nos vamos a tener que inventar una mentira sobre la marcha.

Dejamos las puertas abiertas y entramos en el salón de actos. Luke encuentra una caja de metal en la pared, acciona los interruptores y se encienden las luces de toda la sala y unos focos que cuelgan del techo y que iluminan un podio. Los dos nos subimos al escenario.

Luke deja la mochila a sus pies y se quita los guantes y la chaqueta. Va vestido todo de negro: camiseta deportiva Dri-FIT con franjas de rejilla, unos pantalones de chándal PUMA y unas zapatillas Adidas Predator Tango. Le queda muy bien el negro, aunque la verdad es que le quedan bien todos los colores.

Los guardias de seguridad están ya en el vestíbulo, dando gritos.

Luke señala el fondo de la sala.

—Ey, esta gente tiene que asegurarse de que los niños del campus están a salvo y garantizar que se cumpla la normativa estatal y local antiincendios, y tienen que atender todas las llamadas de emergencia. Tenemos que intentar lograr que no redacten ningún parte de incidencias. No son profesores.

Luke vuelve a mirarse el reloj. ¿Cómo es que está tan calmado?

Los dos guardias de seguridad entran en el salón de actos y recorren con cautela uno de los dos pasillos en fila india (lo cual es un poco *amateur*; uno está cortándole el paso al otro) mientras Luke tira de mí hacia él y me agarra por la espalda.

Las linternas nos iluminan.

Por favor, que no me envíen a la CCD, rezo en silencio.

—¿Qué estáis haciendo aquí? —nos pregunta uno de los guardias.

Es alto y esbelto, con el pelo rubio ralo y una mandíbula fuerte. El otro tiene pinta de italiano y es fornido y bajito.

Luke se cubre la cara con las manos.

—Eh, apartad la luz, que no veo nada.

—Aquí no se puede estar.

—Vaya, ¿y entonces qué hacía la puerta abierta? ¿Por qué estaban las luces encendidas? —contraataca Luke.

—¿Nos enseñáis vuestra identificación?

—Y una mierda —contesta Luke y le da una patada a su mochila.

Guau. ¿A qué viene eso?

—No sabíamos que no se podía entrar aquí —intervengo con calma—. La puerta estaba abierta. Necesitábamos algún sitio donde poder hablar en privado.

Las dos linternas me apuntan, como si los guardias acababan de darse cuenta de mi presencia.

—Pues id a la biblioteca —suelta el más alto—. O a vuestras residencias. Podéis hablar en la sala común.

—En ninguno de esos sitios se puede hablar en privado —contesta Luke con desdén—. ¿Sabéis cuánto dinero se gasta el imbécil de mi padre para que pueda estudiar en este internado en el que no puedo pasar ni un momento solo? Qué pensaría mi madre, que en paz descanse —dice mientras se santigua—, si alguien acusara a su hijo de cometer una irregularidad.

El que parece italiano se santigua también y contesta:

—Calma, chico, que no te hemos acusado de nada.

—Solo están haciendo su trabajo —le digo a Luke entre dientes.

—Podemos llevaros a Rangor ahora mismo. Y hablar con algún orientador.

Rangor, la enfermería de Essex, es un centro de salud acreditado con diez camas, abierto las 24 horas del día, los 7 días de la semana.

Está claro que a estos hombres los han entrenado para ofrecer esa posibilidad como primera opción. Pero no es lo que queremos.

—¡Yo no quiero ir a Ragnor! —grita Luke—. ¡Lo que quiero es hablar con mi amigo!

—Vale, vale, relax —le dice el italiano.

—Venid aquí abajo, por favor —añade el más alto mientras nos hace gestos para que nos bajemos del escenario.

—Venid vosotros aquí arriba —les espeta Luke—. No estamos haciendo nada malo.

—Os habéis colado en un sitio prohibido —le contesta el más alto mientras le hace caso a Luke y sube las escaleras hacia el escenario.

El italiano lo sigue de mala gana.

—Pero no lo sabíamos —responde Luke—. ¿Qué cojones...?

—Por favor, cálmate —le pide el italiano—. Y ojito con lo que dices.

Luke lo mira con desprecio.

—Qué mierda te importa a ti lo que diga.

Luke me está poniendo de los nervios. ¿Es que está intentando jodernos a los dos o qué?

—Carnés, por favor. ¡Ya! —grita el alto.

Me saco el carné de la cartera y se lo entrego.

—No sabíamos que no podíamos estar aquí —le digo, siguiendo el guion que me he preparado—. Somos alumnos de segundo. Hemos llegado este año a Essex. El edificio parecía abierto.

Luke le da una patada a su mochila, cabreado; por lo visto, ha decidido ir por libre y saltarse el guion.

El más alto estudia mi carné y se lo pasa al italiano, que lo contempla y me lo devuelve. Los dos observan a Luke, inquietos. El italiano le hace un gesto para que le entregue el carné, y es entonces, en el momento en que todo podría haber llegado a su fin, cuando la situación empeora.

Luke abre la mochila de mala gana y le lanza el carné a la cabeza de uno de los guardias, pero en ese instante se le cae de la mochila una bolsa de plástico con pastillas y un fajo de billetes y salen volando con el carné. Las pastillas, cápsulas blancas y naranjas, se esparcen por todo el escenario con tanto estrépito como si fueran canicas.

Durante un segundo, nadie dice nada.

Ay, Dios mío, ¿qué acaba de hacer?

Los guardias dirigen las linternas al suelo del escenario.

—¿Qué es eso? —pregunta el alto.

Noto que Luke se está dando cuenta ahora de la gravedad de la situación. Está claro que tiene problemas con las figuras de autoridad. Eso sí que no lo sabía.

—Eso —contesta Luke, resoplando— es la medicación que me tengo que tomar.

—No se la está tomando —digo como un robot.

Estoy sudando.

—¿Guardas las pastillas en una bolsa de plástico? —pregunta el italiano.

—No —dice Luke mientras se agacha y saca un bote de la mochila—. Tengo la receta. Son estabilizadores del estado de ánimo. Me las ha recetado mi médico. En el frasco está escrito mi nombre.

El italiano ilumina el fajo de billetes, casi todos de cien, con la linterna.

—Tienes bastante dinero ahí, ¿eh? —Dirige la linterna hacia el rostro de Luke—. ¿Estás drogado ahora mismo, hijo?

—No estoy drogado, y no soy *tu hijo*. ¿Acaso parezco el hijo de un mafioso italiano?

—Luke...

—¿Estás vendiendo droga en el campus?

—¿Cómo te atreves a acusarme sin pruebas?

Las pastillas, esparcidas por todo el escenario, resplandecen bajo los focos del escenario.

—¿Qué pensaría tu madre de que vendieras drogas? —le pregunta el italiano.

Luke se acerca todo lo posible al hombre.

—¿Mi madre? Mi madre está muerta. Y era una buena mujer católica, no una puta barata a la que se le ha pasado el arroz, como la tuya.

No es una bofetada, pero casi.

El italiano, sin pensárselo dos veces, le da una hostia a Luke a la barbilla. Estoy a punto de intervenir, pero Luke ha recibido justo lo que quería. Pega un grito mientras se agarra la cara y se tambalea hacia atrás.

—¡Me ha pegado! ¿Lo has visto?

Joder, es un manipulador extraordinario. Me lleva un segundo asimilarlo y apreciarlo. Y ahora no me queda más remedio que seguirle el juego, de modo que me dirijo al guardia:

—¿Has pegado a un alumno?

—Eh, que yo no he pegado a nadie —se defiende el italiano.

—Le has pegado a *él* —insisto—. A un alumno de Essex que estaba teniendo un mal día.

—Vamos a calmarnos todos —interviene el alto, extendiendo las manos—. Nadie ha pegado a nadie.

—Discrepo —digo, siguiéndole el rollo a Luke, después del escándalo que ha montado—. Y yo soy testigo de lo ocurrido.

—Chico, ¿estás bien? —le dice el alto a Luke—. ¿Está todo el mundo bien?

—Ay, Dios —dice el italiano, sacudiendo la cabeza, claramente nervioso.

—Nada de partes de incidencias —les dice Luke, señalándolos, aún con la mano en la boca. Los dos guardias lo miran, perplejos, mientras el haz de luz de sus linternas va descendiendo como unos helicópteros que caen en picado—. Ha sido todo un malentendido. Las puertas del salón de actos estaban abiertas. Hemos entrado porque necesitábamos un momento a solas. ¿Queda claro?

Luke se acerca a mí y me da un beso apasionado en la boca. Los guardias nos miran, claramente incómodos. Luke señala el dinero y les dice:

—Venga, quedáoslo. Quedáoslo todo.

Nos han entrenado para emplear varias tácticas distintas en este tipo de situaciones, pero Luke ha elegido utilizarlas todas a la vez, un prisma de tácticas. Es como si estuviera poniéndolas todas a prueba para ver con cuál tiene más éxito. Y sabe que está sobornando a dos pobres guardias de seguridad, no a la policía.

—No le voy a contar a nadie que me has pegado. Llevaos el dinero, pero nada de partes. Y queremos unos minutos más. Apagaremos las luces y cerraremos las puertas al salir.

Y, tras unos instantes de vacilación, se van.

¿Qué coño…?

CAPÍTULO VEINTICINCO

LAS CAPAS INFERIORES SUMERGIDAS

Cuando se marchan, Luke saca dos latas de pintura en espray de la mochila y pinta su firma en una pared que hay por el fondo del escenario. Me arrodillo cerca del borde. Luke rebusca en su mochila, se sienta a mi lado y me apoya con delicadeza una mano en el hombro.

—¿Estás bien? No vale la pena agobiarse por todo eso. No eran más que unos payasos que se creían de las Fuerzas Especiales.

—Estaban haciendo su trabajo.

—Han aceptado que les diera setecientos pavos.

—¡¿Has ganado setecientos dólares vendiendo Adderall?!

—Eso es lo que intentaba decirte. Que hay demanda. Habrá que explotar ese mercado.

—No tienes por qué explotarlo solo porque exista.

—Bueno, la verdad es que ahora sí, porque tengo que recuperar esos setecientos pavos.

—Te has portado fatal con ellos. Es su deber protegernos.

—Pero el dinero era más importante.

—Te has pasado tres pueblos, macho.

No me ha gustado nada ver ese lado feo suyo, ni lo rápido que ha salido.

—Era parte de la misión. Y la hemos superado. Hemos evitado la CCD.

—No me parece una victoria. Podrías habernos metido en un buen lío.

—Tienes que dejar de ser tan inocente, Corazón Solitario. En este mundo hay ganadores y perdedores. Tienes que ir a por lo que quieres, y que les den a las normas y a los modales.

—¿«Ir a por lo que quieres»? ¿Como irte de un restaurante sin pagar? ¿Ese tipo de cosas quieres que haga?

—A ver, mira Essex; han contratado a unos guardias de seguridad a los que se les puede sobornar... No es muy ético. ¿Te hace tener fe eso en el internado?

La verdad es que no, pero, como ha dicho Luke, no eran profesores. En cualquier caso, sigo en contra de todo esto.

—Te vas a meter en problemas por vender drogas.

—Necesito el dinero para librarme de mi padre.

Y entonces recuerdo lo que me dijo cuando nos besamos por primera vez, en un escenario distinto: «Necesito liberarme».

—¿De eso va todo esto?

—Solo estoy intentando sobrevivir a esta vida estúpida, Corazón Solitario.

Pero sé que pasa algo más. Está demasiado furioso. Es como si tirase de él una fuerza externa; se está dejando llevar por el sufrimiento, un sufrimiento cargado de resentimiento. Pero entonces caigo: ¿acaso no está tirando de mí también... una fuerza externa?

Nos tumbamos bocarriba. Estoy nervioso, pero lo que más quiero es volver a sentirlo, tenerlo cerca, porque me siento desvinculado del mundo cuando noto que se aleja de mí. En cierto modo, me odio por sentirme así; me parece una debilidad.

Nos quedamos dormidos abrazados durante más o menos una hora, antes del registro. Me despierto antes que él con una sensación de inquietud. Voy de puntillas hasta su mochila y saco su móvil. Tiene otra llamada perdida de Pinky y un mensaje: «Qué táctica ha funcionado mejor con esos 2?».

Empujo a Luke con el pie.

—Despierta, pichoncito.

Abre un ojo, el que le cambia de color, bajo sus largas pestañas. Sostengo en alto el teléfono y Luke me lo arrebata de las manos y se incorpora a toda prisa. Le echa un vistazo a la pantalla con los ojos entornados.

—¿Por qué te está escribiendo Pinky?

—Deberías volver. Te vas a saltar el registro.

—La última vez no parecía importarte.

Y, además, no me castigaron.

—No debería volverse una costumbre.

—Contéstame.

—En serio, Cal —me dice mientras se pone en pie y se frota la cabeza—. No te vuelvas paranoico conmigo.

—¿Qué os tramáis? Me dijiste que no lo conocías más que yo.

—No sé cuánto lo conoces tú.

De pronto, yo tampoco estoy seguro.

«¿Cuánto necesitas escalar puestos en la sociedad? ¿Te atreverías a apartarme la mano?».

—Quiere que nos vaya bien —me dice Luke—. Le gusta ofrecerme información.

—Parece como si él también quisiera información.

—Le gustan las parejas potentes. Le gusta nuestra perspectiva conjunta.

Echa la cabeza hacia un lado para apartarse un mechón de pelo del ojo y se pone a escribir en el móvil, dándome la espalda.

Las pastillas siguen esparcidas por todo el suelo. Luke no ha llegado a recogerlas.

—Lo tenías planeado, ¿verdad? Todo el numerito ese de tirar las pastillas...

—Qué va —me responde, pero sé que es mentira.

Decido seguir insistiendo.

—Pinky te escribió la noche que nos acostamos. A las cuatro de la mañana. ¿Por qué?

—¿Cómo lo sabes?

—Porque vi tu móvil en el escritorio mientras me vestía. ¿Cómo sabía Pinky que estábamos juntos? No me gusta nada que tengas tantos secretos, Luke. Sobre todo teniendo en cuenta los riesgos que estoy corriendo por ti.

—Los dos estamos corriendo riesgos...

—Tú tienes más experiencia que yo; te has acostado con más chicos. Lo nuestro significa más para mí que para ti.

Luke se acerca de un brinco y deja el rostro a un centímetro del mío, con una actitud juguetona pero ligeramente desafiante.

—¿Perdona? ¿Crees que esto no significa nada para mí porque he estado con otros chicos? Tú no eres ellos. No estás corriendo más riesgos que yo. No me vengas con esas idioteces.

—Quiero saber lo que está pasando. Y no voy a permitir que sigas sin contármelo.

Y justo en ese momento otro mensaje ilumina la pantalla del teléfono de Luke y, como lo tiene en la mano, los dos lo vemos: «Han aceptado el dinero?».

Luke no pone cara de que lo he atrapado, sino que incluso se le relaja la expresión, como si al fin se hubiera liberado de una carga, de algo que se ha estado guardando durante mucho tiempo. Ya no puede mentir sobre lo que está ocurriendo, sea lo que sea.

—Es por cosas mías... Mierdas de mi pasado.

—¿El qué?

—Sí que conozco a Pinky —me dice en un susurro—. De antes... antes del proceso de selección de la sociedad.

—¿Me has mentido? —le pregunto justo mientras recuerdo que nos han entrenado precisamente para mentir.

—Lo conozco desde verano. Tampoco es que pretendiese
mentirte, Cal; es que no se me permite hablar del tema, de
modo que intentaba no hacerlo, pero no paras de insistir...

—No le des la vuelta a la tortilla. ¿No se te permite hablar sobre qué?

—Pues sobre todo... Me juego demasiado.

—¿Qué coño te juegas?

—Me invitaron ellos.

Sus palabras me alcanzan como si fueran metralla, a la
velocidad del rayo, afiladas y peligrosas.

—¿Quiénes son ellos?

—Essex. La sociedad. Ambos.

Intento ser paciente porque sé que está haciendo una
concesión.

—¿Por qué? ¿Cómo?

—Por mis notas, mis circunstancias... No puedo contarte
más; me podría meter en líos.

El modo en que Pinky parece querer controlarlo me recuerda demasiado al control que pretende ejercer sobre mí.

—No entiendo nada —digo en voz baja—. ¿Me lo puedes
explicar?

A Luke se le descompone el rostro; se le ve tan atormentado que tengo que sujetarlo.

—Vale, vale, calma. ¿Está la sociedad haciendo cosas...
cuestionables?

—No, no. Ellos fueron los que me salvaron.

—¿De qué?

—Del reformatorio.

No tengo ni idea de cómo reaccionar.

—¿Qué puedes contarme?

—Básicamente, lo que ya te he contado. Son cosas mías;
no te afectan a ti. Siempre voy a mantenerte al margen.

—¡¿Al margen de qué?!

Pero entonces recuerdo lo del restaurante, que todo acabó quedando en nada.

—De lo que les debo.

—¿Qué les debes, Luke?

—No puedo hablarte de eso, pero sé que lo estás pasando mal por todo esto. Y no quiero hacerte sufrir…

—¡Luke! ¡¿Qué está ocurriendo?! —Luke deja caer la cabeza sobre mi hombro y lo pego más contra mí—. Ey, oye, no pasa nada.

—No quiero seguir hablando de esto. Por favor. Te lo suplico, joder.

—A veces siento que casi no te conozco.

—Me conoces mejor que nadie de mi vida. Si es que eso significa algo… Si te cuento más al respecto, me preocupa que pueda… estropearlo todo. Tienes que confiar en mí.

No puedo arriesgarme a que algo nos separe; lo quiero demasiado; estoy demasiado enamorado.

—Shh, shh, no pasa nada, no pasa nada, no pasa nada —le repito una y otra vez.

—Madre mía, Cal, lo que eres capaz de hacer por amor… —me dice Brent.

—Me aterra perderlo.

—Pues ponte manos a la obra. Luke y tú sois muy parecidos. Eres igual de obsesivo e incansable que él cuando te lo propones. ¿Cómo conseguiste aprender tanto sobre Essex para empezar? ¿Cómo completaste los primeros informes? Tienes que seguir investigando. Debes investigar más a fondo.

—¿Y a ti qué más te da? —le espeto al móvil—. ¿Te sientes mal? ¿Por lo que me hiciste?

—Te voy a hacer una pregunta… ¿Por qué no puedes olvidarte de mí?

—Porque quiero creer que en tu interior hay algo más que putrefacción. Si no me convenzo de eso, no sé si voy a poder confiar en alguien más alguna vez.

—Vas a morir solo, Corazón Solitario.

Justo después de la experiencia del salón de actos, empiezo a investigar la sociedad a fondo.

Me parece que la única manera de proteger mi relación con Luke es intentar ahondar más en lo que está ocurriendo. Luke me oculta cosas, y yo le oculto cosas a él, y Pinky (y por tanto la sociedad) es el tejido conectivo de todo esto, de modo que la única manera que se me ocurre de preservar nuestra relación es hacer lo que mejor se me da: investigar y averiguar qué traman.

Y eso se vuelve más fácil cuando la sociedad nos da acceso al primer nivel de su valiosa base de datos, una vez que todos hemos conseguido colarnos en los edificios y enviar el informe. El nivel dos, que es más divertido, se desbloqueará una vez que seamos *veteres*.

Por ahora, hemos recibido unas listas que incluyen los edificios en los que hay alarma, las residencias en cuyas zonas comunes hay instalaciones interesantes, archivos sobre qué puertas hay que abrir con palanca y una guía con las puertas «anómalas», con pestillos que no cierran bien o sensores que debemos evitar.

La sociedad también nos manda otro enlace a IDCA, que sirve como una puerta trasera a una capa más profunda del archivo. A través de dicho enlace, llego a otros que me permiten hurgar en los movimientos internos del centro. Como, por ejemplo, sus ingresos y sus gastos.

Leo el Informe Anual sobre Donaciones que han elaborado los fideicomisarios del centro. Examino sus fondos de dotación disponibles. Es probable que el ansia de donativos no sea algo inusual en un centro educativo de primera categoría, pero sus gastos son bastante extraños.

El internado no ha obtenido beneficios desde 2014 (las declaraciones de impuestos disponibles en línea solo se remontan a 2001, y son de dominio público). Entre sus ingresos hay categorías como «contribuciones», «servicios de los programas» e «ingresos por inversiones». Sus gastos incluyen «remuneración de la junta directiva», «honorarios de recaudación de fondos» y algo llamado «recompensa». Me llama la atención esa última categoría por lo alta que es la suma (de ocho cifras), pero también porque es una anomalía. Lo cotejo con el resto de centros de la Asociación de las Ocho Escuelas, de la cual Essex es miembro, y ninguna otra institución tiene una categoría de «recompensa» entre sus gastos. Y tan solo Essex está en números rojos.

Solo por probar, busco «Essex 2014» en Google, el último año en que no aparece una cifra negativa en sus ingresos netos. El primer resultado que me ofrece Google es sobre una historia que ya había oído, pero que había olvidado. Presuntamente, un tal Whit Vance, un alumno de tercero, secuestró a su novia, Jennifer Hodge, compañera del mismo curso. Su padre era un congresista de Maine, Doug Hodge, que había propuesto un proyecto de ley para establecer un impuesto sobre el patrimonio.

Un impuesto sobre el patrimonio...

Jennifer Hodge estuvo una semana desaparecida y, cuando volvió misteriosamente al campus, se le quitó importancia al asunto, como si no hubiera sido más que una pelea prolongada entre novios. El impuesto sobre el patrimonio no llegó a someterse a votación. Y Whit Vance se marchó de Essex (no queda claro si dejó la escuela o si lo expulsaron).

De pronto, recuerdo lo que Dahlia le contó a Jeffrey.

«El internado tiene un pasado un poco extraño que podría estar relacionado de algún modo con la sociedad. Por lo visto unos niños desaparecieron o algo así».

En su momento, había dado por hecho que era una tontería, un rumor ridículo. Pero ¿y si no lo fuera? ¿Podría ser real?

Si Essex (o la sociedad) se dedica a hacer desaparecer a la gente, eso explicaría por qué tenemos que aprendernos hasta el último rincón del campus; por qué es fundamental conocer toda la historia, todos los detalles de seguridad de cada edificio y todos los planos. Tampoco es que tenga pruebas de nada; no son más que conjeturas. Pero...

Las palabras de Luke me persiguen: «Si te cuento más al respecto, me preocupa que pueda... estropearlo todo».

Y las de Pinky: «Lo que me interesa a mí es saber qué te traes tú con Gretchen».

La sociedad se ha convertido en una parte tan importante de mí (me conecta con Luke y, ahora, además, me garantiza el bienestar de mis padres) que, al llevar a cabo toda esta investigación, me siento como si estuviera analizando mi propia sangre y descubriendo algo parecido a un cáncer, escondido. Si sé que hay un tumor maligno en la sociedad, tal vez pueda encontrar una cura. Tan solo necesito saber dónde se encuentra.

He de investigar bajo tierra. Quiero averiguar todo lo que pueda sobre los túneles de los conductos de vapor para saber tanto como Luke.

Los colores de finales de octubre se intensifican y nos envuelve una luz dorada y brumosa. Siento como si estuviera en un sueño cada día. Luke y yo vamos progresando con Faber, y decidimos concretar el momento en el que daremos el primer paso. Necesitamos un sitio donde estar juntos. No es que vaya a resolver todos nuestros problemas, pero, desde luego, facilitará muchas cosas. Luke y yo podemos utilizar nuestras nuevas habilidades, y nuestra posición en la sociedad, para fortalecer nuestra relación; para fortalecernos a nosotros mismos. No hemos vuelto a hablar de lo que ocurrió en Hoyt. No me vale la pena verlo desmoronarse. *Por eso estoy intentando averiguar todo lo que puedo sobre la sociedad por mi cuenta*, me digo una y otra vez.

Mientras tanto, Luke tiene un detallazo conmigo. Me da una caja envuelta en papel de regalo, una «cajita de provisiones», que no me permite abrir hasta que no empiecen las vacaciones de Acción de Gracias. Además, la sociedad deja caer que pronto tendremos que llevar a cabo dos proyectos que marcarán el fin del proceso de formación como neófitos. Y las lecciones de Tath llegan también a su fin.

La sociedad organiza una fiesta de Halloween que ellos mismos llaman «nuestra primera *happy hour* oficial» en un antiguo comedor que ya no se usa. La decoración del sitio sigue una temática de los años veinte. Como siempre, hay grandes cantidades de champán, además de entremeses. Me recuerda a la primera vez que vi un evento de la sociedad. Pero ahora estoy al otro lado, ahora formo parte de ellos.

Marcus va disfrazado de Miles Morales. Isabella, de Alexandria Ocasio-Cortez. Parece que Luke va vestido de colegial, pero anuncia que va de Ki-woo, de *Parásitos*, y todo el mundo se vuelve loco. Nisha va de Cheetah, la némesis de Wonder Woman. Yo, de Elton John.

—Pensaba que irías de Huckleberry Finn o del tipo del KFC —me dice Pinky, que lleva un disfraz bastante convincente de Post Malone, con los tatuajes faciales y todo.

—¿Alguien con un peto, con un acento del sur y cubierto de tierra, quieres decir? Vamos, que me ciña a mis raíces, ¿no?

—Solo me estaba quedando contigo —me dice, intentando suavizar otra de sus pullitas crueles—. ¿Qué tal va todo con Luke? —me pregunta—. Sé que discutisteis cuando estuvisteis en Hoyt.

—¿Cómo lo sabes?

Aunque no sé ni por qué lo pregunto.

—La gente confía en mí. Debo de tener cara de persona sincera.

—Eso debe de ser, sí.

Luke puede contarle a Pinky cualquier cosa que le cuente yo a él. ¿De verdad me está manteniendo Luke al margen de todo? ¿Acaso tiene tanto poder?

—Espero que podáis entrar en Faber pronto. Os vendrá bien a los dos.

—Pues sí.

Pinky se acerca.

—Vuelve al museo de historia natural. Y baja. —Señala el suelo con la mano—. Los mayores secretos se encuentran siempre debajo; nunca en la superficie. Donde comienza todo. Y donde todo cae en el olvido. Las capas inferiores sumergidas. Tómalo como un regalito de mi parte.

—¿Un regalo de qué?

—De información. Ya que sé lo mucho que valoras saberlo todo.

No me da tiempo a reflexionar sobre sus palabras ni a preguntarle por qué quiere darme información; la fiesta se anima, brindamos por la sociedad y bailamos al ritmo de Ariana. Y de pronto me quedo perplejo al ver a Gretchen Cummings entrar por la puerta y unirse a la fiesta. Solo que en realidad… no es Gretchen.

Es Hannah Locke, una alumna de tercero que forma parte de la sociedad. Se parece tanto que resulta inquietante, y la peluca es la guinda del pastel. Le cuenta a todo el mundo que ha estado engañando a la gente todo el día; incluso ha logrado quedarse con los propios guardias de Gretchen.

Cuando vuelvo a hurtadillas a mi habitación, Jeffrey ya está dormido. Mientras me quito el disfraz, me doy cuenta de que hay algo en mi almohada. Enciendo el flexo y lo inclino.

Es una única rosa negra.

Debajo de la rosa hay un sobre. Está deteriorado, como quemado.

Lo recojo. No es lo que pensaba. Es el sobre de Luke. Tiene su nombre escrito en tinta plateada. Alguien debió de sacarlo de las llamas justo a tiempo. Luke me contó que su secreto era sobre el tal Nick, el chico con el que estuvo. Pero, cuando abro el sobre y las cenizas salen volando, veo que su secreto lo conforman cuatro palabras.

«Yo soy el lobo».

«Siempre hay un momento en la infancia en el que se abre una puerta y deja que entre el futuro»

Graham Greene

PARTE III

VETERES

CAPÍTULO VEINTISÉIS

SALA ELÉCTRICA 62. SALA DE LAS MARAVILLAS

NOVIEMBRE

Mi padre había diseñado la casa encantada, la que ha causado todo el alboroto, en el interior de una antigua casa victoriana. Estaba alejada de la calle, con árboles secos y puntiagudos y un césped descuidado, y estaba cubierta de enredadera de Virginia, cuyas hojas, en otoño, recuerdan a unas manitas rojas agarradas unas a otras. La gente tenía que hacer cola para entrar de dos en dos y, cuando les llegaba el turno, los llevaban a una especie de vestíbulo lleno de lápidas de gomaespuma, murciélagos de cartón, arañas y demás artículos cutres de decoración de Halloween que se pueden comprar en las tiendas.

De modo que la pareja de visitantes se echaba a reír y se esperaba una ridiculez de casa encantada.

Pero allí, en el vestíbulo, frente a las puertas dobles cerradas que daban al interior de la casa encantada en sí, la pareja se encontraba con otras dos personas. Dos pares de sillas, frente a frente. Las dos parejas charlaban, nerviosas, mientras la espera se iba alargando.

Al fin, las puertas dobles se abrían y una voz anunciaba que la primera pareja podía entrar a la casa. La primera pareja se despedía de la segunda y entraba. Pero las puertas dobles no se cerraban tras ellos, sino que era la puerta principal, la que del exterior, la que se cerraba de golpe, y después se oía el *clic* de una cerradura.

La segundad pareja se iba preocupando cada vez más mientras que una luz resplandeciente emergía de las puertas abiertas, junto con ruidos de taladros y martillazos y los gritos de la primera pareja. La segunda, al verse sin otra opción, acababa decidiendo entrar también en la casa encantada, y las puertas dobles se cerraban tras ellos. Lo que hallaban en el interior era una estancia que parecía un garaje, no el interior de una casa. Y, tras una pared de plexiglás, veían a la pareja con la que acababan de charlar amistosamente tan solo unos momentos antes mientras unos hombres con batas de cuero negro y máscaras de soldador los perseguían, los torturaban y los asesinaban.

—¡Esto es real! —gritaba la primera pareja mientras le daba porrazos al plexiglás antes de que uno de los enmascarados les cercenara los brazos a los dos a la altura de los hombros con un soplete.

Dado que todas las puertas estaban cerradas, la pareja número dos no tenía adónde ir; tan solo podía seguir caminando junto a la pared transparente mientras presenciaba la lenta y dolorosa muerte de la primera pareja, con un final sangriento que involucraba un gancho para carne y cables de arranque.

La salida dejaba a la segunda pareja, sollozante y traumatizada, a varias manzanas de la puerta de entrada, para que la cola de gente que esperaba para entrar no la viera, y al salir realmente sentían que habían sobrevivido a algo grave. Nadie reveló nunca el giro secreto.

Desde luego, mi padre es un puñetero genio. Eso no lo puedo negar.

—Bueno, ¡esta es nuestra llamada oficial por Acción de Gracias! —me saluda mi padre.

—Nos alegramos de que hayas decidido contestar al teléfono al fin —dice mi madre.

—El que te hemos pagado nosotros... —añade mi padre.

—¿Qué planes tienes? —me pregunta mi madre.

—Poca cosa —les contesto mientras meto una botella de agua y un mapa dibujado a mano en la mochila—. Hay más alumnos en el campus de lo que pensaba. —No es cierto; hay menos, y Luke tenía razón sobre el contingente ruso, aunque no socializan ni lo más mínimo con los demás—. ¿Qué vais a hacer vosotros?

—Bueno, no iba a preparar un pavo sin ti. Además, la tía Liz y el tío Wade no pueden venir; Liz está mal de la espalda otra vez y..., en fin, ¿a quién coño le importa, no?

Me río sin ganas mientras meto una barrita de proteínas en la mochila.

—Tu padre va a ver el partido, y vamos a comer pollo frito y a echarte muchísimo de menos, cariño.

MIÉRCOLES

Una vez que me quité de en medio el estrés de los exámenes finales, empecé a planificar cada día de las vacaciones de Acción de Gracias con todo lujo de detalles. Incluso me hice un itinerario. El sobre y la rosa negra siguen escondidos debajo de la cama. Sigo sin saber quién me los dejó ahí ni qué significa.

Quiero que Luke confíe en mí sin tener que enfrentarme a él. Me da la sensación de que algo se romperá para siempre entre nosotros si yo le saco el tema primero. Debe ser él quien me diga que es el «lobo», signifique lo que signifique eso. Pero tampoco puedo mentirme a mí mismo y fingir que no hay nada de malo en todo esto.

Hoy hace frío, pero está despejado; tan solo hay algunas nubes retorcidas que parecen algodón de azúcar ante un cielo del tono de los granizados Slurpee de frambuesa azul. Una brisa me congela las mejillas mientras recorro los amplios jardines vacíos de Essex y me cubro el cuello con una bufanda roja de algodón. Los árboles han perdido la mayoría de las hojas, y las que quedan se han tornado rojizas y amarillentas, salpicadas de mordiscos de insectos.

El museo de historia natural Strafton-Van-Wyke tiene un horario normal, de modo que cierra a las cinco y media.

Recorro la sala de los mamíferos tomándome mi tiempo. Los dioramas son todos muy otoñales. Uno de ellos se llama: «Una tarde de octubre en la montaña Kaitermink, en el norte de Nueva York» y tiene unas laderas pronunciadas con árboles iluminados por una luz anaranjada y una fauna preciosa: patos en un estanque, ciervos, búhos y conejos.

«Los mayores secretos se encuentran siempre debajo; nunca en la superficie».

En la planta del sótano, en una habitación separada, descubro un óleo gigante pintado por nada más y nada menos que Abraham Cook. Cook fue soldado, edecán de Washington, y más tarde se dedicó a la pintura y se hizo famoso por pintar escenas de la Guerra de Independencia de los Estados Unidos. En las colonias no había un gran mercado de arte, por lo que le costó encontrar mecenas. Y, como miembro de la clase patricia, estaba mal visto que se dedicara al arte. A una edad avanzada se convirtió en el director de la academia y fundó la galería Cook con la esperanza de promover el amor por el arte entre los estudiantes.

Este cuadro se llama *Los arquitectos*, y data de 1815. Representa un diluvio bíblico y una corriente que arrastra a lo que me parece que son alumnos de Essex (por los abrigos, las pajaritas y los chalecos). Hay calaveras y huesos apilados por toda la parte inferior del cuadro. Alexander Essex, con una peluca larga, rizada y empolvado, se alza imponente, caminando literalmente por el agua, bajo la mirada de figuras divinas amorfas que asoman entre las nubes oscuras.

Sobre el cielo enfurecido hay un laberinto de formas con palabras que se extiende hacia el fondo. Las palabras me resultan familiares; me lleva un segundo darme cuenta de que es el catecismo de la sociedad, pintado en una letra que parece resplandecer. También reconozco las formas; me parece que es un mapa antiguo de los túneles de los conductos de vapor. Al final del laberinto hay una vela titilante diminuta, como una «X» que marca un lugar en concreto, y algunas palabras en latín. Me acerco y pego los ojos al lienzo.

Leo: «*Coniunctio nobis semper perstat*».

Abraham Cook me está diciendo a dónde debo ir.

Más tarde, solo en mi dormitorio, actualizo el mapa dibujado a mano de los túneles y relleno muchos de los huecos en blanco con lo que había en el cuadro de Cook. He tomado montones de fotos del cuadro. Ya tenía planeado explorar los túneles durante las vacaciones de Acción de Gracias, ya que sé que el campus estará casi vacío, pero ahora tengo un destino en concreto. *Si encuentro el cáncer, podré extirparlo*, me repito una y otra vez.

También me pongo manos a la obra con otros asuntos relacionados con la sociedad. La sociedad anunció que nos centraríamos en dos proyectos. Uno de ellos se llama Proyecto Edificio; cada uno tendrá que escoger un edificio (uno que ya hayamos visitado y sobre el que hayamos hablado en las lecciones) sobre el que hacer un informe. Esa será nuestra última misión antes de convertirnos oficialmente en *veteres*. Podremos presumir de nuestras nuevas habilidades y tendremos nuevas opciones a la hora de diseñar el informe. Podremos entrar en el edificio con nuestra Alma Gemela o elegir a otro neófito, alguno cuyas habilidades encajen con nuestras intenciones respecto al informe. Si me sale bien, casi seguro que lograré escalar puestos en la sociedad. No puedo fallar.

El segundo proyecto es para lo que llaman la Travesura Navideña Anual. Todos los años, la sociedad planea una travesura justo antes de Navidad, y nadie sabe que es cosa suya. Entre las travesuras de otros años están, por ejemplo, redirigir el tráfico de la interestatal más cercana a través del campus, con lo que formaron un atasco y un jaleo de bocinazos tremendo en plena escuela; y traer ovejas, pollos y balas de heno por la noche para convertir el césped de delante de Dallow en una granja.

Todos aportamos nuestras ideas, y ellos eligen la mejor. Enlazando con mi obsesión de las últimas semanas por trazar mapas de todos los túneles y crear diagramas de los patrones de las alcantarillas de la superficie (ya que estoy decidido a hacer un mapa mejor que el de Luke y, además, inspirado por algo que mi padre utilizó para una de sus casas encantadas unos años atrás), voy tomando notas, preparándome para mi propuesta. Si escalo hasta lo más alto de la sociedad, sé que mi familia estará a salvo.

Corto un trozo de cartón que he arrancado de una caja con unas tijeras muy resistentes y lo sostengo por delante de mí como un escudo para practicar.

JUEVES – DÍA DE ACCIÓN DE GRACIAS

Recorro los túneles sofocantes y húmedos con una máscara quirúrgica y unos guantes de goma mientras voy pisando con las botas algún que otro charco y me paro cada varios minutos para marcar mi ubicación, beber agua y actualizar el mapa con lápices de colores. Según lo que he investigado, debería estar acercándome a una parte de los túneles que no está demasiado documentada. Cuando llego al punto de unión, entiendo el motivo. Está todo oscuro. Están fuera de servicio. Mientras sostengo el trozo de cartón en alto, descubro que una de las secciones es demasiado peligrosa como para entrar. El cartón se humedece de inmediato, nada más adentrarme en ella, y a lo lejos oigo una serie de siseos enfurecidos e intensos. Fugas de vapor.

Lo apunto en el mapa. Por suerte, Abraham me está conduciendo hacia un pasillo distinto en el que, a pesar de estar también fuera de servicio, no hace tanto calor, y el cartón no se deteriora. Sigo avanzando con cuidado y me doy cuenta de que estoy justo debajo de la galería Cook.

El túnel se estrecha y se convierte en un pasadizo por el que tengo que arrastrarme si quiero continuar. Lo ilumino con la linterna del iPhone y veo que hay varias salas al otro lado. La «X» del mapa me indica que ahí es adonde tengo que ir. Me arrastro bocabajo, recorto la malla metálica y de pronto me encuentro frente a la entrada de un cuarto de servicio con unas letras pintadas sobre la puerta: SALA ELÉCTRICA 62 – LA SALA DE LAS MARAVILLAS.

Las tuberías están oxidadas, las paredes deterioradas y el suelo de cemento agrietado y con charcos de algo pegajoso. Hay telarañas gruesas y excrementos de roedores. Saco una linterna de alta potencia de la mochila y, cuando ilumino la estancia, veo un cuadro.

Lo primero que pienso es: *¿Dónde he visto esto antes?*

El cuadro tiene un marco de madera tallada y está apoyado contra una cortina de terciopelo rojo que cubre la pared. La imagen representa un hombre musculoso remando en un lago con un cielo cobalto de fondo. El lienzo está deformado y cubierto de manchas de moho. Recorro el suelo con la luz del iPhone y veo que he dejado huellas en el polvo. Está claro que nadie viene por aquí desde hace tiempo.

Y entonces caigo en lo que es el cuadro: es el que robaron de la galería Cook en los años cincuenta. Ha estado aquí todo este tiempo, en un cuarto de servicio subterráneo en los túneles de los conductos de vapor, justo debajo del museo. ¿Cómo es posible que nadie lo haya encontrado jamás?

Me agacho, me quito la mascarilla quirúrgica y los guantes y toco el lienzo con cuidado. Hay un cuaderno de cuero delante del cuadro.

Al abrir el cuaderno se alza una nube de polvo. Es un diario. En la primera página, en tinta azul, están escritas las palabras CONIUNCTIO NOBIS SEMPER PERSTAT, y después una fecha. Leo las primeras tres páginas.

El diario pertenece a un tal Oliver, un alumno de Essex. Era miembro de la sociedad, y había llegado a convertirse en veterano. Cada una de las entradas del diario están fechadas, y estuvo escribiéndolas desde 1952 hasta 1953. Las páginas están amarilleadas y las esquinas casi se deshacen en mis manos; algunas incluso están demasiado deterioradas como para poder leerlas.

El diario y el cuadro son demasiado recientes como para ser hacia lo que Cook me estaba guiando, al igual que las letras sobre la puerta. Hay gotas de cera derretida y endurecida por los bordes de la cortina; los restos de unas velas.

Esta sala es un santuario.

Es una parte antigua de los túneles que puede que haya sido importante para la sociedad; aquí deben de haberse celebrado varios tipos de ceremonias a lo largo de los años. Vuelvo a ponerme los guantes y hago fotos del cuadro y de las páginas del diario. Y luego me siento en el suelo y leo todas las páginas que puedo.

Oliver nunca revela su apellido. Tenía un amigo que se llamaba Richard, otro veterano. O…, bueno…, a juzgar por la ternura con la que describe Oliver a Richard, imagino que eran más que amigos: «tan bello por fuera como por dentro, con un corazón puro» y «un buen chico, un amigo para toda la vida». Me resulta muy tierno.

Ellos dos fueron quienes robaron el cuadro de Cook siguiendo «las órdenes de los Archaei». Hacia el final del diario cuenta que los expulsaron a ambos de Essex porque los descubrieron «juntos en los baños». Por entonces, claro está, la homosexualidad estaba peor vista. Oliver y Richard se valían de la sociedad para pasar tiempo juntos. Oliver cita la Biblia: «He aquí el cordero de Dios, que quita el pecado del mundo», Juan 1:29.

Oliver y Richard debieron de ser chivos expiatorios. Hay un fragmento en el que Oliver se dirige a la persona que encuentre su diario en el futuro. Parece una advertencia.

¡Podría tocarte a ti también, hermano! ¿Eres menudo, delicado, apuesto, homosexual…? ¿Te resultó raro que te seleccionaran? ¿Te pareció un milagro? ¿Un error? Es el lobo quien elige al chivo. Te utilizarán para sus fines, se remontarán a su juventud y tirarán de los hilos de sus marionetas rellenas de paja y zafiros. Como hicieron en el 39, en el 42 y en el 49.

En la parte de atrás del diario, como si el propio Cook lo hubiera guiado, Oliver dibujó otro mapa. Parece ser un pasadizo subterráneo que conecta el edificio Franklin con la Torre Conmemorativa Barry. Oliver escribió la palabra catacumbas junto a otro verso de la Biblia: «Y he aquí que yo traigo un diluvio de aguas sobre la tierra, para destruir toda carne en que haya espíritu de vida debajo del cielo; todo lo que hay en la tierra morirá», Génesis 6:17.

Pienso en el cuadro. En los alumnos arrastrados por la corriente… Ojalá nunca lo hubiera encontrado.

«Es el lobo quien elige al chivo…».

Me quedo allí sentado en el suelo frío y polvoriento durante un buen rato, con el diario en las manos. Pensaba que, si averiguaba más, podría extirpar el cáncer. Pero ahora solo estoy aterrado por si me he topado con algo inoperable.

Al final, decido levantarme.

Descubro una puerta sin nombre (y cuya cerradura sé que puedo forzar) justo al lado de la Sala de las Maravillas. Según los planos y el mapa que he dibujado, estoy casi seguro de que da al sótano de la galería Cook, lo cual significa que puedo acceder a la galería ahora mismo. Es una puerta vieja; puede que fuera por donde entraron Oliver y Richard en su momento, décadas atrás. Pero no he ido a investigar Cook de día ni me he estudiado sus planos; no sé dónde están colocadas las cámaras, y lo más seguro es que haya alarmas por todas partes. Sigo avanzando en dirección a otra intersección donde oigo agua correr.

El túnel se abre en un acueducto subterráneo de piedra. Las rejillas del techo dejan entrar franjas estrechas de luz fría del exterior que iluminan el agua del color del plomo. Es el afluente del que hablaba Luke; este debe de ser el conducto subterráneo. Me sorprende lo fuerte que es la corriente. Decido hacer unas fotos y seguir la pasarela estrecha que hay a un lado del agua y a la que he salido desde el túnel y me dirijo hacia la luz. Me detengo para actualizar el mapa.

La pasarela conduce a una escalera de metal que da a la calle. Al salir, me encuentro en una especie de estación de metro. La puerta se cierra tras de mí. No hay ningún pomo, ningún tipo de cerradura, por lo que esto no debe de ser un punto de entrada a los túneles. Solo de salida.

Estoy en el límite del campus, justo donde estuve ayer, al lado de Strafton-Van-Wyke. Pero estoy al otro lado del museo, en la parte de atrás, junto al afluente. No es que el afluente sea un secreto; está ahí, a plena vista, pero no creo que mucha gente haya seguido su curso hacia el lado contrario, por debajo de Essex.

Ya es por la tarde, y el cielo está de un gris pálido resplandeciente. He estado bajo tierra durante seis horas y media.

Me paso la hora de la cena en Graymont, con el móvil, comiendo pavo seco y leyendo sobre el robo del cuadro.

Thomas Eakins es el autor de la obra, que se titula *James Brackett*. Lo pintó en 1873. Eakins es el autor de varias obras centradas en el remo, y esta se considera una de las mejores. Brackett fue campeón de *scull* individual. El cuadro es famoso por su minuciosidad y sus detalles: la musculatura de Brackett, el bote, los remos, el escálamo. El aspecto de la madera en el agua.

Klaus Schulz, un rico coleccionista de arte alemán, pretendía comprárselo a Essex por un dineral. El internado necesitaba ese dinero. Pero los antiguos alumnos se opusieron; lamentablemente, Schulz había sido un simpatizante nazi.

El centro decidió hacer caso omiso y venderle la obra a Schulz de todos modos. Recibieron el dinero y enviaron el cuadro, pero desapareció por el camino. Los Arqui habían tomado una decisión.

Intento averiguar más sobre Oliver y sobre Richard, pero Google no me lleva a ninguna parte, ordene como ordene las palabras clave. Hace demasiado tiempo de todo eso, y seguro que Essex lo ha tratado de ocultar.

También busco en Google los años que Oliver mencionaba en su diario: 1939, 1942 y 1949. Pero no encuentro nada significativo que esté relacionado con Essex de manera directa.

VIERNES

A la mañana siguiente, investigo la zona subterránea que indicaba el mapa de Oliver, las supuestas catacumbas. Pero la entrada que dibujó está tapiada hoy en día. Han pasado más de setenta años; las cosas han cambiado mucho por aquí. Voy a tener que encontrar otra manera de entrar.

Quedo con Nisha al mediodía y nos vamos al pueblo. Han abierto una nueva *escape room*. El objetivo es escapar de una fusión nuclear en una central, y Nisha y yo lo conseguimos en tiempo récord. Joder, qué bien me sienta distraerme. Para celebrarlo, vamos a Chester, una antigua taberna al estilo medieval en una zona un poco chunga del pueblo. Cuando ya llevo la mitad del batido de vainilla, aparto el plato vacío a un lado y le pregunto a Nisha si sabe algo sobre *James Brackett*.

—¿Quién?

—El cuadro que robaron de la galería Cook en los años cincuenta.

—Bueno, conozco la historia.

—Pues lo he encontrado.

—¿Cómo que lo has encontrado?

Le explico lo del cuadro de Cook en Strafton-Van-Wyke, lo del mapa oculto y que me ha servido de guía para recorrer los túneles y encontrar el segundo cuadro, el de Eakins.

—Sé que el cuadro de Cook está en Van-Wyke porque es demasiado grande como para ponerlo en ninguna otra parte. Pero no tenía ni idea de que fuera un mapa. ¡No deberías meterte en esos túneles solo!

—¿Sabías que la sociedad estaba detrás del robo?

—¿Cómo?

Le cuento todo lo que he hallado: el cuadro, el diario, la historia de los dos chicos a los que expulsaron. Estamos sentados delante de un aparcamiento cercado por una alambrada oxidada, y varios indigentes lo atraviesan con carritos de la compra. El contraste entre esta zona del pueblo y el campus de Essex resulta impactante. Nunca me había percatado; tampoco es que haya tenido ocasión de pasear por el pueblo. ¿Le aportará Essex algo de dinero al pueblo que lo alberga?

—Pinky... —comienzo a decir.

Fue él quien me dio la idea de bajar a los túneles, quiero añadir, pero sigo sin saber por qué lo hizo, y lo más seguro es que Nisha tampoco lo sepa.

Nisha habla despacio, con cautela:

—¿Y te topaste con un cuadro famoso? ¡Menuda locura! Seguro que vale una fortuna. No creo que seas la única persona que sabe dónde está.

—He dejado huellas porque había una capa de polvo bien gorda.

Pero Pinky debe de saberlo...

—Si quieres mi consejo: haz como si no lo hubieras encontrado.

—Ya.

Pero la información que me ha proporcionado, la historia que hay detrás... Todo eso no puedo fingir no haberlo encontrado.

—No sé cuáles podrían ser las consecuencias. Podría perjudicar a la sociedad. O a Essex. Deja que se encargue el centro. Pero, joder, lo de los dos chicos esos... Qué triste. —Nisha suspira—. Mira, yo soy tu *chronus*. Te puedo asegurar que no tengo constancia de que la sociedad use a chivos expiatorios. En el pasado ocurrieron muchas cosas; llevaron a cabo todo tipo de rituales de novatadas, pero ya no los hacen.

¿Como que te lleven a una isla en plena noche con los ojos vendados?

—Ahora somos mejores —añade.

—¿Qué es eso del lobo?

—¿Qué lobo?

—Lo de «es el lobo quien elige al chivo».

—¿Dónde has oído eso?

—Lo he leído en el diario.

Nisha niega con la cabeza.

—No tengo ni idea…

—¿Y qué hay de esas catacumbas?

—Creo que es una zona marcada en rojo en la base de datos, lo que quiere decir que nadie de la sociedad ha podido acceder jamás a ellas.

—¿Jamás?

—Exacto.

—Guau.

—Escucha, Cal, si alguien te pide alguna vez que hagas algo con lo que no te sientes cómodo, consúltalo primero conmigo, ¿de acuerdo? No hagas nunca nada que crees que está mal. Solo te lo comento porque… Es posible que yo no esté al tanto de todo, que haya cosas que no sé. Puede que el Consejo tenga sus propios secretos.

—¿Tienen los Arqui mucha influencia sobre la sociedad?

—La única que trata con ellos es Candace.

Recuerdo aquel día, a la hora del almuerzo; a Pinky y a ella se los veía muy unidos.

—Candace está a cargo de las finanzas. Hasta donde yo sé, es lo único que hacen: financian nuestras operaciones por puro espíritu escolar. Por el orgullo de pertenecer a Essex.

—Clayton Cartwright estuvo en el rito de iniciación.

Nisha parece sorprendida.

—¿Cómo lo sabes?

—Habló con nosotros, ¿te acuerdas? Reconocí su voz.

—Es cierto que los Arqui asisten a ciertas ceremonias importantes…

—Era él.

—O sea, sé que estudió en Essex, pero nunca habría pensado que un hombre como él estaría presente durante el rito de iniciación de la sociedad. ¿Estás seguro?

—¿No lo sabías? ¿No sabías que era uno de los Arqui?

—No. —Nisha mira por la ventana—. Pues es una pena, si...

—¿Si qué?

—Si es cierto que es parte de los Arqui. Ya no está tan unido a su familia como antes. Pero, bueno, ¿qué se le va a hacer? Cuanto más puestos escales, más tendrás que codearte con gente como los Cartwright, personas que cometieron actos cuestionables para obtener riqueza y poder.

—Pues no me gusta nada.

—A veces hay que hacer concesiones en esta vida, Cal.

—¿Y qué debo hacer, dejar de lado mis principios y mis valores?

—No significa que tengas que cometer actos inmorales tú mismo...

No estoy tan seguro de eso.

Pienso en tener a Luke para mí solo en Faber. Y en mi familia. A lo mejor estoy dispuesto a hacer más concesiones para conseguir lo que quiero.

—Háblame de Pinky.

—Llevamos siendo amigos desde primero. Los dos participamos en el proceso de selección de la sociedad juntos. Es un buen chico, aunque un poco insolente. Proviene de una familia rica de Marblehead que también estudió en Essex. Tiene dos hermanos mayores. Y algunos problemas con su familia, pero, a decir verdad, ¿quién no?

—Parece muy unido a Luke, de un modo un tanto extraño.

—A veces el presidente de la sociedad apadrina a algún neófito. Alguien que le parece que tiene problemas pero también potencial. Alguien cuya relación pueda beneficiar a ambos.

¿«Beneficiar a ambos»?

—¿En qué sentido?

—El Consejo empieza a buscar sus futuros sustitutos desde muy pronto. Aunque también puede que sea cosa de Pinky y ya está; puede que Luke le recuerde a sí mismo. Pinky es un poquito egocéntrico.

—¿Te dicen algo las fechas del diario: 1939, 1942 y 1949?

Me sorprende ver que Nisha se recuesta en el asiento muy deprisa, como si la hubiera empujado.

—¿Qué pasa?

—Llevo ya varios años en la sociedad y, como es normal, he aprendido mucho sobre Essex y sobre su pasado. Y recuerdo haber leído que en 1949 un alumno del internado desapareció.

—¿«Desapareció»? ¿Quién?

—Un chico de tercero. De una familia importante y adinerada. Pine, creo que era, Lyman Pine. Se me quedó el nombre porque comparte apellido con Chris Pine. Pero después lo encontraron sano y salvo.

—¿Y qué había pasado?

—Desapareció de su residencia una noche. Puede que fuera una de esas residencias para alumnos de tercero que están al lado de Pierson y que derribaron en los sesenta, pero no me acuerdo bien. Volvió unas semanas más tarde. Nadie averiguó jamás dónde había estado; no dijo nada al respecto. Pero hace tropecientos años de eso.

—Sí, hace bastante tiempo… —digo mientras hago jirones la servilleta.

—Por entonces no se sabía demasiado sobre salud mental. Creo que tenía un hermano mayor que murió en la guerra. Lo mismo estaba deprimido, sufriendo su pérdida. Dudo que la sociedad tuviera algo que ver y, si esos dos chicos creían que sí estuvo involucrada, puede que se equivocaran. Si fuera algo que pasa a menudo, ya nos habríamos enterado.

—¿Y qué me dices de Jennifer Hodge?

—Fue su novio. Eso no fue más que una relación que se fue a pique.

¿Seguro? Diría que su novio parece un chivo expiatorio.

—Corren rumores, ¿sabes? De que la sociedad es la que está detrás de todas esas... desapariciones.

Nisha asiente.

—Ya te lo dije: corren un montón de rumores ridículos sobre la sociedad.

—¿Y te suenan las otras dos fechas?

—No me suenan de nada.

El conocimiento de Nisha es limitado, y eso es algo que no me deja nada tranquilo; no sabía que hubiera una división tan exagerada en la jerarquía de la sociedad, entre los miembros normales y el Consejo. Guardan sus secretos a buen recaudo.

Nisha me toma de las manos.

—Vas a conseguir formar parte de los *veteres*. Lo sabes, ¿no?

No debería hacerme la ilusión que me hace. O, peor aún, no debería *consolarme* tanto.

—Quieres seguir adelante, ¿verdad, Cal? ¿Estás seguro de que eso es lo que quieres?

Le aprieto las manos.

—Sí, estoy seguro.

Mientras vuelvo a Foxmoore, decido que el edificio Barnfather, que alberga los distintos departamentos de idiomas, es ideal para llevar a cabo el Proyecto Edificio. Es un sitio bestial, un puente muy interesante entre el viejo Essex y el nuevo, repleto de peculiaridades históricas. Me detengo frente a él y tomo fotos de su exterior gótico ruskiniano y, mientras me concentro, me doy cuenta de lo mucho que lo estoy disfrutando. Me relaja, aplaca la sensación de soledad y la ansiedad arraigadas en lo más profundo de mi ser.

—Mírate, compartimentando y todo —dice Brent.

—Para serte sincero, lo siento como un mecanismo de supervivencia —le digo al móvil.

—Pero ¿lo estás siendo? Sincero, digo. Aún puedes dejarlo todo.

—¿Sí? ¿Puedo?

—Son patrones, Cal. Has encontrado patrones. Sabes que es algo escabroso.

—No creo que tengas derecho a sentirte moralmente superior conmigo, so fantasma.

Hago dibujos y esquemas de Barnfather en un cuaderno nuevo para acompañar las fotos. Planear los informes y ejecutarlos a la perfección se ha convertido en mi nueva obsesión, igual que lo eran las casas encantadas para mi padre. Pero mis obsesiones no me van a dejar estancado y resentido, no me van a hacer perder el tiempo. La sociedad me ayudará a avanzar. Creo que Luke tiene razón. En este mundo solo hay ganadores y perdedores. Yo no quiero ser un perdedor.

Pero eso tampoco quiere decir que deba parar de buscar respuestas.

SÁBADO

Me he prohibido a mí mismo usar el móvil durante las vacaciones, pero, cuando me despierto, decido levantar esa prohibición. Ya han pasado tres días enteros y me apetece saber cómo le ha ido a Luke en su casa, leer sus mensajes y escuchar los mensajes de voz de mi madre.

Una vez que se enciende el teléfono, me quedo mirando la pantalla. No hay nada. Nada de nadie.

Durante un momento, pienso en mandarle un mensaje a Luke o en llamar a mis padres. Solo para charlar con alguien, oír la voz de alguien. Pero después pienso: *Que les den a todos*.

En internet hay un montón de información sobre Chris Pine. El capitán Kirk. Sobre Lyman Pine, no tanta. Supongo que voy a tener que ir a la Sala de Cartas y Archivos para buscar antiguos números del periódico del internado, el *Daily Essex*, y seguir buscando. Aunque...

Sí que hay bastante información sobre el padre de Lyman, Ralph J. Pine, antiguo alumno de Essex y senador de los Estados Unidos. Lo nombraron presidente de la subcomisión contra el monopolio del Senado en 1948. Como activista contra la corrupción, se enfrentó a las industrias siderúrgica, automovilística y farmacéutica.

Cuando su hijo desapareció, Pine estaba investigando cargos de corrupción entre altos funcionarios del Gobierno y miembros del Servicio de Impuestos Internos que aceptaban sobornos. El padre de Lyman iba tras mucha gente poderosa. Gente poderosa que tal vez tuviera algún vínculo con Essex. Gente poderosa que a lo mejor quería mandarle un mensaje.

Pienso en Gretchen y en su padre, que está promoviendo la elaboración del impuesto sobre el patrimonio en Washington D. C.

Todavía sentado en la cama sin hacer, al fin abro la «cajita de provisiones» que me dio Luke. Es una caja mediana envuelta en papel de plata. Me gusta la selección que ha hecho para mí: hay una novela gráfica que se titula *Bloom* (una novela de iniciación gay) y un *pen drive* con una foto de uno de los dibujos de Luke: es un osito de peluche con unos auriculares rosa chicle, y con un enlace escrito en letras grandes en forma de burbujas, como un grafiti, que atraviesa la imagen. El enlace me lleva a un remix de varias canciones que Luke me ha hecho y ha subido a SoundCloud.

En el *pen drive* también hay tres fotos de Luke haciéndome la peineta. En una está haciéndola de pie delante de un árbol cubierto de musgo; en otra, delante de una valla; y, en la última, contra un cielo al atardecer, tomada desde abajo, la única de todas las fotos que es una selfi. Me echo a reír. Es lo que hace Luke cuando nos acostamos. Me hace la peineta. Se muerde el labio mientras cierra los ojos con fuerza y me hace la peineta. Es como si me estuviera diciendo: «Que te jodan por volverme tan vulnerable aunque sea solo durante cinco segundos».

En la caja también hay chucherías, un plano del ala de ornitología de un museo de historia natural de Cleveland, uno del metro de Londres y una guía de un parque nacional de Utah.

Y un sobre dorado con una nota manuscrita dentro:

Lágrimas de Luna:

Ojalá estuviera contigo. Te estoy escribiendo esto en el pasado, pero sé que, cuando lo leas, estaré muriéndome de ganas de estar contigo. Odio lo que queda de mi familia desestructurada, así que también sé que lo más probable es que esté bastante triste. A diferencia de ti, yo odio Acción de Gracias. Siento que no puedas estar con tu familia. Lee esto y cómete las chucherías y escucha estas canciones y piensa en mí.

Te quiero,
Luke

Lo devoro todo. Eso es lo único que hago durante el resto del día, con la lluvia de fondo. Casi me hace querer perdonarlo por no haberme escrito en todo este tiempo.

Y por todos sus secretos.

CAPÍTULO VEINTISIETE

PAJA Y ZAFIROS

DOMINGO

Ceno pronto en el comedor. Ya hay más alumnos; la gente está empezando a volver al campus. Escucho el remix que me ha hecho Luke mientras me como una hamburguesa con queso.

Cuando vuelvo a mi habitación, casi me da un infarto. Iba mirando el móvil y al principio no había visto a Pinky sentado en la cama, hojeando *Bloom*.

Lleva un abrigo *beige*, pantalones grises y mocasines negros. No nos llevamos tanto, pero Pinky parece décadas mayor que yo. Siempre tiene aspecto de trasnochado, como si cargara con mucho a la espalda. Deja la novela gráfica a un lado.

—Uy, te he asustado. —Me he quedado paralizado en la puerta—. Venga, pasa —añade mientras me hace un gesto con la mano. Entro y cierro la puerta tras de mí—. He vuelto antes de tiempo. Los tontos de mis hermanos tenían que ir al aeropuerto, así que hice autoestop. Tenía que salir de allí ya. Estas vacaciones pueden hacerse eternas. Luke te manda saludos; me ha escrito hace una hora.

Me tiembla la boca.

—¿Te ha escrito *a ti*?

Pinky señala la silla del escritorio de Jeffrey, ya que no hace amago de levantarse de mi cama.

—Siéntate, siéntate —me dice mientras me mira con los párpados pesados—. Has estado muy ocupado durante estas vacaciones.

—Querías que lo encontrara, ¿verdad?

Pinky se hace el inocente y extiende los brazos.

—¿Que encontraras el qué?

—Querías que te demostrara que podía hacerlo. Que te demostrara mi compromiso. Mis agallas.

«La suerte sonríe a los valientes».

—¿Tu compromiso con qué?

—Con lo que sea que quieras a cambio. ¿No?

Pinky se inclina hacia mí.

—Somos sus marionetas. Es cierto. Rellenas de paja y zafiros.

Me quedo pálido. Nisha no puede haberle contado que he encontrado el cuadro robado.

—Tú y yo —comienza a decir Pinky mientras me señala y agita el dedo— vamos a dar un paseo.

Mientras pasamos por delante de Strauss, Pinky no puede evitar soltarme un sermón:

—Encontraste el solárium. Pero, si vuelves alguna vez para hacer un informe y bajas, hallarás unas escaleras con barandillas de mármol blanco y las salas en las que guardan antiguos trofeos, un despliegue impresionante de banderas y una antigua pista de squash. ¡Cosas deportivas de machos! Y relieves de desnudos atléticos en lunetos sobre las ventanas.

Mi modo de ver las cosas ha cambiado: ahora puedo describir Strauss como una «ciudadela asediada». Veo «patrones de urbanismo», sé apreciar la «masa térmica de la mampostería» de ciertas aulas, sé qué fachadas son de «granito con adornos de piedra caliza» y puedo observar si una serie de tres ventanas lanceoladas «evocan las estructuras románicas de Inglaterra».

Entramos en Garrott. Hay unos cuantos alumnos jugando al baloncesto en Garidome.

—¡Hola, chicos! —grita Pinky, y todos lo saludan con la mano con indiferencia.

Nadie se fija en que entramos en el sótano, sin guantes ni mascarilla ni cartón ni mapa.

Pinky se adentra en los túneles con un desparpajo y una confianza que me impresiona, dado lo mucho que me costó a mí trazar los mapas de lo que ni siquiera creo que sea el setenta y cinco por ciento de todo el sistema de túneles.

Pinky no se quita ni una sola prenda de ropa y no suda ni una gota. Gira por aquí y por allí con decisión, deprisa, evitando con facilidad los pasillos fuera de servicio. Antes de que me dé cuenta, nos plantamos delante de la Sala de las Maravillas. Pinky ha seguido una ruta más fácil y más rápida.

Saca una bolsita hermética de la bandolera que lleva mientras me conduce al interior de la habitación. Mientras camina de espaldas, enciende una linternita que lleva a modo de llavero, apunta hacia abajo y esparce polvo que saca de la bolsa por el suelo para tapar las huellas que he dejado.

—¿Ves el cable trampa? —me pregunta mientras señala hacia el suelo.

Veo un cable fino enterrado bajo el polvo.

—Sí.

—Bueno, pues lo accionaste, y eso activa todas las cámaras ocultas. —Señala hacia las paredes, pero sí que están ocultas, sí; tanto que ni las veo—. Que, a su vez, activan una *app* de seguridad doméstica que solo tienen los miembros del Consejo. Y estaba yo en mi casa, comiendo sopa de castañas y escuchando a mi padre soltar un discursito sobre el precio del té en China, cuando me llega una notificación al móvil. ¿Y qué veo gracias a la visión nocturna? ¡Tu carita, todo decidido!

—Hostia. Lo siento.

—A ver, fui yo el que te hizo bajar hasta aquí. Hacía tiempo que nadie conseguía llegar tan lejos por sí solo. Evidentemente, estamos al tanto del diario, y del cuadro. Decidimos dejarlo aquí, tal cual, como una especie de homenaje al pasado.

—¿Qué tipo de homenaje?

—Verás, esta es la sala en la que la sociedad celebra su ceremonia habitual para elegir a nuestros chivos expiatorios. Es todo muy brujesco; llevamos capuchas y todo. Por eso siguen aquí el cuadro y el diario.

Uy.

—¿Soy yo… eh…?

—No, no —contesta Pinky—. Tú no eres uno de los chivos. Evidentemente.

¿Tan evidente es? Siento una oleada de alivio, y luego de culpa por sentirme aliviado.

—Entonces, ¿quién es?

—Elegimos desde el principio a una persona que haga las veces de rastreador: nuestro lobo. Y el lobo elige al chivo.

En realidad no ha contestado a mi pregunta.

—Luke es el lobo.

Pinky no parece sorprenderse en absoluto por que yo lo sepa.

—Es normal que no lo entiendas todo de golpe, muchacho.

—Ya, pero es que quiero entender…, en plan…, *algo*, no sé.

—¡Ven conmigo!

Recorremos otro pasillo, giramos a la izquierda, luego a la derecha y después Pinky se acerca a una puerta que no había visto antes. Fuerza la cerradura sin problemas y de pronto estamos en el interior de Cook. Tenía razón cuando pensé que estábamos debajo de la galería. Solo que yo estuve en una entrada distinta.

Estamos en unas escaleras que han pintado hace poco con una puerta de metal en lo alto.

—Si entramos por aquí, no se activará ninguna alarma —me aclara—. Para entrar al museo en sí, hace falta esto. —Pinky pasa una tarjeta de acceso por el lector que hay junto a la puerta. Se abre y entramos—. La etiqueta de radiofrecuencia clonada me permite entrar. El sistema de seguridad me reconoce como un miembro del personal de seguridad, de modo que no salta ninguna alarma. Si la frecuencia no fuera la correcta, o si se usara un lector equivocado, las alarmas silenciosas avisarían a la Policía y nos quedaríamos encerrados aquí dentro de inmediato. Soy el presidente; tengo privilegios.

—¿Y no hay cámaras?

—Pues claro. Pero nadie va a ponerse a ver la grabación a no ser que ocurra algo. Además, me verían a mí. Y me conocen. —Saluda a la cámara con la mano—. Tengo información privilegiada y comprometedora. Podría llevarme cualquier cosa de estas paredes y probablemente lo único que harían sería pedirme por favor que lo devolviera.

Información comprometedora, ¿eh?

Teniendo en cuenta dónde estamos, en un museo por la noche, rodeados de arte inestimable, no lo dudo. Las luces están atenuadas y crean un ambiente crepuscular; las lámparas de pared lanzan rayos de bronce sobre los Hopper, los Gainsborough y los Turner. También hay esculturas. Ellsworth Kelly. Rauschenberg. Serra. Me avergüenza llevar ya varios meses en Essex y no haber estado aquí hasta ahora. Es un edificio importante del campus, con un diseño precioso. Una sala blanca circular con una claraboya gigantesca en lo alto que arroja rayos de luz de luna que motean las paredes.

Pinky le echa un vistazo a un Seurat.

—La propia Essex es una obra puntillista. Desde lejos, es una composición cautivadora, pero, al mirarlo más de cerca, es un caos.

Se ríe de sus propias palabras y se sienta en un banco frente a un cuadro de Degas: unas niñas bailarinas con rostros grotescos. Su complexión fornida contrasta de una manera cómica con toda la belleza delicada del lugar. Me siento a su lado.

—Cook legó sus cuadros históricos a Essex a cambio de una renta vitalicia, y así fue como se creó el primer gran museo de arte de una escuela privada en la historia de los Estados Unidos.

—¿Y por qué no están aquí ninguno de sus cuadros?

—Antes sí que estaban. A Essex le gusta borrar su pasado. A los fundadores puritanos del internado les incomodaba que las artes se interpusieran en su devoción. Es probable que ese sea el motivo por el que antes había un aula de Teología en este edificio. Una de cal y una de arena, supongo. Pero los cuadros de Cook tenían un propósito específico: suscitar el patriotismo en los estudiantes, lo cual era en sí mismo un acto de devoción.

—¿«Por dios y por la patria» y todo eso?

—Exacto. Y, si te preguntas por qué el edificio recuerda a una tumba, es porque Cook está enterrado bajo este mismo suelo de piedra, junto a su mujer.

Pienso en los Arquitectos. Y en cómo se me hundieron los pies en el suelo húmedo y blando.

Pinky sacude la cabeza.

—Se llevaron a cabo muchos sacrificios para que nosotros podamos sentarnos en esas mesas pulidas, siguiendo el método Harkness, a charlar sobre Hemingway.

—¿A qué te refieres?

—Los clérigos fundaron Granford para formar a ministros; la cuestión era mantener la ortodoxia religiosa puritana. Pero tras varias décadas empezaron a necesitar dinero para construir más edificios. Se dirigieron a comerciantes ricos y así empezó la relación con Alexander Essex, uno de los directores de la Compañía Británica de las Indias Orientales. Él les daba mercancías y ellos las canjeaban por libras esterlinas. Y nació la escuela, pero el mundo estaba cambiando.

—¿Te refieres a la Ilustración? ¿El Gran Despertar?

—¡Justo! Se cargaron Granford y se convirtió en Essex en 1777. Siempre se pueden hacer concesiones cuando hay dinero de por medio.

Eso ya lo sabe bien Luke.

—¿Qué estamos haciendo aquí, Pinky?

—¿No te gustan las bellas artes? —Suaviza un poco el tono—. Después de todo, Luke es artista. Te dio el regalo ese. Es algo importante, ¿no? Al menos, a mí me lo parece.

—Estás enamorado de él, ¿verdad?

Pinky suelta una carcajada con la cabeza hacia atrás.

—¿Crees que es así de sencillo?

—Pues, si no lo es, dímelo tú.

Por primera vez, Pinky parece vulnerable, aunque solo sea un poquito, y creo que es posible que yo tenga razón.

—Cuando te contó eso de que apuñaló a un chico... No era broma. Lo iban a llevar a un reformatorio —me dice.

—No pensaba que fuera broma.

Flexiona los dedos.

—Estaba metido en un buen lío; empezó a juntarse con unos golfos violentos de la calle. Pobre muchacho. Digamos que en su casa no había demasiada... estabilidad.

—Pero ha ido a casa a pasar Acción de Gracias.

—No quiso hacerme caso —murmura Pinky. Se inclina hacia delante y se frota las manos entre los muslos con un sonido que me hace encogerme; siempre lo he odiado—. Yo lo ayudé a salir de allí —añade—. Nosotros. La sociedad. Así funcionamos. Buscamos a personas a las que podemos ayudar.

—¿Cómo?

—Si pudiera contarte más, lo haría.

—¿Qué es lo que te debe, exactamente? —le pregunto al recordar que Luke usó esa palabra en concreto.

Pinky se endereza. Se le ha transformado por completo el rostro y ahora muestra una sonrisa mordaz.

—Todo. Me lo debe todo.

Empiezo a comprender por qué estamos aquí. Pinky me está mostrando lo que puede hacer, lo que la sociedad puede lograr. Infiltrarse. Colarse en cualquier lugar. Conseguir cualquier cosa. Y Pinky quiere demostrármelo.

—¿Por qué me dejaste el sobre de Luke con su secreto?

Ahora estoy convencido de que fue él.

—Todo lo que hacemos, todo lo que somos, está envuelto en secretos. Así es como debe ser, claro. Pero os está haciendo daño a los dos. Nada acaba con un nuevo amor más rápido que los secretos y las mentiras.

—¿Por qué te preocupas por nosotros?

—Quiero que seáis felices los dos. Así se reforzará la sociedad.

—Pero nos estás haciendo más daño que cualquiera de nuestros propios secretos.

Ladea el labio superior.

—¿Eso crees? ¿Qué crees que estoy haciendo?

—Nos estás manipulando.

—Conoces los peligros de los reformatorios mejor que nadie, ¿no es así?

Dejo escapar una risa aguda ante el giro brusco y afilado en la conversación.

—Eh…, ¿qué?

—Me refiero a que sabes qué puede pasar en esos lugares… —responde Pinky.

—Le has contado a Luke lo de…

—¡No tenía ni idea de que no lo supiera! ¡Luke dice que sigues hablando con él!

Me pongo en pie. Me cuesta respirar y me oigo el pulso en los oídos.

—Se lo has contado.

—Calma, colega —me dice Pinky, como si estuviera intentando apaciguar un caballo—. Tengo que dejarte salir de aquí. Hay demasiado secretos asfixiándonos. Y eso debilita nuestros vínculos. Presiento que te esperan cosas buenas, Cal. —La amatista violeta de su anillo lanza un destello—. Cuento contigo. Y tus padres también.

Está a punto de llegar. Lo que la sociedad va a querer. Sé que está a punto de llegar. Sí que he encontrado patrones; eran reales. Y entonces caigo: Gretchen Cummings está en peligro. Y no puedo hacer nada para remediarlo. No tengo pruebas. En realidad, no es más que una teoría. Si intentara avisar a alguien, parecería un loco.

Y el internado ya sabe que tengo trastorno de estrés postraumático. Que tengo problemas de salud mental…

—¿Por qué sigues hablando con Brent Cubitt?

Pinky parece fascinado de verdad.

Parpadeo rápido.

—Porque… me hizo… mucho daño… Oye, no estoy loco…

Le brillan los ojos como unas cuchillas que reflejan una casa en llamas.

—En cierto modo, Cal, y por extraño que parezca, creo que eres el que está más cuerdo de todos nosotros.

—Era mi manera de… lidiar con…

No puedo parar de mover las manos al hablar.

—He de admitir que me parece bastante enfermizo, pero, en fin, qué sé yo de cómo lidia cada uno con sus traumas.

Supongo que esa es tu manera de sobrellevarlo. Pero ya ha salido todo a la luz. Luke va a querer saber por qué sigues hablando con el chico que te hizo sufrir tanto. El mismo que murió apuñalado en un reformatorio hace diez meses.

CAPÍTULO VEINTIOCHO

MÁS CERCA

—Tarde o temprano iban a acabar descubriendo que hablas con fantasmas.

Doy vueltas de un lado a otro de la habitación, enfurecido, iluminado tan solo por los fluorescentes que tengo bajo el escritorio y que no dejan de zumbar.

—Los Arqui deben de financiar el internado. De lo contrario, Essex no podría mantenerse en funcionamiento en números rojos durante tanto tiempo. Los Arqui deben de tener cuentas en el extranjero, fondos fiduciarios secretos, cosas que no figurarían en las declaraciones de Hacienda. Y supongo que, cuando los Arqui quieren algo que los va a beneficiar económicamente, lo único que hacen es pedirlo.

—Deberías sentirte aliviado, Cal —me dice Brent—. Te están ofreciendo un modo de solucionarlo todo.

—Pues no estoy aliviado.

Aún no he averiguado por qué Essex se gasta millones de dólares cada año en la «recompensa» esa, sea lo que sea. Pero así es como la sociedad te atrapa. No es lo que dijo Nisha, no te piden que hagas algo con lo que no estás cómodo; te piden que hagas algo a lo que saben que no puedes negarte. Suprimen la posibilidad de elegir.

Me coloco delante del lavabo y limpio la parte acrílica de la prótesis ocular con champú para bebés. Por eso fue por lo que pedí una habitación con baño privado (del tamaño del baño de un portaaviones, con tan solo un lavabo y un váter pequeños), y por lo que he acabado en Foxmoore. No se me pasa por alto lo irónico que es que Pinky se queje de que haya tantos secretos mientras él mismo los promueve. Pero a Pinky le gustan los juegos. Él también tiene dos caras.

Pero ¿acaso no las tenemos todos?

Me limpio la cuenca del ojo con un paño templado. Cuando tanto la prótesis como la cuenca del ojo están secas, me levanto el párpado, sigo las indicaciones para no ponerlo del revés y vuelvo a colocarme el ojo. Después me bajo el párpado para cubrir la prótesis. Antes necesitaba una ventosa, que también tenía que lavar, para llevar a cabo todo este proceso, pero ya no me hace falta.

Luke me escribe al fin a medianoche, tan solo dos palabras: «He vuelto».

Lo veo nada más despertarme, el primer día de clases después de las vacaciones de Acción de Gracias, junto con otro mensaje en el que me pide que nos veamos más tarde en su residencia. Vlad va a estar fuera toda la noche.

—¿Te ha gustado mi cajita? —me pregunta en cuanto cruzo la puerta de su cuarto.

—Sí. Pero no me has llamado ni una sola vez durante las vacaciones.

—Lo siento. Muchas mierdas en casa... He estado pensando. Sobre nosotros. Ha sido una semana introspectiva.

Me apoyo contra la puerta y espero a que me diga algo horrible; que ya no siente lo mismo, que le gusta otro, que lo nuestro se ha acabado. Luke, sentado en el borde de la cama, deja escapar un suspiro profundo cubriéndose la boca con las manos.

—Supongo que me he enamorado, Cal. Necesitaba algo de tiempo para entender mejor lo que siento. No podía dejar de pensar en ti y, cuando te pensaba, no era una versión generalizada de ti, sino los detalles. El modo en que parpadeas. Los nudillos de tu mano derecha, que los tienes un poco secos. Lo que me dijiste cuando viste mis dibujos. Estoy enamorado de ti. De verdad.

—Y yo de ti.

Joder, qué bien sienta oírlo decir eso.

—Mi padre me quitó el móvil porque le pegué un puñetazo en la cabeza.

—¿Y por qué le pegaste un puñetazo en la cabeza?

—Porque me llevé una puta Moleskine a casa. La encontró e intentó tirarla. ¡Me pegó él primero! —Luke inclina la cabeza hacia un lado y veo que tiene un corte por encima del ojo izquierdo. Se quita la camiseta y tiene todos los brazos llenos de moratones—. Todo esto es de haberme agarrado —me explica.

—¿Por qué quisiste ir a casa? Te podrías haber quedado aquí conmigo.

—No, no podía. Estoy en deuda, ¿lo recuerdas?

—No me gusta ver que te hacen daño, y no sé qué hacer.

Luke se queda mirando el suelo durante un buen rato antes de decir.

—No pasa nada. Ven aquí.

Me acerco y me siento a su lado. Luke me acaricia la pierna con la mano.

—Sé lo que te ha contado Pinky —le digo.

—Y yo, lo que te ha contado a ti.

—Quiero oírte decirlo.

Sin mirarme, me dice:

—Soy el lobo.

—¿Y quién es el chivo expiatorio, Luke?

—No eres tú. Te lo juro.

—Pero...

—No puedo contarte más. Por favor.

—¿No te hace sentir mal?

—Sí, pero es la tradición. Yo no tengo ningún poder. Y tampoco puedo dejarlo.

Ni yo.

—Lo que quiero saber yo es…

—En realidad, no oigo la voz de Brent. No alucino. Es solo una manera de… lidiar con todo. Durante mucho tiempo, solo podía pensar en él. Y no dejaba de ver su cara. En toda mi vida le habré dicho, como mucho, diez palabras. No éramos novios, y no estaba enamorado de él.

—Vale.

—Empecé a ir a terapia, pero, en lugar de hablar con el psicólogo, que no me ayudaba mucho…, empecé a hablar con Brent. Le preguntaba por qué. Y entonces empezó a responderme, o eso me imaginaba, al menos. De algún modo, se volvió menos malvado. Y poder reprocharle las cosas, obligarle a pedirme disculpas, me hacía sentir menos solo, menos como una víctima.

—Entiendo.

—Crees que estoy como una cabra.

—¡Pues claro que no! Solo que me entristece ver que tenía razón. Que a los dos nos atormenta algo.

—No sabías la razón que tenías.

—Te quiero, Corazón Solitario. Quiero estar contigo esta noche. Muy cerca. Y durante mucho tiempo.

Estamos desnudos bajo las sábanas.

—Acércate más —me repite Luke una y otra vez.

Me abraza con todas sus fuerzas, como si estuviera lleno de helio y pudiera salir volando. Me encantan los detallitos originales de Luke, como la cajita que me regaló. Es supertierno conmigo, pero siempre con un toque pícaro que solo podría venir de él. Eso es lo que más me atrae de él, ese modo ingenioso y atento de demostrarme su amor.

—Más cerca —repite, y eso que ya estamos pegados.

Tira de mí hacia él para salvar el último centímetro que se interpone entre nosotros.

Después de acostarnos, no nos separamos del todo. Nos ponemos a hablar. Luke me habla sobre la vergüenza. Me dice que le avergüenza que lo rechace la gente que se supone que debe quererlo de manera incondicional. Y, si ellos pueden rechazarlo, cualquiera podría también.

Le digo que no se preocupe por eso y le doy un beso en el pecho. Él me responde que solo me tiene a mí, a nadie más.

Le pido que deje de hablar de nosotros con Pinky. Y acepta.

—No le des más de lo que sea necesario. Deja de confiar en él…

«Los pergaminos, las calaveras, los códigos, las llaves…». Los dos lo recitamos. Luke se pone encima, se inclina y me besa en la boca, en las mejillas, en la barbilla, en las orejas, absorbiéndome con esos labios perfectos y dándome mordisquitos traviesos mientras me abraza con las rodillas y yo echo la cabeza hacia atrás, deseando que me pudiera tragar entero.

—Más —le susurro mientras me recorre el cuello con la lengua despacio.

Y entonces nos cambiamos de posición y voy bajando por su cuerpo mientras Luke pone los ojos en blanco, centelleantes, y abre la boca con una expresión que bien podría ser placer o de dolor.

Nos quedamos dormidos cara a cara, unidos por los brazos, las muñecas y los tobillos, y Luke agarrándome del culo de manera posesiva. En un momento dado, Luke me suelta, con el sonido de las pieles húmedas al separarse, se da la vuelta y murmura:

—No me dejes nunca, Corazón solitario.

Más tarde, me despierto y noto algo raro en la habitación. La puerta está abierta de par en par.

Y entonces lo veo: Pete.

El gemelo al que Luke devoró.

Un chico que se parece a Luke plantado en la puerta, la encarnación de su dibujo. Nos fulmina con la mirada, furioso, con una envidia eléctrica, presenciando todo lo que podría haber tenido.

Una película de una sustancia gelatinosa le envuelve la cabeza. Le falta un trozo de carne en el cuello grisáceo. Todo su contorno, de un tono amarillo ectoplásmico, resplandece. Nos quedamos mirándonos en silencio. Y entonces me despierto; no tenía ni idea de que estaba soñando.

Luke está dormido. La puerta está cerrada.

Salgo de la cama y me acerco al escritorio de Luke. Esta vez no tiene ningún mensaje en el móvil. Poso la palma de la mano sobre su bloc de dibujo, el que su padre intentó destruir. Está destrozado; no puedo evitar imaginarme a Luke y a su padre peleándose por él. Lo abro. Sus dibujos han cobrado una nueva intensidad. Los sujetos siguen siendo los mismos (ovnis, submarinos, monstruos...), pero están dibujados de un modo distinto; casi parece que vayan a salirse del papel. El estilo de Luke está cambiando, es más frenético. Como si estuviera en guerra consigo mismo.

Paso las páginas hasta llegar a mi retrato. Se me sigue haciendo raro el hecho de que solo me dibujara esa vez, que no haya montones de bocetos, como con los demás. Y es un retrato completamente distinto al resto. Hay mucha más emoción en mi rostro. Pero no felicidad; en realidad, se me ve atormentado, como si me hubieran traicionado. También me ha cambiado el ojo; ya no es un ojo normal. Ahora refleja a Luke, como una sala de espejos, *ad infinitum*.

Luke, atrapado dentro de mí; un millón de Lukes en el interior de mi ojo vacío.

DICIEMBRE

~ ACTU-LIZACIÓN PR-YECTO ED-FICIO ~
Pinky Lynch <PHGLynch3450@gmail.com>

Para: smellslike@teenspirit.com
CCO: neophytus@sso.essex.org

OEUE

Tenéis que entregar el Pr-yecto Ed-ficio el mes que viene. Esta es la etapa final del proceso de formación como neófitos. El objetivo es demostrarle a la s-ciedad vuestras nuevas habilidades en todo su esplendor y cómo ponéis en práctica todo lo que habéis aprendido.

Queremos ver:

- Que usáis vuestras habilidades físicas de exploración.
- Cómo empleáis todos los recursos de investigación histórica disponibles.
- Vuestras habilidades de ingeniería social.
- El trabajo individual, en equipo y la capacidad de liderazgo.
- Cómo aprovecháis el tiempo.

Queremos ver que trabajáis de una manera eficiente, segura e inteligente.
Queremos que vuestros informes sean originales y únicos.

¡Tenéis que conocer a fondo vuestro edificio! Debéis ganaros la confianza de sus ocupantes: los guardias de seguridad, los profesores, los alumnos, etc. Debéis abordar vuestro edificio como si fuera un rompecabezas que se puede resolver. Queremos comprender el razonamiento que hay detrás de cada informe.

Insistimos: ¡usad la IDCA! Si elegís un edificio moderno, queremos saber más sobre su ubicación. No se trata solo de lo que existe en el presente, sino también de lo que existió en el pasado. Tenemos las expectativas MUY ALTAS. Todos os habéis esforzado mucho, y queremos que sepáis que lo valoramos. Pero esperamos lo mejor de vosotros. Hemos depositado toda nuestra fe en vosotros. Demostradnos que hemos tomado la decisión correcta.

Y aseguraos de ir a vuestro ed-ficio antes de Navidad para que podáis crear un plan (hemos adjuntado un PDF con las fechas recomendadas). Debéis estudiar el sistema de s-guridad y planear cómo usar la ingeniería social que habéis aprendido para colaros en el edificio. Las clases vuelven a empezar el día 9 de enero. Debéis enviar los informes antes del día 18. Y presentaréis vuestros pr-yectos a la sociedad de manera presencial el día 21. Debéis estar preparados para explicar la metodología que habéis empleado, desarrollar la investigación histórica y responder a preguntas. Esta presentación será la que determinará si llegáis a ser *veteres*. Demostradnos lo que sabéis hacer. Que el listón esté cada vez más alto.

Como dijo Ovidio: «*Perfer et obdura*».

CAP,
PkLh, TaK, CsR, MaJk, HgFd
CNSP

—¡Enhorabuena, Corazón Solitario! —me dice Luke—. Tu idea es buenísima. Merecía salir elegida.

Por tercera vez en una semana, estamos compartiendo una mesa iluminada por un flexo en un rincón de la biblioteca. Se ha convertido en un lugar práctico y cómodo en el que quedar con Luke y hablar sobre nuestro pequeño proyecto paralelo: la biblioteca de latín oculta y olvidada en lo alto de Faber. Hemos ido encontrando huequitos para estas sesiones entre clase y clase siempre que podemos. La temporada de fútbol de Luke ha acabado, pero, dado que estamos avanzando mucho con Faber y que queda poco para las vacaciones, hemos decidido dejar de acostarnos en el cuarto de Luke hasta que hayamos vuelto, en enero. Además, la temporada de *hockey* sobre hierba también ha terminado, así que Vlad ha vuelto a dormir en su cuarto últimamente.

La sociedad ha anunciado, tras evaluar minuciosamente las propuestas de todo el mundo, que han elegido mi idea para la Travesura Navideña Anual. Es un honor enorme. Sé que era una buena idea. Había otras muchas propuestas con las que competir, pero no puedo evitar pensar que mi relación con Pinky ha podido influenciar la elección de la sociedad. No lo siento como una victoria del todo. Pero aun así...

Para mi idea, que tiene que ver con una versión divertida de una imagen navideña tradicional, hace falta cemento de fraguado rápido y saber cómo acceder al patio que hay delante de Noyce a través de los túneles de vapor.

Luke señala el caos de planos, esquemas, mapas de escaleras y documentos descoloridos que tenemos delante.

—¿Por qué no nos colamos en el sótano de Faber justo antes de las vacaciones?

Consulto el calendario escolar en el móvil.

—¿El dieciocho?

—Sí. Aunque primero necesitaremos poder acceder a un cuarto de servicio. —Luke señala los documentos que hemos sacado de la base de datos IDCA—. Hacer una copia de la llave del ascensor, sustituir la llave y llegar a la cima de la torre. Tenemos que entrar por esta especie de sótano. —Le da unos toquecitos al papel con el dedo—. Las escaleras no dan a la azotea. Debería ser bastante fácil colarse entre las tres y las cinco de la tarde, cualquier día laborable. ¿Hay cámaras?

Me da la mano por debajo de la mesa y entrelaza los dedos con los míos.

Esos pequeños gestos de cariño furtivos me vuelven loco.

—En Faber no hay cámaras exteriores.

—¿Y dentro? —me pregunta.

—Es un edificio antiguo. Solo hay una en la entrada.

—Habrá que esperar a que entre un grupo pequeño de gente. O al menos a que entre alguna persona. O podemos valernos de la ingeniería social que hemos aprendido para colarnos si es necesario.

CAPÍTULO VEINTINUEVE

NAVIDAD

—**A**h, vaya —dice mi padre—. Nosotros usamos cemento de fraguado rápido en el 2017 para crear el exterior de…

—Ya lo sé. Me acuerdo de esa casa. No daba mucho miedo.

—Cuidadito con lo que dices, muchacho.

Todavía no les he hablado a mis padres de la sociedad. Les he dicho que un grupo de alumnos me ha elegido para encargarme de la Travesura Navideña Anual de Essex porque mi idea era la mejor. No tengo muy claro que se lo hayan tragado; mi madre sabía que estaba intentando entrar en una sociedad secreta en septiembre, pero eso fue lo último que le conté al respecto. Tampoco es que ella haya insistido.

En el sur, no hay ni un solo padre que no esté obsesionado con algún restaurante cutre y antiguo que asegura que «tiene los mejores perritos calientes del mundo», cuando en realidad son perritos calientes normales y corrientes. De modo que aquí estamos, en Little Darling, comiendo unos perritos calientes solo aceptables mientras mi madre va a una cita con el médico en el pueblo.

—¿Y fue todo sobre ruedas?

Me río mientras bebo cocacola.

—Qué va. Les dije que había que hacer la parte superior extraíble. Pero no me hicieron caso.

—¿Y la escuela se pensó que era una bomba?

La mañana del último día de clases antes de las vacaciones de Navidad, en Essex todos se despertaron y se encontraron con un regalo gigante de cemento en mitad del patio Noyce, envuelto en papel de regalo rojo y verde y con un lacito en lo alto. Hubo que construirlo por partes en sótanos vacíos en los que la mayoría de los alumnos no había estado nunca, y luego transportar cada parte por un sistema de túneles que la mayoría de los alumnos ni siquiera sabía que existía. Y tuvimos que terminarlo bajo el manto de la noche, en el patio, con un equipo de operaciones coordinado que les enviaba códigos a los vigías y a los señuelos y que lograron desviar a los profesores y a los guardias de seguridad que se dirigían hacia nosotros.

Todos los alumnos y los profesores, durante el breve periodo de tiempo que tuvieron para contemplar nuestro trabajo, se quedaron asombrados y encantados. Pero entonces llegó la Policía.

—A ver —añado—, ya saben que hacen una broma de ese tipo todas las Navidades.

—Últimamente sale Cummings en las noticias cada dos por tres.

—Ya... Sí, Essex y el Servicio Secreto están un poco nerviosos.

Los artificieros se abalanzaron sobre el regalo. Llegaron a la conclusión de que no era peligroso, pero se cargaron todo nuestro trabajo con unos mazos en cuestión de minutos. El regalo en todo su esplendor solo existe en Instagram.

La sociedad, sin embargo, estaba entusiasmada. El plan era brillante y lo habíamos ejecutado a la perfección, que es lo que más le importa. Así es como juzgan a los neófitos. Trabajamos de maravilla en grupo, y me atribuyen gran parte de ese mérito a mí.

Hicimos una gran fiesta para celebrarlo, una de las *happy hours* de la sociedad; fue una locura desenfrenada, pero lo único que quiero es hacer como si nunca hubiera ocurrido.

—Estás jugueteando con la comida.

—No tengo hambre. —Llevo sintiéndome raro desde que me bajé del avión—. ¿Cómo está mamá?

—Los médicos se muestran optimistas. Es una mujer fuerte.

Antes solía creerme cualquier cosa que me dijera mi padre, sin ponerlo en duda; creía que solo me contaba la verdad, sin filtros. Pero ya no. Cuando los vi en el aeropuerto, los dos parecían agotados. Yo ya iba preparado para lo peor. Llevaba meses sin verlos; nuestro wifi no es lo bastante bueno como para hacer videollamadas y me daba miedo que mi madre estuviera extremadamente delgada, pero tenía mejor aspecto de lo que me esperaba.

La casa, sin embargo, como para contrarrestar todo lo demás, estaba muy limpia. Demasiado limpia. Nunca la había visto tan limpia y ordenada como cuando entré con mis dos bolsas de lona y las dejé junto a la puerta de la cocina. Tanta pulcritud me desconcertó; sentía que mis padres estaban escondiendo sus problemas, ocultando su tristeza y su desesperación con lejía y un orden exagerado.

La fiesta de Navidad de la sociedad se celebró en el Veronica Inn, un viejo hotel de los sesenta que renovaron intentando mantener el estilo del original: papel pintado con motivos azules y blancos y muebles modernos de mediados de siglo adquiridos en anticuarios de la zona.

La sociedad había alquilado una planta entera, una de las más altas del edificio. Estábamos celebrando el final del trimestre y el éxito de la Travesura Navideña Anual. La mayoría nos apiñamos en una de las *suites* en la que la gente se iba pasando algo que parecía un cuerno vikingo, lleno de un líquido marrón turbio que sacaban de unos frascos de boticario.

Mantuve un montón de conversaciones enérgicas y ebrias. Recuerdo haber estado hablando, haber movido la mandíbula y emitido sonidos, pero no lo que dije ni lo que me decía la gente. Recuerdo que Pinky, vestido con un traje oscuro a rayas, me dio un abrazo de *bros*.

—Buen trabajo. Ya hablaremos durante las vacaciones de Navidad.

Más tarde, al darme cuenta de que Luke y Pinky habían desaparecido, entré dando tumbos en una de las habitaciones, y allí estaban. Pinky, con el traje arrugado, desaliñado, estaba apoyado contra la puerta de un armario con las manos por detrás de la cabeza. La habitación estaba hecha un desastre; habían tirado los cuadros de las paredes y el cableado había quedado a la vista, como si fueran órganos internos. Las lámparas estaban volcadas y proyectaban haces de luz turbia en ángulos extraños que creaban sombras desfiguradas. Parecía como si se hubiera desatado una pelea.

Pinky me sorprendió mirándolo. Sin entender aún lo que había ocurrido, al ver su expresión altiva y los pantalones hechos un gurruño a la altura de los tobillos, recordé sus palabras:

«Todo. Me lo debe todo».

Luke estaba arrodillado ante él. Se giró hacia mí con la boca abierta y una mirada apagada, perdida y halógena.

—Lo siento —murmuré mientras cerraba la puerta a toda prisa.

Me dije a mí mismo que estábamos todos colocados, que no sabíamos lo que hacíamos…, pero ni siquiera yo me lo podía creer del todo. Pinky sí que pensaba con claridad, como siempre.

Acabé en otra *suite* repleta de gente. Todo era un borrón. Estaban todos acelerados, borrachos, tirados en sofás y en taburetes de piano, hablando, acariciándose y besándose, con una energía salvaje que se unía como un hilo suelto en un ovillo apretado. Decidí intentar mitigar la rabia y el desengaño sin saber bien lo que hacía.

Recuerdo haber sentido bocas húmedas, lenguas, incisivos que se me clavaban cuando alguien no apuntaba bien. Las manos de la gente rodeándome la cintura, agarrándome de la nuca. Me dejé llevar. Y no volví a ver a Luke en toda la noche.

En casa nunca vemos *Qué bello es vivir* ni *Solo en casa* ni nada por el estilo durante las Navidades. Tenemos peor gusto que eso; solemos ver lo que esté de moda en Netflix. Este año veo *The Triangle* con mi madre, un nuevo *reality* en el que un montón de veinteañeros que hablan con voz de repipis, llevan pulseras con cuentas y trabajan en *marketing* digital van a un edificio de lujo en San Francisco a vivir, y tienen que enamorarse de sus competidores o derrotarlos. Es una tontería sin sentido, pero también de lo más adictivo.

En mitad del cuarto episodio, apoyo la cabeza en el regazo de mi madre y me acaricia el pelo. No puedo evitar pensar que esto es lo que todos queremos en secreto: la sensación de estar protegidos, de saber que todo va a ir bien, y me pregunto si nos pasaremos toda la vida intentando recuperar esa sensación.

Mi madre deja de acariciarme y me apoya la mano en la frente.

—Estás ardiendo.

De pie delante del espejo del baño, me tomo la temperatura. 38,3. Me tiro del labio inferior porque me duele la boca y descubro varias llagas amarillas y blanquecinas.

Me paso los dos días siguientes con más de 38 y medio de fiebre, me duele todo el cuerpo y me palpita la cabeza sin cesar. Doy por hecho que tengo gripe, aunque las llagas (que están empeorando; mi boca parece un espectáculo dantesco) no son un síntoma habitual de la gripe, según internet.

Tengo toda la boca hecha un desastre: las encías, tan hinchadas que sobresalen entre los dientes; y la punta de la lengua, la membrana de debajo de la lengua, los carrillos y el paladar, todo repleto de llagas.

—Creo que vamos a tener que ir a ver al doctor Duke —me dice mi madre cuando llevo ya tres días así.

Por las noches, empapo las sábanas de sudor. Solo puedo comer sopa, y casi ni eso.

—Quiero que te echen un vistazo ahora, antes de que la gente se vaya de vacaciones por Navidad.

El médico me llama un día después, cuando ya ha recibido los resultados de los análisis.

—El análisis ha dado positivo en una infección reciente por VHS-1. Gingivoestomatitis herpética. Parece un trabalenguas, ¿eh? Perdón por el juego de palabras.

—¿Y eso qué es?

—Virus del herpes simple; un herpes oral. Se suele contagiar mediante los besos. La mayoría de la gente lo pasa a una edad temprana; es el mismo virus que causa el herpes labial. Pero, si te infectas de más mayor, puede ser terrible. Sobre todo si tienes el sistema inmunitario bajito. ¿Estás muy estresado con las clases?

Sabía que pasaría algo así.

—Te voy a mandar un antiviral y dexametasona, un colutorio. Por desgracia, el virus nunca desaparece del todo; se esconde en las células nerviosas. Cuando estés muy estresado, puede replicarse, de modo que tendrás brotes periódicos durante el resto de tu vida, pero no serán tan fuertes.

—Sé que mi madre toma dexametasona para contrarrestar los efectos secundarios de la quimio. Así que ahora nos conecta eso. ¿Puedo contagiárselo a la gente?

—Cuando tengas un brote, no beses a nadie. Y evita el sexo oral.

Me quedo callado un segundo, sin saber qué decir al oír a mi pediatra de toda la vida decirme que me espere un poquito antes de ponerme a chupar pollas.

Entre el trato con el diablo que tengo con Pinky, los problemas de mis padres, la traición de Luke en el Veronica Inn... Esto iba a llegar tarde o temprano. Mi cuerpo no puede más.

Luke me ha enviado algún que otro mensaje desde que nos fuimos de vacaciones; todo tonterías, como si no hubiera pasado nada (¿puede ser que ni siquiera se acuerde?), pero no he podido reunir el valor necesario para responderle. Aún no sé qué decirle.

Una mañana, me despierto con fiebre y oigo a Clayton Cartwright en las noticias de nuevo: «El impuesto sobre el patrimonio constituiría una alteración importante de la sociedad, no podemos permitir...».

—¡Apaga eso! —pido a gritos mientras oigo la voz de Clayton tan alta y con tanto eco que me duele.

«Una alteración importante de la sociedad, una alteración importante de la sociedad...».

Las vacaciones duran tres semanas. Justo antes de Navidad, me encuentro lo bastante bien como para dar algún que otro paseíto fuera de casa. Vivimos en una típica casa de campo con un tejado inclinado y a dos aguas, en unas cuantas hectáreas de terreno. Aquí no hace tanto frío como en Nueva Inglaterra, de modo que paseo por el patio trasero por las mañanas con uno de los forros polares de mi padre y una taza de té de menta en las manos, ya que me calma la boca.

Una de esas mañanas, recibo una llamada y oigo una voz que no me espero:

—Buenas, Cal.

Me paro en seco.

—¿Pinky?

—¿Qué tal son las Navidades por allí? Seguro que es una época fabulosa.

—¿En Misisipi?

—Yo estoy en Marblehead. Logan y Bennett están igual de diabólicos que siempre. Ah, no los conoces, ¿no? Son mis hermanos. Iban a Essex. Bueno, claro tú has llegado este año; ¿por qué mierda ibas a conocerlos? Mis padres les conceden todos sus caprichos; la naturaleza perversa de mi familia, supongo. Quería saber cómo te iba. Ya te dije que hablaríamos.

Me imagino a Pinky hablándome desde un estudio con paredes de madera, ventanales redondos y tartán rojo y negro por todas partes. Aunque sí que parece que se siente bastante solo.

—Mi madre nos ha comprado entradas para *El cascanueces* en el Teatro de McCarl.

—¿Tenéis un teatro en el pueblo?

—Sí. Cuando estaba en primero representamos *Godspell* allí.

Alzo la vista al cielo violeta y veo como se separa una nube.

—Suena divertido. Bueno, quería ver qué tal te iba. Echo de menos a la gente de la sociedad cuando estoy en casa. Nada me deprime más que estar atrapado aquí con mi familia. —Oigo voces de fondo, como si estuviera en una reunión familiar o algo así—. ¿Ha seguido avanzando Luke con lo de Faber?

—Me sorprende que no te lo haya dicho. Nos colamos en el sótano antes de las vacaciones.

—¿Hicisteis una copia de la llave?

—Sí. Podremos colarnos en la biblioteca cuando volvamos.

—Genial. Voy a necesitar que los dos estéis al cien por cien. Así que estaría bien que pudierais arreglar las cosas.

—Luke y yo estamos bien. Pero ¿sabes lo que ayudaría? Que dejaras de acosarlo.

—Te noto la voz rara. Como si te pasara algo en la boca.

—¡¿Te queda claro o no?!

Mi furia repentina nos sorprende a ambos. Se produce un silencio. Siempre he dado por hecho que yo necesitaba más a Pinky que él a mí, pero a lo mejor eso no es del todo cierto; a lo mejor los dos nos necesitamos. Además, la fiebre alta me está haciendo perder la razón. Y la prudencia.

—Queda claro —responde en voz baja, en un tono extraño, como castigado.

Qué rabia que, cuando vuelva a Essex, vaya a estar aún débil. No estaré al cien por cien. ¿Podré besar a Luke siquiera?

—Esa noche se nos fue un poco de las manos, ¿eh? Estábamos todos borrachos. En fin. Lo siento. Cuídate, Cal. Descansa, ¿vale? Hablamos pronto.

Al día siguiente, Luke me manda unas fotos. El David de Miguel Ángel. El Coliseo. ¿A qué viene todo esto? Catedrales, plazas italianas... Y luego me escribe: «Estoy de viaje por Italia. ¡Galleria Vittorio!», antes de enviarme una selfi en la que sale sonriendo, con unos cascos turquesas, frente a una galería comercial con el techo abovedado.

¡¿Luke está en Italia?!

Me siento tan desconectado de él... Es una sensación horrible.

Voy a ver a los chicos de la compañía de danza de McCarl representar *El cascanueces* en el teatro con mi padre cuando vuelve de la farmacia. Mi madre dice que está cansada, que es lo que dice siempre que se encuentra mal; siempre intenta quitarle importancia a todo. Pero no quería que nos perdiésemos el espectáculo. Es *ballet* alegre y festivo, pero no logro concentrarme. ¿Por qué no me habrá contado Luke que iba a irse de viaje hasta ahora? Después del espectáculo, vamos al segundo sitio favorito de mi padre para comer en Mc-Carl: la Ostrería de Marianne.

—¿Seguro que no quieres ostras? ¿Solo sopa? —me pregunta mi padre.

—Si quisiera ostras, habría pedido ostras.

Se lleva una ostra a la boca con el tenedor.

—Estás hecho un fideo. Tu madre está preocupada.

—Estoy bien.

—Sé que no te encuentras bien, pero además parece que haya algo que te reconcome.

—He dicho que estoy bien.

—¿Va todo bien por Essex?

—Fabuloso.

Dios, sueno como Pinky.

—¿Estás enfadado conmigo?

Lo miro.

—¿Por qué iba a estar enfadado contigo?

—Tú me dirás.

Me limpio la boca y se me mancha el dorso de la mano y la servilleta de sangre. Me caen goterones de sudor por las sienes.

—No estoy enfadado.

—Debería darte vergüenza —dice una voz ronca, como de fumadora.

Hay una mujer delante de nuestra mesa; tiene el rostro rubicundo y abultado y el pelo corto, blanco y rizado, con las puntas abiertas.

—Lo que le hiciste a ese pobre hombre… Eres peor que el mismísimo diablo. Ojalá te pudras en la cárcel.

—Si no le importa —le contesta mi padre en un tono cortante y desagradable—, estoy cenando con mi hijo, que ha

340

vuelto a casa por Navidad. Puede irse usted con sus mierdas sobre Jesucristo al aparcamiento y, ya puestos, a casa.

—¡Qué sabrás tú de Jesucristo! —gruñe la mujer.

Por un momento temo que vaya a escupirnos en la comida. Lleva una camisa vaquera con brillantes y bolsillos con botones metida por dentro de unos vaqueros de cintura alta.

—Pues también es verdad —le dice mi padre en un tono de advertencia—. Ahora, lárguese.

La mujer nos fulmina con la mirada una última vez y desaparece. En cuanto se marcha, vuelvo a concentrarme en la sopa de marisco, como si no hubiera pasado nada.

Mi padre respira hondo.

—Tenemos algún que otro enemigo en el pueblo.

—Querrás decir que *tienes* enemigos.

Es posible que mi padre vaya a la cárcel… No consigo asimilarlo del todo. No sé cómo puede sobrellevarlo. Está claro que no se merece lo que está ocurriendo. Ni él ni mi madre. Y mi padre no quiere que yo lo sepa porque… le da vergüenza.

—Vosotros no me ocultaríais nada, ¿verdad?

Mi padre mastica la comida mientras frunce el ceño.

—¿A qué te refieres?

Dejo la cuchara en la mesa.

—Supongo que debería decírtelo. Soy gay.

Deja de masticar y entorna los ojos. Las arrugas alrededor de los ojos hacen que parezca mayor. No muestra ninguna emoción en el rostro; imagino que ya lo sabían los dos. Además, estoy bastante seguro de que no les importa. Se termina las ostras y dice:

—Bueno, pues me alegro de que me lo hayas contado.

—Y yo. Odio los secretos.

—Menos mal que has esperado a que se fuera a tomar por culo la loca esa religiosa, o si no lo mismo le explota la cabeza.

Suelto una risita. Mi padre aparta el plato.

—Sigues siendo mi hijo.

—A ver, no sé de quién iba a serlo si no.

—Me refiero a que te sigo queriendo, pase lo que pase. Tienes que encontrar a alguien que te haga feliz.

—Ya… —Me froto la cara con la mano—. ¿Nos vamos?

Mi padre asiente. Pido la cuenta con un gesto y mi padre se palpa los bolsillos, busca por la mesa y el banco y suelta una palabrota.

—¿Qué? ¿Has perdido la cartera?

—No. Joder. La medicación de tu madre… La he dejado en el teatro.

—¿Qué?

—La bolsa que tenía de la farmacia. La dejé debajo del asiento y…

—¿Te has dejado unos opioides por ahí?

Mi padre se sonroja.

—No todos somos los paletos que crees que somos por aquí, ¿eh? No te pongas tan arrogante por pasar tanto tiempo en Connecticut.

—Vamos al teatro en coche.

—Estará cerrado. Volveré a la farmacia para comprarlos otra vez…

—Es un medicamento con receta; no te van a dar más así porque sí. Tendrán que recetárselo de nuevo a mamá y…

—Calma, hijo. Mañana por la mañana llamo al doctor Evans.

—Pero es que mamá lo va a pasar mal esta noche…

—Ya me ocuparé.

—No, ya me ocupo yo.

Salgo del Nissan blanco de mis padres y cierro de un portazo. Mi padre me sigue trotando. El edificio está a oscuras. No intento abrir las puertas que hay en lo alto de las escaleras de la entrada porque hay una cámara en la fachada. Ahora siempre inspecciono todos los lugares, todas las habitaciones de los edificios en los que entro. Lo hago por acto reflejo. Estos edificios viejos del sur no tienen un sistema de seguridad de última generación. Solo los bancos.

Recorro el aparcamiento haciendo zigzag entre las farolas en dirección al lateral del edificio, donde espero tener más suerte.

—Pásame el resguardo de las entradas de *El cascanueces* —le digo mientras camino y extiendo la mano hacia atrás.

Mi padre me la tiende y al momento llego a la puerta lateral. No hay cámaras exteriores en esta entrada, y dentro del edificio tampoco, pero la puerta está cerrada.

—Cal, ya te lo he dicho, la puerta está...

—Shh.

Pego la oreja a la puerta y visualizo un mapa del interior, un plano del edificio que va ganando profundidad, como si estuviera utilizando un programa de modelado 3D mentalmente. Me fijo en el pasillo y el número de asiento que aparecen en el resguardo de las entradas. No voy a tener mucho tiempo, de modo que planeo la ruta que tengo que seguir antes de sacarme el llavero con las ganzúas del bolsillo. Se supone que no debemos llevarlas por ahí, y sobre todo fuera del estado. Pero cuando aún estaba en Essex me compré un llavero del internado y ahora las llevo enganchadas a él.

Examino la puerta y giro el pomo. Está cerrada con llave. Escojo la ganzúa apropiada.

—Cal, ¿qué haces?

—Espera aquí, al lado de la puerta. Y mantenla abierta. Cuando salga, tendremos que darnos p...

RIIIIIIIIIIIIIIIIIIIING.

La alarma suena tan fuerte que podría despertar a la gente de tres pueblos más allá. La he conseguido abrir en ocho segundos.

Voy corriendo al patio de butacas. La sala está más oscura de lo que pensaba, pero hay luces tenues por el suelo. Encuentro al momento nuestros asientos. Espero que siga ahí la bolsa, pero, cuando extiendo el brazo por debajo del asiento, no encuentro nada. Sin embargo, cuando busco a tientas por debajo de los asientos de delante de los nuestros, toco algo de plástico; el suelo del teatro está inclinado, y la bolsa se ha quedado atrapada bajo los asientos de la fila de delante. Tardo tanto en lograr sacarlo de ahí que, mientras tanto, me da tiempo a inventarme una tapadera en caso de que la Policía llegue antes de tiempo. Pero no llegan.

Salgo volando por la puerta un minuto después. No hay cámaras por ninguna parte; nadie podrá ver lo que ha ocurrido. Mi padre me persigue cubriéndose las orejas con las manos mientras corro hacia el coche, aparcado a una distancia prudencial.

—¡Dios, Cal! —me dice mi padre.

—Pues ya estaría —respondo mientras le tiro la bolsa.

De camino a casa, pasamos junto al paso elevado de la autopista, ese lugar que tanto pesa en mis recuerdos, con esa alambrada oxidada con hierbas muertas enredadas y atravesada por los focos de los coches que circulan por allí. ¿Cómo puede ser que ese lugar tan espantoso y la Sala de Cartas y Archivos de Essex sean parte del mismo planeta, de la misma vida?

Nos quedamos sentados dentro del coche frente a nuestra casa durante un momento.

—Te has colado en ese edificio... —me dice mi padre, y le dedico una sonrisa orgullosa.

—Sí.

—No creo que ningún club normal del internado te enseñe a hacer ese tipo de cosas.

Casi me echo a reír al oír eso de «club normal».

—Voy a solucionarlo todo.

—Cal, estoy orgulloso de ti; te va bien en Essex y te estás encontrando a ti mismo, pero tienes que centrarte en tu vida, no en la nuestra.

—Somos una familia.

—Tu madre y yo podemos cuidar de nosotros mismos. Todo va a ir bien.

Será mentiroso.

—Ya me aseguraré yo de eso.

—Cal, no es tu responsabilidad...

—¡He dicho que yo me ocupo! Nada va bien. Deja de fingir que sí. Ya no soy un niño pequeño. Desde luego, sé cómo puede ser la vida, cómo puede ser la gente. Sé que me mandasteis al internado para que no tuviera que lidiar con esta mierda de pueblo, pero a veces la gente necesita ayuda. Y yo puedo ayudaros.

Salgo del coche antes de que mi padre pueda preguntarme cómo puedo ayudarlos. Me sigue mientras entro en casa y, cuando giro la cabeza hacia la puerta principal, veo su rostro pálido y distorsionado a través del vidrio biselado.

—¿Qué tal el espectáculo? —me pregunta mi madre mientras le doy la bolsa con la medicación.

—Genial.

—Tenemos que ir al ocularista durante las vacaciones, que no se te olvide.

—Vale.

Mi prótesis ocular necesita un mantenimiento anual.

—Qué mal aspecto tienes, cariño —me dice mi madre mientras me besa en la frente.

El resto de la noche es como una alucinación. La casa se convierte en un borrón de colores y texturas. La seda fruncida de los camisones de mi madre sobre las sillas. Los vasos verde menta de la época de la Gran Depresión en los estantes. El sofá de terciopelo frente al televisor. Siento que la fiebre me está volviendo loco. Pero no me apetece aplacarla con ibuprofeno; quiero sufrir hasta que se me pase.

Una vez que mis padres se han ido a la cama, Brent Cubitt emerge de entre las sombras del salón y se queda plantado delante de la ventana, contra la luz blanquecina de la calle que entra a través de las finas cortinas.

—¿Qué pasa, que ahora también te me apareces y todo?

—Ahora que has vuelto a casa, estoy más cerca, al menos en espíritu. Además, tienes la fiebre altísima, así que por qué no aprovecharme de tus delirios.

—Ahora suenas más lejos. Tu voz…

—Pronto te abandonaré.

—Y una mierda.

—Me estoy volviendo más débil en tu cabeza. Y, joder, Cal, ya va siendo hora.

—Qué coño sabrás tú. Tú no eres el que decide eso.

—Yo nunca he sido el que ha tomado las decisiones.

Estoy tan mareado que siento como si flotara.

—Antes he pasado junto a nuestro sitio…

—Ah, sí, ya lo vi. ¿Y qué sentiste?

—Nada. No sentí nada. Tan solo es un sitio más. Ya no vivo aquí.

—Has salido del armario con tu padre. Estoy orgulloso de ti.

—No tienes derecho a sentirte orgulloso de mí.

—Estás muy enfermo, así que asegúrate de no perder la cabeza e intenta mantenerte alerta. ¿Por qué crees que Pinky necesita con tantas ansias que entres en Faber?

—¡Es Luke el que quiere que entremos! Pinky cree que nos ayudará a Luke y a mí a...

—Anda ya, por favor, ¿de verdad te crees todas esas tonterías? A lo mejor has encontrado un punto débil.

—La verdad es que me resultó extraño ver que Pinky parecía arrepentirse de lo que había ocurrido con Luke. No le pega.

—Necesita que los dos os coléis en Faber.

—Si tanto le importamos, ¿por qué iba a...?

—Le gusta marcar su territorio. A lo mejor sí que siente algo por Luke. O le da envidia lo que tenéis vosotros dos. A lo mejor no puede evitarlo. Pero lo de Faber podría ser un pulso de poder.

—Sigo sin entender por qué te importa.

—Estoy viviendo a través de ti. Siempre he estado muerto por dentro, pero ahora estoy muerto de verdad. Eres lo único que tengo, Cal. Quizá en una vida diferente, podríamos haber llegado a ser algo...

Suelto una carcajada amarga y entrecortada.

Siento la boca como si tuviera un alambre de espino que me sube desde la garganta.

—Estaba perdido y triste en este pueblo en mitad de la nada. Y tú no eres más que escoria. ¿Me oyes? ¡Escoria! ¡Una puta basura de persona!

Pero estoy gritando a las ventanas. No hay nadie más en la habitación.

Más tarde, me siento en el sillón reclinable, iluminado por la luz violeta eléctrica del acuario, con el portátil, para terminar de redactar el Proyecto Edificio sobre Barnfather, en el que he estado trabajando entre Acción de Gracias y Navidades. Con todo lo que ha estado ocurriendo, concentrarme en los asuntos relacionados con la sociedad ha sido mi único consuelo.

El proyecto me hizo olvidarme de un montón de verdades irritantes: que Nisha no sabe qué ocurre en realidad en la sociedad, que sí que usan chivos expiatorios, que hay gente como Clayton Cartwright involucrada, que la sociedad tiene un pasado oscuro (aunque como todo, supongo) y que Pinky tiene a Luke controlado.

La Asociación de Padres, formada por los padres y abuelos ricos de los alumnos que han estudiado en Essex a lo largo de los años, financiaron la última renovación del edificio Barnfather en 2016. La dirigió un grupo de fideicomisarios ricos de familias cuya relación con Essex se remontaba a la década de 1890. El edificio se ha convertido en un símbolo de la devoción de los antiguos alumnos por su *alma mater*.

«Devoción». Esa palabra, esa idea, se me quedó grabada.

Además de detallar la ilustre historia del edificio y describir las modificaciones del entorno que rodea al edificio, también he indicado las mejoras de los sistemas mecánicos: los sistemas de climatizadores de cuarenta toneladas, los serpentines de agua caliente y fría, las sesenta unidades terminales VAV y el nuevo sistema de automatización de eficiencia energética del edificio, conectado con la planta principal de Essex.

Llevar a cabo el informe ha requerido una gran variedad de habilidades, desde usar la ingeniería social (me esforcé por conocer al personal del edificio para que se acostumbraran a verme y así poder colarme en el edificio cada vez) hasta escalar, forzar cerraduras y evitar sensores de movimiento trazando un mapa de sus ubicaciones.

También intenté varias veces entrar en una sala de billar abandonada del profesorado de los años treinta a la que quería hacer fotos, y a la que se accedía por una puerta que no podía abrir de ningún modo. Pero, por suerte, había un hueco debajo de la puerta.

Decidí colaborar con Kip Spicer, que trabajó en remoto conmigo, desde su portátil, como *deus ex machina*. Después de introducir una cámara espía pequeñita (que la sociedad me dejó usar) por debajo de la puerta, Kip pudo ver el interior a través de la transmisión en vivo. Metí una percha torcida en forma de L, la enganché al pomo de la puerta desde dentro siguiendo las instrucciones que me iba dando Kip y logré abrir la puerta con ella.

He llamado al proyecto: *De un padre a otro y tiro porque me toca. De Charles Barnfather a hoy. Dos siglos de padres.* Puede que el título sea mi parte favorita.

Hay otro motivo por el que elegí el edificio Barnfather para mi proyecto.

Durante mi investigación inicial, averigüé que habían cambiado de sitio la oficina de admisiones; la habían ampliado y la habían pasado a la cuarta planta. No estaba seguro de que fuera a encontrar expedientes de los estudiantes allí, sobre todo de décadas atrás, pero resultó que había un almacén que ocupaba toda la planta y estaba lleno de archivadores con expedientes de todos y cada uno de los alumnos desde principios del siglo xx. Justo lo que necesitaba. Iba a ser un trabajazo, pero no dejé que me abrumara.

Sabía los años en los que tenía que centrarme.

CAPÍTULO TREINTA

FABER

Mis padres no tienen claro que deba volver a Essex durante la primera parte del segundo trimestre, ya que sigo bastante enfermo. Pero insisto en ir, sobre todo porque tengo que presentar el proyecto a la sociedad de manera presencial, lo cual, por suerte, va de maravilla. Pero durante todo enero intento pasar desapercibido.

Ignoro a Luke durante la mayor parte del mes; casi ni respondo a sus mensajes, lo cual retrasa la excursión a Faber. Es evidente que sigo malo, de modo que tengo esa excusa, pero también es que me estoy intentando alejar un poco de la sociedad, y ellos lo saben. No quiero que Pinky siga manipulando nuestra relación. Yo también tengo poder y, aunque no sea demasiado, pienso dejarlo claro. Pero entonces ocurren tres cosas.

Lo primero es que los guardias de seguridad del campus atrapan a Daniel Duncan (un neófito muy lindo con pequitas) intentando forzar la cerradura de una entrada lateral de la casa Quinlan. Ponen a Daniel en periodo de prueba académica y lo expulsan de las clases, aunque debe permanecer en el internado. La sociedad nos informa por correo electrónico de que Daniel ya no puede aspirar a formar parte de los *veteres*. Hostia puta... Daniel tendrá que cargar de por vida con el recuerdo de haber fracasado en la sociedad. Espero a ver si hay algún tipo de consecuencia; si culparán a la sociedad, si algún miembro, algún chivo expiatorio, cargará con las culpas... Pero no ocurre nada de eso. La sociedad nos recuerda que debemos ser siempre discretos y que calculemos bien los riesgos que tomamos.

Lo segundo es que suspendo un examen de Química, lo cual pone en peligro mi nota media. Me sorprende recibir la nota, ya que siempre he sido un alumno de sobresaliente. Pero, cuando el señor Lichtfield me devuelve el examen, la verdad es que es un desastre. No recuerdo haber escrito esas respuestas, pero la confusión mental que tengo es tal que casi ni siquiera recuerdo haber estudiado para el examen, ni haberlo hecho, en realidad.

Dado mi estado, el profesor me permite hacer un examen de recuperación, pero no puedo evitar volverme paranoico: me da la impresión de que tanto el examen de Química como la expulsión de Daniel de la sociedad son advertencias directas; la sociedad quiere dejarme ver quién ostenta de verdad el poder. ¿Será posible eso? ¿Será racional siquiera?

Lo tercero es que, aunque el padre de Gretchen sale en las noticias casi a todas horas últimamente, corren rumores de que ella se está hartando de que el Servicio Secreto la asfixie tanto, de modo que va a relajarse un poco. Eso podría suponer un punto débil si algo ocurriera, pero no puedo permitirme pensar en eso; es una amenaza demasiado poco concreta. Y llevo un tiempo sin ver a Gretchen y sin hablar con ella. A finales de enero, al fin me va bajando la fiebre, pero sigo despertándome por las mañanas con un malestar desagradable que no logro quitarme de encima, y además todos los días me encuentro llagas nuevas.

FEBRERO

~ AL FIN HA LLEGADO EL MOMENTO ~
Pinky Lynch <PHGLynch3450@gmail.com>

Para: PourSomeSugar@OnMe.com
CCO: neophytus@sso.essex.org

OEUE

¡Neófitos!

Ha llegado la hora. Esta noche debéis presentaros en el jard-n de nud-s a las 23:57. Venid vestidos de gala, pero llevad zapatos que os permitan moveros bien. Traed con vosotros la llave de neófitos y el cat-cismo aprendido. Estad preparados. Y podéis estar orgullosos de vosotros mismos; eso está permitido.

CAP,
PkLh

CNSP

Uso todo el dinero de la tarjeta regalo que me han dado mis padres por Navidad para comprarme algo de ropa nueva elegante. También me estoy dejando crecer el pelo. Puede que siga estando enfermo, pero me veo más apuesto que en otoño, cuando empezó todo esto.

—Qué elegancia —me dice Luke con un tono coqueto pero cauto, ya que sabe que está en la cuerda floja conmigo, en cuanto llego al jardín de nudos (una especie de versión reducida de un laberinto de setos), que está cubierto de escarcha.

Hay uno tras Old Shaw, un antiguo gimnasio con aspecto de fortaleza que han reconvertido en residencias para los mayores. Aquí viven alumnos de cuarto importantes, chicos de familias destacadas y con cargos electos en el consejo estudiantil. Pinky, entre ellos.

Las ventanas francesas, con balcones ornamentados de hierro forjado, dan a los céspedes en pendiente de Essex, y se supone que las vistas al este, con la luz rosada del sol matinal, son increíbles.

Cuando llegamos todos, nos vendan los ojos y nos llevan a otro lugar, divididos en grupos pequeños. Caminamos durante unos diez minutos y luego subimos unas escaleras.

Nos arrodillamos sobre un suelo frío y duro y entonces nos quitan las vendas. Estamos en la azotea del Club y Sociedad Literaria Saint Andrews, rodeada de una balaustrada de piedra. Es uno de los edificios más extraños de todo Essex, y ni se usa ni lo están renovando; tan solo está ahí plantado, sin ventanas, imponente, y nadie entra ni sale de él.

Lo diseñó un arquitecto muy solicitado de la Edad Dorada en un estilo neoárabe con unos toques exóticos (como cantería a rayas de colores o un patio delantero con motivos en el suelo). Se terminó de construir en 1849 y se le conoce como la Tumba. En teoría, la Sociedad Literaria era otra sociedad secreta, un vestigio de Granford. La gente dice que el edificio está encantado, que dentro hay murciélagos y vampiros que vagan por sus salas.

Hay velas por todo el borde de la azotea, y están presentes todos y cada uno de los miembros de la sociedad. Tath pronuncia un discurso grandilocuente sobre la tradición y la fraternidad. Lleva una túnica negra sobre el esmoquin y un bastón en la mano. Cada vez que lo golpea contra el suelo, alguien va pronunciando nuestros nombres. Nos ponemos en pie, recitamos el catecismo y nos acercamos a Pinky, que está de pie en una plataforma elevada. Viste un esmoquin negro clásico y una máscara plateada. No veo ningún miembro de los Arqui entre nosotros.

—¿Aceptas ser miembro de pleno derecho de la Sociedad de los Siete Ojos? —nos va preguntando Pinky uno a uno.

—Sí —respondemos.

Le entregamos la llave a Pinky y él nos da una nueva y un pin con el escudo de la sociedad que nos coloca en las chaquetas y los vestidos.

—Todo saldrá de las sombras —dice Pinky.

—Ahora tendréis acceso al nivel dos de la base de datos de la sociedad —añade Tath.

Pinky saca una caja forrada de terciopelo en cuyo interior hay una hilera de llaves.

—Estas son las llaves maestras de Essex. Llevan en nuestra posesión más de cien años. Ahora, todas nuestras herramientas son vuestras. Ya no sois neófitos. Ahora sois *veteres*.

—¡Enhorabuena! —grita el Consejo, y todos vitorean.

Después se celebra una gala en el salón de baile de Brookleven, y esta vez no solo hay caviar: hay comida en bufeteras y camareros trajeados que nos la sirven en platos de porcelana.

Nisha me da un abrazo fuerte.

—Sabía que lo conseguirías. Estoy muy orgullosa de ti.

—Gracias.

Últimamente no hemos tenido tiempo para charlar. Siento que solo puedo hablar con ella sobre lo que he encontrado en la oficina de admisiones, lo cual no he incluido en el informe de la investigación, pero lleva semanas reconcomiéndome. La desaparición de Lyman Pine en 1949 no aparece en su expediente; es como si no hubiera ocurrido.

En 1939 y 1942, las otras dos fechas que mencionaba Oliver en su diario, encontré algo destacable. Cuando muere un alumno, el resto de su expediente académico queda en blanco, con una línea atravesándolo y un sello rojo con la palabra FALLECIDO. Había habido brotes de gripe y de tifus, pero, para finales de los años 30, ya no era muy común que murieran alumnos en el campus. Sin embargo, en 1939 y en 1942, murieron dos de ellos.

No obstante, por más que buscara y buscara, no pude encontrar más información sobre ellos, ni siquiera la causa de la muerte. Es imposible que las dos fechas escritas en el diario coincidan con dos muertes de estudiantes sin explicación alguna y no signifique nada. Es una coincidencia demasiado grande. Pero ¿qué significa, entonces? ¿Que asesinaron a esos alumnos? Parece una locura. Pero lo cierto es que la sociedad y Essex no dejan de sorprenderme.

Se llevan a Nisha a otra parte y se me acerca Luke. Hemos vuelto al punto de partida, supongo.

—Enhorabuena por formar parte de los *veteres*.

—Lo mismo digo —contesto.

—Tenemos que hablar.

Veo a Pinky en el centro de un grupo de miembros de la sociedad borrachos, pasándoselo bomba. Me lanza una mirada excitada y alza la copa de champán. Asiento para devolverle el saludo.

—Aquí no —le digo a Luke.

Cuando salimos del edificio, está lloviendo. Me detengo junto a un gran roble que me aporta algo de cobijo y espero a que Luke me alcance. Se acerca para besarme, pero lo aparto de un empujón.

—¿Vas y me ignoras durante un mes entero, Corazón Solitario? ¿En serio?

—Y tan en serio.

—Te gusta hacerte la víctima un poco demasiado.

Lo fulmino con la mirada.

—¿Cómo te atreves a decir eso?

Luke levanta la mano.

—Lo siento. No quería decir... No estuvo bien... lo que hice. Pero...

—Pero ¿qué?

—Que fue una locura de noche.

—¿Y ya está?

Eso fue lo que dijo Pinky también.

—Solo te puedo decir que lo siento.

—¿Estás liado con Pinky?

Luke me agarra del codo.

—No. ¡No! Solo me importas tú.

Me sacudo para soltarme.

—¿Te está obligando Pinky a hacer cosas que…?

—Nadie me está obligando a hacer nada.

—¡Pues explícame lo que pasó!

—Ves como sí que eres un romántico, Corazón Solitario. Pero tienes que dejar de idealizar la vida. Solo porque te hayan pasado cosas malas, no quiere decir que el resto de tu vida tenga que ser resplandeciente y perfecta. La gente no es perfecta; a veces la cagamos. Todo esto me ha estado reconcomiendo. Lo he pasado fatal durante las Navidades. No tienes ni idea.

—Sí, se te veía atormentadísimo en Milán.

—Cal…

—¿Qué hacías en Italia, por cierto?

—Fue cosa de Pinky.

—¿Qué?

—No es nada raro.

—Y, entonces, ¿qué coño es?

—Es solo que Pinky me ayuda a mantenerme alejado de mi padre.

—Las ventajas de ser el lobo, ¿eh?

Vuelve a acercarse para darme un beso, pero lo aparto.

—No puedo besarte.

—¿Qué?

Le cuento en voz baja lo del virus y Luke, sin dejarse intimidar, me agarra de la nunca y me besa.

—Me da igual.

—Puede que siga siendo contagioso.

Pero, joder, qué gusto besarlo.

—Llevo meses desesperado por besarte. No pienso parar.

—¿Por qué siento como si también estuviera besando a Pinky?

Luke retrocede un poco, pero sigue acariciándome la mejilla.

—¿De verdad?

—Lo siento siempre al acecho. Está jugando con los dos, Luke.

Luke sacude la cabeza como si estuviera apartando físicamente mis palabras.

—Faber nos ayudará.

—¿Por qué estás tan obsesionado con Faber? ¿Y por qué lo está Pinky?

—Vamos a poder vivir allí juntos. Será algo nuestro, de los dos.

—Creo que la sociedad secuestra a gente, Luke. Puede que incluso la asesine.

—Joder, Cal, ¿te estás obsesionando con conspiraciones?

Le explico todo lo que he averiguado.

—Ay, madre —dice Luke mientras aparta la mirada y sacude la cabeza—. De eso hace ya muchísimo tiempo. Si pasara ese tipo de cosas de manera habitual, ¿no crees que todo el mundo...?

—No sé.

No puedo fingir que no he tenido las mismas dudas que él, aunque todo el asunto me parezca muy siniestro. Pero soy demasiado débil como para resistirme, para seguir discutiendo y para no estar con Luke. Y él lo sabe. Y Pinky también lo sabe. Además, no tengo pruebas reales de nada.

—Lo que le pasó a Daniel...

—¡Estaba siendo demasiado descuidado! Está liado con Ashley Rothman, que vive en Quinlan. Daniel... siempre me ha parecido el tipo de chico que se pone a aplaudir cuando le sirven tortitas.

—Luke…

—No estaba pensando con la cabeza. Utilizó la sociedad para ligar.

—¿Y no estamos haciendo nosotros lo mismo?

—Pero ¡nosotros vamos con cuidado! Escucha, Cal, no quiero que duermas solo esta noche —me dice, ya que sabe que, si lo pierdo, me vendré abajo.

Estoy enamorado. He intentado luchar contra ello como si fuera una enfermedad, he intentado alejarme, pero solo he conseguido enfermar más y más.

—Vamos a colarnos en Faber ahora mismo —me dice con un brillo travieso en los ojos.

—¿Ahora? —Me abrazo a mí mismo; estoy mojado y hace frío—. No vamos a poder entrar. Es…

—Yo creo que sí.

Y, cuando esboza esa sonrisa brillante y abrasadora, no puedo llevarle la contraria.

—Encontrar la llave y hacer una copia fue solo el comienzo —me dice Luke mientras nos dirigimos hacia Faber—. No sabíamos cómo entrar en el edificio, pero investigué un poco más y, adivina qué. ¡La llave que encontramos para el ascensor es una llave multiusos! Abre una puerta lateral que no tiene alarma.

—¿Has entrado en Faber ya? ¿Sin mí?

—No, tontaco, te esperé para que pudiéramos hacerlo juntos.

Mientras entramos en Faber con la copia de la llave, descubro que Luke ya ha trazado una ruta clara y discreta hacia el ascensor a través del sótano sinuoso. Ya no nos preocupa demasiado que nos atrapen; nunca nos ha sorprendido nadie haciendo nada. El toque de queda lleva meses sin importarme. Es como si flotáramos sobre las nubes.

Logramos entrar en la biblioteca una hora más tarde. Es un lugar ostentoso y fantasmal. Las luces del interior no funcionan, pero por las ventanas se cuela la de los otros edificios. La lluvia torrencial proyecta sombras sobre las paredes y la chimenea. Hay libros por todas partes.

—Hala, menuda pasada de sitio —repite Luke mientras recorre la sala, maravillado.

—¿Dónde vamos a dormir?

—Vamos a tener que ir trayendo cosas poco a poco. Lo que podamos encontrar. Hoy es solo el comienzo.

Nos las apañamos como podemos en el suelo mientras la sombra de la lluvia cae por las paredes como si la sala estuviera llorando. El suelo de madera está cubierto de polvo, de modo que Luke extiende una toalla para que nos tumbemos sobre ella, utilizamos la bolsa de deporte de Luke como una almohada para los dos y la ropa como mantas y nos abrazamos.

—Feliz cumpleaños, por cierto. Diecisiete años ya.

—Fue el mes pasado. Pero gracias.

—A ver, estabas pasando de mí... Te compré un regalo en Milán. Pero lo perdí en el avión.

Me río.

—Lo que cuenta es la intención.

—Siempre te tengo en mente, Corazón Solitario.

Entierro la cabeza en su pecho mientras me acerca a él.

—¿Y qué era?

—¿El qué?

—El regalo.

—No te lo voy a decir jamás.

Y yo no pienso volver a preguntárselo.

—Te quiero, Luke. Eres la luz que me guía. Manifiestas las palabras en mi corazón que escriben cada frase de mi vida.

Luke aparta la cabeza.

—Joder, Cal… No me hagas llorar ahora, hostia.

—¿Estarás aquí cuando me despierte?

—Pues claro. De eso se trata, Corazón Solitario. Ahora tenemos nuestro propio castillo en el aire.

Por la mañana, el sol estalla en la biblioteca; los rayos coral iluminan las nubes de motas frenéticas de polvo. Los dos nos despertamos gruñendo y cubriéndonos los ojos.

Durante las semanas siguientes, Luke y yo vamos amueblando Faber poco a poco con objetos que hemos encontrado en habitaciones vacías de varias residencias, el departamento de atrezo de Sargent y una tienda de ropa de cama del pueblo. Me preocupaba no poder meter el colchón que robamos en el ascensor, lo cual iba a ser la parte más complicada, pero cada vez se nos da mejor lo que hacemos y lo logramos sin problema. Y después aprovechamos el colchón muy pero que muy bien.

Nos dieron acceso al nivel dos de la base de datos de la sociedad justo el día después de pasar a ser *veteres*, a través de un enlace encriptado. La base de datos es impresionante; es un mapa 3D de muchos lugares del campus. Todas y cada una de las ubicaciones sobre las que algún miembro de la sociedad ha llevado a cabo un informe están señaladas en el mapa; si haces clic en ella, puedes leer los informes y descargar todo el material adjunto: mapas, planos, modelos y fotos.

La sociedad anima a hacer informes de todos los edificios del campus, incluso los que ya se han investigado antes, porque siempre hay algo nuevo que descubrir. Si una ubicación está marcada en azul, solo se ha explorado una vez. Las que nunca se han explorado están marcadas en rojo. Entre ellas se encuentra la Tumba, varias bibliotecas escondidas, azoteas y tejados, salas extrañas donde se guardan libros, un salón de actos olvidado en la última planta de Cranwich y un invernadero en ruinas que se supone que está en la parte de atrás de Bromley, pero que nadie ha podido encontrar jamás.

El santo grial es la Sala 1752, que ha estado conservada tal cual desde 1752. Quedó tapiada por error durante la renovación de Franklin Hall. Se encuentra al final de las catacumbas y conecta a Franklin con la Torre Conmemorativa Barry. Es la sala en la que intenté entrar y no pude. Pero hay planos actualizados subidos a la base de datos, y consigo encontrar un punto de acceso distinto.

La próxima tarea que tenemos que llevar a cabo es un informe con nuestro *chronus*. Empiezo a tomar notas de inmediato. No he dejado de intentar trazar el mapa de los túneles de los conductos de vapor en ningún momento. Aparte de la tarea que tenemos que realizar, todo el mundo aspira a un puesto en el Consejo. Está claro que ahí es donde reside el verdadero poder.

MARZO

Nisha y yo entregamos un informe sobre Bromley que recibe numerosos elogios. Aunque no hemos podido encontrar el invernadero que estaba señalado en la base de datos, la verdad es que nos ha quedado un informe muy bueno, repleto de descubrimientos divertidos e inesperados. Los dos hemos estado hablando sobre ser los primeros en colarnos en la Sala 1752.

Para mantener las apariencias y no levantar demasiadas sospechas, Luke y yo decidimos no pasar todas las noches en Faber; sobre todo los fines de semana y alguna que otra noche durante la semana. Luke tenía razón; tener un sitio para los dos ayuda. Ha reparado lo que me asustaba que fuera una grieta cada vez mayor.

También estoy muy liado con las clases. Me permito olvidar todos los descubrimientos turbios que he hecho sobre el pasado de Essex, mis problemas en casa y todos los líos con Pinky. Ahora soy uno de los *veteres* de la sociedad, y siento que eso me protege. Siento que todo sigue una rutina tan estable que, cuando Gretchen Cummings desaparece mientras volvía a su residencia desde la biblioteca, la gente, más que agitada, parece confundida. ¡Si últimamente parecía omnipresente!

«¡La veíamos por todas partes!».

Pero, al parecer, a quien habíamos estado viendo no era a Gretchen Cummings.

CAPÍTULO TREINTA y UNO

LOS ARQUITECTOS

Nos llega la notificación al móvil mientras estamos todos en clase y se oye un grito ahogado colectivo. Una alerta de noticias de última hora.

—Este es el último lugar en el que se vio a Gretchen —anuncia un periodista de la CNN en un tono dramático desde delante de la biblioteca.

Pero la biblioteca tiene cámaras exteriores. Nadie que tenga dos dedos de frente la secuestraría ahí.

Cuando otro periodista, esta vez desde delante de Dallow, dice algo similar, se confirman mis sospechas. Hay una tapa de alcantarilla, uno de los lugares por los que entrábamos a los túneles, justo en el plano, junto con un dibujo colorido. No tengo manera de saber si la pintura es reciente, pero diría que sí. Se me cae el alma a los pies al darme cuenta de lo que estoy viendo.

No ha podido evitarlo: Luke ha pintado su firma en la puta tapa de la alcantarilla.

Llevamos cuatro noches sin dormir en la misma cama, y este trimestre no tenemos las mismas clases. Hemos estado llevando vidas paralelas.

Luke no ha dejado de ocultarme cosas. Y tampoco me responde a los mensajes.

Aunque sí que he recibido uno de Pinky:

Pinky: *Van a cancelar la reunión semanal de mñn. Tienen que averiguar qué coño hacer con la poli peinando el campus mientras nos mantienen centrados y dóciles. Vienes a verme a OS a las 9?*

Yo: *Dónde está Luke?*

Pinky: *Todo bien. Nos vemos x la mñn.*

Pinky tiene una *suite* en Old Shaw que es digna de verse. Techos altos, molduras de techo, alfombras de pelo sobre parqué, muebles antiguos blanco roto con pomos de latón y apariencia desgastada a la moda.

Ya había oído antes que había alumnos que ofrecían cortes de pelo a escondidas en las habitaciones de las residencias, pero parece que Pinky lo ha formalizado. Veo a Tath sentado en una silla de peluquero, frente a un gran espejo apoyado contra un armario; a su lado hay una mesa de boticario con recipientes llenos de tijeras y peines. Pinky, con una bata de barbero, empuña unas tijeras. Mientras corta, los mechones de pelo flotan por los aires, chamuscados por la luz del sol.

Al lado hay también un tocadiscos en el que suena John Coltrane, colocado sobre un soporte de nogal de estilo moderno de mediados de siglo, con discos debajo con los bordes desgastados, como si Pinky hubiera heredado la colección. También hay un carrito de bebidas repleto de botellas de licor, copas y utensilios de coctelería de acero inoxidable.

—En nada terminamos —me dice Pinky como si yo fuera su próximo cliente.

Tath, que lleva una capa de barbero a rayas blancas y rojas, parece estar medio dormido, con un mechón de pelo triangular y húmedo por encima de un ojo. Pinky introduce las tijeras en uno de los frascos de desinfectante Barbicide y ataca otro mechón.

—¡Hannah Locke! —exclama Pinky mientras me apunta con las tijeras—. ¿Te acuerdas de Halloween?

Durante un momento, no lo sigo. Pero entonces caigo: Hannah me dejó obnubilado en la fiesta de Halloween de la sociedad. Iba vestida de Gretchen. Engañó a todo el mundo.

—Hannah se disfrazó de Gretchen varias veces durante una semana entera. ¡Y fue a un montón de sitios! ¡Con muchos testigos! Lo cual desbaratará la línea temporal de la investigación. Hemos tenido suerte. Gretchen llamó a su papi, le pidió que le dijera al Servicio Secreto que se relajara y nos pudimos aprender sus patrones. Ha sido tan fácil que resulta ridículo.

—¿Qué hiciste, salir de un brinco de una alcantarilla y llevártela como si fueras el puto Pennywise? —El plan estaba muy poco definido; habían hablado muy poco de ello, pero ahora es todo real—. No pienso formar parte de esto.

—Ya formas parte de esto. Piensa en tu padre. En tu pobre madre.

—Ellos no querrían nada de esto.

—Conque te estás echando atrás, ¿eh? Me encanta verte tan subidito —dice mientras corta otro mechón—. ¿Y qué pasa con tu chico?

Este numerito de *Sweeny Todd* de Pinky me está sacando de quicio.

—¿Dónde está?

—Últimamente la ha estado liando bastante. Y azotar a los descarriados de clase baja no es mi trabajo. Ya tengo bastantes problemas de los que encargarme. En serio. Se me da de maravilla lidiar con chicos que no encajan en sus propias familias porque puedo sentirme identificado. Por eso lo mandé a Italia, para que no se metiera en líos. ¡Y lo iba a enviar a Suiza! Para las vacaciones de primavera —añade mientras sigue cortando.

—¿A Suiza?

—¡La tierra de los caramelos Ricola y del chocolate, del queso y de los cuchillos! Una pena que los suizos no hayan dominado también las tablas de cortar, porque menudo imperio serían. Pero, en fin, ese viaje se ha cancelado. Os voy a necesitar a los dos aquí. Esta operación requiere precisión y hay que llevarla a cabo en pequeñas etapas bien organizadas. Una vez que despertemos a Gretchen y la llevemos a Faber, Luke y tú seréis quienes cuiden de ella durante las vacaciones de primavera.

Ha obviado todo lo que le he dicho con tanta asertividad que casi tengo que respetarlo. Ahora ha pasado a usar una cuchilla de afeitar que resplandece intensamente bajo la luz de la sala para asearle el cuello a Tath.

—No me estás escuchando.

Le da un golpecito a Tath en la nuca y se quita la bata.

—¡Ven! —me grita mientras me conduce a su dormitorio, al final del pasillo.

Las cortinas están cerradas y casi no entra luz en la habitación. Luke está hecho un ovillo sobre una cama de matrimonio con sábanas de lino marineras, con una camiseta blanca y pantalones de fútbol negros. Tiene dos dedos vendados.

—¿Por qué está durmiendo así?

—Está drogado. Hemos tenido que poner a prueba algunos brebajes.

—Ay, Dios.

Pinky sirve *whisky* en un vaso de cristal de una jarra que hay en una mesita auxiliar y lo señala con el pulgar. Niego con la cabeza.

—Si significara que tu padre va a ir a la cárcel, ¿seguirías queriendo dejar la sociedad?

—Mi familia podrá superar lo que sea que nos toque vivir. Pero no puedo cometer un delito. No puedo hacerle daño a nadie.

Me siento en el borde de la cama y poso la mano en la espalda de Luke.

Pinky se deja caer en un sillón reclinable que hay junto a las ventanas.

—¿Y qué pasa con Luke? Irá a un reformatorio. Y esos sitios son peligrosos, ¿recuerdas? ¿Crees que podrás soportar hablar con otro fantasma? Necesito que trabajéis los dos juntos. Es parte de la elaboración de este informe.

—Pero ¡esto no es un informe!

Pinky se cruza de piernas y le da un trago al *whisky*. La luz ilumina el líquido ámbar a través del cristal y proyecta destellos danzantes en las paredes.

—Yo no soy el que pone las normas.

Vuelvo a pensar en el cuadro. Esas figuras divinas entre las nubes.

—Es cosa de los Arqui.

—Os querían a los dos. Y Luke tiene que llevar a cabo su parte del trato. Me conmueven tus sentimientos por él, en serio; tu empatía, en general. Eso es lo que me resultó más atractivo de ti, incluso desde el Punto de Mira, cuando tuviste que recurrir a esa broma rancia del irresponsable de tu padre.

Me levanto para plantarme frente a él.

—Era una buena broma.

—¿No fue la reina Isabel la que acuñó el dicho inglés ese de «solo puedes mear con la polla que te ha tocado tener»?

—Me da a mí que no.

—Contar esa broma estúpida era lo último que querías, pero adoras a tu padre, y eso fue lo que se te vino a la cabeza;

no pudiste evitarlo. Te estoy liberando de la carga de tener que elegir; sé que no puedes perder a Luke *y a tus padres*.

No, no puedo perder a las únicas personas a las que les importo. Pero siempre hay opciones. ¿Cuánto se supone que debo sacrificar por los errores de los demás?

—No se trata solo de que los Arqui quieran remontarse, desde sus poderosas vidas, hasta su irresponsable juventud en Essex —me dice Pinky—. También se trata de remontarse al principio.

—¿El principio?

—Las capas inferiores sumergidas. ¿Lo recuerdas? Donde comienza todo y todo cae en el olvido.

—Cuando estuvimos en el museo, dijiste que se llevaron a cabo sacrificios.

—Y es cierto. Poco después de que Granford se transformara en Essex, el centro tenía que atender a un alumnado cada vez mayor que venía aquí a estudiar teología, las lenguas litúrgicas, las ciencias… Durante las décadas siguientes, Essex se convirtió en lo más importante del pueblo. Lo último que le hacía falta a Strafton era…

—Una inundación.

—Arrasó casi todo el pueblo. Hubo alumnos que se ahogaron…

—¿Y los pagos tienen que ver con eso?

A Pinky se le ilumina la mirada.

—¡Vaya, mírate, Nancy Drew! Sí, hay irregularidades en las declaraciones de impuestos. Muchas de las familias eran demasiado pobres como para reclamar a sus difuntos. Y el centro tenía que mantener su reputación mientras se reconstruía el campus; cada niño ahogado habría obstaculizado el progreso, así que trataron de encubrir la tragedia. Ya viste el cuadro. Caminamos sobre sus huesos. Se falsificaron los informes.

—¿Cómo es posible?

—¡Dinero! ¡Había dinero en juego! Pusieron en marcha un sistema de indemnizaciones. Las familias que habían perdido a sus hijos en la inundación y que no recuperaron los cadáveres... Sus descendientes recibirían una paga... para siempre, hasta el fin de los tiempos. Por eso Essex, que tiene una dotación de setecientos millones de dólares, sigue en números rojos. Se menciona en el catecismo. ¡Recítalo!

Obedezco, y Pinky me detiene tras pronunciar: «Los secretos de Ellsworth y Hunt, los Kalumets, saldrán a la luz. Los misterios que se llevaron los Arquitectos a la tumba saldrán a la luz».

—Ellsworth y Hunt. Dos alumnos que fundaron la Sociedad Kalumet, la sociedad secreta original de la que surgió la Sociedad de los Siete Ojos hace más de doscientos años y cuya sede se encontraba en la Tumba. Se conocen como los Arquitectos. Los miembros originales eran siete.

Archaei. Arqui. Arquitectos...

—¿No debería haber sido entonces la Sociedad de los Catorce Ojos?

Pinky resopla.

—Pero es que no suena igual de bien, ¿no? Construyeron un puente entre la escuela y un grupo de antiguos alumnos poderosos a los que se les empezó a llamar los Arqui. Los Arqui nos dan liquidez y nosotros aprendemos la historia de Essex como forma de mostrar nuestros respetos a todo lo que se sacrificó. Y, cuando nos piden un favor, se lo cobramos bien. La sociedad destina ese dinero a Essex. Para muchas personas poderosas, este internado representa su época más feliz e inocente. Es como lo de «Rosebud» de *Ciudadano Kane*. Nunca subestimes el poder de la nostalgia.

—Y me estáis explotando a mí, alguien con menos recursos...

Pinky se pone en pie y avanza con pesadez hacia mí. Puede que esté bebiendo un licor caro, pero le huele el aliento igual que a un padre violento.

—No hagas como si unas fuerzas externas te hubieran corrompido. Siempre has sabido lo que querías y lo que estabas dispuesto a renunciar para conseguirlo. —Me da un golpecito en el brazo, justo donde tengo la cicatriz—. Si no, no habrías enviado esas fotos de Gretchen. En ese momento fue cuando tomaste la decisión.

—¿Qué decisión?

—La de ser quien vas a ser. Todos queremos ser importantes. Lo que estoy haciendo es ayudarte a escalar, para que puedas salir del fango. Te dijiste a ti mismo que nadie saldría herido, pero siempre has estado dispuesto a hacer lo que fuera necesario para ser uno de nosotros.

«Uno de nosotros», «uno de nosotros». Sus palabras resuenan con violencia en mis oídos.

—Recursos... Sí, puede que tenga recursos. Pero no tengo libertad. La gente persigue sus sueños y sus pasiones. A mí nunca se me permitirá vivir mi propia vida —dice antes de apurar el *whisky*.

—Puedes escoger un camino distinto.

Pinky se ríe con pesar.

—Lo dices como si fuera muy fácil. Pues no lo es. Lo que me importa no es que me deshereden o algo así; lo que ha sido siempre mi talón de Aquiles es sentir que los decepciono.

—¿Lo sabe Nisha?

—Solo usamos a quienes necesitamos de verdad. Ella no sería la persona apropiada para esto. —Pinky mira por la ventana—. No van a dejar de violarnos, pero al menos nos dan una almohada de terciopelo para apoyar la cabeza.

—Joder.

—Voy a confiar en que no vas a hablar de esto con nadie, ¿eh? Es curioso —me dice mientras le da una patada a un calcetín solitario que hay en la alfombra—. Una vez mi familia me llevó a cazar zorros. ¡A cazar zorros, por Dios! Cuando tenía solo siete años. No fui capaz de hacerles daño a esos pobres bobos ladradores. Putos zorros. Mi padre me agarró de la oreja, me metió en el coche de un empujón y me dejó encerrado dentro. Estaba furioso por que no quisiera ser partícipe de la jerarquía de la naturaleza, la barbarie del mundo. Me quedé allí atrapado en el coche todo el día, muerto de calor, llorando, dándole porrazos a las ventanas. Y de pronto... se apoderó de mí cierta calma. Me quedé horas mirándome el regazo, sabiendo que al menos había tomado mi propia decisión. Pero te juro que voy a pasar el resto de mi vida intentando salir de ese coche.

Aún sigo preguntándome qué habría en el sobre negro de Pinky. Qué oscuro secreto íntimo habría decidido escribir. Vuelvo hacia la cama y me tumbo junto a Luke. Pinky deja el vaso vacío en la mesa.

—Bueno, os dejo solos. Puede que le cueste recordar cuando se despierte. Aunque probablemente sea lo mejor.

Sale de la habitación y cierra la puerta tras de sí.

Me cuesta mucho conseguir que Luke camine. Tengo que ayudarlo a levantarse. Parece que vaya como una cuba, de modo que vamos bajo tierra, con todo su peso apoyado en mí, hacia Faber.

Luke se vuelve a quedar dormido de inmediato en nuestro colchón. Tras una hora, se agita y se incorpora. Tiene los ojos apagados y el pelo empapado de sudor. Se lleva el puño a la boca.

—Voy a vomitar.

Me abalanzo hacia un cubo de basura, lo agarro y se lo pongo delante. Luke se quita la camiseta y deja caer la cabeza entre las piernas. Voy a por una toalla y le froto con delicadeza la espalda. Parece que hay trazas de sangre en el vómito.

—¿Qué te han dado?

—Unas cuantas cucharadas de un líquido rojo de una botella marrón. Lo llamaban Big Cherry.

Lo busco en Google, furioso perdido.

—¿Lo llamaban de alguna otra manera?

—¿Noctec?

—Eh... Es hidrato de cloral. Es un sedante; es una de las drogas que utilizan los violadores. ¿Cuántas cucharadas te han dado?

—No me acuerdo.

—Te podrían haber matado. Y a ella.

—Creo que a ella no se lo dieron. Estaban intentando aerosolizar cloroformo, pero les preocupaba que lo acabaran inhalando ellos mismos. Creo que al final le taparon la boca con un trapo. —Se sujeta la cabeza con las manos—. Pero no me acuerdo...

—¿Dónde la secuestraron?

—No lo sé.

—¿Quién está implicado en esto?

—Un grupo pequeño. Todo empezó hace más de una semana. Planearon exactamente cuándo harían público que había desaparecido. Yo me uní más tarde. Tuve que ayudarlos a sedarla y a contenerla. Siempre intenta pelear.

—Madre mía...

—Pero yo no fui el que la secuestró. No sé quién se encargó de eso.

—¿Por qué dibujaste tu firma en la alcantarilla?

Luke frunce el ceño.

—Yo no he hecho tal cosa.

—Será que no lo recuerdas.

Luke cruza los brazos por encima de la cabeza y se mece hacia delante y hacia detrás mientras gime. Me siento detrás de él, lo abrazo con las piernas y dejo que apoye la cabeza en mi pecho.

—No te preocupes, no pasa nada —le murmuro, aunque ni yo mismo me creo mis palabras.

Dios, no tengo ni idea de qué hacer.

—Sé lo que estás pensando, Corazón Solitario, pero ellos ya van cien pasos por delante de ti.

Tiene razón. Supongo que intentar ponerme en contacto con alguien sería inútil. Pedirían algún favor, aprovecharían su influencia y yo estaría jodido.

—Ahora entiendo por qué tenían tantas ganas de que nos coláramos en Faber. —Me siento vacío y derrotado—. Es nuestro hogar...

—No lo es. Lo necesitaban para ella. Durante las vacaciones de primavera. —Me dedica una mirada de puro terror, como si fuera un niño asustado—. ¿Me odias? No querría perderte por nada del mundo.

—No, te quiero. Esa es la peor parte. O, al menos, quiero al Luke que creía que conocía.

Mis palabras le afectan tanto que se levanta de un brinco, como si quisiera pelearse conmigo.

—¡Nadie puede jamás conocerlo todo de otra persona! Deja de intentarlo, porque no lo vas a lograr nunca. Tú decides lo que ves, Cal. Es lo que has hecho siempre.

—¿Porque soy un romántico? Busco la perfección y odio las mentiras. ¿Es solo culpa mía si me decepciono?

—Has convertido al chico que te agredió y que está muerto en tu amigo imaginario. Dale vueltas a eso.

—No vayas por ahí.

—Siempre has sabido que tengo un montón de problemas, Cal...

—Entonces, ¿es culpa mía por haberme enamorado tanto? ¿Y qué te crees, que yo no tengo problemas?

—Tienes que aceptarme tal y como soy.

—¿No es eso lo que he hecho? ¿Lo que llevo haciendo desde el principio? Yo soy el rarito con un solo ojo que habla con fantasmas pirados, y tú el deportista buenorro con una familia rica que pasa las Navidades en Milán. No creo que tengas derecho a usar eso de los «problemas» conmigo —le digo, aunque puede que eso no sea del todo justo.

¿Tener una relación con alguien es solo conocer tantas partes de esa persona como te permita conocer, los retazos de recuerdos y sueños y traumas y aspiraciones que conforman su esencia y que está dispuesta o es capaz de compartir contigo? ¿Conoce realmente alguien toda la verdad de alguien?

—Siento haberte metido en todo esto, Corazón Solitario. Tendré que vivir con ello.

Los dos tendremos que vivir con ello.

CAPÍTULO TREINTA y DOS

PERDERNOS EL UNO EN EL OTRO

Veo a Gretchen cuarenta y ocho horas después, el día antes de las vacaciones de primavera. Luke y yo llegamos a Faber y nos topamos de pronto con ella allí, como si fuera un paquete que nos ha dejado Correos.

Va vestida con harapos y no parece estar consciente del todo. Está esposada a una silla (le han dado las llaves de las esposas a Luke) y atada de distintas maneras. Las cuerdas le han dejado todo tipo de moratones. Está esquelética. Tiene el pelo enredadísimo y sangre en la ropa, que está hecha jirones. Así, enmarcada por una de las ventanas de la torre, parece que estuviera en un *retelling* turbio de *Rapunzel*.

Cuando me ve, noto cierta confusión en su rostro, un toque de traición y luego una ligera tristeza, como si me preguntara «¿Cómo has podido?» con esos ojos de drogada. Desvío la mirada. Estoy demasiado asqueado conmigo mismo como para soportarlo. Voy a tener que acabar con esto antes de que alguien salga herido de verdad.

Si no, me habré perdido a mí mismo por completo.

Hasta ahora, todo se ha planificado de una manera increíblemente meticulosa; todo el mundo tenía su papel asignado desde el principio y todos los pasos estaban planeados con mucha antelación, como si fuéramos bailarines en un *ballet* diabólico. A Luke y a mí nos ha tocado vigilarla durante las vacaciones de primavera, aquí, en Faber. Y luego se la llevarán a otra parte. Nos han dado un horario estricto que tenemos que seguir. Tenemos que darle un vasito como de jarabe de Big Cherry dos veces al día, a horas concretas. «Si se opone, decidle que no os importa tener que inyectárselo», nos dijo Pinky mientras nos entregaba un kit con una jeringuilla hipodérmica.

A Pinky le viene genial que Gretchen y yo nos hayamos hecho amigos. Cree que confiará en mí, que conmigo será más obediente. Nos traerán comida para que se la demos dos veces al día. Se supone que tenemos que darle de comer cuando esté medio adormilada aún, para asegurarnos de que no nos ataque, como si fuera un tigre salvaje. Dado lo delgada que está, no sé yo si está funcionando muy bien el plan. Hannah Locke vendrá tres veces al día para llevarla al baño mientras nosotros esperamos fuera.

Todos seguimos de cerca la investigación. Aunque las autoridades piensan que, de algún modo, alguien de fuera se ha colado en la residencia de Gretchen y la ha secuestrado mientras estaba en su dormitorio, tampoco han dejado de peinar cada centímetro de Essex, mientras llevan a cabo análisis de ADN con algunas de las manchas de sangre que han encontrado. Pinky nos ha contado que, en realidad, las autoridades ni siquiera tienen planos y mapas actualizados del campus y los túneles, a diferencia de nosotros. Deja caer que la sociedad tiene contactos en el FBI y en el Servicio Secreto y, aunque la verdad es que todo eso suena poco creíble, la sociedad tiene tanta influencia en todos lados que resulta aterrador. Siempre saben cuál va a ser el próximo lugar en el que la Policía va a investigar. Van varios pasos por delante de las autoridades. Y van trasladando a Gretchen de un lugar secreto del campus a otro.

El truco, además de mantenerla oculta, es no dejarla en el mismo sitio durante mucho tiempo.

Los medios de comunicación no desisten; hay montones de periodistas por todo el perímetro del campus día y noche.

El padre de Gretchen no ha dimitido aún, a pesar de que la gente lo pide cada vez más, lo que podría ser el motivo por el que todo este asunto se está prolongando. Se está valorando la sección dos de la Vigesimoquinta Enmienda a la Constitución.

Después de ver a Gretchen en Faber por primera vez, le envío a Pinky el código numérico que significa que tenemos que reunirnos. Quince minutos más tarde, bajo un sauce que hay al lado de Strauss, Pinky se acerca a mí.

—No tiene buen aspecto. Habría que... acicalarla un poco.

Pinky suelta una carcajada.

—¿Quieres que le pida cita para hacerse la manicura y un masajito de tejido profundo?

—Ya sabes a qué me refiero. Alguien tiene que asearla un poco, joder. No puedes dejarla así. Y replantéate lo de las cuerdas; le están haciendo cortes en la piel.

—No hay otra opción.

—Creo que... también necesita... un tampón.

Pinky asiente con firmeza.

—Eso sí puedo conseguirlo. Enviaré a Hannah para que se encargue de las cosas de chicas. —Pinky se saca el móvil y manda un mensaje—. ¿Podéis salir Luke y tú del edificio a las cuatro?

—Sí.

—Si intentáis cualquier cosa, la matarán, y será culpa vuestra. —Pinky levanta la vista del teléfono con una amplia sonrisa; cualquiera que pase por aquí pensaría que Pinky acaba de contar la mejor broma de su arsenal—. Quiero asegurarme de que lo entiendes a la perfección.

No puedo verle los ojos, pero sé que no está de broma.

—Lo entiendo.

—Es que veo que estás un poco verde, muchacho.

—Puedo soportarlo.

—¿Y Luke?

—También.

—¿Qué más hace falta?

—¿Puede bañarla alguien? ¿Traerle una muda?

—Lo intentaré. —Pinky observa el campus mientras se pasa el móvil de una mano a otra—. A todos les sorprende verla por primera vez. No está en un club de campo de Washington D. C., como a los que iba antes, y está exagerando el sufrimiento; es un mecanismo de supervivencia natural. Ya te acostumbrarás.

—Ah, ¿sí?

—Ten cuidado cuando le des de comer.

—Esa es otra.

—Le ha dado por hacer una puta huelga de hambre. Ya entrará en razón. Pero, durante esos breves periodos de tiempo en los que se le pasan los efectos del Big Cherry, puede comportarse como una verdadera víbora. Muerde, araña... Tened cuidado. Supongo que presentarás tu candidatura, ¿no?

Cierro y abro los ojos.

—Sí.

Debemos presentar las candidaturas el 1 de mayo. Se celebrará una especie de audiencia de candidaturas en el que cualquiera puede proponer a otra persona para formar parte del Consejo. Se considera una reunión importante. Determina el rumbo y la composición de la sociedad durante el resto del tiempo que estemos en Essex. Debemos redactar un programa con nuestras ideas para la sociedad y explicar qué vamos a aportarle al Consejo en general. Debo obtener todo el poder posible para protegerme.

—Sé que echas de menos a Nisha. Es una buena chica.

Nisha ha estado visitando universidades con sus padres y está alargando sus vacaciones de primavera. No hemos hablado mucho últimamente. Me preocupa que note lo angustiado que estoy.

—Cuando estemos todos juntos de nuevo, quiero que os centréis en la Sala 1752. Me encantaría que alguien lograra entrar al fin. Y sería genial que fuerais vosotros dos. Así tendréis más papeletas para conseguir un puesto en el Consejo.

—¿De eso se trata todo esto?

—La sociedad se dedica a explorar. —Pinky se baja las gafas de sol con las lentes tintadas de verde que lleva y revela unos ojos que son como hielo corrugado—. Siempre se ha tratado de eso.

—Ya…

—Piensa en todo el beneficio que puedes sacar. Tu familia podrá liberarse de sus cargas. Y podrás seguir abrazando a Luke por las noches. Cuando te sientas débil, cuando no puedas soportar la presión, recuérdate a ti mismo todo eso.

Pero ¿cómo sería más débil, si siguiera con el plan de la sociedad o si me rebelase? Estoy demasiado confuso. Tengo la cabeza hecha un lío; mi corazón solo quiere a Luke y mi alma quiere que mi familia esté sana y salva. Sé que lo que estoy haciendo es horrible.

Para calmarme, no dejo de repetirme que solo van a tenerla retenida durante un breve periodo de tiempo, que nadie va a hacerle daño, pero ni siquiera yo me lo creo del todo. Y sé que Gretchen está sufriendo. Además, eso es más o menos lo que me dije a mí mismo cuando le hice esas fotos.

Dios, ¿en qué me he convertido?

—Su padre no la quiere —me dice Luke después de que Gretchen se tome la dosis sin protestar y se queda flácida, con el cuello colgando de un modo que resulta inquietante y el pelo grasiento cayéndole por los hombros—. Con eso me puedo sentir identificado.

Luke se pasea por la biblioteca con la jeringuilla en la mano, blandiéndola como si fuera un estoque. Hannah ha venido a asear a Gretchen; le ha cortado el pelo y las uñas. ¿Por qué nadie se ocupaba de eso antes? A las nueve vendrá alguien a quitarle las esposas (tiene que haber tres personas presentes siempre que esté suelta, y una cuarta vigilando el exterior del edificio) y tumbarla en un colchón para que pueda dormir bien.

—No voy a poder seguir haciendo esto durante mucho más tiempo... —le digo a Luke.

—¿Por qué no te quiere tu padre?

Luke se acerca e inclina la cabeza hacia Gretchen, como provocándola. Podría parecer un gesto diabólico si no conociera a Luke. No está acostumbrado a tener sentimientos encontrados. Si alguien o algo lo incomoda, siempre responde. Es el mismo chico que me hace la peineta cuando nos acostamos. El que está acostumbrado a darse latigazos con las toallas con sus compañeros deportistas. No odia a Gretchen, pero es probable que odie al estúpido de su padre por ponerlo en esa tesitura.

Ahora mismo, yo también lo odio.

—Luke...

Luke deja caer la cabeza y lanza la jeringuilla al otro lado de la habitación.

—Todo esto es una mierda.

Me acerco a la jeringuilla y la recojo del suelo.

—¿Qué les has dicho a tus padres? Como excusa para quedarte aquí durante las vacaciones de primavera, digo —me pregunta.

—Les dije que estaba a tope de trabajo y necesitaba quedarme en el campus. De todos modos, tampoco iban a poder permitirse comprarme otro vuelo.

Estoy atrapado en esta pesadilla. No puedo concentrarme ni dormir. La ansiedad me deja alelado y no logro pensar con claridad.

Desde que ha llegado Gretchen, me da la sensación de que la biblioteca, que antes veía como un lugar romántico, se está desmoronando; me fijo en el moho de los lomos de todos los viejos volúmenes, las ventanas están sucias y repletas de cacas de pájaro resecas y las paredes están cubiertas de burbujas y deformadas por antiguas goteras.

A las nueve, llega nuestro relevo con sus máscaras plateadas. Las ventanas reflejan las franjas expandidas de cielo nocturno, que parece petróleo, surcado de estrellas trémulas. Pinky nos ha prometido que no nos tocará nunca el turno de noche.

La habitación de Luke en Garrott está abierta durante las vacaciones. Tumbados en la cama, apoyo la cabeza en el pecho de Luke.

—A veces me imagino que viajamos a sitios —me dice.

—¿A dónde?

Luke estira el brazo y coloca varios mapas y guías de viaje sobre la cama. Recuerdo, por la cajita de provisiones que me preparó, que a él le encantan estas cosas.

—A donde sea. A cualquier sitio.

A cualquier sitio... Acaricio una guía local de Kyōbashi.

—Deberíamos ir a todas partes.

Escucho los latidos del corazón de Luke mientras sigo con la cabeza apoyada en su pecho. Es una de las pocas cosas que me calman.

Me habla sobre un músico británico de *dubstep* con el que está obsesionado. La música suena como fragmentada, embrujada, llena de ritmos sincopados y crujidos de vinilo. Es un sonido urbano que me recuerda a la lluvia; el equivalente sonoro del arte de Luke. Me pone unas cuantas canciones que oímos compartiendo unos auriculares que nos conectan como un cordón umbilical.

—Háblame de la casa encantada de tu padre —me pide.

Obedezco mientras oímos una canción que se llama *Muerte nocturna* y acaricio el colgante de san Judas de Luke con el pulgar y el índice

—Hala —me dice una vez que he acabado—. Qué pasada. Flipo.

Y luego, tras otra larga pausa, añade:

—Sácame la oscuridad de mi interior como si tirases de un hilo.

Esa noche sueño que le estoy sacando a Luke una serpiente negra, delgada, larga y húmeda de la garganta mientras el ojo izquierdo me lanza destellos como si fuera un semáforo roto. A partir de ese momento empiezo a ver serpientes por todas partes. Formas amorfas que brillan y se retuercen a mi alrededor.

Me despierto de la siesta en la última tarde que tenemos que vigilar a Gretchen en Faber, y Luke está sentado en el suelo, bajo un rayo de sol, con las botas puestas y las piernas cruzadas. Está leyéndole sonetos de Shakespeare a Gretchen con el libro abierto y apoyado en la rodilla. Gretchen tiene los ojos algo apagados aún, pero no tiene la mirada tan perdida como últimamente. Luke está radiante bajo el sol, más guapo que nunca, con la jeringuilla resplandeciente a su lado. Un ángel con un colmillo venenoso.

Luke y yo hemos empezado a acostarnos más a menudo durante las vacaciones. Era lo único que conseguía aplacar nuestro sentimiento de culpa: perdernos el uno en el otro. Eso fue justo lo que dijo en una ocasión, que me perdiera en su interior, con cierto miedo en la voz. La verdad es que me sorprendió que quisiera cambiar de rol.

Al fin trasladan a Gretchen a otro edificio y, conforme el trimestre va llegando a su fin, recuperamos Faber, donde podemos relajarnos por la noche y jugar a las casitas viendo en nuestra tele diminuta un DVD de *Al final de la escapada* que hemos sacado de la biblioteca. Luke me susurra el título en francés al oído: *À bout de souffle*... Y luego nos abrazamos con fuerza mientras vemos a Jean Seberg vender periódicos por los Campos Elíseos.

Durante los días siguientes, mientras ayudo a trasladar a Gretchen a otros lugares, he de poner en práctica todas las habilidades que he aprendido con la sociedad. La sociedad se mueve bajo la oscuridad de la noche, siempre bajo tierra, a escondidas, evitando todas las cámaras y con Gretchen en una silla de ruedas, drogada, atada y amordazada, y cubierta con una manta acolchada oscura. Resulta sorprendente todo lo que puede hacer la sociedad sin que nadie los atrape. Pero, hace unos meses, Pinky ya me demostró de lo que eran capaces. Entró como si nada en un museo famoso por la noche y me dijo que podría descolgar un cuadro inestimable de la pared y llevárselo sin repercusiones.

Tengo que clonar una etiqueta de radiofrecuencia para ayudar a dejar a Gretchen oculta en un almacén de la galería Cook que lleva sin usarse desde 1986. Luego tengo que forzar la cerradura para entrar a Tanner y colarme en un pasadizo estrecho para desconectar un viejo sistema de seguridad de los pisos superiores. El campus se convierte en un tablero de ajedrez, y lo atravesamos como si fuéramos invisibles, como espíritus diligentes.

Esta noche han dejado a Gretchen en un ático viejo habitado por avispas nerviosas que solía ser la sala de objetos perdidos de Tanner, de modo que Gretchen ha de dormir entre los instrumentos musicales que los alumnos no han reclamado.

¿Cuánto puede durar esto? ¿Cuánto puede seguir aguantando Gretchen?, pienso mientras tanto.

Subo a un cuartillo que hay en lo alto de Hillbrook House con la intención desconectar las cámaras exteriores de la última planta, pero no hay ninguna. Hay un pequeño friso con las tres vides del escudo de Connecticut en la pared exterior. Nunca me había fijado. No puedo evitar hacer una foto.

Al final, la sociedad no llega a usar nunca Hillbrook House, sino que se llevan a Gretchen a los túneles.

Me encomiendan llevarle el desayuno durante varios días. La han dejado en uno de los cuartos del servicio más nuevos, y se está consumiendo; está cubierta de picaduras de avispa y lo que me temo que podrían ser mordeduras de rata.

La primera vez que nos quedamos solos, me habla al fin, con una voz que es como un susurro quebrado, un viento lejano.

—Ay, Cal.

Me arrodillo delante de ella, tras la bandeja de comida que he dejado en el suelo.

—Lo siento mucho…

Siento como si me hubieran sacado las tripas por los ojos.

Gretchen se aclara la garganta, un carraspeo tan intenso que se le sacude todo el cuerpo.

—Sé que gracias a ti… me han aseado y cortado el pelo. Gracias. Te están chantajeando con algo espantoso, ¿verdad? ¿Es tu padre?

Asiento ligeramente.

—La familia es lo primero, ¿eh? —dice, y consigue dejar escapar una carcajada forzada—. No te dejes llevar por esto. Te han involucrado en algo horrible. Pero tú no eres así. Te conozco.

¿Me conoce de verdad? Mira lo lejos que ha llegado todo esto…

—Dicen que te matarán si intento liberarte.

—Van a intentar matarme de todos modos.

—No —contesto, aunque me aterra pensar que pueda ser verdad.

—Saben cómo hacerlo, Cal. Será una muerte limpia.

«Limpia».

De pronto tengo una idea.

«Puede comportarse como una verdadera víbora. Muerde, araña…».

—Muérdeme —le suelto—. Y asegúrate de desgarrarme la piel. No querrán que haya trazas de mi sangre en ningún lado, de modo que tendrán que desatarte, lavarte la boca, limpiar las paredes…

En cuanto lo digo, me pregunto si habrán estado usando la sangre de Luke, su ADN de quimera, para despistar aún más a las autoridades.

Recuerdo verle los dedos vendados. Ay, Dios…

Gretchen se queda mirándome durante un buen rato y entonces, al fin, asiente.

Me saco la jeringuilla del bolsillo trasero, se la dejo en las manos, abiertas y atadas, y la agarra con fuerza con los dedos. Ya me dan igual las posibles consecuencias. Esto se está prolongando demasiado, y necesito que acabe.

—Por favor, perdóname, Gretchen.

Al igual que cuando la sociedad me marcó, calculo mentalmente la cantidad de dolor que voy a sufrir mientras le ofrezco la muñeca.

El intento de Gretchen ha fallado.

Pinky me convoca en Old Shaw más tarde. Me quita las vendas cutres que me he puesto antes para ocultar la herida, me desinfecta la muñeca y me la venda con cierta ternura extraña.

—Te ha mordido pero bien, ¿eh?

La herida es lo bastante seria como para disipar sus sospechas, pero probablemente no *todas* la sospechas. No sé dónde está la jeringuilla, y no voy a poder preguntárselo a Gretchen. Sé que la próxima vez me vigilarán.

—No te vengas abajo —me anima Pinky—. Recuerda todo lo que está en juego.

A la mañana siguiente me palpita la muñeca y veo que tengo una mancha de sangre en la camiseta. *Esta mancha de mierda no sale.* Solo tengo una camiseta; no me ha dado tiempo a hacer la colada. Pero no puedo levantar sospechas.

¿Habrán puesto una cámara espía o un micrófono en la bolsa para pizzas? No creo. Aunque ¿quién sabe?

Pero, por si acaso me están oyendo o viendo, decido seguirles el juego. Cuando vuelvo adonde está encerrada Gretchen, me dirige una mirada abatida que me deja hecho polvo.

Lo siento, lo siento mucho, pienso mientras la señalo con el dedo.

—Ni se te ocurra morderme esta vez.

Pero entonces tengo otra idea.

Saco el teléfono, me aseguro de que esté en silencio y le hago una foto.

—¡Me han aceptado en la Universidad de Chicago! —chilla Nisha mientras nos vemos por primera vez desde hace siglos en el Café Bianco, que está abarrotado como siempre.

—¡Enhorabuena!

Me alegro muchísimo por ella. Tiene todo el futuro planeado, esperándola. No puedo ni imaginarme cómo se debe sentir al ser tan libre. Me da una envidia que me muero.

—¡Gracias! ¿Cómo estás? ¿Qué tal te va con Luke?

—Bien, bien, gracias —le digo mientras intento esbozar una sonrisa.

—Ay, menudos dos —comenta Nisha—. Era obvio desde el principio que estabais colados el uno por el otro. —Se lleva la mano al corazón—. Incluso desde el primer informe que hicisteis juntos...

«¡El pintor y el poeta!».

—La manera en que os complementáis... —dice—, el modo tan parecido que tenéis de ver las cosas.

Recuerdo el dibujo de Luke, el hecho de que se replanteara cómo dibujarme el ojo.

—Él es más práctico; dibuja lo que ve. Yo soy el poeta, supongo. Yo...

Yo hago lo contrario.

«Tú decides lo que ves, Cal».

—Bueno, entonces, ¿vas a pasar del resto del trimestre e irte de fiesta para celebrarlo o qué? —le pregunto.

—La universidad se fija en tus notas hasta el último momento. Cualquier cosa que te den te la pueden quitar.

Sus palabras me afectan más de lo que Nisha pretendía.

—Bueno, y también está la sociedad —añade—. Llevo cuatro años de mi vida con ellos. No quiero dejarlos tirados. Quiero intentar encontrar la Sala 1752 contigo. Ese será mi último informe.

Saco todo el material de la mochila.

—He estado investigando un poco...

Nisha se inclina mientras lo contempla.

—¡Hala! ¿Has trazado un mapa de todo el sistema de túneles de los conductos de vapor?

Eso es justo lo que he estado haciendo cada vez que tenía un rato libre, cuando no estaba ocupado con los deberes, las clases, Luke o Gretchen.

—He estado pensando en Jeffrey y en el informe que hizo durante el proceso de selección de la sociedad. Entró en Barry, ¿te acuerdas? Encontró un pasadizo secreto desde el patio de Quinlan, a través de una entrada que estaba medio tapiada. Estaba convencido de que debía haber otra manera de entrar. Alguna entrada subterránea, tal vez. Lo intenté una vez y no lo conseguí. —Señalo el mapa—. Pero creo que he encontrado otra solución. Aquí está el patio. Barry. Fielder. Quinlan. Franklin. Se supone que en Franklin hay una sala subterránea que antes era una capilla. Y en este cruce de túneles, que, por cierto, sigue sin haberse explorado, puede que...

—Cal. —Nisha posa las manos sobre las mías para detenerme—. Calma, que es solo la sociedad...

¿¡Solo la sociedad!?

No me había dado cuenta de lo rápido que estaba hablando, de lo aguda e insistente que sonaba mi voz. De que tengo el rostro cubierto de sudor. De que parezco... un chalado.

Nisha me aprieta las manos con más fuerza.

—Ya eres veterano. Ahora tienes que divertirte y ya está.

Divertirme...

Me paso el dorso de la mano por la frente.

—Siempre he tenido que esforzarme un poco más que los demás. —Intento reírme para liberar un poco de tensión, pero me tiemblan las manos—. Me gustaría tanto ser tú ahora mismo... Poder centrarme en mi futuro en la universidad y dejar atrás todo esto.

—Tampoco desprecies así tu vida...

—No la desprecio; es que...

Me interrumpe una sirena; un coche de policía que pasa a toda velocidad. Un sonido que, a estas alturas, me resulta muy familiar.

Nisha mira por la ventana.

—Dios, ¿crees que la encontrarán alguna vez?

—Eso espero.

Nisha me ofrece una sonrisa cargada de calidez y admiración.

—Tienes que tomar las decisiones correctas, Cal. Eso es lo que me ha gustado siempre de ti. Que tienes un corazón puro.

«El modo tan parecido que tenéis de ver las cosas».

Luke solo me ha enseñado un único retrato mío. Y ha ido transformándose con el tiempo, mientras veía cómo me iba transformando yo. Para el resto de los dibujos ha tenido que hacer un montón de bocetos que iban ganando profundidad conforme sus pensamientos y su visión de cada sujeto se iban definiendo. ¿De verdad tenía la imagen de mí completamente definida en la cabeza desde el principio? ¿O habrá bocetos de mi retrato en algún lugar que no he visto nunca?

De pronto me levanto y retiro la silla con un chirrido. Me cuesta mantener el equilibrio.

—Disculpa, ahora vuelvo.

Me planto delante del espejo en el baño, inundado de aroma a flores. Tengo más llagas aún en la boca y me parece que me ha vuelto a subir la fiebre. Me encuentro fatal otra vez. Me saco el móvil.

—Brent —digo—, háblame…, por favor. No sé qué hacer… ¡Brent! Ya no te oigo. ¡Háblame, joder!

Nada.

A la mierda.

Me lleva solo cinco segundos encontrar en Google la sociedad de capital riesgo de Clayton Cartwright, Wildcat Global Management. Clayton es, sin duda, un pez gordo, pero a la vez no es más que un *bro* de las finanzas con una página web y un correo electrónico.

Redacto un correo y adjunto una foto de Gretchen: esquelética, cubierta de moratones y mordeduras. Como asunto, escribo: «GRETCHEN CUMMINGS». Si se lo envía una dirección de Essex, seguro que abrirá el correo; y le prestará atención si ve el formato típico de la sociedad. «Lo está pasando mal. ¿De verdad vale la pena?», escribo. Porque quizá los Arqui no estén al tanto; a lo mejor les hace falta verlo. Envío el correo.

CAPÍTULO TREINTA y TRES

GRETCHEN, VESTIDA DE COBRAS

Irrumpo en Faber veinticinco minutos más tarde y lo pongo todo patas arriba. Encuentro los blocs de Luke en un montoncito en un rincón. No tardo nada en encontrar uno en el que, por ridículo que parezca, pone CAL, sin más. En el interior hay bocetos de mi rostro, tan solo trazos, como los de sus otros sujetos. Ha fechado cada dibujo. Hay algunos en los que salgo llorando detrás de Hertzman, antes de que nos conociéramos. Otros en los que aparezco sentado en clase de Química. O estaba enamorado de mí desde antes de conocerme, antes de que me pareciera posible siquiera, o era una especie de presa, y él me estaba olisqueando como...

Como un...

De pronto, mientras estoy ahí agachado, mirando el bloc, noto su presencia a mi espalda.

—Me enamoré de ti —me dice en una voz inexpresiva y distante—. Eso fue lo que pasó.

Me quedo inmóvil.

—Me dijiste que yo no era el chivo expiatorio. Y te creí.

—No lo eres.

—Tenía que creerte. No tenía opción. Y me enamoré yo también.

—No eres el chivo expiatorio, Cal. *Ya no* —añade Luke—. Eso es lo que quería decir.

«¿Eres menudo, delicado, apuesto, homosexual…? ¿Te resultó raro que te seleccionaran?».

Trago saliva.

—O sea…, ¿que lo era?

—Sí.

«No hemos…».

«¿Qué? ¿Consumado vuestro amor? Ya lo haréis».

—Porque tú… —empiezo a decir, pero se me quiebra la voz.

«Siempre ha de haber dolor. Para que sepamos cómo pueden acabar las cosas».

—Porque yo soy quien te eligió.

Estoy paralizado, con la vista clavada en el bloc de dibujo. Luke está tan irritable, enfadado y a la defensiva cada dos por tres precisamente porque él es el que nos ha jodido. De repente saca una mochila de detrás del colchón y la abre. Está llena de billetes.

—¡He elegido vivir, joder! —grita—. ¡No tenía otra opción!

Sigo agachado, con el bloc por delante. Poco a poco van cayendo lágrimas sobre uno de los bocetos que Luke ha hecho de mí y lo van deformando.

—¿Era la sociedad la que te daba el Adderall?

—Hacían que Essex mirase para otro lado para que no se interpusieran en mi camino. Yo tenía mis propios contactos.

—¿Y todo por escapar de tu padre?

Luke se desgarra la camiseta. Las cicatrices parecen resplandecer con una intensidad propia de los X-Men bajo la luz blanquecina de la tarde de nuestra torre secreta. Esas cicatrices que he acariciado con cariño con las yemas de los dedos cuando me abrazaba por la noche en la cama.

—¡¿Es que no lo entiendes?!

—Claro que lo entiendo. Te enamoraste de mí…, pero Pinky estaba enamorado de ti. De modo que te rebelaste. De eso trataba la cena en The League, ¿no? Pinky quería llegar a un acuerdo, un punto intermedio, pero tú seguías poniéndolo a prueba. ¿Eso es lo que pasó con los guardias de seguridad de Hoyt?

Luke se da la vuelta.

—Eso fue todo cosa de Pinky. Necesitaba comprobar si era posible sobornar a esos guardias. Esos mismos guardias tienen asignados algunos edificios donde era posible que tuviéramos que ocultar a Gretchen.

—¿Ahora quién es el chivo expiatorio?

—Ya no hay ningún chivo. Es una operación demasiado grande.

—¿Cuándo cambiaron de opinión sobre mí?

—Después de que publicaran tu relato en *Bombast*.

Me pongo en pie, tambaleándome.

—Entiendo. Me sinceré sobre mi familia. Investigaron más a fondo. Vieron todos los problemas que tenían mis padres. Y que tú y yo íbamos en serio. Sabían que podrían manipularme. Tenía que participar en el secuestro de Gretchen o me arriesgaría a perderlo todo.

—Lo último que quería era hacerte daño, Corazón Solitario.

—Cuando perdí la virginidad contigo, ya se había publicado ese número de *Bombast*. ¿Seguía siendo el chivo expiatorio en ese momento?

—¿Acaso importa eso? —me susurra Luke.

—A mí sí.

Luke está plantado delante de mí, deslumbrante, pero ya ni siquiera lo veo.

—¿Nunca te has parado a pensar que quizá no debamos ver el mundo en cuatro dimensiones? Hay muros y puertas cerradas por algo. ¡Sería ver demasiado!

—Cal...

—Tenías que borrar toda la ternura de nuestro primer beso en el armario; eso es lo que estabas haciendo. Todo el tiempo estuviste intentando borrar ese primer momento. Por eso tuviste que dejarme ciego; porque había visto cómo eras en realidad. Y disfrutabas viéndome comértela una vez a la semana, y aquella vez que te reíste cuando me manchaste la camisa de lefa, con esa risa sucia y vacía, mientras te alejabas, pero también estabas horrorizado por haber hecho algo así conmigo, y estabas desesperado por creer que no tenía nada que ver conmigo.

«Somos sus marionetas. Rellenas de paja y zafiros».

—Hostias, Cal, —me dice Luke mientras me chasquea los dedos delante de los ojos—, ¡que yo no soy él!

—Lo idealizo todo. Veo lo que me conviene. ¡Mira lo que he hecho contigo!

—¡Corazón Solitario!

—Todas las cosas a las que tenemos que renunciar... para recibir otras a cambio...

Las serpientes agitan la lengua y sisean, colgadas de las paredes, enroscadas.

—Oh, oh —dice Pinky, que está en el centro de la biblioteca, vestido de gala, poniéndose unos guantes negros mientras nos damos la vuelta para mirarlo—. Espero no haber interrumpido una discusión de pareja.

—Bueno —dice Pinky—, ha llegado la hora, muchachos. —Me sonríe—. Por cierto, no es solo 1939, 1942 y 1949. Las tres fechas con las que estás obsesionado. Un suicidio por aquí —dice, haciendo el gesto de las comillas con los dedos al pronunciar la palabra «suicidio»—, una breve desaparición por allá... Ocurre desde hace décadas. Solo que se encubre siempre. Pero esta vez es una persona conocida, No se puede encubrir con tanta facilidad. Les dije que era un error, pero había que alimentar a los leones ansiosos de los Arqui. Ahora vamos a despedirnos de nuestra querida amiga Gretchen. Voy a compartir con vosotros una dura lección vital, chicos: a veces, los padres eligen el poder por encima de sus propios hijos. Pensaréis que es algo demasiado perverso, que no es posible, pero ya os digo yo que lo es. A veces, solo importa el dinero. El poder. Pero el duelo hace que todos seamos iguales.

—¿El duelo? —repito con voz ronca.

—Con la muerte de un ser querido se puede apartar a una persona del poder más rápido que con una desaparición prolongada. Sobre todo si esa persona tiene más hijos, como es el caso del vicepresidente Cummings. Porque, quién sabe, quizá no han recibido el mensaje que les estamos enviando. Aunque, personalmente, me parece que es imposible. No es más que un ego desmedido, tanto que resulta peligroso. De modo que aquí estamos. Controlados por ellos como marionetas. Rellenas de paja y zafiros.

Pinky me guiña un ojo.

—No podéis matarla —le digo.

—Calma, muchacho; la parte más dura ya ha acabado.

—Pinky, no podéis...

—Joder, qué mal aspecto tienes. La cuestión es asegurarse de que los desfavorecidos sigan siendo desfavorecidos, y los ricos, ricos. Que los poderosos mantengan el poder. Nada puede interponerse en su capitalismo extractivo. Pero, de vez en cuando, se cuela alguien que no pertenece a los suyos. Enhorabuena, Cal. Algún día, tú también serás rico y poderoso. Y tus hijos lo heredarán todo...

—Pinky...

—Si es que decides tener hijos, claro. ¿Vamos? —nos dice mientras señala la puerta.

Mientras Pinky nos conduce pos los túneles, no deja de hablar.

—¿Recordáis las llaves maestras del rito de iniciación? Corren rumores de que dan acceso a los mayores secretos de Essex, pero nadie ha logrado averiguar jamás qué edificios abren. Yo, por mi parte, creo que ya no existen. Pero ¡los secretos sí! De modo que ahora las llaves son solo simbólicas.

De repente se para en seco y saca una lata de pintura en espray de su mochila, la agita y dibuja una réplica exacta de la firma de Luke en la pared.

—Odia que haga esto —dice, mirando a Luke y riéndose mientras Luke lo observa con aire ausente—. Pero ¡tengo que cubrir mis huellas! Venga, vamos.

Cuando oímos ese murmullo que tan familiar me resulta ya, me doy cuenta de a dónde nos está llevando Pinky.

—¿Vamos al acueducto?

—Lo hemos pasado en grande, de modo que ahora toca un gran final.

Por la noche, el acueducto resulta aún más inquietante. Las rejillas de lo alto dejan entrar franjas de luz de luna que cubren el afluente de surcos. El agua parece una serpiente ondulante.

Gretchen está tumbada, inmóvil, en la pasarela estrecha de piedra. Hay un grupo de miembros de la sociedad, con las máscaras puestas, formando un círculo y dirigiendo las linternas encendidas hacia el suelo. Al principio, me da la impresión de que Gretchen está cubierta de cobras que reptan sobre ella, como si mis visiones se hubieran hecho realidad.

Pero son guirnaldas de rosas negras que le han colocado alrededor del cuello.

—Vaya, qué estampa tan barroca —dice Pinky mientras ríe por la nariz al acercarse—. Pero así es como lo querían ellos.

Deben de haber recibido mi correo. Sí que han reaccionado rápido. Y esta es su respuesta.

Un miembro de la sociedad tira la silla de ruedas vacía de Gretchen al agua, que la arrastra.

Pinky se acerca a mí con actitud desenfadada. Me palpitan todos los músculos y articulaciones de todo el cuerpo, como si me estuvieran descuartizando, miembro a miembro, tejido a tejido.

—Has hecho un buen trabajo. Sé que ha sido duro. Pero nosotros te sacamos de ese pueblo de paletos donde te habrías podrido y te habrías convertido en un cascarón de ti mismo, como tu padre. Es lo que siempre habías querido. Recuérdalo.

Sabe que sus palabras me hieren; disfruta de ver cómo se me enciende la cara antes de girarse.

—Vale, a ver —le dice Pinky al grupo—, vamos a levantarla todos juntos a la de tres.

Estoy a punto de lanzarme sobre Gretchen, pero Pinky se inclina sobre ella.

—Por dios, qué cutre os ha quedado, chicos, en serio —dice y empieza a recolocar las flores para que la presentación quede más cuidada.

Y entonces se detiene y contempla a Gretchen, que parece Ofelia, casi como si se estuviera arrepintiendo. Pero luego le ofrece uno de sus saludos militares.

—Hasta la vista, preciosa.

—Intenté ayudarla —le confieso a Pinky—. Tal vez no estaba dispuesto a arriesgarlo todo. A lo mejor no soy quien crees que soy, después de todo.

Pinky me acaricia el pelo con la mano, reflexionando, y durante un momento todo se detiene.

—Cuando ves la belleza en el mundo, es más complicado. Sobre todo, en las cosas pequeñas.

Esboza una sonrisa escabrosa.

Y entonces me viene a la mente el pensamiento más extraño y más propio de la sociedad del mundo. Han usado rosas rojas y las han pintado de negro. En algunas zonas, el rojo asoma por debajo de la pintura negra. Deberían haber usado rosas blancas. Yo lo habría hecho mejor. Y también me percato de que Gretchen lleva el mismo vestido andrajoso; no le han cambiado la ropa, como les pedí. Y su vestido tiene bolsillos...

Gretchen abre los ojos de par en par.

Seguro que le han estado administrando la misma dosis exacta desde el principio. Y, a estas alturas, ha desarrollado tolerancia a sus efectos. En un abrir y cerrar de ojos, se mete la mano en el bolsillo y apuñala a Pinky en el cuello con la jeringuilla que le entregué. Pinky grita y se agarra el cuello, y Gretchen le da un rodillazo en la entrepierna.

Pinky, jadeante, se aleja rodando por el suelo y se tambalea en el borde de la pasarela, intentando recuperar el equilibrio. Cuando está a punto de caer, se apodera de él una furia enfermiza. Agarra a Gretchen por las piernas mientras ella patalea y los dos caen por el borde. Se oye el impacto de los dos cuerpos contra el agua.

Durante un segundo, veo como sus cuerpos aparecen y desaparecen entre las franjas de la luz de la luna. Aparecen y desaparecen, aparecen y desaparecen, como si estuvieran intentando evitar que la oscuridad los engullera. Un chillido, un gruñido, un grito ahogado por el sonido del agua al fluir. Y luego la corriente se los lleva.

Los miembros de la sociedad gritan y se dispersan; sus máscaras resplandecen a lo lejos mientras desaparecen por las esquinas. Como niños asustados. Me acerco al agua, pero Luke tira de mí hacia atrás.

—¡Los hemos perdido! Es demasiado tarde. ¡Tenemos que salir de aquí!

Mientras corremos por los túneles, me doy cuenta de que yo soy el que va dirigiendo a Luke, que se limita a seguirme. Con el tiempo, he conseguido al fin mi objetivo. Quería conocer los túneles de los conductos de vapor mejor que Luke. Quería ser mejor que él en *algo*. Dejamos de correr cuando llegamos a una intersección, jadeantes, agitados, y Luke me pregunta hacia dónde ir. Casi me río en alto al oír la pregunta.

—No sabes a dónde hay que ir. Solo conoces una parte del sistema de túneles, el cuadrante sureste, sobre todo, por donde nos movíamos al principio, en otoño.

—Estoy muy confundido, Corazón Solitario.

—¿Por qué me elegiste?

Tras una pausa, contesta:

—Porque era… lo más fácil. No eras uno de los nuestros.

A estas alturas, estoy demasiado insensibilizado como para dejar que me duelan las palabras más hirientes que me ha dicho jamás.

Luke rompe a llorar y se deja caer sobre mí. Le acaricio el pelo mientras se deshace sobre mi pecho, con unos sollozos espantosos y desgarradores.

—¡Lo siento mucho! Por eso me enamoré de ti; por eso te convertiste en mi Corazón Solitario. No eres como ellos, no eres como nadie que haya conocido, ni en la sociedad ni en Essex ni en toda mi vida. Y eso es auténtico; me he enamorado de verdad. Mis sentimientos por ti son tan inmensos que no sé qué hacer. Iba a huir, pero lo único en lo que podía pensar era en llevarte conmigo, estar contigo para siempre.

—Pues quédate conmigo, entonces. Para siempre.

Tengo que deshacerme de este deseo que llevo dentro: el deseo de que me quieran, de confiar incondicionalmente en los demás, de entregarles mi corazón y negarme a ver quiénes son en realidad. Tengo demasiadas voces en la cabeza, gritándome, y tengo mucho calor y me encuentro fatal...

Me llevo las manos a la cara y luego tomo a Luke de la mano. Me la aprieta, pero entonces se da cuenta de lo que le he dejado en la palma. Intenta mantener la compostura mientras lo agarro por la nuca y lo obligo a mirar a lo que antes estaba ahí y ya no.

—Quédate conmigo para siempre. Pero debes verme como soy en realidad. Con todo lo que me han quitado.

Lo abrazo con fuerza y siento sus costillas, lo frágil que es en realidad..., pero lo único que quiero hacer es huir de todo esto. Aparto a Luke de un empujón y salgo corriendo.

Luke me persigue gritando, intentando alcanzarme mientras recorro los túneles a toda velocidad. Pero siento como si hubiera salido de mi cuerpo. Llego a la sección de los túneles que he marcado con una «X» roja en el mapa. Sé cómo evitar esa zona peligrosa, sé que tengo que dar un giro brusco hacia la derecha...

Me doy cuenta de que Luke ya no me está siguiendo. Y entonces lo oigo gritar.

Es un grito terrible. Horroroso.

Pero no puedo dejar de correr. Soy como un caballo asustado. No me detengo ni cuando estoy debajo del patio del campanario, ni después de entrar en el sótano de Franklin por una trampilla y atravesar la nave de lo que fue una capilla de la década de 1880, con los bancos aún intactos (pero el púlpito derrumbado) y cristales rotos de las vidrieras por el suelo.

¡Tenía razón! ¡Tenía razón! Puedo entrar...

Había trazado el mapa de esta zona mentalmente. Necesitaba cumplir todos los objetivos que me había marcado a mí mismo. Empecé a medir mi propio valor llevando a cabo con éxito todas las misiones y sus informes, resolviendo todos los rompecabezas, como si cada dato que averiguaba fuera una pieza de ese rompecabezas. ¡Tenía que ganar! Me convertí en el mejor miembro que la sociedad podría haber deseado. Porque, en el fondo, siempre supe que era su estúpido chivo expiatorio. Cuando encuentro la entrada medio tapiada, en el extremo opuesto del lugar por el que intenté entrar la primera vez, sé que me llevará a las catacumbas. Soy lo bastante menudo como para entrar, a pesar de los ladrillos que obstaculizan el paso.

La temperatura aquí es más baja. Tengo el estómago revuelto, como si tuviera dentro anguilas eléctricas furiosas emitiendo descargas. No es solo que aún pueda oír los gritos de Luke; también me parece como si las propias catacumbas estuvieran chillando. Recorro deprisa los pasillos estrechos de piedra; en realidad no son catacumbas, sino osarios, con filas y filas de restos humanos. Y son reales...

Las paredes están repletas de cráneos, tibias y clavículas; algunas están apiladas en montones que forman esculturas, iluminadas desde arriba por una luz amarilla desagradable.

Corro más y más rápido, dejando atrás los cráneos sonrientes. Está todo lleno de huesos, de muertos, y corro y corro hasta que llego a un cuadrado iluminado y entro en una sala que parece una galería de un museo con las paredes azules con un revestimiento dorado de madera en la parte inferior. Los colores de Essex.

En el centro de la sala hay una vitrina de cristal sobre un pedestal de piedra. Dentro hay un cráneo.

—Hola —le digo, jadeante, al hombre que tengo delante.

Los guardias de seguridad del campus me encontraron en los fosos secos que rodean el edificio Franklin, en el patio, arrodillado sobre las flores, cortándome con un trozo de vidriera rota. Los guardias rastrearon el recorrido que había seguido hasta llegar allí y así fue como encontraron a Luke. Había conseguido escapar de los túneles y lo acabaron hallando en el otro extremo del campus. Al parecer, le conté a los guardias que había estado hablando con Alexander Essex sobre la Guerra de Secesión, la Reconstrucción y el sistema de indemnizaciones de la escuela para los alumnos que se ahogaron en la Gran Inundación de 1809. O eso me han contado los guardias del centro. Yo no recuerdo nada de esa noche.

La escuela me mandó a casa en avión para que me examinaran. Los cortes eran sobre todo superficiales. No recordaba habérmelos hecho. Hablé con un psicólogo y un psicofarmacólogo.

Dos días después de haber llegado a casa, recibí un correo electrónico.

~ sin asunto ~
Clayton Cartwright < CWCartwright@WildcatGlobal.com>
Para: calixte.ware@essex.edu

OEUE

Señor Cal Ware:

Somos conscientes de su contribución a la s-ciedad y la apreciamos. Nosotros nos encargaremos de todo.

CAP,
CnCtwt

CNSP

Al día siguiente de haber recibido ese correo, retiraron de pronto los cargos contra mi padre. Las pruebas eran «insuficientes».

El estado de salud de mi madre iba mejorando. Su nuevo tratamiento estaba funcionando. Essex me animó a tomarme el tiempo que necesitara para mi salud mental, pero yo quería volver para acabar el curso. Fue un periodo de convalecencia breve pero necesario que continuaría cuando regresara a casa en verano.

ABRIL

Gretchen Cummings sobrevivió.

La encontraron deambulando por el bosque, a las afueras del campus, treinta y seis horas después de lo ocurrido en el acueducto. Al igual que yo, Gretchen tampoco estaba en pleno uso de sus facultades mentales cuando la encontraron. Y, cuando se la llevaron a Washington D. C., su familia declaró que su desaparición se había debido a «problemas de salud mental». Gretchen no mencionó jamás el secuestro.

Al final, su padre se echó atrás con el impuesto sobre el patrimonio, y no llegó a aprobarse.

Tath asumió el cargo de presidente temporal de la sociedad.

A la mañana siguiente de comparecer ante la Comisión de Convivencia y Disciplina, me informaron de que no me iban a expulsar (aunque ya lo sabía), pero sí estaría en periodo de prueba académica durante el resto del año, porque se supone que no debemos entrar en los túneles, y alguien tenía que recibir algún castigo.

Solo quedaba un mes de clases, de modo que apenas tenía importancia, y tampoco repercutió en mi beca. Quedé con Nisha para tomar café y, de camino, le envié mi candidatura al Consejo. Me ajusté la corbata, me puse unas gafas de sol nuevas y miré a mi alrededor, a las flores que cubrían el campus en primavera, con los colores de un cuadro de Monet, y sonreí por primera vez en mucho tiempo. No pude evitarlo. Las nubes oscuras se estaban disipando. Las serpientes habían desaparecido. Todo era precioso, y el futuro era prometedor.

Aún no había llegado el verano, pero ya estaba ansioso por comenzar el siguiente curso.

DIEZ AÑOS MÁS TARDE

Luke perdió el brazo derecho en los túneles aquella noche. Se lo amputaron a la altura del hombro. No volvió a Essex jamás, y yo no he dejado nunca de pensar en él. Voy a tener que vivir con lo que hice, o con lo que no hice, durante el resto de mi vida. El arrepentimiento no me abandonará jamás; al igual que el VHS-1, se oculta y emerge cuando estoy agotado y débil.

En cuanto Luke se fue de Essex, investigué y vi que no lo mandaron a un reformatorio.

Más tarde, dejó el Instituto de las Artes de California y al instante se convirtió en una estrella. ¡El genio buenorro con un solo brazo! Aprendió a pintar con la mano izquierda y, entre las exhibiciones en galerías de todo el país y de Europa, pintó un mural en la sede de una *startup* tecnológica en Silicon Valley, más que nada como un favor. Le pagaron en acciones, que Luke jamás pensó que fueran a valer nada. Pero entonces la empresa despegó y, el día antes de que saliera a bolsa, las acciones de Luke ya valían unos 100 millones de dólares. Lo más probable es que se muriera de vergüenza, ya que algo así mancillaría su reputación callejera.

Cuando me gradué en la Escuela de Derecho de Harvard y empecé a trabajar en un bufete de abogados de Boston como abogado asociado de litigios comerciales, se anunció en *Essex Magazine*, la revista de los antiguos alumnos del internado, y en varios sitios más. Poco después, recibí un mensaje de un número desconocido. Solo decía: «Lágrimas de Luna». Tuvo que ser él. No le respondí. Meses más tarde, al fin reuní el valor para llamar a ese mismo número. Pero habían cortado la línea.

Hace un año, Luke volvía de una fiesta en Martha's Vineyard, en un coche lleno de famosos borrachos, cuando el todoterreno Mercedes se salió de la carretera y cayó al estrecho Vineyard Sound. Cuando los buzos lograron liberarlo de los restos del accidente, Luke estaba en estado de muerte cerebral. Le retiraron el respirador dos días más tarde. Tenía veinticinco años.

Me pregunto, al menos, unas diez veces al día, si Luke habría logrado escapar del coche mientras se hundía si aún hubiera tenido el brazo derecho. Lo más probable es que no. Pero nunca lo sabré con seguridad. Todo lo que hacemos, incluso de jóvenes, tiene consecuencias que se arrastran al universo del futuro. Y a veces las auténticas tragedias vienen en oleadas y se extienden a lo largo de los años. Luke era una de esas personas que, por naturaleza, atraen problemas. Con el tiempo he llegado a la conclusión de que hay gente así. Y eso era, en parte, lo que tanto me seducía de él:

que se acercaba alegremente a la línea del peligro, donde las normas no están del todo definidas. ¡Cuánto sufrimiento por amor! Por entonces, yo era un joven inocente, cegado y obsesionado con él.

Como no podía ser de otra manera, Luke era donante de órganos.

Solo he usado mi influencia como Arqui una vez en toda mi vida (por ahora) fuera de la red de Essex, y fue para contactar al receptor del corazón de Luke, un hombre que vive en Utah. No sé qué esperaba que sucediera, pero el hombre fue lo bastante amable como para responder, y me envió un archivo MP3 de los latidos del corazón de Luke en el interior de su cuerpo. No pienso decírselo a nadie jamás, pero a veces, por la noche, antes de acostarme, oigo el corazón de Luke latiendo a mi lado.

Ha tenido que acabar en el cuerpo de otra persona para que pudiera oírlo de nuevo. Ay, el poder de la nostalgia.

Ahora lo entiendo.

No llegaron a encontrar nunca a Pinky Lynch. Hay todo tipo de teorías conspirativas al respecto; la gente jura haberlo visto de fiesta en Tulum, viajando por Machu Picchu, explorando las Maldivas y de mochilero por Tailandia. Dicen que se cambió el nombre y que tiene un bar en Santa Cruz, que se ha dejado el pelo y la barba largos, que el sol del Caribe le ha bronceado la piel y que al fin ha logrado escapar de las garras de su espantosa familia y sus ideales conservadores de viejos ricos. Ya, claro… Lo que creo yo es que se ahogó, que el agua arrastró su cuerpo y el río Connecticut se lo tragó. Al final no logró salir jamás de ese coche cerrado, con su familia persiguiendo a los zorros.

Tras acabar primero, Nisha dejó la Universidad de Chicago porque sentía que no era para ella y se matriculó en la Universidad George Washington. Hoy en día es abogada de oficio en Maryland y está prometida con un profesor de Derecho en Georgetown muy majo. Voy a visitarlos en avión una vez al mes y me quedo con ellos el fin de semana. Siempre vamos a alguna *escape room*. Considero a Nisha mi mejor amiga, de modo que tal vez sea cierto lo que dicen: a veces, los amigos de Essex sí que son para toda la vida.

Gretchen Cummings se graduó en Princeton y se incorporó a una consultoría en Nueva York. También cofundó The Sisterhood Fund, una fundación benéfica dedicada a los derechos reproductivos de la mujer y a acabar con la violencia de género, a la que donó una suma considerable de manera anónima. Aunque no volvió a Essex, es una de sus grandes donantes.

Cuando regresé a Essex por primera vez desde que me gradué, casi una década antes, fue para asistir a un evento para recaudar fondos. De casualidad, vi una foto enmarcada de Luke y mía en el pabellón Dallow. Estamos mirando a la cámara, como si alguien nos hubiera llamado mientras cantábamos el himno de Essex. Los dos estamos sonriendo; su sonrisa es como una telaraña que se extiende a través del tiempo para encontrarme una vez más. No recuerdo que nos tomaran esa foto, pero es muy tierna. Si miras con atención, puedes ver a dos chicos felices pero confusos en sus propias órbitas separadas, enamorándose poco a poco. La luz resplandeciente del sol que se cuela por esas famosas vidrieras se está desvaneciendo.

Aunque siempre me había sentido más maduro que la gente de mi edad, fui el presidente más joven que la Sociedad de los Siete Ojos haya elegido jamás. Normalmente eligen a alumnos de último año, pero yo estaba en tercero; la única vez que conseguí sentir que iba por delante de los demás. El presidente de la sociedad dirige al Consejo, y los miembros del Consejo determinan la composición de la sociedad. El presidente y el Consejo deciden cómo debe ser la formación de los neófitos, las habilidades en las que hacer hincapié.

Yo, por mi parte, me convertí en presidente (y en un miembro comprometido de los Arqui) para compensar el espantoso crimen que ayudé a cometer durante mi primer año en Essex; para mantener el control y asegurarme de que la sociedad continuase haciendo lo que se supone que debe hacer: explorar la historia de la escuela y averiguar sus secretos más profundos.

Haré todo lo que esté en mi mano para garantizar que nunca vuelva a sucumbir al lado oscuro de los Arqui. He ayudado a sentar las bases de nuevas iniciativas para recaudar fondos, para que Essex nunca tenga que depender solo de la enrevesada red de los Arqui para su financiación.

Sigo esperando a que un neófito o cualquier miembro de la sociedad encuentre la Sala 1752 (ya que a día de hoy no estoy seguro de haberla encontrado jamás, y nunca he vuelto a intentarlo). O a que entren en la Tumba. O a que averigüen qué abren esas llaves maestras. Por ahora, nadie lo ha logrado.

Cuando pasé a tercero, después de todo lo de Luke, la sociedad se convirtió en algo mucho más parecido a la fraternidad que nos prometieron en un principio. Sigo siendo amigo de muchos de mis compañeros de la sociedad hoy en día, y mantengo el contacto con el resto de los alumnos que entraron en la sociedad a la vez que yo. Todos nos reunimos en la boda de Isabella en Sonoma hace un año. Y nos pusimos hasta arriba de vino.

Visito a mis padres a menudo. Mi padre ha vuelto a diseñar casas encantadas, esta vez con todos los documentos de exención de responsabilidad necesarios. Mi madre se reincorporó al trabajo como administrativa en un colegio. En cuanto a las demás personas que conocí durante el tiempo que estudié en Essex, son como las colas de un cometa, centelleando por todo el mundo. Emma Braeburn es chef pastelera y vive en París; Jeffrey se está sacando un doctorado en Psicología en Oregón, y el Papa sigue siendo el director de Essex.

La sociedad, lo que es y lo que significaba para mí, regresa a mi vida cuando menos me lo espero, con una intensidad abrumadora.

Llevo una horquilla en el bolsillo a modo de homenaje, una costumbre que adopté poco después de graduarme en Essex. No se me escapa la ironía: los arcos majestuosos, las librerías resplandecientes y los túneles misteriosos que marcaron la época que pasé allí (que cada vez parece más y más un sueño, algo que es imposible que haya existido), reducidos a tan solo una horquilla que a estas alturas está doblada y que solo he tenido que usar dos veces en toda mi vida. Hasta la semana pasada.

Hace poco me mudé a un nuevo edificio. Cuando volvía a casa del trabajo, había una mujer meciendo un carrito con una mano delante del apartamento de enfrente del mío. El bebé no dejaba de llorar.

La mujer me sonrió con el móvil en la otra mano, pegado a la cadera.

—Lo siento por el llanto. Soy idiota y me he quedado encerrada fuera de casa. —Señaló al bebé con esa mezcla de agotamiento y adoración típica de las madres jóvenes—. Me he dejado el biberón dentro, y el portero no responde al teléfono.

Y de pronto, ahí estaba él de nuevo.

Delante de la limusina de la que brotaba la luz, con ese rostro tan hermoso.

Besándome debajo del pterodáctilo.

«Los pergaminos, las calaveras, los códigos, las llaves...».

—No te preocupes —le dije a la mujer—. ¿Eres mi nueva vecina?

—Eso creo —me contestó—. Encantada de conocerte.

«Solo estoy intentando sobrevivir a esta vida estúpida, Corazón Solitario».

Omnia ex umbris exibunt. Tibi oculi aperti erunt.

—Lo mismo digo. Y estás de suerte —le digo con la horquilla ya en la mano mientras me acerco hacia su puerta—. Creo que puedo ayudarte.

AGRADECIMIENTOS

Me ha llevado casi una década escribir este libro, en varias etapas, en muchas versiones distintas y en épocas muy diferentes, y durante todo el proceso he tenido la suerte de contar con personas que me han asesorado con todo su cariño, me han guiado, me han apoyado, y me han brindado su amistad. Así que, sin más dilación, gracias:

A Mallory Kass, mi brillante y sensible editora, que vio la luz que había atrapada en estas palabras y me las devolvió en todo su esplendor. Siempre agradeceré que el destino nos uniera.

A David Levithan, Chris Stengel, Rachel Feld, Daisy Glasgow, Aleah Gornbein, Janell Harris, los equipos de corrección, edición y producción, y todo el equipo comercial de Scholastic.

A Victoria Marini, Debbie Deuble Hill y el equipo de APA, Heather Shapiro y Baror International, a todo el mundo de IGLA, Highline Collective y Volume Five Lit.

A Kara Thomas, Tiggy McLaughlin, Jonathan Talerico, Brendan Newman, Erin Hahn, Tom Ryan, Sara Faring, Lindsay Champion, Maxine Kaplan, Caleb Roehrig, Dana Mele, Adam Sass, Mason Deaver, Emily Wibberley, Austin Siegemund-Broka, April Henry, Skye N. Norwood, John Morgan, Camryn Garrett, Justine Jablonska, Karen M. McManus, Henry Kessler, Robin Lord Taylor, Maulik Pancholy, Beth Kingry Arnold, Colin Verdi, Joy McCullough, Dahlia Adler, Elvis Ahn, Scott Hoffman y Kathleen Glasgow.

Y un agradecimiento especial a John R. Christian.

Gracias infinitas a mi querida familia: mis increíbles padres, Evelyn y Harvey; mi hermano Jordan, que siempre me apoya; mi maravillosa cuñada Lorin, que siempre es mi primera lectora; Isla Bea (mi sobrina, que con ocho años me dijo que escribiese mejores libros, porque ninguno de sus monitores del campamento de verano había oído hablar de mí) y mi adorable sobrino Henry Gray.

Y gracias de todo corazón a mi pareja de hace *veinticuatro años*, Brian Murray Williams.

¿TE GUSTÓ
ESTE LIBRO?

Escríbenos a

puck@uranoworld.com

y cuéntanos tu opinión.

ESPAÑA ➤ 🅕/MundoPuck 🐦/Puck_Ed 📷/Puck.Ed

LATINOAMÉRICA ➤ 🅕 🐦 📷/PuckLatam

▶/PuckEditorial

¡Gracias por vivir otra
#EXPERIENCIAPUCK!